国家社科基金重大招标项目

"十四五"国家重点出版物
出版规划项目

湖北省公益学术著作
Hubei Special Funds 出版专项资金
for Academic and Public-interest
Publications

陈文新
余来明

丛书主编

民国时期中国文学史著作整理丛刊

历朝文学史

窦警凡 著 顾瑞雪 整理

中国文学史

林传甲 著 顾瑞雪 整理

中国文学史读本

龚启昌 著 顾瑞雪 整理

长江出版传媒 | 崇文书局

图书在版编目（CIP）数据

历朝文学史 / 窦警凡著；顾瑞雪整理．中国文学史 /
林传甲著；顾瑞雪整理．中国文学史读本 / 龚启昌著；
顾瑞雪整理．-- 武汉：崇文书局，2024.1
（民国时期中国文学史著作整理丛刊 / 陈文新，余
来明主编）
ISBN 978-7-5403-6599-8

Ⅰ．①历… ②中… ③中… Ⅱ．①窦… ②林… ③龚
… ④顾… Ⅲ．①中国文学－古代文学史②中国文学－文
学史 Ⅳ．① I209.2

中国国家版本馆 CIP 数据核字（2023）第 197113 号

出 品 人　韩　敏
项目统筹　程可嘉
责任编辑　李利霞
责任校对　董　颖
装帧设计　甘淑媛
责任印制　李佳超

历朝文学史　中国文学史　中国文学史读本
LICHAO WENXUESHI　ZHONGGUO WENXUESHI　ZHONGGUO WENXUESHI DUBEN

出版发行　长江出版传媒｜崇文书局
地　　址　武汉市雄楚大街 268 号 C 座 11 层
电　　话　(027)87677133　邮政编码　430070
印　　刷　湖北新华印务有限公司
开　　本　880 mm×1230 mm　　1/32
印　　张　17.625
字　　数　380 千
版　　次　2024 年 1 月第 1 版
印　　次　2024 年 1 月第 1 次印刷
定　　价　78.00 元

（如发现印装质量问题，影响阅读，由本社负责调换）

前　言

　　该书是窦警凡《历朝文学史》、林传甲《中国文学史》和龚启昌《中国文学史读本》三部书的合集，从光绪二十三年（1897）至1935年，三部文学史的撰述时间先后相距近40年。

　　窦警凡《历朝文学史》撰述于1897年，初版于光绪三十二年（1906），是真正的第一部由国人自著的文学史教材。国家图书馆北海分馆现藏《历朝文学史》光绪三十二年（丙午）铅印本一册，封面题"历朝文学史张祖翼署首"，钤"磊盦"印。油光纸，双面53页，每半页12行，行33字。白口，四周双边，双鱼尾。篇首为《读书偶得序》，序末署"光绪三十二年丙午，梁溪振学主人窦警凡氏序"。

　　全书包括《读书偶得序》《叙文字原始》《叙经》《叙史》《叙子》《叙集》共六个部分，分述汉语文化史上的文字、音韵、训诂，经、史、子、集诸内容。在正文前的《读书偶得序》中，窦氏表达了对"文"和"士"的看法，认为士大夫握管为文，"必其有关于理之是非、事之利害而始可言文"，这就直接表明了对"文"的价值判断——"文"必须承担起增强士民向心力和道德感的责任，必须"有用"方可，此即窦氏撰写《历朝文学史》的缘起和宗旨。本着这一文学实用主义的思路，窦氏借鉴了《隋书·经籍志》传统"四部分类法"的方法，将他认为对发愤图强"有用"之文悉数列出，由是《历朝文学史》也就成了一部包罗万象的"国学概要"。《叙文字原始》言及造字六法、历代字体、音韵、训诂等内容。对于要涉及的经、史、子、集，作者进行了一个简单的说明：

> 学必由文字始，兹叙文字为发端。立纪纲，厚风俗，使薄海内外之人相协而不相离，可强而不可弱者，莫备于经，故次之以经。上下古今、成败得失之道，一览了然，得所依据，莫善于史，又次之以史。凡人情事理，以至农工商贾，虽世变日新，有百变而不能出其范围者，莫详于子，又次之以子。从古硕德通才，奇谋伟略，以至文人学士，亦各有著作，以抒所见，悉载于集，又次之以集。

读"经"可以立纪纲，厚风俗；读"史"则可以了解上下古今、成败得失之道；读"子"可以了知人情事理；读"集"则可体会古今硕德通才的奇谋伟略及其著作主张。倘若能够融会贯通此类知识主旨，则可使国使家转弱为强，转衰为盛，此亦可见出作者求富求强心切，真正做到了"一篇之中，三致意焉"。

全书不足五万字，综述造字书体诸法外，想要述明三皇五帝至晚清的文化文学发展脉络，实须大气包举、高屋建瓴方可。"叙史"在其中占据了绝对的篇幅而成为全书最耀眼的部分。然而无论是"叙经""叙史"，还是"叙子""叙集"，作者更重在"论"，而非"述"，其乾嘉考据精神，时时可见。如考问《史记》某些撰述不实的部分，评判墨家思想的不近人情之处。评判文学也过于粗疏武断，对当时流行的康梁"新文体"则持批判否定态度。但窦氏与时人一样，对中国传统文明具有相当的自信甚至傲慢，如将当时康、梁诸人对西方文学的看法与之对照，则可见出时人在备受打击后苦苦寻求文化上的优胜以保持民族自信的良苦用心。

窦警凡的《历朝文学史》在当时并没有引起多大的反响，而出版于1904年的林传甲《中国文学史》则成为公认的中国"第一部由国人书写的中国文学史"，是"空前""开山"之作。这部文学史著作乃是作者依据《京师大学堂章程》规定，受日本学者笹川种郎《支那文学史》启发，"将仿日本笹川种郎《中国文学史》之意以成书焉"，为优级师范生公共科文学课程而编写的教材，"为练习文法之用"，也是供教务提调呈总监督察核的报告书。

全书分16篇，每篇18章，共288章，7万余字。作者自言"每篇自具首尾，用纪事本末之体"；每章皆列出题目，"用《通鉴纲目》之体"。一至三篇叙书体、音韵、训诂之变迁，四至六篇谈如何写作；从第七篇开始，按经、史、子、集的次序并辅之以时代先后，依次论述先秦至近世之周秦群经、传记、杂史、诸子、前四史及其他诸史，以及汉魏以来历代文学的思想内容与特点。作者依据内容与文体的一致性对所撰述的主要内容进行了划分，拟定各篇章标题时，大致以内容、时间、风格特色为标准。最后两篇专述骈文，以语体特点为标准，将古代骈散、古今文章进行了分时段概括，并专述汉魏六朝至唐宋以来骈文风格的演变，意在发覆文学的辞章技巧及表现手法。

从对文学的认识来看，这集中体现了传统以来的"大文学观"。不过林传甲比窦警凡更趋于保守，综观全书，全未涉及诗、词、曲等内容，被视为"小道"或"下里巴人"的小说、戏曲更不必说。作者常常在叙述中插入一己的现身说法，明确表达自己的态度，如对语言的学习，他认为能够掌握的语言种类越多越好："传甲夙以不习清书为大耻。且吉、黑边务，知俄语不知满、蒙语，不能任也；新疆边务，知英、俄语不知维、回语，不能任也；西藏边务，知英语不知卫藏语，不能任也。中国文学应习者，凡五种文字，中原志士仅知其一，不知其二焉。"对醉心于八股而无视时局之变迁、民族之危难者，他愤慨地说："呜呼！帖括兴而词章亦拙，其小焉者也。帖括之士，不明治化为当时之务，乃尊之为古，岂忍睹荆天棘地之宫芜秽不治，自甘为退化之野蛮乎？"这样的直抒胸臆之语比比皆是，从中能见出林氏意欲唤醒民众以谋强图富的殷切用心。

该书作为"诏之后进，颁之学官"的教科书，很快成为各师范学堂通行的教材。宣统二年（1910）六月朔校正再版，宣统三年（1911）起至中华民国三年（1914）已印行至第六版，因而它被视为国人自撰的"第一部文学史"，倒也实至名归。

龚启昌《中国文学史读本》（以下简称《读本》）初版于1936年。此时国人早已建立起文学史的"现代"观念，因此该著所论文学史的范畴，与今人对文学史的认识基本一致，所述主体即传统至"五四"后的散文、诗歌、小说和词曲。全书近九万字，共分25章，每节皆有小标题，眉目清晰，便于翻阅。从上古文学述至近代文学及其革命，涵盖整个古代文学及近现代文学的主要作家作品。从这一点上来说，也可谓尺幅千里，大气包举。

在"编辑例言"中，龚氏明确指出该书适用于初高中国文选修科"国学常识"课程，亦可作为国文课的补充读本或文学自学读本。全书大致以时代为经，以作家为纬，以便于初学者把握。对于所选代表作家，一般先简单介绍其小传，再略述其作品的风格特征。龚氏认为诗歌词曲乃是"文学之脊柱"，因此对于历代诗歌词曲的脉络发展，叙述比较详尽，所选录的代表作品也很多，差不多占到全书篇幅的一半，这有利于学生课外诵习。对普通骈文散文则不复列举原文，仅述其流变。由此龚氏此书时时体现出"流变"的文学史观，这与早期的窦、林二氏的"大文学观"相较，其时代特色与发展变化显而易见。

从总体上说，龚氏该著贯彻了"一代有一代之文学"的进化史观，这主要体现在：充分阐述某一种（或两种）具有代表性特色的文学发展而轻忽其他类型的文学发展。比如唐代仅述唐诗，宋代则重点述词、诗，元明则着重突出戏曲的比重，清代除简述其诗文之盛外，重点述其小说。对于内容的编排，也有些"前松后紧"等结构上的不足，如述上古、两汉文学较详，而述明清较略；述元明戏曲较详，而述元明小说较略。对《三国演义》《水浒传》这样的长篇章回经典小说，却又略去小说的思想内涵或意蕴，而仅仅列举考证其版本或作者情况的学术成果，这明显有些偏离主旨。当然，在短短不足 9 万字的篇幅中，想要纳入如此丰富的内容，其取舍是需要花费一番大功夫的。很显然，作者在这方面的功夫做得不够，才致使该《读本》有些虎头蛇尾之嫌。

《读本》对文学史上一些重点的作家作品或文学现象的评价

有失中肯，如言及正始文学与建安文学的区别："此时与建安之最大区别，在建安七子之文人'为文学之文学'，而正始时之文人则'为玄学之文学'。前者重形式而忽内容，后者重内容而不讲形式。"说建安文学"重形式而忽内容"，这是谁都不能同意的错误论断。又如述及韩愈时，也充满了道学君子的迂腐之气，似乎重点不在韩愈对文学的贡献而在对其卑下人品的批判："读愈屡上宰相书，求官心切，可见一斑。其悔过献媚之态度，又为利禄萦心而出之。儒家重实用，故汲汲于功名富贵，较诸渊明不肯为五斗米折腰解绶他去者，其人格之雅俗，不可以道里计矣。我国士风之卑，实自唐始。"此类事例举不胜举，体现了作者撰述时的随意与流宕，这在需要严谨公允的文学史著作来说，的确不能让人心服口服。当然，文学史的撰述亦可体现"一家之言"，具有撰述者的个性色彩。本着这一原则，对龚氏《中国文学史读本》也毋须做太多苛求。

三部著作在文学史撰述的发展历程中，其所针对的接受群体不一，因而其所产生的价值与影响也就有所差异。为了如实呈现著作原貌，整理时除订正部分明显错讹外，文字、格式基本遵从底稿。限于整理者的水平，其间难免错漏，还请方家校正。

顾瑞雪

2022 年 7 月

总目录

历朝文学史

窦警凡 著　顾瑞雪 整理

目　录

读书偶得序

文以明理，文以述事，理明则著为事，而不至于纰缪。士大夫握管为文，必其有关于理之是非、事之利害，而始可言文也。何谓利？凡守先民之道，可以遂民之生、蓄民之财者，则谓之"利"。何谓害？凡背先王之道，以致贼民之生、妨民之财者，则谓之"害"。事而有利于人，则人皆爱之、敬之而助之，惟恐不至；事而有害于人，则人必恶之、贱之而诛之，惟恐不尽。知事本于理，理原于文，古今天下，非一文之所维系哉！

自后世习言文学，而昧乎文学之实，以雷同剿说厕之，以迂缓肤浮衍之，以声律对偶饰之，以揣摩仿效弋之。本其疲弱惰游之素，而但程呻吟占毕之功。并无负贩臧获之才，而妄厕都士衣冠之列。智力日消，性灵日汩，使其人之才无一事可用而人亡。累朝之君若相，乃阴利其无所用，以为如是则不至于与吾事也。于是外托右文之名，举其无益于学而足以敝精神、销日力者以课之，且驱天下颖秀之才使从事于中，而美其名曰"士"。举凡临民治事之职，别任之于官。又立为法制以制官，使官不得不授权于吏，为士者一切无所干与。于是乎官与士分。士亦知所习无益于学，而犹幸有功名之足以慰我也，则姑濡忍以就之。究之日力已费，精神已销，所谓功名者百不获一。凡人所当为之事，退而习焉，业已不及。于是乎兵、农、工、贾与士分。士抱颖秀之才而置之不官不民之间，无所事事，则皆侘傺无聊，以怼其上。中外偶有不靖，苟或招之，则相率而去耳。即无所去，又安有愿为民倡，以赴上之急者乎？束手坐视，遂至唐嬗汴梁，宋沈厓山，元遁漠北，而家亡，而国亦亡。承其后者，不得不力惩积弊，遂议尽去其旧而更张之，举前人之文学，概与屏弃，致有"九儒十丐"之说，以相诟病。

谓欲民之合群也，乃求利则合群，获利则倾轧；欲民之武健也，乃叛上则武健，遇敌则遁逃；欲立法以振作也，乃有法以制民，无法以御乱。学术大坏，根本全倾，人自为法，家自为俗。士诚据吴，友谅称汉，云扰鼎沸，渐染夷风，纲纪倒置而天下亡。

然则如之何而可？曰前事不忘，后事之师也。国之败，不在财力之贫弱，而由上下之离心；国之胜，不在兵力之盛强，而在士民之协力。即以近代论之，宋、元、明季世之君，若宋徽宗、度宗，元顺帝，明怀宗，何尝若夏癸、商辛之大恶于天下？只以因循姑息，斧钺之威不足慑在势者之贪纵，遂使民生垫隘，众怨胥归。开金元之衅，导之使入者，即宋人也；明祖之所将，皆元人也；献、闯之纵横而莫能御者，皆明人也。宋、元、明用之奔亡，后之人用之集事者，一则朘削民财，使之离叛；一则屠戮其仇，使人心共快而遄迩景从耳。由此而观，成败之故，固莫备于文学矣。

学必由文字始，兹叙文字为发端。立纪纲，厚风俗，使薄海内外之人相协而不相离，可强而不可弱者，莫备于经，故次之以经。上下古今、成败得失之道，一览了然，得所依据，莫善于史，又次之以史。凡人情事理，以至农工商贾，虽世变日新，有百变而不能出其范围者，莫详于子，又次之以子。从古硕德通才，奇谋伟略，以至文人学士，亦各有著作，以抒所见，悉载于集，又次之以集。

兹择其恒见而切要者录之，间附末议，虽所见寡陋，然窃谓会而通之，有益之学，大致备矣。则所以转弱为强，转衰为盛者，天下本无他道，安得名之某国之学哉？则概之曰读书偶得云尔。

光绪三十二年丙午，梁溪振学主人窦警凡氏序。

叙文字原始

　　志有之："经天纬地曰文。"又曰："道之显者谓之文。"古者庖牺氏始作八卦，以垂宪象。神农氏结绳，以统其事。庶业既繁，饰伪萌生。黄帝之史仓颉见鸟兽蹄远之迹，初造书契，依类象形谓之文，形声相益谓之字，著于竹帛谓之书，而文实为物象之本。圣人之造文，岂徒以纪姓名、达言语而已哉？盖有天即有道，有道乃有文。文者，所以载道也，业已著①于圣人，达诸天下，举凡仁义礼智之德，子臣弟友之经，极之神圣之所以建极，臣庶之所以尊亲，鸟兽草木之所以并生而并育，无一不显之以文。天无二天，道无二道，君子不出户庭而其文之著已如日月之丽于天，江河之沛于地也。故《文言》曰："见龙在田，天下文明。"然而岁时之久，宇宙之大，极诸四海之外，遐荒蛮族，林林总总，实繁有徒。以类相聚，遂各以其侏僬钩棘之思，造为形迹，亦强名之曰"文"。自沮诵左行、伕卢右行而外，虽绝无意义，而旁行斜上，几不能以更仆数。且也教泽所未濡，声灵所未及，聚处既多，蕰极生孽，恣其贪黩之情，犷猂之习，驯至饰

---

　　① 原文为"着"，应为"著"。

8

一时耳目之观，辄欲驾于我中国文明之上。不知蝌蚪之行，苔蜗之篆，无关乎大道者，非吾所谓"文"也。视听之娱，骄泰之习，无当于礼教者，非吾所谓明也。国家承神圣之正朔，与天地合其德，与日月合其明，近圣人者，其人闻见涵濡，类皆秉君子时中之德，所处渐远，于德渐杀焉。俗所谓"中国"，犹言国中之于野外也。《诗》曰："普天之下，莫非王土。"天子以天下为家，固无所谓"国"。且舆球团团，以地而言，更无所谓"中"也。然则极宇宙之文明者，非圣朝其谁与归？故名曰"天下"。文学史，志文字原始第一。

草昧初开，百物创造。自庖牺以及黄帝，圣神递嬗，阅数百年始有文字，夐乎难哉！故老相传伏羲有龙书，神农穗书，黄帝、仓颉鸟迹书，少昊鸾凤，高辛科斗，尧为龟书，夏有钟鼎，殷有薤叶，类皆荒远无征，顾弗深考。许叔重氏之言曰"书"者，如也。

五帝三王之世，改易殊体，封于泰山者七十二代，靡有同焉。《周礼》："保氏教国子以六书。"一曰指事，谓视而可识，察而见意，"上""下"是也。_{古"上"字"二"；古"下"}字，"二"。_{谓在"一"字之上、"一"字之下。}二曰象形，谓画成其物，随体诘屈，"日""月"是也。_{日下画实，月下画阙，象日月之}形。三曰形声，以事为名，取譬相成，"江""河"是也。_{水旁为}名，工可为声。四曰会意，谓比类合谊，以见指㧑，"武""信"是也。_{止戈为"武"，人言为"信"。}五曰转注，谓建类一首，同意相授，"考""老"是也。_{"考"者，老也；"老"者，考也，互相为注。此以训诂言之，其造字之意则"老"从"人"，"毛""匕"仍属会意；"考"从老，丂声，仍属形声也。}六曰假借，谓本无其字，依声托事，"令""长"是也。借"号令"之"令"为"县令"之"令"，"短长"之"长"为"县长"之"长"。此文字之所由始也。周宣王太史籀著《大篆》十五篇，孔子书"六经"、左氏述《春秋传》皆用之。

秦始皇并天下，丞相李斯作《仓颉篇》，取史籀《大篆》或颇省改，谓之秦文。奏天下皆同秦文，是为小篆。中车府令赵高作《爰历篇》、太史令胡毋敬作《博学篇》用之。后秦皇又使杜人程邈去篆体繁复，取约易，以便隶人，是谓"隶书"。

汉兴，有草书。齐相杜度善作草，章帝好之，世谓之"章草"。史游《急就篇》用之。新莽使其大司空甄丰等校文书之部，时有六书。一曰"壁中书"，鲁共王坏孔子宅壁，得《礼》与《尚书》《春秋》《论语》《孝经》，皆大篆也。二曰"奇字"，古文之奇者，扬雄善之。三曰"篆书"，即小篆。四曰"左书"，即隶书。五曰"缪篆"，所以摹印。六曰"鸟虫书"，以书幡信。久之，世之好奇者诡更正文，变乱常行。迨汉安帝时，汝南郡人太尉、东阁祭酒许慎叔重氏叙篆以合古籀，著为《说文解字》，每部各建一字为首，而以同首之字属焉，都为十五卷，凡五百四十部。

列朝攻《说文》之学者甚多，南唐徐锴有《说文系传》四十篇，国朝段玉裁《注》三十卷，王筠《系传校录》三十篇，姚文田《说文校议》三十篇，朱骏声《说文通训定声》《说雅》《韵准》《柬韵》等三十九卷，钮树玉、郑珍等益以《说文新附字》《逸字》各若干卷，惠栋《读说文记》十四卷，诸书皆本《说文》立说。又若梁顾野王《玉篇》三十五卷，宋司马温公《类篇》四十五卷，宋洪适《隶释》正续共四十二卷，宋薛尚功《钟鼎款识》二十卷，亦于字书为最著，而以《钦定康熙字典》为集大成。《满蒙汉字三合切音清文鉴》三十三卷，《西域同文志》二十四卷，番字、托忒字、回字皆附焉，此一统车书之极轨也。

圣人与天地参，载道之文由天而出，探源于《说文》，集成于《字典》。故夫子曰："今天下书同文。"后世辟王僭国，妄作聪明，若吴主孙休之名四子，唐后武氏之造金轮二十一字，南汉刘龑之自制其名。然"霅""霣"等字，孙休而后，至今无用之者，不得谓之字也。

至于遐方僻壤，不获沾上国之声教，而亦各有其字。商周之际，西域埃及王美内士造字，彼中谓为最古之文，如"月"为◖，"人"为🕱，"雁"为🗷，"房"为🄰，"碑"为⊥，则六书中之象形也。又亚甲族创象形之字法，皆自上而下。罗马既统欧西，得二十五字母以切音，书法自左而右，遍行五洲。罗马恺撒又造字为拉丁文，西国士子皆童而习之。欧洲各国皆由罗马古文以字母凑合，递相推衍，故若英若法若德，各自为国，即各有其字，迥不相侔。洵乎朱蓉生侍御之言曰："文字之传，以目治者，难而可久；以耳治者，易而辄变。"

中国文字形、声兼备，然三代以前，犹多同声假借之字。文献难征，半由于此。外国自古逮今，无不以耳治者，言及旧制，揣摩影响，言人人殊，反不若见于吾国史籍者为可据。如德律风之制，见于汪灝①《随銮纪恩》；金鸡纳霜能治疟，见于查慎行《人海记》，而彼皆以为新法。然则艺事犹然，而况有大焉者乎？谬说羡其识字者多，欲另创简易之字，使妇孺皆识，抑知六

---

① 原文为"颢"，应为"灏"。

书具备，方以为繁而难辨，岂有再造一种书之理乎？异国之字，简略易淆，非根义理，与说话无异，是以识者较多。上国文义甚精，虽不尽能解，而人人皆能说话则同。襁褓之时，无不教以保身之法，应事之方，无事不切于日用，且耳濡目染，下至农夫樵贩，无不有"周公制礼，孔子垂教"二语在其意中，是中华固无人不学者也。若佉卢诘屈之迹，不过较能纪数目、辨姓名而已，又何益之有哉？

有文字，先有语言，发为歌辞，于是乎有音韵之学。由六经以迨周秦诸子，多有韵文。魏晋间李登作《声类》，凡一万一千五百余字。东晋吕静为《韵书》，以宫、商、角、徵、羽分为五卷。宋周彦伦始著《四声切韵》。齐梁间沈约、谢朓之文，世称"永明体"，始以平、上、去、入为四声。隋陆法言、刘臻、颜之推、魏渊、卢思道、李若、萧该、辛德源、薛道衡等撰《切韵》五卷。唐郭知元等增益之，陈州司徒孙愐重加刊定，曰《唐韵》。宋真宗命陈彭年、邱雍等重修补注，赐名《大宋重修广韵》。又命学士丁度、李淑等，自许叔重以下数十家韵学，总为修集，成于司马温公之手，凡五万三千五百二十五字，曰《集韵》。仁宗景祐以后，毛晃及子居正蒐采典籍，依韵增附，凡增补四千五十七字，考订二千一百余字，曰《增修互注礼部韵略》。金哀宗时，平水刘渊所刻王文郁撰之《平水韵略》，上、下平各十五韵，上声二十九，去声三十，入声十七，为宋元至今相承沿用之韵。

若考证古书，须谙古韵，则宋周彦伦《四声切韵》、唐陆德明《经典释文》音韵、明杨慎《古音略例》皆为切要。而国朝顾、江、戴、段、钱、王诸巨儒考订尤精，不胜悉举。此韵学之大略也。

惟《经典释文》一书皆用反切，于是又有反切之学，一字翻成两声为"反"，两字合成一声为"切"，其实一也。经传所载，如"之乎"为"诸"，"奈何"为"那"，"不可"为"叵"，"勃鞮"为"披"，"邾娄"为"邹"之类，不可胜数。魏孙炎遂有"反语"之法，缓语则为两字，急读便成一音，谓"真音之一字易差，反切则两音难混"也。六朝时僧神珙始作三十字母，有"反纽图"附于《玉篇》。唐时僧舍利及守温又作三十六字母，今所谓"见""溪""群""疑"是牙音，"端""透""定""泥"舌头音，及舌上音，喉音，重唇、轻唇等音是也。《隋书·经籍志》称婆罗门书十四音贯一切字，则字母之始，早与梵经同入中国。《切韵》则以上字为切，下字为韵。同母者谓之"双声"，同部者谓之"叠韵"。切归本母、韵归本等谓之"音和"；本等声尽泛入别等，谓之"类隔"。郑夹漈《通志略》言梵又有二合、三合、四合之音。推诸海外东西各国，皆可以字母递通，皆另有专家，亦第略举其端而已。

叙　经

孔子曰："六艺于治，一也。"孟子曰："为政必因先王之道。"世之言治道者，舍六艺其安从？

顾《乐》至微渺，以音律为节，坏于周，衰乱于郑卫，后世遂无其书。《易》为卜筮之书。若《诗》《书》，若《仪礼》《周官》，若《春秋》三传，皆史也。《戴记》阐礼经之精微，《尔雅》为诗书之训诂，《孝经》《语》《孟》，则举三王之道，诏之万世。自仲尼没而微言绝，七十子丧而大义乖，中遭秦政之燔灭，盖缺有间矣。汉兴，乃建藏书之策，诏求遗书于天下，于是择尤雅驯者，先后列诸学官，尊之曰"经"。

凡为经者十有三，皆古来圣君贤相经纶天下之务，一一布诸政事、垂为彝训。孔子曰："我欲载诸空言，不如见诸行事之深切著明也。"是古无舍实事而可以为文者。迩者或谓经训之文类多义理精微，规模宏远，而独惜其于农工商贾、寻常日用之事概从略焉。抑知由修、齐而治、平，以上哲之精微而宏远者，童而习之，犹恐其仅止于中材也，何暇于农工商贾乎？夫人之读书励学，固欲为大人君子之为乎？抑求终身为小人乎？小人固不待学者也。

说者曰："古皇首出御世，经纬万端。佃渔耒耜，服牛乘马，日中为市，农工商贾之业，纤悉毕备。天地文明，孰非圣人创造所致乎？"

曰："古皇制造百物，不过便一时之民用，而非可以为教，亦非可以为学也。无论匏尊旋为陶冶，黄桴旋为笙竽，器械之用，日异月更，不可为书以教后世。且细民执艺谋利，皆由性生。必履于其亩，居于其肆，父诏兄勉，不期能而自能。洵乎斫轮者之言曰：'不能言，而有数存乎其间者。'若持谱以别种、稑之种，不如老农之辨且析也；仰屋而思制造之精，不如工师之习且娴也。推之若声、光，若化、电，要亦同此一艺耳。使十人习之，必有高出于十人之上者；百人习之，必有高出于百人之上者。若必欲读书识字，呻占毕而求之，是南辕而北其辙也。"

且农、商足以富国，然非合众农、商为公司，则虽极明农学、商学之空言，弗能富也；军士及制造足以强国，然非合士民为军队，虽极明整军经武之方略，弗能强也。今人著《群学》一书，言至要在国人之合群，此言是也。然以今日之天下，习于自利自私，人难相保，则虽有巨富，敢轻畀人财以合公司乎？虽有壮士，敢轻授人命以编军队乎？劝人合群者，即哓音瘏口，亦如飘风之过耳而已。

然则道当如何？曰：经所言八柄之驭，九两之系。若以贵得民，以贤得民，以道得民，以治得民，其事虽未能遽必，而尊卑、上下互相维系，相沿既久，群情所安，合群敌忾，必发端于此。且造士之方兼求才、德，使人人读三古之书，虽在中材，亦必濡染于圣贤之理，生平所习，不敢逾闲，此德之基也。六经皆古人之实事，治经者必深明当日之事势，反覆钻研，以求考信，用心精细，物无遁情，此才之基也。学成而才德并茂，其国之兴可以立待。若偶撷词句名物之细以窃附乎经义，则无异九品中正徒便营私，制义帖括实同枘腹。聚天下不德不才之人而畀诸名位，已岌岌乎可危；若逐于偏长末艺，并经而去之，则所谓去人伦无君子，虽与之天下，不能一朝居也。故自有文字以后，以经学为最要，而考据琐屑不与焉。志经第二。

《易》自伏羲画卦，《夏易》曰"连山"，坤为首卦；《商易》曰"归藏"，艮为首卦；《周易》则以"乾"为首。文王有"彖辞"，周公有"象辞"，孔为"十翼"，而《易》道始备。秦火以卜筮之书不废。《说卦》既失，而汉时河内女子得而献之，《周易》遂为完书。

《易》学自子夏，与商瞿子木皆受诸孔子。数传而至田何、鲁孟喜、齐梁邱贺，皆发源于圣门之学。一为汉焦延寿传诸京房，专注术数；一为汉费直数传至郑众、马融、郑康成、荀爽，今世注《易》者多宗之。今功令定本注疏为魏王弼、晋韩康伯注，唐孔颖达正义。家塾则多从明国子监所定，读《程传》朱子《本义》。若国朝治《易》者尤多，而孙星衍《周易集解》最为便读。

《易》之经为至精，惟圣人能知圣人。苟非周、孔复生，安能探阴阳消息之精吻合无间乎？汉有虞翻、王肃、刘表、荀爽等九家《易》。魏晋则王弼、干宝、谢万、吴陆绩等。宋有明帝、褚仲都。梁、陈以郑、王二家列之国学。唐有李鼎祚《集解》、史徵《口诀义》。宋则程、朱诸大贤各有著书，或主理数，或主爻象，以及互卦、爻辰、纳甲。陈抟、邵康节之作《图》，扬子云之《太玄》，司马温公之《虚要潜之》，治《周易》者见仁见智，各据偏端，皆非经世之所急也。

《书》为夫子所删定，孔安国《尚书序》云："自唐虞以下迄于周，凡百篇，所以示人立轨范也。"自经秦火，汉廷使晁错受之伏生者，凡《尧典》以下二十九篇，曰"今文"。后鲁恭王坏孔子宅，于壁间得科斗书，孔安国献之。遭巫蛊事，未列于学官，《书》遂散佚。东晋豫章内史梅赜上之，多《大禹谟》《五子之歌》以下凡二十五篇，曰"古文"。至齐建武中，始列学官。宋儒吴才老、赵南塘辈谓"古文"皆伪，为说经家屏置弗道。而汉河中女子所献《伪泰誓》，张霸之《伪书百两篇》，汉已不行，无庸议矣。

今合古今文五十四篇，传者汉伏胜《大传》，刘向《洪范五行传》，郑康成、马融、魏王肃、贾逵皆有传注。若隋唐之费甝、刘焯等，及宋朱子所取之王安石、苏轼、吕祖谦、林之奇四家《书》注，皆不甚行于世。定本注疏用汉孔安国传，唐孔颖达正义。家塾读宋蔡九峰沈集注。如国朝孙星衍《尚书今古文注疏》、盛百二《释天》、胡渭《禹贡锥指》之言地，皆此经切要之书也。

《诗》权舆于古歌。虞之《赓歌》，夏之《五子歌》，见于《尚书》。古诗盖三千余篇，孔子删定《周诗》，上兼《商颂》，凡三百十一篇，子夏作序，讽诵相传，不专恃竹帛，故得全于秦火。汉时传者四家，鲁诗始于申培，传于韦贤；齐诗始辕固，传匡衡；韩诗始韩婴，传王吉；毛诗始毛苌，传毛亨，郑玄为笺。齐、鲁诗至魏晋时不传，韩诗仅存外传，唐惟毛诗郑笺列于国学。宋如苏氏、欧阳氏皆有训释，而家塾皆读朱注。定本注疏用毛传、郑笺，孔颖达正义。如国朝陈奂《毛诗传疏》、徐鼎

《毛诗名物图》，皆精核。

《礼》自伏羲，至黄帝始具。代有损益，至周而大备。周衰，诸侯奢僭，皆去其籍，孔子时已不具矣。返鲁，乃始删定。后更战国之乱、秦政之害，汉世所传仅《周礼》《仪礼》《礼记》三书而已。

《周礼》亦名《周官》。汉李氏上诸河间献王，缺《冬官》一篇，以《考工记》补之。至刘歆而始著。新莽立之学官，杜子春尤精其说。马融、郑康成为传、注。隋苏绰、王通，至宋程、朱大贤皆有著说。唐太宗且谓"非圣人不能作"。

《仪礼》出于孔壁。鲁高堂生传诸其徒，名曰《士礼》。而《丧服》一篇，子夏已先传之。讫孝宣世，后仓最明其学。汉行《大射礼》于曲台，后仓为《曲台记》九篇。自郑、贾注疏而后，唐有黄庆、李孟悊二家之疏，贾公彦删集之。

《礼记》即《仪礼》之传。汉刘向校经，得二百二十四篇。戴德合记之，得八十五篇，为《大戴记》。其从子圣删之，得四十六篇，为《小戴记》。马融又增《月令》《乐记》《明堂位》，为四十九篇，即今之《礼记》也。康成受业于融而为之注。家塾读明监本陈澔《集注》。

定本注疏《周礼》《仪礼》皆汉郑玄注，唐贾公彦疏。《礼记》亦郑注，孔颖达正义。其国朝人所著精粹可读者，孙诒让《周礼正义》、胡培翚《仪礼正义》、朱彬《礼记训纂》。然考《礼》家尤贵有图，若王鸣盛《考工记图》，阮元《车制图》，张惠言《仪礼图》，孙星衍、严可均同撰《三礼图》，皆不可忽也。

《春秋》本鲁史记之名。古王者左史记言，右史记动。言为

《尚书》，事为《春秋》。惟《鲁春秋》则孔子手定之，左氏为之传，司马迁、班固则皆以"左氏"为左邱明，云汉时出于张苍家。汉贾谊，三国贾逵、伏虔为别解，晋杜预为集解。孔子以《春秋》授弟子，弟子退有异言，而子夏之弟子齐人公羊高及子夏门人所传穀梁赤，皆传《春秋》。

秦火之后，《左氏传》最先出。其立学则《公羊》最先，《穀梁》次之，《左氏》最后。今按《左氏》或有传无经，或有经无传，似别为一书，不尽为解经而作，《汉书·刘歆传》《晋书·王接传》俱言之。近人刘申受谓为如《晏子春秋》《吕氏春秋》之类，而其言与圣经发明者甚多，惟所言义例多未确，似皆出于后人所附益。如《公》《穀》之"子沈子""子司马子""尸子"等语，皆后师之言。《公羊》言义例者多，而述事以证之，间涉穿凿，未惬人心。汉胡毋子都、董仲舒、何休皆习之。近人借以骋其邪说，尤为世所诟病。然孔子改制及黜周王鲁之谬说，《公羊》无此文也。《穀梁》专明义例，述事尤少。且《公》《穀》所言，有与《左氏》异者。盖其所知之事远不如《左氏》之多，然以文而论，则《穀梁》之豪锐精峭，固横绝千古矣。《穀梁》之学，荀卿、申公习之，范宁为集解，啖助、赵匡为《穀梁解疑》。

今注疏本《左氏传》，晋杜预注，唐孔颖达正义；《公羊》汉何休注，唐徐彦疏；《穀梁》晋范宁注，唐杨士勋疏。家塾《左传》读晋杜预、宋林尧叟注，《公》《穀》读明闵齐伋刊本。然如国朝人顾栋高《春秋大事表》、孔广森《公羊通义》、钟文烝《穀梁补注》，皆宜读。

《孝经》乃孔子诏曾子以孝道，而曾子弟子录之。何休称孔子曰"吾志在《春秋》，行在《孝经》"是也。《孝经》与《尚书》同出于孔氏壁间者，曰"古文"。秦时为河间颜芝所藏，汉初芝子贞出之者，为"今文"。孔安国为传，郑众、马融并为注，五代时孔、郑注皆亡。唐明皇于先儒注中采其尤当者为注解，天宝二年，颁行天下。今注疏即用明皇注，宋邢昺疏。国朝阮福所辑《孝经义疏》，详矣。

《论语》为孔子应答弟子及时人之言。弟子恐微言已绝，因各述所闻，相与论撰，辑成是编。汉兴，有《齐论》《鲁论》之异。王吉、宋畸等传《齐论》；夏侯胜、韦贤、萧望之等传《鲁论》。汉张禹合而考之，除去《齐论》《问王》《知道》两篇，又以《古论语》《尧曰》《子张》合为一篇，遂从《鲁论》二十篇为定。魏陈群、王肃，梁皇侃等皆为义。郑君及何晏列于国学。至朱子《集注》出，而诸家皆废矣。注疏用晋何晏注，宋邢昺疏。国朝刘宝楠《论语正义》甚精。

《大学》为孔氏遗书，传于曾子。《中庸》为孔门传授心法，笔于子思。昔在《戴记》中各为一篇，皆郑注、孔疏。自宋程、朱诸大儒表而出之，与《论》《孟》同为四子书，皆从朱子《集注》。国朝编《礼》，录注疏于前，与朱子备列，以示不忘其初之意。

《孟子》七篇，古本列于诸子。自宋陈振孙《直斋书录解题》始以《语》《孟》入经。《类说》曰韩文公称孔子传诸孟某，某死，不得其传，故天下学者咸曰"孔孟"。后汉赵岐为《章指》十四篇。唐陆善经则删之，复为七篇。宋范祖禹、吕希哲、孔武仲、吴安诗、丰稷等有《五臣说》。伊川、横渠、南轩、颍滨、彦明皆有解。得朱子《集注》与《或问》，而众议毕赅矣。

注疏用赵岐注，宋孙奭疏。国朝焦循《孟子正义》可资考证。

《尔雅》，《汉志》称二十篇，今惟十九篇。陆氏《释文》始谓"《释诂》一篇，周公所作。或言《释言》以下，孔子所增，子夏所足，叔孙通、梁文皆有增益"，莫能详也。自终军有豹鼠之辨，其书始行，晋郭璞尤所究心。汉刘歆、孙炎，宋郑樵皆有注。今用晋郭璞注，宋邢昺疏。国朝郝懿行《尔雅义疏》尤精核。汉孔鲋有《小尔雅》八卷，扬雄《方言》十三卷，刘熙《释名》八卷，魏张揖《广雅》十卷，宋陆佃《埤雅》二十卷，罗愿《尔雅翼》三十二卷，明朱谋㙔《骈雅训纂》十六卷，皆《尔雅》之助也。

以上十三部尊之曰"经"，内以治身，外以经世。天下承学之士无人不读，为千古文学之宗，而不可以著述工拙论也。

其亚于经者，曰《大戴礼》，相传为戴圣所删之余。仪征阮文达公元谓二戴同受学于后仓，各取孔壁古文记之，非小戴删大戴也。《大戴》所言秦汉时事，乃汉博士孔襄等所合书，凡八十一篇，已多阙佚。今存者四十二篇，要皆圣贤之绪余，与《小戴》初无轩轾。

曰《国语》。世传亦左邱明作，谓为《春秋外传》。乃玩其词意，与《内传》殊不类。盖多取资于列国之史成之。凡二十一卷，吴韦昭注。

曰《战国策》。书出于秦纪七国争雄之事，其初错乱相揉，汉刘向校定为三十三篇。汉高诱注。

曰《逸周书》。《晋史》称汲郡人于晋太康二年得于魏安釐王冢。上自文、武，下迄灵王，六经而外，近古者莫如此。书凡十卷，晋孔晁注。

曰《竹书纪年》。与《周书》皆出汲冢，得竹简数十车，编年皆用夏正。自黄帝以来，迄于周末，至三卿分晋以后独纪魏事，盖魏史书也。凡二卷。国朝洪颐煊校。

曰《山海经》。相传出于伯益。纵未必然，要为秦汉以上书也。且其所言诡异，在今日寰海交通，亦无实证，然在上古之世，未必无因。凡十八篇，刘向所定，晋郭璞赞一卷。国朝郝懿行疏。

曰《穆天子传》。亦云出自汲冢。晋荀勖定为六卷。所云西王母，世多疑其荒诞。然以今日证之，颇类西俗。或考穆王所莅之地，在今为东土耳其。然则《尔雅》之云"八荒"，皆在亚洲界内。方知昔人所见闳博，无一空言，益见古书之可贵也。今厘为七卷，郭璞注。

又有《鲁诗故》三卷，《齐诗故》二卷，《韩诗》二卷，均近人马氏玉函山房所辑。

又《纬书》，以近人赵在翰小积石山房所辑《七纬》为最备。

此皆经之支流余裔，读经者皆堪取益。至如《老》《庄》《荀》《管》，虽亦三代以上之书，而体例归子部。《易传》《诗序》等书，且多伪托。他如训诂、考订之学，宏儒巨制，美不胜书，然皆名山之盛业，尚非经世之急务。与余作此书之立意迥殊，故概不暇及。

叙　史

有天地然后有万物，有万物然后有父子、夫妇、君臣、上下，人皆知之矣。然吾谓有文学，然后有天地也。

何以言之？书之信而有征者，以《大易》为最古。《易》之言曰："昔者庖牺氏之王天下也，仰象天，俯法地。"庖牺以前无可征也。龙门《史记》始于五帝，唐司马贞乃援皇甫谧《帝王代纪》及徐整《三五历》等书，补为《三皇本纪》，实仍由庖牺氏始。惟邵子《皇极经世》之言，以每万年为一会，遂有盘古首出及天地人皇之说。

然古云三皇之代，若存若亡；三皇之事，若觉若梦。盖所谓混沌而开辟者，实与欧西人所言太阳沦精渐成地壳，东洋人所言以矛蘸水滴成日本岛之荒诞相去无几。一言以蔽之曰：皆妄言也。一气所积，轻清为天，重浊成地，既无终穷，安有开辟？史皇仓颉既造文字，人乃知其时之帝为伏羲。至伏羲以前，为时久远，何可限量？《韩诗》以为自古封太山者万有余家，仲尼观之不能尽识。管仲谓古封太山者七十二家，夷吾所识十二，首曰无怀氏。想其版章之厚，物产之宏，人事之赜，安知不逾于今日？特以无文可凭，遂如渺渺尘埃，沉沉黑夜，一任其自生自灭，而无几微之可证，岂不哀哉！斯即极之象纬之昭回，皇舆之广远，皆恃文学为之开辟耳。

文字既创于是，积字成句，积句成文，由皇而帝，由帝而王，其文日繁，其事益备，设之专官，俾司纪述，名之曰"史"。若《诗》、若《书》、若《春秋》，因受圣人之笔削而尊之曰"经"。若以后世例之，皆史也。世运有治乱，执政有贤愚，而史笔所乘，千秋法戒。虽至春秋之际，王政不纲，冠履倒置，而董狐、南史，犹皆片言衮钺，如山岳之不可撼摇，诚哉天下之柄，史臣可与君相分持也！无如人事迁流，世变益亟，诸史自司马、班、范、陈志而后，已不能尽餍于人心。然若晋、若南北朝、若唐、若五季诸史，虽遗议至多，尚各有一长之可取。宋元以后，人材庸下，史职尤轻，或由资格，或藉夤缘，遂充其选。迨既操史笔，其犹甚者或徇要人之意旨，或挟一己之恩仇，否则袭偏私之案牍，录谀墓之碑铭，随手掊摭，居然塞责。于是有应传而不传者，有一人而两传者，复沓遗漏，颠倒谬误，史遂为举世訾謷之具。夫叔季之朝，怨李恩牛，本无公论。设取秦桧、燕帖木儿、严嵩之诰敕及生传读之，虽禹稷亦恐望尘不及；执岳飞、杨继盛、杨涟、左光斗之爱书视之，虽皋陶亦谓死有余辜，孰知与实事之相反如是哉！于是正史之言，转不如野史之可凭矣。

唐太宗曰："以古为鉴，可知得失。"留心经世者，凡史皆当流览。而宋元以来于今日之国势民风，尤为相近，探讨尤不可忽焉。兹述史之切用者三，曰《二十四史》，曰正续《通鉴》，曰宋以来之野史。其馀供多识备考据者，皆略之。叙史第三。

《史记》一百三十卷，汉司马迁继父谈为太史所作，褚少孙

24

补之。晋裴骃集解，唐司马贞索隐，张守节正义。龙门上继《春秋》，下为列史之祖，鸿文卓识，彪炳宇宙，自不待言。然其所作实自秦始皇，至汉景帝而止。自秦以前，惟取《尚书》《春秋传》《世本》《国语》《战国策》襞绩成之。以史公之渊雅，若《汲冢书》及《管》《晏》《庄》《列》《荀》《吕》《七纬》等书，采之至精，有竟不阑入一语者，其谨严不可想欤！

然窃思三代以上之书，六经而外，本多伪托。若《语》《孟》及《春秋三传》，确为未经秦火者完书，然亦未于《诗》《书》之外有所详述，如郯子及季孙行父所言，按诸实事，殊多可疑。

《书》莫尊于二典，首命羲和，钦若授时，至为郑重。而又特命仲叔，出居荒远，其所谓寅宾、寅饯，果如何措置欤？孔子云："帝尧则天。"然在位七十年，而四海怀襄，民无安席；元恺未及升庸，四凶皆据高位，又所为何事欤？

夏启之贤，敬承禹道，而王逸注《楚辞》言其纵欲不节，六师伐扈，遽败于甘。五子皆有昏德，一败涂地。禹之遗烈安在乎？且扈之罪为威侮五行，羲和之罪为昏迷天象，引政典曰"杀无赦"，错误天文，罪重至此，殊难索解。

《大雅》歌文王伐密、伐崇，功烈昭著。时崇侯为纣宠臣，文王若不奉纣命，何敢兴师？若奉命伐之，则命贤讨愚，命忠诛佞，诚哉天王之圣明矣，安得云纣之不善乎？然则商周之事，果能异于魏晋乎？

齐桓之烈，功在管仲，《论》《孟》皆言之，而《春秋传》言管仲甚略。晋之讨赵，由于屠岸贾；越之灭吴，成于种、蠡，迁史未知所本何书，而《春秋》则一字不及。

《麟经》绝笔于周敬王三十九年庚申。又十四年，为贞定王元年癸酉，鲁哀卒，而《左传》亦终。又六十五年，为威烈王二十三年，始命魏斯、赵籍、韩虔为诸侯。又十七年，为安王十六年，命田和为齐侯，距《左传》之终八十一年。六国以次称王，《战国策》于是始详。此八十一年之中，《左传》已终，《国策》未肇，一切无征。迁史但有世次可纪，而无事迹。迨后人有《大事纪》《周季编略》等书，搜《韩诗》《吕览》数事勉强补入，而恍惚杳冥，又与三皇之世相类。迨《战国策》所言，直似别一世界，与《春秋》全不相接矣。试思孟子言鲁缪好贤，公仪为政似鲁君，复独操国柄，不知曩日之赫赫三家何往乎？燕于春秋至为僻陋，哀公之末，尚未列于盟会，何以忽为七雄之一？越灭吴之后，遂霸天下，何以忽然渐灭？在此八十年中，皆有异常变动，特史书阙失，虽史迁亦无可旁征，岂又非有文学始有天地之证耶？

战国之时，齐晋久已易主，泗上诸侯均已不国，周之诸侯仅有秦、楚、燕三国而已。秦以夷狄并天下，恃其狙诈强暴，为害生民，世人皆欲杀之，本未尝视为天子。项羽入关，首殄其族，固出于人心之所同，然使汉祖定位咸阳，亦岂能曲予生全乎？

总之，《史记》一书，自皇古之初，下迄史公所处之代，统贯古今，与后人一史仅纪一代之事者迥别。凡诸史自殿本及同治间江苏、浙、鄂书局刊本之外，《史》《汉》精本甚多，以归有光、陈仁锡等评点小楷本最为便读。

《汉书》一百二十卷，汉班固作，固妹班昭补"志"，唐颜师古注。

自景、武以前，多同迁《史》，甚有全录其文者。盖古风简质，惟求征信，不以剽袭为嫌也。窃思孔子不言汤武，其论《韶》《武》及泰伯等语，于周武颇有微词，独至赞《易》，曰："汤武革命，顺乎天而应乎人，是以元亨。"盖谓丧乱之际，饥溺方殷，虽不必有唐虞圣人之德，而但能幸邀天眷，下慰来苏，则亦居然创业垂统矣。

强秦以武力毒天下，陈涉、项羽迭起纷争。汉祖扫除暴乱，天下粗定，如解倒悬，非应天顺人之谓乎？继周而王，亦固其所。吕后日久相从，其驾驭群雄之略，颇类刘季；特至溺于诮佞，欲夺子孙之业以与母族，则诚村妪昏愚之故态。然使不幸而不死，则但以一言警醒，产、禄必不肯遽舍兵柄，平、勃、朱虚之计不行，天下事未可知也。

文帝从代来，不动声色，而内外秩然，乃三代下第一贤主。景不如文，而恭俭守成，与民休息，汉家根柢固矣。汉武席全盛之业，恣情纵欲，敝政迭兴，世称秦皇汉武，诚哉相较不远。

秦承周末六王礼士，天下尚文，故一朝生厌，遂至焚坑。汉离秦火未远，且更战斗，几于人不知书。故一念好奇，遂为表章六经之举，儒者称之至今。其实皆富贵任性、厌故喜新而已，岂必过分优劣哉？汉自文、景两朝培植之后，人才蔚起，孝武延揽甚众，所用颇称得人。然加膝坠渊，旋见谴责，盈廷栗栗，不敢为非，此则帝所长也。至其晚年，才俊渐空，财用尤匮，虽有轮台之悔，嗟何及哉！顾命数臣，日碑旋卒，霍光、上官，旋相倾轧，桀等固乱人，光亦岂正人哉？卫尉莽言，大行安得遗诏？群儿自相贵耳。殆其然欤？孝昭英敏，光有所惮。汉祚方隆，海内充实。昭崩，而后年尚少，为光外孙。上官氏先以叛诛，天下归光掌握。昌邑既不任负荷，光岂不知而冒昧迎立哉？且数其罪状，皆无大过恶，不过礼节之失，费用之侈，余皆宫廷暧昧事，而诛其从官至二百余人。光之不即自为者，盖有莽、操之心而无其才，且时未至耳。迹光所为，罪之过于莽、操者约有数端：构陷昌邑，剪除旧邸僚属，一也；信任奴隶冯子都等，暴蔑朝士，二也；纵逆妻弑后，强纳爱女，三也；子孙及诸婿悉置要地，兼领禁兵，四也。若内史任宣所云"廷尉李种及左冯翊少府等廉直无过，徒以忤大将军而见诛者"，又擢发难数矣。孝宣蓄谋既久，幸伸天讨，而诏令所及，仍复曲庇贼光。成帝且为之绍封置守，何其以援立之私恩，遂忘天下之公义乎？

元、成惑溺宫闱，优柔姑息。外戚阉竖，迭操政权，渎货之臣，尽逃法网。有一于此，足以亡国，况累世失政乎？虽恭显贯盈，久亦伏法，而民忿日积，不复感矣。哀帝较能整饬，而独宠董贤。帝不永年，元后不死，遂引巨贼，宗社以倾。然西汉之亡，实亡于孝元夫妇。惜也元后先卒，渐台诛莽，族灭王氏之日，不及使此媪见之耳！

《汉书》便读之本与《史记》同。

《后汉书》一百二十卷，宋范晔撰，唐章怀太子贤注，晋司马彪补"志"。班史有"古今人表"一卷，备古今之略，列九等之序，准诸公评，垂为劝戒，诚良法也。乃或以分列之差违纷错讥之，或以并世尊亲无从位置病之，致班史以后无复赓续。不知果有差违，后世自堪改正，史录前代与当世之主无关，皆不可因噎废食。人之尊卑，判于贤否，此表以贤否分高下，乃天理人情之正，为劝善惩恶之资。近人刊《碧血录》，绘历代伟人，以资敬仰，并绘其时之权豪公愤于下方，即此意也。

语曰："治世以文，戡乱以武。"吾谓患民弱而导之以武，则甚易；靖民气而柔之以文，乃甚难。丧乱扰攘之秋，人皆各恃其谋力以相角。六国既灭，秦汉代兴，莫非由马上得天下。迨天下粗定，择其尤者，置之王侯将帅之位，然四海九州，其人多矣，欲取而代之之心，未尝一日忘也。虽叔孙制礼，而皇帝之贵，岌岌乎危哉！文景及曹参辈深知其患，万不得已，以黄老之学矫之。武帝更表章六经，稍资补救，无如风成尚武，游侠横行，非武健严酷不能胜任。廉耻道衰，竞趋势利。新莽以椒房之亲肆其狙诈，天下靡然莫之或抗。盖西汉之亡，亡于文教之不足相持也。

光武鉴西汉之失，践祚以后，专以敦风教、崇礼义为务。举张佚、李躬、桓荣、第五伦、宋均诸人，以为表率。孝明、孝章继之，即位后，躬谒尼山，临雍讲学，风励天下，惟恐不逮，遂致东京美俗，冠绝古今。安、和以后，冲、殇相继，外戚乘权，女子小人迭持国柄，然而国是虽紊，海内晏然。桓、灵昏乱，为前世所无，即聋从昧，流毒万方，几于不可终日，然犹待其没齿之后，倒戈之众，依然托彼虚名。操、卓巨奸，尚复迟迟有待，不敢躬为篡逆者，何哉？盖本实虽拨，而国俗人心犹相持于下，故不遽亡也。观两汉之事，而累朝修短之故可知矣。读本与《前汉书》合。

《三国志》六十五卷，晋陈寿作，宋裴松之注。陈《志》高简周密，不让龙门。后儒每议其不满武侯，不传仪、廙，或且以退蜀帝魏，断断致辨。无论晋承魏统，寿为晋臣，自不能斥魏之篡窃。且统系之辨，司马温公言之甚详。幸而三国并峙，可以黜魏与蜀耳。如晋炎隋坚，篡逆之罪，岂减曹瞒父子？乃竟混一区宇，安得革其帝纪，别与何人乎？吾谓统绪不足贵，古帝王之可

29

尊可敬者，须统观其行事。王位至尊，非寇盗乱贼之可以夺而得也。然则统系将何以别乎？曰：纪年为一世之公称，不以此而分与夺。若其行事，自有公评。有德归往谓之王，有恶共愤，直谓之贼而已矣。由是推之，若秦政、齐高洋、隋杨坚等父子及梁温、金亮、元忽必烈、明棣，虽已窃据天位，例书君主，而其人为豺狼虺蝎，且盗贼之不如，所称"本纪"，何异于黄巢、闯、献乎？

若从来国之兴废，则全视其君之宽严，尤恃威柄不致旁贷。严峻者兴，宽弛者必败；深沉者兴，浅躁者必败；独揽者兴，旁落者必败。贾谊《过秦》、贾山《至言》，推本于得国之仁暴，自是探原之论。然非二世之庸懦，以致政权旁落，秦虽暴虐，不遽亡也。三国则吴亡于权，魏亡于睿。吴大帝恃天姿而无学术，耄荒之际，听信公主与内宠之构，至杀其太子和，颠倒泯棼，以朝政托诸葛恪，使辅幼主，尤为可危。魏丕、睿两世，气谊所合，无一贞臣。末后以朝政付爽及懿，使辅曹芳，不啻以羊饲虎。总之，诸葛恪、曹爽皆不可不杀，而昏稚之芳、浮躁之亮，与懿谋爽，而即以政权畀懿；与峻谋恪，而即以政权付峻。大权既去，不可救药。然使曹之髦、芳，孙之休、亮，其践位先后互易，二国当不致有篡夺之祸，则天为之也。

蜀禅天资既厚，更事亦多，尊任武侯，始终一德。殁后，祎、琬、允、维，相继柄用，数十年坐守成法，军国晏然。晚虽惑于黄皓，究未尝使参大政。乃国有良佐，皆不永年。其后撤阴平守兵，遂覆全局，则天不祚汉耳。史称郤正从后主入洛，匡辅左右。后主慨然恨柄用之晚，盖此君自有知人之明，较魏、吴末造，所胜多矣。使当平世，乃令主也。

《国志》与《史记》、前后《汉》多合，刻本谓之"四史"。

《晋书》一百三十卷，唐太宗敕房玄龄、褚遂良、许敬宗等分撰，太宗自撰宣帝、武帝、陆机、王羲之四论，遂总题御撰。唐何超音义。

谚曰："旁观者清。"至于旷代而后，其人之忠佞、贤不肖，久有定评。若代古人而择贤，固无人不能者也。然试问当晋武之世，其忠贞而可以任国事者何人乎？论晋武一生，宽宏平恕，远胜其祖若父之居心，故开创之际，规模颇有可观。又见汉魏之亡，皆由孱主孤立，权臣得以移祚，故优厚外戚，且使亲藩分典禁兵，为天子之助，至周且密。然其猜忌齐攸，致攸愤郁夭抑，绝似魏文之待陈思。惠帝痴愚，且远不如曹之芳、奂。欲恃后族，而杨、贾二后，骏、谧外戚，皆以巨慝覆宗；欲托大臣，而若会、若艾、若瓘，兵柄甫操，即萌异志。其余元功巨室，何人不虎视于旁？其庸中矫矫者，为张华、裴頠两人，又何益于晋之社稷乎？欲恃宗藩，而宣帝子汝南亮、赵伦，文帝孙齐冏、武帝子楚玮、成都颖、长沙乂，皆称兵夷族。及八王尽歼，怀愍北去，司马之族，几无孑遗。琅邪渡江，以牛代马，席未暇暖，即有王敦之变。厥后苏峻、祖约、王恭、殷仲堪、桓玄、孙恩、卢循及逆臣桓温、刘裕等相继叛乱。半壁江山，动辄见覆。百年之间，几无安岁。此十数传中，安知皇帝之贵哉？诚以当涂典午，树表既衰，为之臣者，功名稍著，一若建台受禅，义所当然。陶士行之忠顺勤劳，尚借警于折翼之梦，何况他人欤？惟桓冲于兄之盅，归政公朝，实为汉魏六朝时卓绝之举。议者或归功于王、谢诸佐，足以预折其萌。余谓操死而汉帝不能得之于丕，懿死而魏主不能得之于师、昭。谢太傅虽贤，乃人臣也，何以能收其柄于桓氏耶？盖由桓温蹿国，根柢未固。观温之将死，冲与议谢安、王坦之所任，温曰："渠不由汝处分。"亦自知其威望未孚，党援易散，其势尚与魏晋异也。虽然，使温而稍假时日，必将倒行逆施，则晋祚之移，不待寄奴矣。特自晋安帝遇弑而后，凡禅国之主，俱不令终。或谓典午得国之逆，虽似当涂，而其实大异，盖操之宣力于汉甚久，削平群寇，与世有功；懿但构就阴谋，倾一曹爽，欺其孤儿寡妇以取天下。故曹后尚得生全，而司马家儿珍歼尤酷，殆其然欤！

《晋史》以下，以近时宁、苏、浙、鄂等省书局刊本为佳。又明陈仁锡《晋史删》，国朝周济《晋略》，皆可读。

《宋书》一百卷，齐沈约奉敕撰。

宋之鉴晋，略等晋之鉴魏，而所虑尤深。彼见己之弟愚子幼，恐一朝溘逝，大事即去，故鉴于桓温而仓皇受禅；又见外戚辅政，宗藩典兵，徒滋扰乱，故鉴于司马炎而要地兵柄必归己。子褓褓未脱，即典方州。遗诏云："后世若有幼主，母后不烦临朝。"盖以子妇司马氏即晋恭帝女，死灰复燃，尤为易易。至彼之元功上佐，无一非助其篡夺之人，万无不忠于晋而独忠于宋之理。所忌者为檀道济，而谢晦次之。无如北虏方强，又不能遽烹功狗，此真死不瞑目者也。惟羡之、傅亮孤寒畏事，必无异同。孰知营阳甫及一年，徐傅发难，如风扫箨。盖此种奇货，莫不垂涎。徐傅之不敢过肆者，究因与檀、谢内相猜忌。若无徐傅，则道济"万里长城"，即恐反将朝廷压毁。若并无道济，则谢晦废营阳、除义真之后，即任意立一稚子，自为大将军，录尚书事，而劝进随之矣。兹四人迎立文帝，实无异志。王华对帝之语，如见肺肝，因权力均分，不能篡也。然业已亲行废立，君臣岂得相安？义符被废，先由檀道济陈兵门外，安得逶为不与？其先诛三人者，因道济宿将，恐其骤变，故稍示羁縻耳。惟元嘉善政，实足以维系人心。虽继以大明之侈，子业之狂，而世犹不忍遽亡之，讵复有明帝之残忍险毒，则不能一日姑容矣！乃可异者，猪王之明帝，射鹄之萧道成，去死不过呼吸，忽然漏网，竟为厉阶，然则操刀必割，宜忍人必一网打尽欤！

《南齐书》五十九卷，梁萧子显撰。子显即齐太祖萧道成孙也。天下之变，每出于所备之外。然虽知变不可测，而仍思变法以备之者，情也。无如变法以备变，则法亦有时而穷。魏防弟之夺嫡，为弱枝强本之谋；晋矫魏之孤立，致八王构兵之衅；宋以弱子遍置要害，而用宦寺微贱为之典签，则方州之权，仍归一人掌握，似乎防之至密矣。讵知一传而后，宋祖子孙，宋明帝即令典签除之殆尽。狂稚孤立，而萧道成乘之。道成为法既穷，即令懿亲辅政，亦谓纵有代兴，仍不出一门之外。讵知甫及一传，齐明以帝兄之子攘而有之，高武子孙，遂无噍类。齐明任其母弟遥光，转瞬即以叛见诛。梁王受禅，而明帝萧鸾之子姓遂无孑遗，非法愈工而祸愈烈欤？

《梁书》五十六卷，唐姚思廉续其父察所撰。梁武之创业，非有曹操之才，司马懿之狡，桓温、刘裕之功，只以稚君狂悖，众怨沸腾，遂乘机以攘大位。是时彝伦攸斁，虽当阳南面，亦人人有视如传舍之心。无如名教久湮，环顾佐命元勋沈约、范云辈，苟一转瞬，则贩国窃位，皆所擅长。幸借诗书绪余，雕绘词章，聊以销磨奸杰，风流相尚，实与谈玄佞佛，皆萧老公不得已之深心也。

然虽江河日下，而江表无事五十余年，较诸北方戎狄赵、夏、燕、凉等十六国日寻干戈，民生涂炭，犹为伪定一时，或亦一溉后枯之效欤？若齐竞陵王子良，梁昭明太子统，未践帝位，为天下所惜，而昭明尤胜。于竞陵倘际升平，亦守文之贤主，乃竟不及待。其余梁之子孙，若湘东、邵陵、武陵、临贺，皆庸愚残忍，骨肉相戕。吾谓武帝虽不受侯景，元帝即不恋江陵，亦难免于歼夷也。

《陈书》三十六卷，唐姚思廉撰。陈武帝霸先仅有一子昌，俘虏于周，存亡未卜。霸先乃以垂暮无子，躬冒不韪，力图篡逆。虽富有天下之半，其意欲贻于谁乎？乃未及三年，倏已大渐，追兄子蒨入纂大统。周人释昌归，陈蒨使邀于路而杀之。无何，文帝蒨卒，太子伯宗嗣位。蒨母弟顼以叔父辅政，竟弑伯宗而代之。武帝之待兄子何其厚，文帝之报叔父、宣帝之待兄子皆何其薄也！大抵骑虎难下，已成定例。陈台既建，武帝受禅，势所不得不然。使文帝蒨早已在位，武帝以叔父居周公之地，亦未必不为宣帝之篡。使宣帝顼在位而无子，则至戚莫过于兄子，亦必举天下而传于伯宗。一门父子，易地皆然。盖极非常之富贵，能使伦常天性化为仇雠，良可慨也。至文帝之为伯宗之懦弱，宣帝之为叔宝之昏狂，陈祚决无不倾之理。顾同一失国之主，庸懦者无不立蹶，而残虐者或幸得令终，历观如宋明帝、北齐武成、周天元等，罪恶贯盈，而偏保首领，何哉？盖虐者威柄仍存，懦者大权已去，固人事之有然，不必疑天道之难知也。

《魏书》一百十四卷，北齐魏收撰。北魏之先，一塞北部落，为苻坚吞并。苻坚既败，什翼犍脱身秦虏，建国云中。至其子拓跋珪，削平燕、秦、乌丸、高车、乞伏、赫连诸地，遂开帝业，奄有冀方。其得国之正，迥非南朝篡窃相承所堪伦比。是以据帝王之上都，席中原之形胜，相传至一百六十余年之久。况孝文帝延兴二十余年，德道礼齐，规模宏远，卓然三代之令王。无如制法甚严，大臣辄见夷戮，将相不免鞭棰，帝位之尊，时防兀臲。

统计魏之世次，一十六传，能令终者，仅六主耳。道武、太武、献文俱称英主，而或弑于子，或弑于奄寺，或弑于后。自弑逆之外，若宗爱、元义、刘腾等微贱小臣，遽因帝后，擅操国政，而一时王公大臣听其生杀，莫或过问，何哉？盖戎狄旧风，以强力相陵制，而初无纲常名分之大以维系人心。臣之戴君，三军之奉将帅，实有布衣侪伍之心，特以惮其权力而不敢抗耳。一旦失势，彼亦何事不可为？人君一身，至亲不过百人，岂能防亿兆人之伺隙？虽高居九重，而卧不安席矣。是以太武诸君深羡南朝之有好臣，而孝文尤急于用夏变夷，使国人姓氏俱法汉人，且以胡服、胡风悬为厉禁也。不然，魏文之后，不减汉文。宣武怠侈，仅若汉代元、成之庸。胡后不贞，尚无汉唐吕、武之悍。乃尔朱发难，一蹶不振，东、西两魏，微如爝火，岂非文教浅而人心未固哉？

《北齐书》五十卷，隋李百药撰。自秦政父子而后，若高齐、若隋、若朱梁，业已窃据，非常例；为作史，其实皆历时稍久之贼。世济其恶，但书其罪状，为千秋炯戒者也。高欢略似曹操，而尤长于笼络豪杰。高澄骄暴，为庖人所杀，未遂逆谋。高洋篡魏，淫酗肆虐，似非人类，然颇谙文义，间有神悟。将无戾气所钟，亦生有自来欤？高演较平正，似为短中之长，然其兄以子相托，即夺其位而弑之，宜其不逾时而即死也。高湛惨毒，酷似其兄益之颠倒极，宜为世屠戮。乃至其子纬降隋，方诬以反而族灭，此天人之所共诛，非隋坚之所得自主也。

《周书》五十卷，唐令狐德棻续，牛弘等所撰。宇文泰亦一高欢也，独能崇儒重道，式廓规模，超出于南朝好文之主，卒能南执梁绎，东并高齐，非所谓植苗于大旱之日，苟得桔槔一溉之力，较可后枯者乎？然其意域于富强。苏绰乃教以"六条"之法，曰清心，敦教化，尽地利，擢贤良，恤狱讼，均赋役。虽绰之学本于申、商，而苟实践所言，虽管、葛何以远过？富国强兵，固捷于影响者也。讵料但循末迹，欲使百司皆熟诵其词。其子苏威，又令民间皆读其所作《五教》。有司急切奉行，因缘为奸，转滋纷扰，其与条教中所云"政碎则人烦，事省则人清"，以及"徭赋差轻，衣食不切，则教化可修，然后教以孝弟、仁顺、礼让"等语，不适相反乎？迨周亡而各处兵起，民每执县令杀之，曰："更能使吾诵《五教》否？"噫，"六条"、《五教》，意非不善，君相不能实践，而制为法令，强民必从，则人必视之如仇；虽帝典王谟，适足乱亡其国，况苏氏所作乎？

《隋书》八十五卷，唐魏徵、颜师古、孔颖达等撰。

强也者，天下之同仇也；富也者，天下所共妒也。然国家多事之秋，往往以贫弱为患，不得不有术以救之。问：何以强？曰：同其甘苦，信其赏罚而已。问：何以富？曰：一于勤俭，果于行法而已。

三代以下，言强每称秦与元；言富，则称汉与隋。而汉与隋之富实异。汉初，乘秦之弊，天子不能具钧驷，米至石万钱。汉高乃禁贾人不得衣丝乘车。孝惠量吏禄度官，用以赋民，而山川园池之入，为天子至封君汤沐奉养，皆不得取给于民。孝文以后，专务俭约，与民休息。匈奴寇边，屯戍，偶以输粟拜爵，除罪者资之。至武帝即位之初，人给家足，都鄙廪庾皆满，钱贯朽不可较。人人自爱，重犯法而先行义。虽以武帝之黩武穷兵，神仙土木，骄侈耗蠹，而不失国。孝昭即位，数年而又四海充实矣。诚以崇俭息民，闾里既充，国用自足，其富由民以及国，是以虽有侈肆之主，而本实未拨也。隋文节俭，略同汉文，盖富由俭致，必无二理，而隋之所由骤富者，亦由周、齐、陈三国之财也。盖天下财货，只有此数，治平之世，无所偏积，则足供天下之用；乃将亡之国，无不公私交困，不可终日者，何也？

一在君之骄僻。君或爱一玩好，亦似所费无几，而献媚者且什百所费，以朘民生，君不知也。君或喜一新法，似乎与人无害，而迎合者且依附其法以肥己橐，君不知也。一在政之怠弛，藉势虐民，悬为厉禁。乃因私爱而恕之，藉势者什百成群矣。借端谋利，著为典刑，或因姑息而纵之，谋利者遂为成例矣。势要虽只数人，而爪牙仆隶，辗转日增，天下之赀，安得不官私俱困乎？

若隋文建台之先，齐之高阿那肱、穆提婆，俱同高纬诛灭。周天元之宠幸，恃势不久，已于周亡之后歼之务尽。陈亡而首诛五佞，又将孔范等次第行诛，业已一朝摧廓，即其攀附聚敛之人，民间亦能草薙而禽狝之。虽贪囊之蓄，尽归隋室所储，而民心固已深慰，是以帛绢之积，几于无可容储，洛仓之粟，瞬致百万。至大业之始，天下户口之增，亦倍于初年。然则天下财利盈绌之故，可了然矣。惟隋之富异于汉者，充溢于朝廷，而民间之穷困依然，是以经炀帝之奢虐，即已四海倒戈，而隋之宗社涂地也。

《南史》八十卷，《北史》一百卷，唐李延寿撰。自汉以后，得国以北魏为最正，享国一百六十余年，其中以孝文为最贤，衣冠礼乐，几于用夏变夷。但其初起自塞外诸戎，又惑于道家邪说，是以相传十六主而被弑者十；鞭挞及于王公，族诛视为常典，则夷风终难尽涤也。次则宋之文帝、周之武帝，亦复撰文奋武，宏济生民，岂非司马温公所谓"蕞尔之邦，非无令主"欤？

其余南北朝之代兴，类皆鼠苟蝇营，盗窃神器，然其中亦殊有区别。梁武襄阳誓师，吊民伐暴，俨然汤武遗风。乃借齐和帝以号召天下，而旋弑之，则仍一篡贼也。次则刘裕、陈霸先、宇文泰、高欢，类皆戮力戎行，以劳定国。其后虽有逆取之恶，而其初尚属有功。至萧道成、萧鸾、杨坚，并无尺寸之长，又居心之残忍龌龊，即令终老齐民，亦为人类所不齿，何堪觊登大宝乎？

至宋子业、苍梧，齐昭业、宝卷，陈叔宝、高纬、宇文赟，顽悖痴狂，一丘之貉，或者其祖若父罪恶贯盈，而假手以殄其宗欤？若宋彧、梁绎、隋广，其心之鄙毒，亦是一丘之貉。而绎、广之文词甚美，又似陈叔宝。若高洋一门，直是豺狼虺蜴，刀锯斧钺，应为彼设，乃至纬而始族诛，何其幸也！隋家父子亦甚可杀，然隋文立法，待赃吏甚严，一文即斩，则民之受惠者亦多。且是时亡国之主莫不夷灭，而隋之灭陈，厚待其主叔宝，资其酣饮，谓："陈君若能以吟咏之力思出政治民之道，何至失国？"叔宝竟寿终于炀帝之世。帝因其怠政好内，谥之曰"炀"，孰知其亦步亦趋，俱效叔宝后，人即以叔宝之谥还赠之。可谓先圣后圣，其揆一也，堪发喷噱。

《旧唐书》二百卷，宋韦述、刘昫撰。《新唐书》二百二十五卷，宋欧阳修、宋祁撰，董冲释音。与治同道罔不兴，与乱同事罔不亡，此言人事之常也。然孟子言莫之为而为者，天也，此岂尽关人事哉？

唐之得国，与魏晋以下无异。受禅以后，隋故主侑即卒。史虽不言其何以卒，大约与齐、梁废主不甚悬殊。且受隋之寄，使守晋阳，因裴寂等之阴谋，惧罪而叛，似不若李密、窦建德等较为光明磊落。其佐命元勋，不过刘文静、裴寂、侯君集等数人，本皆倾险嫉妒，然当兔鸟方尽之时，走狗良弓，删除殆尽，在李氏则为负心。且惑内信谗，猜忌畏葸，诸子树党相戕，绝无措置。其人材之庸下，似尚逊于陈霸先等。乃竟所向克捷，遂集大勋。固为天之所启，抑亦乱极思治之时，所谓"饥易为食，渴易为饮"也。

太宗玄武门之役，以刘景升、袁本初诸子之心，行司马氏八王之事，其曲直何在？迄今未可知。至贞观之治，赫濯古今，其所著《帝鉴》及吴兢《贞观政要》等书，足为圭臬。其大要数端，曰克己，曰用贤，曰纳谏，曰爱民，其尤善之一端，曰"信赏必罚"，其无从讳饰者曰"沽名"，如是而已。大抵太宗于文艺武备，本推杰出。武备则临阵之时，王者不死，每有天幸，彼心知其有天幸，尤以勇敢见功。文事则生有俊才，博学多识，尤好词章。但观其御撰《晋史》，于"列传"独取王右军、陆士衡二人，其生平心赏，盖可知矣。贞观二十三年之间，嘉言美政，络绎史册，盖其君臣议论极意经营，为作一册《本纪》地步，如文士著书，专为传世计者，固不欲其言行相符也。如屡言省刑宥过，而大理张蕴古昭雪--疯狂妄言，遽罹大辟。深戒土木奢靡，而洛阳九成之宫，兴作不止。极言君臣以诚信相孚，而独心赏一李勣，遂无故贬斥，以待高宗拔擢，结以恩私；而勣又逆探其意，闻命即行。如此相孚，直一鬼域朝廷矣。然因好名之心，励精图治，政令严肃，泽被生民，东汉以后，斯为盛治。

因思唐非惟得国无异于六朝，即自高祖定鼎之后，足以亡国者，不一而足，无论太宗兄弟阋墙，外患之乘间不容发，即如承乾、魏泰，何异宋之元凶邵、梁之临贺王乎？高宗之昏庸悖谬，实与晋之惠帝相去无几。中宗之溺韦后、安乐，睿宗之偏信太平公主，皆酷似其父，而荒谬尤甚。武曌之淫惨，直合汉吕雉、晋贾南风为一人。韦氏、张氏、杨玉环，皆北魏之胡后也；天宝建中之乱，无异于晋桓玄、梁侯景；肃宗之昏惑，代宗、德宗益之颠倒，其西汉元、成，东汉之桓帝乎？敬宗之狂稚，一宋废帝、齐东昏也。累朝有一于此，旋踵即亡，而唐独淹缠至二百八十余年之久，何哉？

盖太宗博学好文，矫强忍之资，渐归仁厚。且动言爱民，勤于求治，实已固结天心。高宗践祚，永徽五六年间，臣政不改，无殊贞观天下，饮和食德已三十余年，皇基巩固矣。迨改元显庆，武氏乘权，残贼横行，唐祚几覆。然武果于刑戮，政自己出，往往朝列朝廷，夕撄铁质，小人虽幸宠荣，尚不敢恣为贪黩。故朝政虽紊，而民间受害未深。昏宏①复位，韦氏乘之。逆女奸臣，恣情煽构，则流毒及民矣。而宏既陨躯，韦亦授首，诸韦、诸武，剪除净尽。睿宗所为，未必远胜父兄，幸在位不久，孽主太平亦得伏诛，唐之宗社不坠。玄宗开元之初，姚、宋、二

---

① 即唐中宗李显。

张，群贤夹辅，日月重新，贞观遗型，百废俱举，唐之立基益固。乃开元二十四年李林甫为相之后，信谗忒，溺床箦，神仙土木，黩货好兵，前后竟若两人，不至天怒神怨，破国亡身不止，岂高、中两代之家法使然欤？其后若肃、若代，若德，其始皆曾历艰难，当其践祚之初，皆有一二事差强人意，而肃、代皆昏庸巽懦，德又益之以猜忌。外有安、史、二朱、怀光、希烈诸叛，内有程元振、李辅国、鱼朝恩、元载、卢杞诸奸，皆覆唐之祚而有余。乃君方恶贤好佞，视国若仇，而李邺侯、陆忠宣、崔祐甫、杨绾诸贤及郭、马、二李诸勋臣竭力于危难之间，互相推挽，竟不任其失坠，岂非天下因其祖宗之德，不忍遽弃之欤？其后顺、穆、敬、文，皆驾驭失道，惟宪、武、宣三主为差胜，然皆托命于宦竖之手。以裴晋公之贤，李赞皇之才，而不能与王守澄、仇士良之徒稍加抵抗，何况他人？至宣宗而阉焰稍衰，不愧唐之后劲；但忌克少恩，所用不过令狐绹之徒。且得国于阉宦之手，其卒也复托国于阉宦。懿、僖二宗，力求灭亡，惟恐不逮。天诛人怨，萃于二君，昭宗安有自全之地欤？

唐自文皇肇造之初，立法未尝不善。迨后有唐一代，竟集千秋敝政之大成，大致皆坏于玄、肃两朝。惟女子、小人则自始讫终，相依为命。其用人则最信任者为阉人；次为叛臣悍将；次为聚敛之臣；又次则为士人，而又朋党奸谀居其大半。其兵制则府兵实系弊政，观杜陵《兵车》《石壕》诸诗，当知此法之必不可行。其取民则横征暴敛，迫如火煎；所设藩镇则十倍封建之害，而毫无封建之益。且中人典兵，五坊互市，穷奢极欲，靡恶不为，其不即亡于天宝之乱者，非国祚之长，实生民之孽也。

《旧五代史》一百五十卷，宋薛居正、卢多逊等撰。《新五代史》七十五卷，宋祁、欧阳修撰，徐无党注。自方正学先生有夺秦、晋、隋"正统"之说，而世或以统绪之正、闰为轻重。后儒有欲以唐庄宗绍唐如蜀汉之绍汉，而侪朱温于汉王莽、晋桓玄之例，其理甚正。然读司马温公言，知史书衮钺大义，自在人心，并不[①]名位所居，稍分荣辱，何况区区正、闰之别哉？

今即相传已久，并称"五季"。然朱温，贼也；庄宗，唐国主也；明宗，唐贤主也；从珂，唐之篡贼也。石敬瑭父子臣事夷狄以篡唐，尤贼之无耻者。知远、郭威皆臣事后唐，而互相篡其窃者，其人虽皆自称帝，而高卑贤否之别，判然不淆，亦以寇贼而幸侪衣冠之列乎？

惟周世宗践祚六年，实为千秋令主，宜天人之所系属。何以抔土未干，遽坠厥绪耶？盖世风坏于曹魏，沿于六朝、北魏，李唐虽偶有一二贤主崇尚文辞，而于圣贤名教纲常之实学，曾未注意，益以武夫悍将之习，重财嗜利之为，迨于五季，陵夷涂地，视君父如路人，朝廷如传舍，人类殆将绝灭，传为君相者，皆苦于旦夕不能自保。世宗深知其故，虽运祚短促，四征弗庭，日不暇给，而视学甚重，亲谒孔陵，罗致贤材。用王朴修政刑，筹休息。即至待敌国，亦必推心置腹，崇奖忠良。迨宋祖受禅，亦即首先视学，追赠韩通诸臣，减刑罚，诛赃吏，欲令武臣莫不向学，与周世宗用意若合符节。盖殆哉岌岌之际，非重学术、敦风俗，则不足以挽回。二君力挽时艰，不得不迫而出此，抑亦否极则泰之时数为之欤？

《宋史》四百九十六卷，元令右丞相脱脱等总裁监修。

---

① "不"后疑脱一字。

杂史曾纪陈桥之变，由赵匡义、赵普等潜为纠约。故宋祖必当传弟，太宗安然受之。是宋之得国，尚不如后梁、后周之坦白。惟逆取之后，洞悉机宜，独见其大。盖中原以前后两大乱为最剧，六朝之乱由于宰相之专国，五季之乱由于藩镇之拥兵，然此但论其标也。若论其本，则在纲纪全隳，人无固志。宋承五季之后，藩镇之患最急，故必先倾心笼络，杯酒以释其兵，旋即教养兼施，重文以柔其气，皆所以销乱萌而致太平者。自唐中叶以后，耳目为之一新，故陈希夷"天下已定"之言，全以人事知之，并非参以神仙之术也。

惜当时意有偏重，而防边御寇之策未免稍疏，国朝人咏史诗曰："运启文明国不强。"从来文明之运，与强国相反，诚至言哉！何则？天下不外文、质两端，衣冠礼乐，彬蔚可观，慕君子之文，其弊为惰，上下苟安，弱之本也。干济勤劳，径行自遂，率生平之性，所见必粗，粗率忿争，乱之本也。惟东汉以前人人执父兄之役，风俗渐于《诗》《书》，筋力习于孝悌，可以合质、文为一。自汉而后，虽有善治，不能无偏；用兵则南不敌北，中原不敌夷狄，盖文质分而强弱异矣。周世宗暮年北伐幽、燕，契丹敛手削地。乃世宗卒而草草禅代，宋祖未能乘方兴之锐征辽，乃致有宋一朝，卒为虏弱，后遂折而入于北虏。虽当北宋有道之时，有莱公、郑公、狄武襄诸上佐而以从事于辽、夏诸寇，犹且订交纳币，俯就诛求，岂不大可痛哉！

然论宋之兴亡全局，又不在此。苏玉局之言曰："人主之所恃者，人心而已，如木之有根，灯之有膏，鱼之有水，农之有田，商之有财。"又曰："国家之所以存亡，在道德之浅深，而不在乎强与弱；运祚之所以长短，在风俗之厚薄，而不在乎富与贫。"仁宗持法至宽，用人有叙，乃用兵则十出而九败，府库则仅足而无余，徒以德泽在人，风俗知义，社稷长远，终必赖之。

今考宋之享国，自汉后迄明，皆无其久。强如秦，富如隋，土地之大如元，其历年皆不及宋十之二三。及考其失国之故，皆由北宋徽宗、南宋度宗逸乐侈奢，政刑废弛，庇奸容恶，贪贿虐民。且自哲宗以后，无时不贤奸并列，且君皆助奸而抑忠。否则偏安若高宗，而但用李纲、赵鼎为相，张、韩、刘、岳为将，未尝不可灭金，何有于夏、辽、蒙古哉？至强敌既炽，而奸党方藉寇以剥民，尤为神人所共愤。即非强虏，天下亦当群起而诛之。则徽、度二宗皆亡于民心之忿，而并非由于贫弱然。贯、京、似道等既诛，而效忠于宋者所在多有，则仍以先泽已深而人心犹不尽去也。

《辽史》一百一十六卷<small>先有耶律俨、陈大任本</small>、《金史》一百三十五卷<small>先有张柔、王鹗本</small>，今皆脱脱等总裁监修。

《语》有之："为虺弗摧，为蛇将若何？"待夷狄者，尤不可不慎也。契丹阿保机之盗筑边地，诈吞诸部也。北汉刘氏方以中夏纷争，未遑筹外寇也；李克用志在图梁，又欲借以自助也。无何，契丹遂不可制。历唐、晋、汉、周，俱受其害，迨周世宗一加征讨，而又为功不卒，辽遂永为北宋之患。又复北辽、西辽，遗孽蔓延，至理宗朝而始为奈曼所并。

由于后唐之初，阿保机势犹未炽；宋祖践祚，辽世宗阮、穆宗璟昏虐相承，皆有可乘之机，而不介意也。女真阿古达之服役于辽也，辽以奴隶使之。迨混同江钩鱼会宴，阿骨打<small>即古达</small>不舞而逃，反形已具。辽仍轻加凌暴，不介意也。及女真为金，遂不可制。至约宋共分辽地，而天祚犹耽畋游之乐，徽宗方夸艮岳之奇，孰知两国君臣转瞬皆为金虏乎？

　　蒙古铁木真之起于斡难河也，惧奈曼部之逼，事金甚谨。迨金授以察兀秃鲁之职，战胜奈曼，遂与金叛。时当金主亶及海陵王亮之时，日肆诛戮，国势盛强，而独不以蒙古为意。迨卫王永济受贡，知铁木真有异心，告章宗除之，而蒙古已不可制矣。蒙古旋改为元，自称成吉思皇帝。灭金灭宋，流毒寰区，岂非金之贻误于始哉？

　　由此观之，中国之于戎狄，幸当我犹未衰，彼犹未盛，即当并力急图，痛加剿薙，稍事迁延，必贻大悔。窃谓从来治兵治边，皆鲜善策，即古有明训，亦似未安。言治兵者，以赵充国《屯田议》及唐府兵之制为最善，然三代下欲使兵农合一，皆知为事势所不能，大约或可施诸戎羌而必不可行诸中国。至论治边，则以晋郭钦及张统《徙戎论》为名言，唐魏文贞《论处突厥》，亦本其意。大抵谓异族杂处中土，必为乱萌，惟有逐归故土，使与中国两不相干耳。古名大臣所见，往往视戎虏甚远，而视边塞甚坚，一若虏之与我，可以终古不相往还，不若中国之利害近且切也。不知若辽、若金、若元，其人残暴狡捷，我虽不往，彼能突来。一朝猝发，数阅月间，连陷坚城，残毁都市，系累君臣而去，安能置之不问乎？然溷入内地，却为大害。晋五胡、唐安史，前事可鉴。《书》有之："非我族类，其心必异。"此辈但知畏威，不知辨德，被人虐制，反敬慕之，其恩仇异也；衣冠文物，时慕中朝，乐其华奢，昧其礼度，则尊卑异也；矜琐屑为仁，纵罪囚为德，则是非异也；徇朋党之私，略尊亲之分，则纲常异也。若辽、金之初，皆为天下大患。至辽之兴宗及天祚，渐近人情；金自世宗而外，若宣宗、哀宗，皆无失德

45

而其祚反促，何天之待之者亦与中朝异耶？倘值虏之败服，效顺中朝，驻守吏士以镇治之，即选近边之人，为其官吏，渐化其悍，以通其情，如国朝驭内外蒙古之制，庶为安边之上策乎？

《元史》二百一十卷，明宋濂等奉敕纂修。

赵宋受命百年间，圣君贤相树其纪纲，名贤大儒振其风俗；民生遍德，皞皞熙熙，休哉三代之隆矣！欲与代兴，岂不难哉？乃宋之亡也，孤寡流离，祸及陵寝，于列朝为最惨，何也？曰当宋之盛，民受君之泽至深，及宋之衰，民罹君之虐为尤烈。前朝若宋子业、齐高洋、唐武曌之属，虽恶声四播，戕杀遍于京朝内外，未尝流毒民间，所谓主暴于上、政清于下也。若秦胡亥、隋广、金主亮，掊克骚扰，流毒及民矣；然不几时，而其身即殒，同恶屠灭，亦聊足以谢天下。至宋，则北之神、徽、钦，南除孝宗以外，五六主皆宠任憸壬，任其掊克。迨高宗南渡，用汪、黄以至亡国，无一日不任奸相。其姻娅党援，布列中外，事以贿成，冤号载道；官皆富溢，民不聊生。其君方逸乐骄奢，剥民媚寇。是夏商之季，桀、纣只有一人；懦主失刑，则桀纣遍天下也。《书》曰："怨有同，是①丛于厥身。"民见群贪之终保首领，乐延子孙，怨毒之深，若转不如胡元之尚有政刑矣，于是土崩瓦解。特以先泽已深，仅免倒戈相向耳，所以其亡较累朝为尤惨也。

惟史言元之太祖特穆津即铁木真在西北塞外，灭国五十，方及中原。世祖呼必赉即忽必烈全踞中土，残忍淫虐，杀人至一千七百余万之多。专用贼臣卢世荣、阿合马、桑哥等，掊克聚

---

① 原文为"自"，据通行本改。

敛，益以西僧肆恶，为害天下，而大命乃集于此房，天祐淫人，亦殊难测。盖天下惟东南抵海，西北塞外，浩渺无垠。禹迹九州，只及舆地之半。即以地中海及红海贯截其西，而欧亚两洲，相联一壤，运会所通，天固不忍永弃大地之半也。然无界无垠，日以屠杀为事，有人心者必不肯为，不得不生此残忍健悍之种人，而以至残至悍之铁木真祖孙为之雄长，使之开通数万余里，毒锋所至，南极占城、缅甸，竟海为界，统归包扫；复生廉希宪、耶律楚材、许衡、姚枢诸君子襄赞其间，为遗黎补救。又有李孟、吴澄诸儒继起，而有元一代纲纪规模，居然粗就。迨支持至八十余年，其焰既衰，众怨并作，遂使从前之岁币攻战，吭竭中国之精华者，仍受屠戮于中土，扫荡虏迹，靡有孑遗，而版图已扩，文物余风，遂遍遐陬矣。

惟金世宗不愧三代以下之贤主，惜未一统。元不任用汉人，汉人亦无求效于元者。故民自致力农商，一洗从来慕贵求荣、躁进倾轧之习，而民气因之转朴。迨一夫作难，义兵四起，如捕盗贼，而汉人之殉国者间亦有人。第当开国之初，未将胜国贼臣如李邦彦、黄潜善、秦桧、史弥远、贾似道等到尸夷族，以申公愤，为千古之遗恨。

《明史》三百三十六卷，国朝乾隆间大学士张廷玉等奉敕纂辑。

史载明祖之语，几无异于典谟；世传明祖所为，或尤甚于盗贼。何相反之甚乎？或谓史必取资明之实录、国史及一切官书，而书成于明之臣子，其尊君惟恐不至，一也。明祖忌克过人，疑及毁谤，动加大戮，纤介之失，人不敢言，二也。且文字之狱尤严，有用"殊方戴德"之语，忽疑"殊"字为诮以"歹朱"，竟加重辟。以此类推，则私家纪述，忌讳尤多，三也。斯官书所颂美，皆属不足信之虚语矣。因是皆疑明祖之事不见诸纪述者，皆非人类所为，无恶不作；而民间传说遂等诸下流之所归。顾稗官家言，西北塞外从来数千百万牛羊之魂为戾气所搏，并成一元世祖及其开国诸将，大戮生灵，以偿积劫；其死也，仍为牛羊，供人口腹。若明太祖朱元璋，非此谓也？人之恶元久矣，明祖起自临淮，吊民除暴，大慰人心。惟其重敛苛征，制酷刑，设官妓，囿于群盗之习，斯为过耳。然安知非罹此毒者，当宋元季世，政刑废弛，彼势豪赇吏，皆藉势剥民，必如是以偿之乎？即位数年，天下忽富，未必不由于此。惟史载明祖所杀文武诸人无辜者十有七八，斯则其不可讳者。

建文仁弱，似可守成，然践祚未及一年，而齐、湘、周、代诸王或囚或死，如恐不遑。弱则有之，仁则未必。不然，何独仁一叛逆之叔父，而忍于诸无辜之叔父乎？谓其信任齐、黄，而黄或稍迁，齐实干济。建文所为，亦未必出齐、黄之意。大约措置颠倒，虽无燕棣，亦不足以善其后。而其讨燕之大失，在于终存一议和之意。于传有之曰："杀敌为果，致果为毅。"故征叛而犹存一招降之意者，兵必败，唐之于藩镇是也；御敌而先存一议和之心者，国必亡，宋之于辽金元是也。于齐、黄，则忽用忽罢，纵高煦等还燕，其意中总有修好息兵之望。于是盛庸无厚赏，李景隆不显戮，而金陵之亡决矣。

燕藩棣举兵叛逆，自号"靖难"。时有何"难"？谓明祖也。明祖不以大位与棣，而与建文。棣因明之兵力方完，且人重伦纪，无助其叛父者。故一俟建文即位，即奉兵以行篡弑，盖篡君即弑父耳。尝考从来至恶之人，人人所指骂者，如宋元凶邵，梁朱友圭，篡逆后旋即伏诛；隋杨广、金完颜亮弑逆之后，为时稍久。皆不若贼棣戕害忠良之惨毒。若隋朱粲、唐黄巢，及后李自成，专以匹夫揭竿起事，尚较光明。贼棣分为尊属，藉国宠灵，反噬君亲，行同枭獍。一朝篡窃，所有忠臣贤士，屠戮一空。所任用者酷吏奸僧如姚广孝、陈瑛、纪纲等，所立皆害民之法。而宠信宦官，终亡其国。其暮年无岁不出塞，与阿鲁台、瓦剌等相角逐。或谓彼知中国奇材大侠，无不欲伺隙甘心，故必严兵自卫，方安枕席。及终死于榆木川，实已身首异处，终不知为何人所诛耳。明代惟仁宗、宣宗、孝宗实为令主，其余诸主，竟有不识一丁者，无怪其与阉宦共为天子也。

统观《明史》，知一代之风气，惟人主所转移；然法制不过具文，全视上之意向为进退。或谓汉用通经，故三代下风俗之美莫如汉。虽有桓、灵之主，就①赖士民翊戴，国祚之永，逾四百年。宋用理学，故大儒辈出，名教益尊。自宋以后，绝无臣下篡弑之事。惟铁失弑元英宗，犹染蒙古旧习，而铁即伏诛。则宋学之功也。明用制义以阐圣贤之理，故礼义尤严。建文逊国，捐躯殉节者，下至樵贩细民；甲申鼎革，山陬海澨之氓庶亦殉孤忠。至康熙初元，而有明犹存爝火，岂非制义之效哉？

窃谓汉虽以通经设科，而取士非全用经学，因西汉武、昭，东汉光武、明、章崇尚通经，遂成美俗。宋并未以理学取士，因太祖、太宗以逮宣仁太后，君臣交泰，专重儒修。南渡孝、理二宗，钦崇儒术，理道于此大昌。若明初之取士，非重时文也，盖明初虽苛刻，而崇儒重道却出于至诚。如太子卒即定立孙，封诸

① 疑为"犹"。

49

子以寓封建，几于事事法古。即文字之狱，动加刑戮；正视文学为关系至重，而儒生为大有用也。是以有罪则必诛，否则恩礼交至。核天下粮亩及任使各事，分遣国子生。或数言契赏，立加拔擢；或任使称旨，径陟六卿。饩廪庠生，优及妻子。建文嗣位，视名儒为师友，恩谊尤隆。野史言建文时，江南士人常有行路拾得钞票，拭净而仍置原处者。三十年来，恩酿化浃。夫子曰："体群臣则士之报礼重。"岂用时文之效哉！惟至隆、万以后，士人每至屏绝人事，专攻时艺，通籍后但知师生，同年锢习，互相党庇，互相攻讦，置是非成败于不顾，此实其重科目、用时文之弊也。然时文与汉宋之学理亦相通。精其学者，往往由此深明义理，竟成大儒，故科目之中亦复贤豪接踵。惟明之优待宫监重于士人，不啻倍蓰，乃不闻一食其报，何也？

《明季北略》二十四卷，《南略》十八卷，计六奇撰。《绥寇纪略》十二卷，《补遗》三卷，吴伟业撰。又有《荆驼逸史》《南疆绎史》等，记明季事皆详核，世言明之亡，由熹宗之任魏阉是矣。然吾谓熹宗任阉，怀宗亦何尝不任阉哉！怀宗于藩邸深知阉祸，而自蹈之，转不如熹宗犹得以生长深宫为解。怀宗之立，朝臣有刘蕺山、黄石斋诸公，帅臣若熊廷弼、卢象升、孙传庭、孙承宗，武臣如周遇吉、曹文诏诸公，而俱以谗死，所用者特杨嗣昌、周延儒、温体仁等数人耳。贤愚颠倒如此，安得谓臣皆亡国之臣，而君非亡国之君哉？然为大局计，拟南迁亦未为失策。盖怀宗莅治有年，究非福藩之狂悖可比，当时有明元气虽伤，民心犹未尽去也。使择如瞿、史二阁部及黄虎山辈，励精慎守，或亦可希晋宋之局者。若如福、潞诸藩，虽有全盛之天下，亦岌岌不可终日，而安得支持危局哉！桂王播越西南，犹复宠信马吉翔、庞天寿为良弼，何有明之主于宦官之固结不解哉？惟唐藩英锐振作，而躬丁末造，不使径绍熹宗，是天不祚明也。

古史以宋罗泌所作《路史》四十七卷为最详。编年者以宋司马温公光所作《资治通鉴》二百四十九卷，宋刘恕《通鉴外纪》十卷、《日录》五卷，国朝毕秋帆制府沅之《续通鉴》三百二十卷，陈工部鹤及其孙中翰克家所作《明纪》六十卷，统名《通鉴合刻》为最详。

又有纪事本末一种，若马骕《绎史》，即三代以上之纪事本末也。以后如高士奇《左传纪事本末》，宋袁枢《通鉴纪事本末》，明陈邦《宋史》《元史》，谷应泰《明史》，皆有纪事本末。杨陆荣《三藩纪事本末》为最贯串。

康熙年间《御批朱子紫阳纲目》，并金履祥《前编》，明商略《续编》，自上古迄明末皆备，且有音注，最为便读。乾隆年间，《御批通鉴辑览》尤为易购。

余有晋常璩《华阳国志》十二卷，魏崔鸿《十六国春秋》十六卷，吴任臣《十国春秋》一百十四卷，详录载记各国，足补正史之缺。

又《皇舆西域图志》五十二卷，松筠《新疆识略》，盛绳祖《卫藏志略》，与魏源《圣武记》相为印证。何秋涛《北徼汇编》四卷，魏源《海国图志》定本一百卷，域外形势，读史所赅，今日尤当研讨。

若唐杜佑《通典》，宋郑樵《通志》，马端临《文献通考》，国朝乾隆年间有《续三通》《皇朝三通》之刻，计"九通"。有二千二百余卷，统记古今典章制量，为一书所以供检阅也。

又有考订图表之属，以资读史之用。曰《史姓韵编》六十四卷，《九史同姓名录》七十二卷、《补遗》四卷；《辽金元三史同名录》四十卷，俱国朝汪辉祖撰。《皇朝一统舆图》三十卷，胡林翼等作。《坤舆图说》二卷，明南怀仁撰。《地球图说》，西洋蒋友仁著。《历代纪元编》《地理韵编今释》《历代沿革图》等凡五种，国朝李兆洛撰。《历代帝王年表》三卷，齐召南撰。《辽金元三史国语解》四十六卷，乾隆间奉敕撰。《廿一史四谱》五十四卷，沈炳震撰。《廿二史考异》一百卷，钱大昕撰。皆读史者之资粮，如行道之有舟车也。

叙　子

　　天下无不学之人。学也者，学其有益于己，有用于世也。自经天纬地之业，下至农、圃、医、卜、梓匠、轮舆之末，无不由学。学不必尽有书也，然吾辈言学，则舍读书其焉从？

　　幼而就傅，必首读《学》《庸》、孔孟之书。所谓"四子书"者，经也，非子也。然惟至圣之言，亘千百万年深入人心而无可议。《学》《庸》纬之以文，非初学所能仰企。孟子言井田世禄及设言舜、皋、瞽、象等事，非后世所可行。由四子书且然，而况于余子哉？

　　无如经史而外，著述繁兴，汗牛充栋，强半子部。世之人往往不课其实用，徒以其名之高且古者仰而学焉，以为取法于上，庶几可得乎中也。然言理道者，莫尊于《易》；而实为古人卜筮之书，载鬼张弧，措词谲诡，多不可解。言政刑者，莫如帝王训典，然命官而先使出居荒裔，寅饯寅宾，此后世必无之政也；威侮五行，罪干孥戮，此后世必无之刑也。言兵者莫如《孙武》《尉缭》诸书。而《孙子》末言殷之兴，使伊尹居夏；周之兴，使吕望居殷，为用间。《尉缭》言为将者自诛其全军之半而威加天下，固人人皆知为语病矣。即所言分数、形名、奇正、虚实之

53

说，皆昔为奥义，今为陈言。

即至堪舆、医卜之术，皆有其首尊之书，类依附儒家、道家之义理著为美词。迨按诸实事，乃深远而鲜当。太史公《论六家之指》曰阴阳，曰儒，曰墨，曰法，曰名，曰道；班书《艺文志》本于刘向父子所辑，则益以纵横家、杂家、农家、小说家，共为十家。班《志》谓阴阳出于羲和"授时"，俗所谓天算也。其学别有专家，治之者多，而为用甚寡。墨氏学曾行盛于时，今传者惟《墨子》一书。偶为言制造者所托始，然非其意也。又言名家出于礼官，纵横家出于行人之官。纵横首列苏秦、张仪之书，其列于班志之书，无一传者。名家所列有公孙龙"坚白""异同"，尹文子历下游谈之说，大约与纵横相近，皆今西人所谓辨学也，因时制宜，不由于学。农家须实课其事，偶有专书，亦不足用。杂家出于议官，于著述为便。小说家出于稗官，较杂家尤卑，或缙绅先生所不道，然实有所用，不可废也。时今为足用之计，举诸子之有关损益者录之。

阴阳家五行象纬占验之书，其微久矣，而天算为盛行，略举之以备一格。曰《淮南天文训补注》二卷，钱塘注；《西人天文图说》一册，薛承恩译；《华氏笔算启蒙》一册，《华氏笔谈》四册，华蘅芳著；《九数通考》十三卷，屈曾发著；《九章细草图说》九卷，李潢著；《数学启蒙》二册，洋人伟烈亚力著；《代数术》六册，伟烈亚力、华蘅芳并成；《勿庵梅氏丛书》七十四卷，梅文鼎著；吴氏、丁氏等算书二十一种，湖南白芙堂刊。罗氏士琳观我主室，徐文愍公有壬务民义斋，李氏善兰则古昔斋，成书而后，愈出愈精，不可胜纪，皆阴阳家之裔也。

异域喜开荒岛，往往精求纬度，供测海行舟之用。上国自虞夏以后，颁朔授时，声灵四讫。若新莽、张角之巨奸托天象以造谶纬，则有之矣。其治民出政之大而获效于占天者，固未闻也，则惟有稽古帝舜一言以蔽之，曰"绝地天通"而已。惟测量高远，施放火器药弹，亦须用算，此是军政专用，可以算成定法造书一册，使军人皆习之。如书吏计田、木工造屋、土工濬河之各有定诀也。

儒家每以王肃《孔子家语》、薛据《孔子集语》为冠，采于百氏之书，虽不尽可证，而既托名为圣人之言，安得下侪诸子乎？儒自孟子而后，以荀、董、杨、王、韩为最著。《荀子》二十卷，周荀况著，杨倞注。《春秋繁露》十七卷，汉董仲舒著。《法言》十卷，汉扬雄著，唐柳子厚、宋司马温公等五人注。《文中子》十卷，隋王通著，宋阮逸注。《昌黎韩氏文集》，体裁不同于诸子，另入集部。

此五家者，后儒谓自宋以前相承，以隐肩道统，而亦各有訾议。窃谓荀子述礼乐，言道德，卓然儒者，而以性为恶，以礼为伪，立说僻悍，宜其为世所讥。董江都承孔孟之学，而所言公羊及灾祥五行，想沿汉儒旧说，穿凿可厌。扬子《太玄》拟《易》，王氏《中说》拟《论语》，僭妄可嗤。韩子立身自有本末，其应酬诸作，乃时势所值，文人皆所不免。议者专病诸儒之言性皆不合于孟子，此实无关轻重之事。孟子力辨性善，或当时有造"性恶"之说以恣其私欲者耳。荀卿去孟子未远，所云"性恶"，或时人之所习言。圣人"性近习远"及"不移"数语可以息百家之喙，毋庸赘矣。或言取其可资惩劝耳，若深知性善而并不求善，虽日言性善何益？以性为恶而自防其恶，虽孟子复生，恐不必更辨为善也。董子谓质朴为性，韩子言博爱谓仁，此特供一时行文之用，后人乃执以相争。然则性也，仁也，徒为词费之累，不如无此二字之为愈矣。

儒家分汉、宋之学。汉学详训诂，其书应入经部。自郑玄《高密遗书》十四种之外，汉儒所著，殊不多见。明王谟《汉魏遗书》中《经翼》一门，及广州刊《古经解汇函》所集较多。国朝尤为极盛，纳兰性德辑《通志堂经解》，阮元辑《学海堂经解》，皆汉学也。宋学治性理，宋濂溪周子《通书》一卷，国朝李光地注。明道、伊川二程子书共六十六卷，同治间江宁局刻。南轩张子书十五卷，高安朱氏刻。《朱子语类》一百四十卷，宋黎靖德编。《朱子全书》六十六卷，康熙间奉敕编。又有朱子《近思录》十四卷，江永注。张清恪公伯行编《正谊堂全书》四百七十八卷，皆宋学也。

汉崇儒学，而东汉风俗之古同于三代；宋尊道学，而纲常名教之重偏及八荒。虽汉宋之弊互用诋讥，究诸相济相成，莫能轩轾。党徒之盛，亦各有小人厕乎其间。然张禹之党王氏，马融之颂梁冀，固生平之玷；而说经精博，不能不以学问称之。若宋之章惇、邢恕等，业已为清议所不容，万不能仍托于躬行实践之学。此宋学所以益多君子也。

又《象山语录》四卷，宋陆九渊著。《传习录》三卷，明王守仁著。及黄宗羲编宋儒明学案①，皆所谓陆王之学，亦是儒家，而又异于程朱者也。

儒家之正，须治国治民，见诸行事；必不得位，乃寄诸言。古云士者，事也，盖经济外无学问矣。兹略举儒学之正。《新语》一卷，汉陆贾撰。《新书》十卷，汉贾谊撰。《盐铁论》十

---

① "明"后疑脱"儒"字。指《宋儒学案》《明儒学案》。

卷，桓宽撰。《申鉴》五卷，荀悦撰。《中论》，魏徐幹撰。《郁离子》二卷，明刘基撰。《明夷待访录》二卷，明黄宗羲撰。《日知录》三十二卷，国朝顾炎武撰。《潜书》，唐甄撰。《法书》十卷，檀萃撰。名理愈阐愈精，佳书迭出。余谓政度法令，有创制之始，本所未安；有时势所迁，久而必变，姑举至要者数端。

一为肃清宫禁，匪教匪诲。时惟妇寺，已见于《诗》；自三代以迄有明，除东晋、梁及后周之外，莫不由此而亡，为祸可谓烈矣。君有后，有六宫；宫人司祭祀、司衣食、司珍玩、司笔札、侍起居以外，派三四十人日供洒扫，夜供巡防，不过共六七十人足矣。内监益以侍从传令，亦不过百人足矣，此外有何内治哉？明制，女官十四等，凡数百人。所谓司纪、司言、司宾、司簿等，不知为后妃者何事可纪？何言可述？何以有多宾当见耶？后世尚宝、神宫陵寝、别苑用内监最多，不知尚宝典玺之官所为何事？而神宫陵寝尽堪以老成之仆隶为之，何必以刑余宦寺乎？吴孙亮为太子，令童子三百人同习武，曰："使与吾年俱长。"宋高宗都临安，于吴山侧闲地，令妃主率宫女日习武勇，曰"女校场"。苗刘之乱，有贼陡进犯跸，宪圣吴后侍帝侧，持弓殪之，贼遂退。皆善法也。宫门以外，虎贲羽林可环侍；宫门以内，太子、诸王、僮仆及宫女皆习武技，足备仓卒，何必多集群阉，致有中尉，有将军，使为乱本？驯至天子且受制于家奴乎？《礼经》所云："二十七世妇，八十一御妻。"《周礼》阉人之多，实为从古敝政。后世汰侈之君，托名古制，以自贻患。臣下亦习闻其制而不敢进谏，何如严为限制，拔本塞源，以拯千秋之祸乱乎？如谓宫室过多，需人典守，则或择其稍远寝门之离宫旁殿，迁学士之署于中，以待顾问，以资启沃，较诸多置妇寺之为益何如也？

二曰整饬仕学。亭林顾氏曰："小官多，天下治；大官多，天下乱。"此数语乃千古之要言也。上古不可知，考诸《周礼》，五家为比，有比长。二十五家为闾，有闾胥。百家为族，有族师。各掌其戒禁政令，帅民读法书。其德行掌其觥罚，民所以相友相助相扶持，此其由也。市有司市，有质人，有廛人，则皆命官矣。五百家为党，党正为致仕之大夫。族师以下，为上、中、下士，其人皆读书励学之人，不过酌给之田亩，使矜式于邻里，暇时仍得自勤职业，非惟乡党之人有条不紊，而师长之智愚贤否亦即可知。于是升为大夫，为卿，秉钧出治，由此而选。学稼，当问农；学圃，当问圃；治民治事，而取诸究心民事之人。其与坐呻占哗、一无所知者，不甚愈乎？《虞书》言："车服以庸者，必先明试以功。"今以凡鄙之下民而评事理之曲直，则坏政事；以无用之艺文而消有用之精力，则坏人才；以迂懦之少年而超同时之侪辈，则坏风俗。一加整饬，而铨选、举业、科名之弊可除矣。

三曰同民好恶。好富恶贫，人之情也。熙熙攘攘，为利往来，可胜太息。然励廉隅，持狷介，士大夫当以之处己，不可制为法律以强民。乃后之治民者惩民之贪利，市廛有征，商贾有税，曰吾以抑末也。顾末固可抑，其取末之赀敛之税之，以充其私橐者，不更当诛乎？此夺民之好者，一也。

士民勤动半生，积数十百金，寄人营运，取微息以供养赡，乃不幸为奸人干没，诉之于官。官乃以清廉训俗，视财甚轻，辄曰钞债细故。不知则固可轻；民苟失财，将使之抢攘以为食乎？

至于国课追呼，则曰"钱漕"，丝毫为重。何以小民将本求利之钱则为细故？官吏无端派纳之钱则丝毫皆重乎？此夺民之好者，二也。

山木蜃蛤之资，粟米麻丝之利，产之自地，成之自人，而无不先纳钱于官，方可求利。问：官之所以取于民者，曰吾以卫民也。及遇灾禩饥馑，藉以赈惜，则仍令灾区中稍有余力之人出赀捐助为大宗。试问频年所取以卫民之资，今何往乎？即势豪恶吏，虐取于民，一朝败露，籍产入官，曾未闻补被害之民于万一。是民则无处不出财，官则无处不取财也。此夺民所好者，三也。

古者一夫百亩，计百亩所入，当可得米二百余石，足以供其事畜。出而筮仕，自当所入益丰。今者外为教佐，内入词垣，国家所以优儒生也，乃所给之俸，外不过银三四十两，内不过米三四十斛，以供一身之衣食犹且不足。此外则如内官之炭别敬，五六品之印结费，州县之平余，广文之贽敬，皆属赃私。武职于所统阙额，其罪尤重。聚天下至贫之人，而命之位秩，皆使之不衣不食乎？不犯赃私之禁，于何取之？是限民以恶者，一也。

而其尤不堪者，则为劫夺。国法：科罚有禁，敛钱有禁，以事关财利，虽在势要，固不得强夺以自肥也。自国帑不足，而举一大役辄云就地筹捐。抑思人莫不吝财，天下安得如许愿捐之人乎？乃一遇奉命筹捐，则其地之偶有势力者，必先营求涉手。于是官绅勾结，择肥而食。知强罚之不可言也，而逼使书乐捐。知罪名之无可加也，于是或羁其人使待讯，或屡憾之以刑求。迨其人万不得已，遂书乐捐。有司仍无妄屈平民之罪，而民之赀产蚀于官绅者十之七，献于朝廷者十之三，而天下皆切齿于政府矣。

此迫民以取大恶者又一也。

然则如之何而可？曰税敛不能废，而必删其烦密，总其大纲。若钱债出纳，乃人生至要之端，决不可徒务名高，忽为细故，不妨悬诸象魏。凡亲民之官，首以不扰农商、理民钱债为要义而殿最之。至赈恤之用，必以国帑为本，民捐为末，而众心始平；俸禄所颁，必使足资衣食，可畜妻孥，而官箴可饬。至倚势豪夺，实今天下最可虑之一端。必先偏加廉察而无使或遗，立与诛锄，而无稍姑息。贪囊尽籍，库府渐充，嗣后所有官商绅富之捐，丝毫皆存省库。然后地方举办之经费，由省库核明拨给，取其报销，年终奏请。庶筹捐者非即操其财政之人，而此风可稍息也。

以上数端，凡著经济之书者，盍取鉴焉？

墨家见于《汉书·艺文志》者，墨翟之外，凡五家。所云尹佚、田俅、我子其书皆不传，胡非子论勇一篇，随巢子言鬼神一篇，容斋洪氏谓"艺林所述"，各有一卷，而皆卑浅，无过人处。又有缠子者，亦墨氏学也，今存数行于马氏《意林》。盖皆在若存若亡之间矣。而惟墨翟所著之《墨子》十五卷为完书，经国朝卢文弨、毕沅等校勘者尤佳。墨在周秦之间，横绝天下，人至以孔、墨并称，虽经孟子辞辟，而其风仍炽，盖自有不可磨灭之处深入人心。今徒见其《经上下》及《经说上下》等篇，诘屈聱牙，几不可读。或又以攻守制造之术为今泰西诸学之鼻祖，抑知果如所言，于今日之务，犹糟粕耳。

姑举其切要者数端。一为"尚同""兼爱"之理。天下之患，皆起于人之各私其身而不相联属。人各怀一心，即人各有一义，所谓一人一义，十人十义，百人百义。以至父子兄弟相怨恶离散而不相和合，舍余力不以相劳，隐匿良道不以相教，此不仁不义之至也。试即此说以验之，凡国之兴者，小畏小怀，必多与国；位之崇者，爱贤礼才，必多同志。即一乡一邑之豪右，亦必有多人以相引援。至贫贱困厄之士，则惟知财利之为急。泗上十二诸侯，并力合谋，非不足以拒大国，而卒至澌灭者，其情涣也。故愈贫贱则见地愈浅，胸襟愈狭，力不能撄豪强，而偏能自仇其俦偶，则其势愈孤。倘或联结相抗，人但稍诱以利，则背其夙约，反颜相仇，瞬息之间，冰销瓦解，骈首就缚矣。古有云："贫贱之交不可忘。"至今竟无其事。故厄难之遭，大抵以治不仁不义之罪，使共处贫贱而有同志固结。此十余人相赒相助，则必有可就之事，而决不至于终困。故为我之杨朱，当时与墨并驾，而今所传者仅附一卷于《列子》书中，而《墨子》仍于吾儒外别树一帜。可知孤立者易败，而"尚同""兼爱"之洽于人心者远也。

一为"节葬"之说，为儒者所讥。然试读其书，可见其时厚于丧葬，相沿成俗，为世大害，故不禁为此过激之言。今江左于婚丧俗礼，繁文缛节，使人人不得不虚掷巨资，作为无益。苟或立严法以禁之，亦救世之一端乎？且丧葬泥古人之言，至为大害，有更甚于此矣。

墨子曰："天下之乱，起于不相爱，父子兄弟不相爱，而亏人自利，充其类，至为盗贼。"盖人伦固主于相爱者也。爱生于情，而不得绳之以法，他人且然，而况于父子乎？人不幸无子而立他人之子为子以承祭扫。先儒考之于礼，谓先尽同父兄弟之子，再由同祖兄弟之子以次而推。其立他族之子者，是为螟蛉，是为违礼，于礼固然。然其人所遗财产，必归诸所立之子与否，未尝言也。乃后之职造律者，泥古人之言，误著之于法，以所遗财产系之，而天下之狱讼从此繁矣。

夫人之爱其子也，自有同情；至于兄弟，则参商神明，上为列星，不相能也，何况兄弟之子乎？人必于兄弟之子不相爱，乃舍而至于他人；于本族无可立也，乃舍而至于他族。所谓不相爱者，在衣冠之族不必皆有争讼之端、殴詈之迹也。或外尽礼文而内相怨恶，或分虽至近而视同路人。此与女子之子及至戚之子、良朋密友之子情谊相悬，不啻霄壤。犹是人也，谁愿起居饮食就其所疏而离其所昵乎？谁肯以赀财生计舍其所亲而与其所恶乎？乃偶逾常制，而序之应继者贪其遗产，辄执法律以讼之于官。虽律有爱嗣者不拘次序、争继者不得为继之文，而官必实验其有争讼殴詈之事。否则曲为调停，仍以次序为断，是强天下茕独之人就所疏而离所昵、舍所亲而与所恶也是逼人之兄弟骨肉必出于争讼殴詈也，是立此法以贼一世之彝伦也。今惟有亟除此法，无所谓应继之序。其本宗外戚，除辈行伦序之不可为子者，悉听择后者所愿立、为后者所愿继为定，而官不与焉。其遗财之或与继子，或与他人，官亦不得过问。必其所后者夫妇已故，而无遗券可凭；然后必不得已，使其族人呈诸官，按礼所应继者而继焉。庶可免伦常之嫌怨，息同族之争讼，而茕独者得所归也。

夫法家之言，乃知千古治天下之术，而儒者为学之首务也。今者欲拨乱反诸正，苟舍法其奚从？世惩其末流之刻薄，遂屏斥弗道，后以佐官署、治刑名者之书当之，岂不谬哉！

孔子言政刑不如德礼，其感人之浅深则然。德礼必圣贤居上位者能之，而政刑则不可一日无者也。余谓今欲求天下遽治，盍试行商君之法、韩子之言乎？《商君书》五卷，秦商鞅作，严可均辑。《慎子》一卷，赵人慎到作，严可均辑。《韩非子》二十卷，吴鼒校。《唐律疏议》三十卷，唐长孙无忌作，附宋宋慈《洗冤录》五卷，《折狱龟鉴》八卷，《汪龙庄遗书》六册，国朝汪辉祖著。古有云"《申子》卑卑，施于名实"，与李悝、晁错之书，今皆不见。

　　统观宇宙之故，大抵法严者兴，法宽者败，法废者亡，而宽与严尤必有相济之用。法之所必严者，曰怀贰。若南朝之臣有贰心于北，北朝之臣有贰心于南。唐昭宗在位，而潜托于朱梁；宋高宗继统，而献媚于金虏，此逆贼也。曰附势。若权相逆藩，外戚大珰，窃国之柄，若人为之委身效命，窃其余焰，苟虐臣民，此奸党也。曰赃污。有位者枉法侵逼，无位者藉势恫喝。或威迫愚民，致其私纳；或托名报国，窃以自肥，此民仇也。此其人必当碟其身，夷其家，奴隶其妇女，发掘其坟茔，歼殄其党援，连坐其荐主，然后悉籍其资产房舍，以谢天下，而不得稍存姑息者也。

　　更严之以上治之法。治贪利者，惟恃刑法之严，此利字所以从刂也。极财利之祸，千古之大恶，无不由于是者。刑能加于一身，犹未足尽其量。古者崇德报功，著于祀典。今即荒陬僻县，必设祠庙数处，像神立主，以祀先哲，所以劝善也。窃谓劝善惩恶，事无偏废。古来窃大位者，若秦政、萧鸾、高洋、杨广、朱温、朱棣；窃大权者，若莽、卓、操、懿、林甫、桧、嵩，此天下之至恶。宜于郡邑庙外，泐石肖形，以明贱恶。士君子又复绘图著书，为万世炯戒。此严于上治者也。

　　复严以下治之法。志有之，斐豹，隶也，志于丹书。今又浙东有惰民者，凡编籍为惰民，布衣贱服，不得仕进，不得齿于衣

63

冠，平民不与婚姻，不与并坐。闻其先以宋人而首先投隶金元者，故人皆贱之。窃谓凡有诈逼得赃而幸逃显戮，或诱得巨资干没，迨事觉而不能偿还者，则著其名于丹书，编其子孙为惰民。如亏欠巨款，必子孙积偿清讫，方许脱籍。凡邑人与丹书同姓者，考试先令自书，非丹书某某近族，方得入试。此法之严于下治者也。

法之所当宽者，汉祖约法三章，首曰"杀人者死"，理之正也。然而杀必有其故，亦当确讯其故，与为通变。如豪强纵恶，诱逼其财色，凌辱其父母，人乃不得已而杀之，已不可与寻常杀人者论矣。如为亲复仇，诛而旌之，既可旌矣，而仍诛之，岂如泥于人命之重耶？毋怪世以亲戚寻常怛化遂诬人人命，吓诈愚懦之厚资，闻者切齿。此于人命过严之弊也。

五刑之用，各有限制。此仁术也，无如问官积习，动辄拘人禁于吏舍。沉年累月，笞责叠至数千，掌颊叠至数百，恣其逼勒，甚于重刑。不知典章所载，笞不过五十，衣冠或妇女有犯，夏楚可也，掌颊非法也，岂臀不可杖而反挞其面乎？人有大罪，当系诸狱，罪之小者，十日之内必讯断，或有所待，当令觅人保回，安得令人静候衙旁，以妨生业乎？余谓问刑官用非法笞挞者，任情拘系者，皆违制也，皆即华官①遣戍。法之所当济以宽者，此也。

名家者流，出于礼官，名位不同，礼亦异数。取其辨正名物，故谓之名。《汉书》所列邓析、公孙龙意主辩驳，实无大益。然礼则何可缓也？令仍其旧，曰名家。邓析子，法家也，而

---

① 华官，疑应作"夺官"。

书中《无厚》《转词》诸篇，实长于辨，故为名家。书凡一卷。《尹文子》一卷，附校勘文。《公孙龙子》三卷。皆战国时辨士。尹为齐人，龙为赵人。礼书则唐开元、宋政和及《金集礼》《明集礼》，皆该杜佑《通考》及国朝汇刻《九通》与经学家《读礼》《五礼》二通考内。今日当从之礼，有国朝吴荣光所著《吾学录》二十卷，简而易明，实名家之本旨也。《戴记》云："乐由阳来，礼由阴作。"董子曰："阳为积德，阴为积刑。"为国莫急于礼，而礼之行也，必以刑辅之，逾礼而无严刑，此三代之后礼所以日隳也。今江南殷富之家，冠婚丧祭，华靡相尚，往往不惜巨资以供一日之炫耀，极其奢僭无耻，而愚民反夸为礼之丰备。由是游手无借之徒，往往三五成群，夤缘执役于婚丧之家，终岁借以为生，弃其恒业。即有读书习礼、能知节俭之人，转为游手者所劫持。俭于丧，则曰"不孝其父母"；俭于婚，则曰"简亵其姻家"，而其族姻亦复动于浮言，力争于主人，使之从俗。甚至富者破产，贫者倾家，执役奔走之人弃其农商，成群游食，此婚丧礼废而民所由凋也。

生民之害，莫甚于赌博，而赌博莫甚于局戏，国家著之刑章，祖父垂为礼教。桐城张文和公家诫曰："子孙于干犯王章之事，皆所宜惩。若有斗牌者，必当逐出。"盖揭其所深恶痛绝者也。乃今者礼教日亡，禁赌只及商民之家；而嗜局戏者，上而士绅，而官吏，而大僚，少而纨袴，老而封翁，外而戎兵，内而妇女，莫不视为故常。即司宪典者，亦诿为力所难察，法所难加，于是平人不惜资财，高位且忘军国，此群居弃礼而俗所由败也。

衣服制度各有等威，此朝廷之礼服，自不能逾也。至燕亵之服，则士大夫以至仆隶，漫无区别。珍裘美锦，炫耀辉煌，舆隶之贱，几上驾乎公卿。尤不可者，宝货之资中，以金银珠玉为最。古者黄金之器，惟天子得以用之，天子诸侯惟大典方执圭璧。楚之白珩，秦之照乘，大国传为世宝。汉梁孝王宫中及董卓郿坞藏黄金皆百万斤，足见古时黄金之多，而权贵逾制之干咎。乃今何以平民妇女竟以金珠瑟瑟之贵加诸簪珥？或犹以为未足，有以金刚之石、鸵鸟之毛为饰者。无怪乎国帑告空，而民家悬罄也。此服饰违礼，而国所由贫也。

今惟以刑助礼。冠、婚、丧、祭所用仪仗及执役几人，礼物何等，皆视主人名位，严定其制，罔敢或逾。敢有逾者，削为齐民，枷示市廛。其甚者赭衣墨面以重辱之。有犯赌博，王公以下，按法惩治。即贵为藩镇，偶犯此事，即已尺书就逮，而以下无论。已造赌具者，无不立诛，则浇风庶可息乎？金珠之重，惟乘舆服御，偶于大典用之，臣民不得为饰，不得为酒器，犯者赭衣墨面，虽贵勿贷。妇女以金珠为饰者，髡首。臣民妇女，首不用饰。惟犯奸罹罪，用铜饰伪珠加首及钏，以代桎梏之辱，则宝饰不禁而自绝，斯金币可充而民亦裕矣。

道家于古为最贵。凡先圣先贤之言，义理所存，儒墨阴阳皆该于道。故黄帝有书，遂为道家所托始。迨后渐趋庞杂，乃指尧、舜、周、孔之道曰儒，由是为墨，为名，为法，各有师传，遂以耽虚守静之说独归于道。流传既久，而长生之家、神仙之说托焉。甚至烧炼符箓，斋醮之属，滥为徐波，则又为始计所不及矣。黄帝撰《阴符经》一卷，太公、张良等六家注，或以为伪托。《老子》二卷，王弼注，又云河上公注，亦伪。《庄子》郭象注，附释文共十卷。《列子》附张湛注八卷。《关尹子》一卷，尹喜著。《文子》二卷，附校勘记，辛钘著。《抱朴子》内外编八卷，晋葛洪著。《参同契》一卷，汉魏伯阳著，宋朱子考异。《列仙传》二卷，汉刘向注。《神仙传》十卷，葛洪著。《真诰》二十卷，梁陶弘景撰。《云笈七签》一百二十卷，宋张君房撰。

老子《道德经》，清净为本，坚忍为用，隐括道家之旨。《庄子》文章，汪洋恣肆，卓绝千古，真宇宙之奇观也。且《在宥》篇广成子对黄帝之言，直揭长生久视之精蕴。《列子》之词华，《关尹》《文子》之精理，《神仙》《列仙》述其事迹，道之本旨明而义趣博矣。《参同》《真诰》备丹经之作用。厥后导引、服饵、烧炼，降至张鲁之符箓，寇谦之之斋醮章咒，莫不由此推衍。而《云笈七签》，凡道藏之繁重，已具撮其精要。至彼所谓真言、宝箓者，若《内景》《黄庭》《心印》诸经，皆推波助澜，以引人入胜焉尔。

梁阮孝绪《七略》以二氏并列，《旧唐书》以佛书并入于道，盖释氏实出于道家也。兹附录释氏之学。

《宏明集》十四卷，梁僧祐辑。《广宏明集》三十卷，唐释道宣辑。《大唐西域记》十二卷，唐释玄奘著。《五灯会元》二十卷，宋释普济辑。释藏之书，视道藏尤为浩博。佛法初兴，惟明因果，暨达摩东迈，始启禅宗。厥后辨才无碍，语录日增，而内典充栋汗牛，数难更仆。惟《开元释教录》二十卷，唐释智升撰。溯本探原，大乘小乘，有条不紊。合以《法苑珠林》一百二十卷，释典大纲略备矣。佛经之最先者曰《四十二章经》，末后者曰《佛遗教经》，皆极简要。复有《楞严经》《金刚经》之精密，《般若经》《法华经》之详明，皆释家所诵习而不可离者，即聪明敏悟之儒，亦多乐为探讨者也。

　　纵横家出于行人，亦似西人所谓辨学，而又不同。相传以《鬼谷子》一卷当之。而《汉艺文志》所列之苏秦、张仪、庞煖等之书，今皆不传。盖其学特盛于战国之时，至足以代戎马干戈之用。然逞辨才而无实效，故旋为当世所悟，不复行矣。

　　惟兵家言较为有凭，然兵之胜败，天实主之。且机宜所在，非笔墨所能传，著为成书，适成流弊。善用兵如魏武所注《孙子》，当时甚为矜重，今有叹赏及之者乎？当世所传《武备志》《登坛必究》诸书，类多肤浮荒诞，择其切实可读者，只四五种以备一格。

　　言兵以地理为要。国朝顾祖禹《读史方舆纪要》并附《形势纪要》一百三十九卷，与史学家地舆部参阅。《读史兵略》四十六卷，国朝胡林翼著。《草庐经略》十二卷，明人辑，粤雅堂刊。《练兵》《纪效》合刻共三十三卷，明戚继光撰。《新译西洋兵书五种》，上海制造局刻。

　　国何以强？兵强则国强也。兵何以强？民强则兵强也。故欲治兵者，先有以壮民之气，固民之心。秦之于六国也，晋之于吴蜀也，契丹之于石晋也，金元之于宋也，未必遽为之吞且灭也。欲谋其国，则必先与之通，使与之结盟。彼为弱国者，国未尝亏，兵未即败，徒以惑于强敌之谋，慑于奸臣之议，睹人一日之胜，专以媚敌偷安为得计。用一人则曰恐干敌人之忌，行一政则曰无拂敌人之心。于是吸民之脂膏以与敌，戕民之性命以娱敌，聚其奸酷贪鄙之臣，取民之财力以自奉而奉敌。民之畏敌尤甚于畏君，民仇其敌，遂愈仇其上之人。人人思屠戮其上之人，遂不得不尽折而入于敌。

　　然则何以图存乎？曰宋高宗初立，举天下方受制于金帝。欲以李忠定为相，有沮之者曰："李纲为相，恐金人不喜。"帝曰："即朕之立，亦恐非金人所喜何？"沮者惶恐语塞。忠定秉政，诛逆党，抚遗黎，筹饷糈，励忠义，举将材，练兵马，缮甲兵，守要隘，皆金人立约所深忌者。然既各治其国，金亦不能禁也。惜帝后惑于汪、黄，不竟其用，然南宋数百年之绪实基于此。余谓凡待强邻者，皆当有高宗相忠定之意。凡大小臣工，能庇吾民而与贼争者，皆能忠于国者也。贼虽执成约以罪之，不妨姑罪其人，而旋加拔擢。若抑吾民以媚外人者，皆贰心于贼者也。贼虽强，吾国以宠之，不难暂与虚荣而终加严谴。即或偶动兵端，共知强弱不伦，必归和局。奸巧之徒，即有不力于行，间而阴款于贼者，尤必密加诇察，刻日立诛。免致既和之后，两释累囚，俾逃显戮。且国有强邻，尤为大憝之逋逃薮。如有逋于贼窟者，则必列其罪状，编为歌词，悬图国门，遍行郡邑，使境内之乡愚妇孺亦知此贼为覆载所不容，免致死灰复燃，反滋诪谤。

《礼》曰："王言如丝，其出如纶。"苟能使天下之人晓然于上意之爱民而忿贼，劝忠而惩奸，斯吏有所恃而力争，民有所恃而不惧。敌虽强悍，亦不能遽动干戈，必将转生顾忌而不敢欺。郑子产之事大国，意可师也。兵所以壮民之气者，此也。

圣人治国，必先正名。皋陶明刑，首言弼教。蛮荒之俗，每有奇技淫巧，能取人于数百步之外者。边塞之民，类有筋力顽悍、一人可敌中土之数十人者。然而皇威震叠，所向辄平，而边隅僻壤罕有兴者，何欤？名不正，教不先也。古者大司马与乡遂卿大夫致其徒众，训以攻战击刺之方，试以搜苗选狩之用，若曰："天子所以恩养汝曹，欲使汝披坚执锐，敌王所忾，以讨不庭者也。"父以诏子，兄以勉弟，不必有过人之技，而以战则克矣。后来寓兵于农，绝无成效；屯田有奏，不闻建功。即朱子立约，俾诸生习射于庠，亦未闻庠兵有可以御敌者。盖彼当就学之始，但谓之曰，是特以保护身家耳，未尝命以杀敌，致果忘身报国也。人莫不爱身家，惜躯命，显喻以忘身报国犹且不足，而况徒诏以惜身乎？一朝遇敌，则曰："我农也，我士也，吾所学者以保身也，吾岂可战乎？"大敌当前，而同心为保身之明哲，不败何待？吾闻海外日本风俗尚武，先世多与国为难。迨后有菅原道真、二宫尊德诸儒迭起，谆谆劝教以树绩疆场、殉忠报国之说，诸老师宿儒暇时诏告邻里，相习成风。童稚戏嬉，即假为刀矛征伐敌国之状，人人以从军为快，一闻出师获胜，即孩提之童亦欢呼称庆，战死疆场，乡里以为光荣；逃伍而归，则父母妻子饮泣诟厉。极之游手无赖，亦无不愿为国效命者。屡战皆捷，皆耆宿之劝教为之也。何况修明上国圣贤之遗训乎？所以固民之心者，此也。

农家首推《氾胜之书》，未之见也，今考其最雅训者。《齐民要术》十卷，魏贾思勰撰。《农书》三卷，宋陈旉撰，附秦湛《蚕书》。《农政全书》六十卷，明徐光启撰。《授时通考》七十八卷，乾隆间奉敕撰。又有若明陈继儒眉公、屠隆赤水、李渔笠翁等著书，间及种植，以自写其闲逸之趣，因耕而及《相牛经》，因稼而及《圃史》，因蚕桑而及《茶经》，一切鱼蟹梅菊、酒经膳谱，相随而入，试之或亦有验，其意固不专在农也。

自明熊三拔《泰西水法》以后，若李提摩太《农事新法》、傅兰雅《农事略论》，及蚕务、养蜂等法，益极精详，然必亲其事而始能，业诸久而始熟。士人虽明其理，终隔一尘，且各有土宜，不能互易，农桑固不可以言语学也。若偶窃新奇之法，炫惑愚俗而攘俸修，则有之矣。

杂家，古人以资宏览，以供消遣。凡学术不纯宗一家者，皆谓之"杂家"。由刘安《淮南子》开其端。《淮南子》，高诱注，二十一卷。《淮南万毕术》一卷，孙冯翼辑。《抱朴子内外篇》八卷，晋葛洪撰。《金楼子》六卷，梁元帝撰。《刘子》十卷，梁刘昼撰。《颜氏家训》七卷，北齐颜之推撰。《化书》六卷，南唐谭峭撰。以上所列，皆唐宋以前之书。迨后著者愈多，或志考订，或纪见闻，有名为某某录若杂志、杂编、琐笔、笔记，有同于小说者，皆杂家之余波也。

小说家纯是叙事，不辞琐屑。自齐王俭《汉武内传》一卷，梁吴均《西京杂记》六卷为滥觞。又其后晋张华《博物志》十卷，宋刘义庆《世说新语》三卷，秦王嘉《拾遗记》十卷，宋刘敬叔《异苑》十卷，唐段成式《酉阳杂俎》二十卷、续十卷。此举唐以前之驯雅者。以后若孔平仲《世说补》、邵伯温《闻见录》、洪迈《容斋五笔》、李昉等辑《太平广记》以后，不胜书矣。

小说家有以一人一事而敷陈至数册或数十册者，俗谓之"章回小说"。有随见闻所及，信手书之，或数行至数百行者，俗谓"零段小说"。《汉武内传》及《飞燕》等传，章回之例也；《世说新语》以下，此零段之例也。书而至于小说，俚俗委琐，且流而为院本，为平话，为盲词，每下愈况，缙绅先生所不道，向承学之士亦耻言之。

然余谓天下书之足以感人而有益于应事接物者，莫如杂家小说，何也？说理至于《庄》《列》《吕览》，达矣；然事物之纷繁，俗情之变幻，言之终不免于略也。至出之以小说，则凡事之

71

极鄙俗者，极离奇者，莫不描摹毕肖；即至市井酬酢之态，妇孺婢媪之谈，亦几听之有声，视之有色，阅之可以益人阅历，增人才智者，此小说之功也。叙事至《左传》《史记》，详矣；然如童年就学之课程、筮仕之次序、钱币之价值，及宫室、饮食、衣服、器用之类，皆有一时风尚，不能详也。出之于小说，则娓娓言之，如当其时，如行其庭，如躬其事，如对其人，阅之可以想像古风，稍谙前事，一洗胸中之恶俗，此小说之功也。且读儒先传世之书，至一二册后，不免倦而思卧。若稗官小说，往往阅之虽久，尚不忍舍。甚者鼓人兴趣，发人神智，虽妇人孺子亦喜闻之。今世所称之章回小说之佳者，若《镜花缘》《水浒》《荡寇志》《儒林外史》《红楼梦》，零段若《聊斋志异》《阅微草堂》《觚賸》，几于家置一编。由此以推，如欲挽颓风，惩恶习，启迪才识，以补古来所未逮，则小说之力实足以风动一时，恐诗书之训、君相之权，转难与之争胜矣。

又有"艺术"一门，子夏所谓君子不为之小道也。然亦有切于民用者，故史家《艺文志》亦录焉。

其最为切用者，曰医。王冰注《素问》二十四卷，秦越人《难经集注》五卷，《神农本草经》三卷，汉张机《伤寒论》十卷，《金匮要略》三卷。虽《素问》本经托于古帝，未免荒唐；而古雅渊邃，皆汉以前书也。《灵枢经》十二卷，相传为晋人所作。唐王焘《外台秘要》四十卷，唐孙思邈《千金宝要》六卷。以上八种，乃学医者必当潜心研究之书也。若《医统》及《六醴斋医书》，及金刘完素《河间集》、张从正《儒门事亲》、李杲《东垣三书》，元朱震亨《丹溪书》五卷，以博其旨趣。国朝喻昌嘉言著书三种、徐大椿灵胎著书四种，陈念祖修园、黄坤载元御、叶桂香岩、张路玉石顽、傅山青主，持论皆精，以资博览可也。若张介宾《景岳全书》，为后人所议，然分类体裁，至为详析。本草以李时珍《纲目》为最详，而吴仪洛《本草从新》为切用。治病以日本仲良温所刊《圣济总录》为最详，录方以沈金鳌《尊生书》为最详，皆备查检。

一曰卜。古人所作卜书，如汉《焦氏易林》，扬子云《太玄经》，东方曼倩《灵棋经》，唐瞿昙悉达《开元占经》，司马温公《潜虚》，书虽古雅，皆不甚验。凡卜筮，莫灵于《周易》。山东蓍草亦复易得，无则以香或柴茎代之。人苟洁诚涖卜，按《易经》揲蓍之法，以所得之爻象辞验之，其应如响。但多于事后始悟，令人怃然悚惧。惟坊本《易经序》所云"筮仪"两页无从知所得之辞，殊不足用。"筮仪"备载于《御制周易折中》之首册。家塾课《易》，以《折中》所载抄录之，使童子并读，则能筮矣。大约占法之涉于《易》者，如《火珠林》《一撮金》等，时或有验。而《卜筮正宗》《六壬》《太乙》等，潜心研究，足成专家，非垂帘觅食者之信口妄言也。

一曰星。古人推命之书，以李虚中为最著，用年月日而不用时。其书全载《图书集成·艺术典》。以后又盛推宋徐彦升，称《徐子平命理》。又有张神峰专重立格。及驰誉一时江湖术士所传星命书甚多，类不登于大雅。其雅驯者以万育吾《三命通会》最为完具。其有以七政十一曜推命者，谓金、木、水、火、土、日、月及炁、孛、罗、计也。其变子、丑为宝瓶、魔羯等名，乃回回之俗。又有各种别行之术，专诚求之，颇有奇验。又堪舆家亦星之属，涧瀍卜宅，虚昴占星，其来已久。古人言地理，长生、墓绝之诀，朱子亦曾言之。自明蒋大鸿创大玄空法，谓得杨筠松之秘，又有辅星、金弹子等，其事遂言人人殊，不可究诘矣。余谓郭璞《青囊经》虽未必出景纯之手，而言尚雅驯。言形势者若《雪心赋》，言蒋法者若《地理辨正》《天心正运》，尚堪流览，要之，笃信者皆愚也。

一曰相。姑布子卿之术，内史叔服之言，虽亦传之自古，而《麻衣》《柳庄》诸书，于术艺中尤为鄙浅，儒者弗道矣。

外有书画琴剑古玩，花石鱼鸟等谱录，亦附于艺术一门，乃富贵颐养以供消遣，无关实用，故皆略之。

叙　集

　　天下为书之最多者，其惟集乎？经为圣言，史须实事，不能增也。至书以子称，则亦必有不刊之理、独辟之言，然后可亘千百年而不泯。若集之所昉，盖滥觞于《诗》三百篇。其后复有以屈、宋、唐勒、景差之作合而辑之，谓之《楚辞》，此总集之始也。

　　汉兴，有贾谊、董仲舒、枚乘、司马相如之所撰著，英光文采，震耀当世。承学之士，仰慕其人，互相诵述，录诸成帙，此别集之始也。

　　汉魏六朝，风流相尚，有一人所著，其子弟代为集者；有晚年自集所作，而及身举以行世者；或有举其生平所见，欲发聋振聩以治当世者；或有不必欲有所施行，但自鸣一时，意兴所寄，而录以自娱者，积之既久，皆可谓集。于是集乃汗牛充栋，不可悉数矣。

　　吾人读书为见诸行事计也，苟无关系，即当屏弃，似集部之中，可存者寡矣。然士苟不遇，不得不即其平生所欲为者著而为文，往往有不能酬其愿于当世，而数传之后，乃奉其遗言为准则，而大有造于天下者，则文章即经济也。以此言集，珍同鸿宝矣。即至词章吟咏，似等于雕虫小技，非志士所宜为；然既集而成帙，即可觇其学问，验其才具。从来草莽雄豪，每有优于睹记，下笔千言。世称齐高洋、隋杨素颇能读书；后唐庄宗、宋刘豫颇工作诗。然其鲁莽悖谬，与武夫悍卒无异。盖虽博闻强记，未尝以书册之腴稍资酝酿，而遽属以事权，势必流毒生民，自害其身而后已。若其人之诗古文辞足以传世，则气息之雅俗，性情之厚薄，得之一览之下，而断不可以伪为。况乎《康衢》之歌、《卷阿》之颂，不啻置身其时，亲见纩缦光华之象哉！由此言之，则词章亦不可废矣。

兹录集部，以奏议为冠，然强半已入史部；曰散文，其切实有用者与经、史、子同；曰骈文；曰诗词。若妃青俪白之工，揣摩应举之作，乃文学之蠹、儒林之害也，急荡涤而摧廓之。

集以奏疏及言政事者为大宗。然古人最著之奏议，如贾谊《治安策》及《论事》诸疏，晁错《论兵食》、赵充国《屯田》、贾让《治河》、刘向《封事》、诸葛亮《出师表》等，皆见本传。董江都、匡衡所陈，在当时为切要，今似觉其迂矣。汉后，最著者为韩昌黎《论佛骨表》，苏东坡两《上皇帝书》、王荆公《上仁宗皇帝书》，皆具载本集。

其专以奏议著者，唐陆宣公《奏议读本》四卷，同治间番禺汪铭谦刻。《政府奏议》二卷，在宋《范文正集》内。《包孝肃奏议》十卷，汉阳活字版。宋《司马文正集》《李忠定集》，皆以奏议为最著。陈亮《龙川集》十卷，语虽不纯，文则纵横倜傥，于奏议中别为一格。明黄淮等编《历代名臣奏议》，有三百五十卷之多。乾隆间，又刊《明名臣奏议》二十卷，皆奏议之总集，卷页甚繁，只备检阅。明时风气互相攻讦，虽贤者不免，尤令人厌读。

奏议惟近时者为切用，愈近愈佳。先读湘乡曾文正选《鸣原堂论文》二册以裕渊源，更取善化魏默深源选《皇朝经世文编》以资研诵。近人所选《经世文二编》，不如初集之精当，而"洋务"一门为《初集》所无。惟今日风气又变而日新耳。

奏议但求明达，无取美词。雍正中，田文镜、李卫二人章疏，最蒙睿鉴明达，实为一时之冠。近时若胡文忠、沈文肃、曾文正奏议，人人所知；然其中强半言军务，读者须将胡刻《皇朝一统舆图》及《湘军志》互证，方得崖略。又有《同治中兴奏议》十二册，凡涉军务者不入，亦佳构也。

古文导源于经。自"二典"以后，《易》之《系辞》，《周礼》之《考工记》，《小戴》之《檀弓》《三年问学》《乐》《坊》《表》等记，皆古文也。塾中自读经既竣，即选大家文读之，为行文之本。《左氏》之腴畅读经时当考经，此以文为主，《南华》之恢诡，屈、宋之幽秀，《国策》之雄杰，龙门之激宕，班史之深醇，皆擅绝古今，莫能追抗。

惟谈文者首推秦汉。先秦仅有李斯，西汉则贾山、贾谊、董仲舒、晁错、枚乘、邹阳、王褒、吾丘寿王、司马相如、东方朔、淮南王安、匡衡、刘向、扬雄，各人意境不同，而文艺醇厚雄劲，皆非后人所能仿拟。东汉则班固、傅毅、张衡、马融，雄直稍逊于西汉，其深厚则同。而尤著者为蔡中郎，斐然成集矣。然东汉之美士，多敦品励俗，经术湛深，不必以文章竞也。

中郎之后，则有曹氏父子。魏武权奇倜傥，时露诡谲；魏文选词选韵，渐即浮华；其上承两汉，下启六朝，矫矫焉开一代之风，而为当世之领袖者，其惟子建乎？三方鼎峙之秋，惟诸葛武侯才德兼备，本至性以立言，不可以文字论。其余若徐、陈、应、刘、繁钦、吴质等，皆与陈思昆仲同波共流，开六代之先者也。

而文之骈散亦自此分焉。晋则李令伯《陈情》一表，自是天地间至文。他若江统《徙戎》，傅咸《辟佛》，则其事足传，不必以文著者。潇洒若王右军，超旷如陶靖节，亦不与六朝文士为伍。至若阮籍、嵇康、二陆、二潘、孙楚、左思、张翰、郭璞、干宝、孙绰，虽人文迭起，荂敷纷悦，而朴健之风远矣。由是而宋则有谢瞻、谢灵运、谢惠连、谢庄、颜延之、范晔、王僧达、鲍照，齐则有孔稚珪、谢朓、王融、范云、江淹、王俭，梁则梁武、昭明太子、简文、元帝、刘勰、庾肩吾、丘迟、任昉、刘峻、沈约、何逊、阴子春，陈则江总、徐陵、阴铿、吴均、张正见、周弘让，北朝则颜之推、庾信、温子昇、邢邵，隋则炀帝、薛道衡、卢思道、虞世基。大抵六代文风，自曹子桓、吴季重等开之。晋以前尚以意运词，晋以后则词胜于意。梁陈之后，靡丽而益之轻艳，虽秀逸如谢明远、庾兰成，亦所不免，而江南之文运终矣。

《文选》一书，为汉魏六朝文之辐辏。然读选者，李密、诸葛两表，固当别论；于各诗外，惟楚骚及《两都》《长门》《风》《雪》《月》《文》《恨》《别》《芜城》《闲居》《鹏鸟》《舞鹤》《秋兴》《登楼》《洛神》数赋，《子虚》《上林》之起结，曹子桓昆仲与繁、吴、应、刘赠答书笺十余首，李陵书、《王命论》《广绝交论》《北山移文》《圣主得贤臣颂》《七发》《解嘲》《秋风辞》《归去来辞》、两《曲水诗序》，计不过三十余首。此外只供浏览，益以梁帝小赋及庾赋、徐序，艳辞冶致，遂造其极。

下逮初唐四杰，实亦即六朝金粉之余波，益以繁华富丽，别开胜场。措词以文皇为最工，居高提倡，天下从风。自温子昇《韩陵寺碑》、王子安《乾元殿颂》，五光十色，艳烛星衢，以迄燕、许巨制，天下之文，骈俪十居其九，盖自汉魏之文以至唐开元际，皆骈文之世也。虽陆宣公之理充词畅，灏气流行，而奏对之文，犹不免以骈行。李义山之沉博，固其所也。韩文公起八代之衰，以雄伟奇警之笔，上绍六经，天下奉为太山北斗。又得李翱、皇甫湜、孙樵、杜牧等赓嬗追逐，柳子厚出而相与颉颃，参之《庄》《老》以肆其端，《穀梁》以厉其气，而其纪述山水，幽邃夷旷，则前此所未有也。

五季之衰，道丧文敝，惟徐锴、徐铉才华丰赡，然究不能与韩、柳衡。宋则欧阳文忠以迂徐激宕，直绍龙门；曾南丰严密湛深，轶于班史；王介甫峭劲奥折，时类《韩非子》；而眉阳①父子，俱溯源《国策》之博辩，自成大家。颍滨晚尤超卓。东坡才大如海，《国策》之纵横，《庄》《列》之奇诡，梵书之微妙，左宜右有，声光赫然。此韩、柳、欧、曾、王，归震川所以定为八大家也。

然文以理为主，宋之大家，惟朱子之文足以涵盖一切。陈亮《龙川集》虽所见或偏，而其文则才气纵横，不可羁勒。其余北宋如范文正、蔡忠惠、刘敞、李觏、梅尧臣、晁补之，南宋如陈傅良、吕祖谦、叶梦得、叶适，文皆卓著。

宋之骈文尤喜运用成语，巧不可阶。每读宋四六选本，令

---

① 眉阳，疑应作"眉山"。

人解颐。若汪藻《浮溪集》、周必大《益公集》、楼钥《攻愧集》，其尤工者也。

金元之以文著者，有元好问、姚燧、吴澄、虞集。明则宋文宪濂实开其先，解大绅继之。王阳明之道德学术，张太岳、唐荆川之干济，李东阳、王弇州之沉博，杨升庵淹博而或嫌芜杂，皆有明一代之最著者。迨明中叶以后，又有袁宏道、屠隆、陈继儒一派，啸歌丘壑，高情逸致，亦足自娱。至桑悦、徐渭、金人瑞一流，则自憙其才，近于诞矣。茅鹿门、归震川起，而上绍韩、欧，为一代古文正宗。盖明季国运虽衰，而人文蔚起，如日方中，不特制举之文以天、崇、国初为巨观也。

迨圣朝定鼎，豪俊汇征，经史道德文章，薄海之士，无不覃思研精，各臻其胜。鼎革之初，若顾亭林炎武、黄梨洲宗羲、顾景范祖禹、潘次耕耒、计甫草东、王于一猷定、毛大可奇龄、侯朝宗方域、姜西溟宸英、宁都魏氏兄弟、鄞县万氏兄弟、蓝鹿洲鼎元、李穆堂绂、宋牧仲荦、阮文达元，或无所不通，或虽以文鸣而未分宗派者。若桐城方望溪侍郎苞、刘海峰大櫆、姚姬传鼐、刘孟涂开、姚石甫莹、方植之东树、吴仲伦德旋、梅伯言曾亮、管异之同、吴子序嘉宾、朱伯韩琦，皆由望溪以绍归震川矩矱，世谓之桐城派。又有阳湖恽子居敬、张皋文惠言、陆祁孙继辂、李申耆兆洛等，议论才气，非桐城法所可范围，世谓之阳湖派。若袁简斋枚、鲁絜非九皋、包慎伯世臣、魏默深源等，又不入桐城、阳湖之派而自成一家。

骈文则有胡稚威天游、胡竹岩浚、杨蓉裳芳灿、曾宾谷燠、袁简斋枚、洪稚存亮吉、彭甘亭兆荪、汪容甫中、吴毂人锡麒诸人。而曾文正公国藩则合经史之学、骈散之文而一贯者也。

班孟坚曰："赋者，古诗之流也。"然楚骚而后，下逮有唐，遂为律赋。操选家概之于文而诗遂别有专门名家者，用以歌颂功德，陶写性灵，有关于实事者盖寡，则诗似不足齿及。然《诗三百篇》，用之庙堂，达诸邦国，一时朝廷之政，军旅之役，家室之情，一代之兴替系焉。圣人且列之于经，诗亦何可废也？

古者《白云》《黄竹》《歌风》《击壤》，乃诗之滥觞，《汉书》《垓下》之歌，《大风》之诗，及郊祀诸乐而下，凡曰歌曰曲，协于音律者，谓之"乐府"。宋郭茂倩《乐府诗集》百卷，明梅鼎祚补以《古乐苑》五十二卷，备矣。《古诗十九首》，说者谓上继《三百篇》，情韵深厚，诚非后人所能企及。然朱竹垞考其依傍汉时谣谚及枚乘、东方朔等集中韵语采截而成者，十得七八，盖皆昭明太子僚属之所为也。汉自《孔雀东南飞》等歌及韦孟、枚皋、苏、李、梁鸿、张衡而外，传诗不多。迨魏武一门，江东二陆，竞开诗界，华藻流馨。晋之孙楚、潘岳、郭璞、左思，莫不健举俊拔；而陶元亮澹远清旷，尤为迥绝尘寰。宋则颜、谢、王僧达、鲍照，齐则袁淑、谢朓、王融、江淹，梁则沈约、范云、任昉、阴子春、何逊、柳恽，陈则江总、徐陵、吴均、阴铿，其能诗之人大都与词赋同。而自宋以后，亦骨莫而肌丰，惟谢朓、江淹清气往来，尤臻其胜。北周庾开府仍复独出冠时。隋则炀帝、薛道衡。而杨素权豪，诗甚闲雅。然诗虽渐似五律，而未尽谐，故唐以前诗，五言十之九、七言十之一皆为古诗。

及李唐嬗代，则王勃、杨炯、卢照邻、骆宾王称"初唐四杰"，唐太宗，高、中、睿三宗，武后，无不能诗，体裁与初唐无异。沈佺期、宋之问尤为华贵庄严，世又称"台阁体"。至张说、苏颋，文推大手笔者，诗亦相似。总之，六朝金粉，颜、谢、江、鲍，如淡扫蛾眉，天然秀丽；萧、梁三主及徐、庾诸作，益之冶艳；初唐则傅以浓脂艳粉，翠翘金雀，十色五光；沈、宋、燕、许，则副笄六珈，珮环翟茀。其究固仍此妇女也。

然诗至三唐，古歌律绝俱备，为群才之大辏。盛唐如杜陵诗圣，太白仙才，固已不可方物。子昂、曲江，高迈雍雅，一代元音。高适、岑参之沉雄；王维、孟浩然之秀逸；与韦应物、储光羲、柳宗元之清超闲适，皆足为陶靖节之嗣音。中唐则韩昌黎之妥贴排奡，白居易、元稹、元结之缠绵婉畅，李商隐、温庭筠、李贺、段成式之古艳警炼，贾岛、卢仝、孟郊之奇警幽僻，杜牧、刘禹锡之俊拔，张籍、王建、王之涣、刘长卿、钱起各擅胜场。晚唐皮日休、陆龟蒙、司空图之高致，杜荀鹤、许浑、韩偓、罗隐、韦庄之秀韵，皆于唐集其大成。

五季寥落，和凝、冯道不足道。宋则杨亿、钱惟演创为"西昆体"，虽镂金错采，万不能如温、李之韵。盖六朝尚词，以诗为文；宋人行气，以文为诗，风会所转。不可强也。宋诗人之著者，苏东坡之豪迈，黄鲁直之奇崛，范石湖、陆剑南工秀之词，闲逸之趣，皆推为大家。杨诚斋之性灵，邵康节之潇洒，全用白描，不嫌俚俗。而林和靖逋、苏子美舜钦、梅宛陵尧臣、欧阳文忠修、王半山安石、苏老泉洵、颍滨辙、斜川过、刘公是敞、刘彭城攽、陈后山师道、秦少游观、晁无咎补之、叶石林梦得、刘后村克庄、陈简斋与义，皆宋诗之著者。

金之最著者，惟元遗山好问。元之最著者，萨都刺《雁门集》，又有虞、杨、范、揭四家，谓虞伯生集、杨仲宏载、范德机楟、揭曼硕俣斯也。人每病元诗纤佻，吾谓元人喜于一首中著警策数句，而通篇不甚相称。然其佳句每轶唐宋而上。若郝经、柳贯、姚燧、袁桷、吴莱、顾瑛、倪瓒，亦何可忽也？

　　明诗之最工者，惟高青丘启，与金之元遗山、元萨雁门相等，皆天才卓绝，非后人所能学步。明之习尚，颇涉标榜自高，高青丘启、刘青田基，及袁凯、杨基、张以宁、徐贲、张羽之后，则有李梦阳、何景明、徐祯卿、边贡、王廷相、王九思、康海，曰"前七子"；王世贞、李攀龙、徐中行、宗臣、吴国伦、梁有誉、谢榛曰"后七子"。袁宏道、宗道、中道昆弟，诗杂诙谐，曰"公安体"。钟惺、谭元春，诗喜僻涩，曰"竟陵体"。李东阳、杨慎皆不用依傍，自名一家。然如高攀龙、归子慕，雅淡而有真味，虽存诗不多，固不减陶靖节矣。

　　熙朝正学昌明，雅材荟萃。国初以龚、钱、吴并称，牧斋诗旋奉谕禁。即平心而论，牧斋、芝麓，颇工涂泽，实难与梅村抗衡。梅村情韵色泽，无不动人。王渔洋士禛神韵独绝，皆为一代大家，莫能轩轾。梅村《行路难》《永和宫》《萧史》《青门》、渔洋《秋柳》等诗，虽历千秋，不可磨灭。顺治、康熙间最著者，冯定远班、宋荔裳琬、施愚山闰章之五七古，朱竹垞彝尊古律皆工，而长排尤为绝特。赵秋谷执信、查初白慎行，则律诗尤戛戛独造。高文良其倬之真挚，黄莘田任之缠绵，厉樊榭鹗之清旷，亦复博雅。商宝意盘、郭频伽麐、吴榖人锡麒之渊雅，袁简斋枚、赵云松翼善写性灵，蒋苕生士铨益之生峭，张船山问陶、张简松云璈皆与袁、赵相似。杨蓉裳芳灿昆仲、顾笠舫敏恒父子之沉博，方子云正澍、黄仲则景仁之俊逸，其余以诗名者，不可胜载。

又词为诗馀。唐时只有李白等三四人，仍附诗集。其名词稿者，始于《南唐二主词》及冯延巳《阳春词》。南唐后主李煜乃独擅其胜。北宋则晏殊《珠玉词》、欧阳修《六一词》、张子野先之《安陆集》、周美成邦彦之《片玉词》、黄鲁直庭坚之《山谷词》、叶梦得之《石林词》及晏殊子几道之《小山词》为著。盖宋词以姜夔之《白石道人歌曲》、吴文英《梦窗稿》为正宗。又有柳耆卿永之《乐章集》、秦少游观之《淮海词》，皆以婉丽胜，为"秦柳派"。苏长公《东坡词》、辛弃疾《稼轩词》以豪迈胜，为"苏辛派"。惟陆放翁词为秦、柳、苏、辛通一驿骑。

女子以词著者，济南李清照之《漱玉词》。清照字易安，湖州守赵明诚妻，礼部郎李格非女。海宁朱幽栖淑真之《断肠词》。淑真为新安文公之从侄女。皆为宋词家翘楚。元则有张翥《蜕岩词》，明则有吴子孝《玉霄仙明珠集》，其余传者无多。

国朝安丘曹贞吉《珂雪词》、朱彝尊《曝书亭词》、陈维崧《乌丝词》、顾贞观《弹指词》、纳兰性德《饮水词》《侧帽词》、厉鹗《樊榭词》、郭麐《蘅梦楼词》、张惠言《茗柯词》，皆"秦柳派"也。蒋士铨《铜弦词》，苏辛派也。尤侗《百末词》、郑燮《板桥词》，皆学放翁而时近苏辛者。

至于曲，则其品益卑。然元曲《西厢》《琵琶》，相传已久。明汤显祖"四梦"传奇，徐渭《四声猿》。国朝如洪昉思《长生殿》、孔云亭《桃花扇》，亦既脍炙人口。又有《元人百种曲》《六十种曲》之汇刻。其一人所著者，李笠翁渔之《十种曲》，杨笠湖潮观之《吟风阁曲》，而以蒋心馀《九种曲》为最佳。

总之，集部之奏议，皆有关系。文之有关系者亦十居其九，且著者之生平事实多有可观。不获见诸行事而寄之于言，以待居位而行，乃吾辈事也。若有韵之文，无关实事者居多，以无用之事，玩时愒日，即使极工而借以传名，致菲材赖以藏拙，学者正当悬为炯戒尔。

文章著述有总集，曰《全上古三代秦汉晋南北朝文》，曰《昭明太子文选》，曰《文苑英华》，《唐文粹》一百二十六卷，《宋文鉴》《南宋文范》《金文雅》《元文类》《明文在》《皇清文颖》，此文总集之大略也。

《文选》之诗，郭茂倩《乐府诗集》、《采菽堂古诗选》《全唐诗录》《宋诗钞》，秀野堂《金诗选》，顾嗣立《元诗选》，朱彝尊《明诗综》，《国朝诗别裁集》《大观集》《正始元音》，此诗总集之大略也。

《敕编历代诗馀及词话》共二百三十卷，此词总集也。《元人百种曲》及《六十种曲》，曲总集也。《敕编历代赋汇》，赋总集也。

又《汉魏丛书》《津逮秘书》《武英殿聚珍版》《玉函》《抱经》《雅雨》《平津》《知不足斋》《说荟》《说郛》等丛书百余家，可以供翻阅。

类书以敕编为备。若《图书集成》《渊鉴类函》《佩文韵府》《骈字类编》《子史精华》，可以供查检，或尚有益于学。谱录、地志当因所治之事求之，不须预考，而中国之文学备矣。

大约其人以文著者，其立身应务本末，类多可观。即偶有如杨子云、王介甫之生平颇有遗议，陈同甫之徒，粗豪近诞，信任之足以偾事，然苟用之得当，决非庸人所可企及。

至以诗、歌、词、赋著者，则有浮薄、险诈、阘茸之徒厕于其中。若萧氏父子、隋炀、陈后主、南唐后主以诗词而论，何尝不冠绝一时？古人谓温飞卿、李义山、杜牧之，使不幸而为君，皆当亡国。是以集部言学有益之学，仅有得半之数。至制举、声律、对偶及书帖、画幅，讲求服食、玩好之书，即使极工，直与饮博无殊。士为四民之首，无用之学且不得企四民之尾矣！皆当极力禁遏。宋元《通鉴》谓元祖开科，使所谓"八大王"者主之。见有颓老疲病之人与试，即命拘讯，曰："此辈当亦自知不能国家干事，其敢于读书为学，实欲滥窃名器以求富贵耳，必杀无赦！"言虽粗犷，确中伪学之弊。言文学者所当首戒也。

再，文为论事明理而作。《左》《国》《庄》《骚》《史》《汉》《萧选》《韩文》《杜诗》，为行文之祖，学者所当精熟。然近有《饮冰室文》及《天演》《原富》等书，以人人共知之理、共愤之弊，发而为文，稍参以《国策》《庄》《韩》之机调，而傅以《骚》《选》之词，故易于动人之听观。但持论或未衷于经史，根柢未深。其所设策，有施诸实事而万不可行者，有可以行之异域而必不可施诸中夏者，甚至有为卑贱躁进之徒遂其自便纵欲、盗名网利之谋者。读者又当分别观之，而畅抉其失也。

中国文学史

林传甲 著　顾瑞雪 整理

目　录

中国文学史序

　　吾友林子归云，著书才也。年二十，著书已等身，声誉半天下。甲辰夏五月来京师，主大学国文席，与余同舍居。每见其奋笔疾书，日率千数百字。不四阅月，《中国文学史》十六篇已杀青矣。吁，亦伟哉！

　　或曰："古之著书者，瘁毕生精力，所得常不能累寸，而勒成书以问世，尤致兢兢焉。"或且夷然不自屑也。今林子乃于忽忽百日间出中国空前之巨作，不已易乎？余谓是不然。天下惟视事甚难而事乃卒无一就。故善治牛者，目无全牛，惟其易也夫！著书，至难事也，而林子犹易之。天下更何足以难我林子者？异日出其身以任天下事，犹之是书也。任事则成事之始也，其亦又何讥？况林子所为，非专家书而教科书，固将诏之后进，颁之学官，以备海内言教育者讨论焉。其不可以过自珍秘者，体裁则然也。虽为学问者，无穷之事业；人类者，进化之动机。他日者，国民程度益以高，林子学识益以大，乃徐取其少作而芟夷刊定之，使底于至精且粹。或复属不敏为之操觚扬榷之，则天下踌躇满志者宁有过是欤？故余非第序林子今日之书也，余且为学界之前途企也。

　　光绪甲辰季冬之望，弋扬江绍铨序。

自　序

右目次凡十六篇。每篇十八章，总二百八十八章。每篇自具首尾，用纪事本末之体也。每章必列题目，用《通鉴》纲目之体也。

《大学堂章程》曰："日本有《中国文学史》。可仿其意，自行编撰讲授。"按：日本早稻田大学讲义，尚有《中国文学史》一帙。我中国文学为国民教育之根本，昔京师大学堂未列文学于教科，今公共科亦缺此课。传甲于优级师范生分类后，始讲《历代文章源流》，实为公共科之补习课也。然公共科文学，每星期三小时；分类科文学，每星期六小时。此半年之程度，实足与公共科全年程度相符。大学堂研究文学要义，原系四十一款。兹已撰定十六款。其余二十五款，所举纲要，已略见于各篇，故不再赘。

传甲更欲编辑中国初等小学文典、中国高等小学文典、中国中等大文典、中国高等大文典，皆教科必需之课本。否则仍依《大学堂章程》编辑历代名家论文要言，亦巨制也。

或曰，《中国文学史》义取简约，古今一律。然国朝文学昌明，尤宜详备甄采，当别撰《国朝文学史》，以资考证。

传甲不才，今置身著述之林，任事半年，所成止此。昔初编讲义时，曾弁短言为授业预定书。今已届一学期，爰辑期内所授课为报告书，由教务提调呈总监督察核焉。

光绪三十年十二月朔，侯官林传甲记。

传甲学问浅陋，僭登大学讲席，与诸君子以中国文学相切磋。今优级师范馆及大学堂预备科章程，于公共课则讲《历代源流义法》，于分类科则练习各体文字。惟教员之教授法，均未详言。

查《大学堂章程》，中国文学专门科目所列研究文学众义，大端毕备，即取以为讲义目次。又采诸科关系文学者为子目，总为四十有一篇。每篇析之为十数章，每篇三千余言，甄择往训，附以鄙意，以资讲习。

夫籀、篆、音、义之变迁，经、史、子、集之文体，汉、魏、唐、宋之家法，书如烟海，以一人智力所窥，终恐挂一漏万。诸君于中国文字皆研究有素，庶勖其不逮，俾成完善之帙，则传甲斯编，将仿日本笹川种郎《中国文学史》之意以成书焉。或课余合诸君子之力，撰《中国文典》，为练习文法之用，亦教员之义务，师范必需之课本也。

第一篇　古文、籀文、小篆、八分、草书、隶书、北朝书、唐以后正书之变迁_{此篇但言变迁}

源流。至于文字浩繁，未能逐字讲释，应俟大学堂"说文"专科详说之

一　论未有书契以前之世界

乾坤肇奠，万汇浑噩，人群与木石居，与鹿豕游，故有屯盈之象。而蒙昧者未辟，需用者亦弗备也。读《易·系辞传》，游心皇古，凡后世民生日用之器，皆古人艰难缔造以成之。方其初，饮食、衣裳、网罟、耒耜、宫室、舟车，皆未之备。以今日文明之民，置身其间，不能一日安处，不但书契一端，尤为缺典也。惟人为万物之灵，有圣人首出，制器尚象，始由草昧进于文明。数千年来，仍日进而不已焉。野人可进而为君子，夷狄可进而为中国，皆书契以后之世宙也。

二　论书契创造之艰难

伏羲氏仰以观象于天，俯以观法于地，观鸟兽之文，与地之宜。近取诸身，远取诸物，于是始作八卦，以通神明之德，以类万物之情。

107

今观八卦，有横画而无纵画，制作简质，欲象形而未能。乾天坤地，艮山兑泽，震雷巽风，坎水离火，仅举天地万物之著者而画之而已。象数之理，后人愈推而愈密，圣人制作之初，未能精备也。《易》之为道，变化无方，非一成而不可易也。

结绳书契之制，不可尽考。孙星衍《周易集疏》引郑康成曰："结绳者，事大，大结其绳；事小，小结其绳。"又引郑氏曰："以书书木边，言其事，刻其木，谓之'书契'。"盖结绳记事，犹不足昭符信，书契则刻于木边，各持其一，可分可合，后世券约、执照之类，皆有骑缝、号印，以备存根。内而政府，外而商务，皆遵用之。则古制之尽善者，虽数万里外必相同，虽数万年后必不废也。甲尝入苗疆瑶峒诸地，得见彼中木双合之券，于交缝处以铁箸烙成文字，持为符信。特纷纭如乱丝，恐不能成字体耳。

三　论书契开物成务之益

书契以前，无征不信，故太史公《史记》托始于黄帝。许叔重曰："黄帝之史仓颉，见鸟兽蹄迒之迹，知分理之可相别异也。"

初造书契，百官以乂，万民以察，盖取诸夬。夬扬于王庭，言文者宣明教化于王者朝廷。君子所以施禄及下，居德则忌也。仓颉为左史，沮诵为右史。书契既成，中国专门科学遂发明于黄帝之世，如羲和占日，常仪占月，臾区占星气，伶伦造律吕，大挠作甲子，隶首作算数，容成综斯六术而著调历，风后制握奇阵法，荣爰铸钟，大容作《云门》《大卷》之乐，宁封为陶正，赤将为木正，挥作弓，夷牟作矢，共鼓、化狐为舟楫，邑夷作车，岐伯作《内经》，俞跗、雷公察明堂、究息脉，巫彭、桐君处方饵，其元妃西陵氏女嫘祖教民蚕。凡今日有用科学，无不备于是时。陶姚以上，当以是为极盛之会矣。又按：辽、金、元三朝太祖，皆创国书，以致勃兴。英、法、德、俄因拉丁以为国书，且以识字人数逐年比较，以征民智之开塞，科学之盛衰。吾愿黄帝神明之胄，宜于文学科学加勉矣！

四　论五帝三王之世古文之变迁

许叔重曰："仓颉之初作书，盖依类象形，故谓之文。其后形声相益，即谓之字。文者，物象之本；字者，言孳乳而寖多也。著于竹帛谓之书，书者如也。以迄五帝三王之世，改易殊体，封于泰山者七十有二代，靡有同焉。"由此观之，古文不尽由仓颉作也。

晋卫恒《四体书势》云："自黄帝到三代，其文不改。"与许说异。韦续《字源》，言包牺氏获景龙之瑞，作龙书；少昊金天氏以鸟纪官，作鸾凤书；神农因上党生嘉禾八穗，作穗书；黄帝因卿云见，作云书；尧因灵龟负图，作龟书；夏后作钟鼎书。皆随所见而制者也。《墨池编》言务光辞汤禅，为韭叶文。《古今篆隶》云周文王因赤雁衔书，武王因丹鸟入室，作鸟书；又因白鱼之庆，作鱼书。日人《中国文学史》即据此以为中国文字之起源。

考《孝经援神契》言三皇无书，《字源》所言，多未可信。今考宋薛尚功之《钟鼎款识》，其商鼎二类，多与周鼎之文异。则谓五帝三王之世，其文不变，亦不足信矣。特其变迁之迹，世远年湮，而无古籍可考耳。叔重言"字如孳乳而寖多"，则其上

109

下数千年间，古文亦由渐而增矣。《英和字典》每年皆有新增之字，即"孳乳寖多"也。西域字母之说，即本诸此。

五　古文借许书而存

《说文》言"古文"者，谓仓颉所作古文也。先小篆而后古籀者，尊汉制也。以小篆为质，兼录古文、籀文，所谓今叙篆文，合以古、籀也。

小篆之于古、籀，或仍之，或省改之。仍者十之八九，省改者十之一二而已。仍则小篆皆古籀也，故不更出古籀。省改，则古籀非小篆也，故更出。一、二、三之本古文明矣，何以更出"弌""弍""弎"也？盖所谓古文而异者，当谓之古文奇字，此金坛段氏之说。愚按：古文而异者，当为仓颉造字以后之变迁也。

六　"六书"之名义区别

《周礼》保氏教国子以"六艺"，故曰"六书"。许叔重曰："一曰指事。指事者，视而可识，察而可见，意言是也。二曰象形。象形者，画成其物，随体诘屈，日月是也。三曰形声。形声者，以事为名，取譬相成，江河是也。四曰会意。会意者，比类合谊，以见指伪，武信是也。五曰转注。转注者，建类一首，同意相受，考老是也。六曰假借。假借者，本无其字，依声记事，令长是也。"

段氏谓六书者，文字、声音、义理之总汇也。有指事、象形、形声、会意，而字形尽乎此矣。字各有音，而声音尽乎此矣。有转注、假借，而字义尽乎此矣。异字同义曰"转注"，异义同字曰"假借"。有转注而百字可一义也，有假借而一字可数义也。郑众注"六书"，象形、本意、转注、处事、假借、谐声，其次第未可考，是以舍郑而从许焉。先儒释"转注"，言人人殊，不能备录。此篇以字形变迁为主。"转注"俟《说文》专科详说之。

七 "六书"之次第

《汉书·艺文志》小学家谓象形、象事、象意、象声、转注、假借为造字之本也，其次第与许书小异。"象事"即指事也，"象意"即会意也，"象声"即形声也。郑樵《通志》曰："六书以象形为本。形不可象，则属诸事；事不可指，则属诸意；意不可会，则属诸声；声则无不谐矣。五不足而后假借生焉。"此数语言次第最明晰，疑《周礼·保氏》郑注或系后人所倒乱，见王筠《说文释例》。

《通志》曰："独体为文，合体为字。象形、指事，皆独体也；会意、形声，皆合体也。四者为经，造字之本也。转注、假借，二者为纬，用字之法也。"《汉志》以六书为造字之本未合，惟叙'六书'之次第，较之许氏为便也。西洋以埃及为最古。其古文皆象形字，有虫、鱼、马、牛之象。其国之金塔石柱，至今犹存。美洲、墨西哥亦有象形文字。张南皮以为华人所立，盖象形为造字之权舆，固中外之所同也。

八 古文、籀文之变迁 子目本"古籀篆之变"，析为三节

周宣王大史籀著《大篆》十五篇，其文与古文或异。《汉书·艺文志》云："史籀十五篇，自注周宣王太史公作《大篆》十五篇。"又云："史籀篇者，周时史官教学童之书。"然则其姓不详纪传中。盖史官不言姓，犹孔子之称"史鱼"，后人之称"史迁"，皆不言姓也。

史籀《大篆》其文与古文异者，详于许氏十四篇之中。其已改者，许氏别之曰"籀文"。其未改者，仍曰"古文"。其"古籀"之无异于古籀者，虽不言"古文籀文"，实古文籀文也。《王莽传》"征天下《史篇》文字"，孟康云史籀所作。盖《史篇》以官名，犹籀文以人名耳。

许书引《史篇》者三，"奭"下云："此燕召公名。《史篇》名'丑'。""匋"下云："《史篇》读与'缶'同。""姚"下云："《史篇》以为'姚'，易也。"则大篆之下，兼有解说。自汉以后，亡佚几尽。许氏所谓"籀文九千字"者，其遗文只此数语耳。

九 籀文以后之变迁

孔子书"六经"，左丘明述《春秋传》，皆以古文。孔子殁而微言绝，七十子终而大义乖。周政不纲，诸侯皆去其籍，不至秦始皇而始焚书也。

《中庸》孔子曰："今天下车同轨，书同文，行同伦。"列

国皆以大篆为通行之字，未尝变也。七国时，秦孝公、赵武灵王皆变乱先王之法制，许氏所谓"田畴易晦，车涂易轨，律令异法，衣冠异制，言语异声，文字异形"。今考六国异声异形之字，不传于后世者，国灭而文字随之也。古之渤海、西夏皆创字，不传。今波兰字亦灭。

汉兴，言《论语》者有齐鲁之异。《春秋传》左氏，楚人，其书皆楚人之辞。公羊氏，齐人，其书皆齐人之辞。郑樵所谓"一家之言"也。后世六经诸子中，往往有字形、音读与《说文》异。且《说文》所谓收者，大抵皆六国遗文。

扬雄因考𬨎轩之《方言》，多识奇字。盖六国之书，就大篆而损益之，非离"六书"而自造一体也。

十　大篆、小篆之变迁

秦始皇并六国，大一统，凡六国法制异于秦者，皆更之，则六国文字异于秦者亦罢之矣。丞相李斯作《仓颉篇》，中书府令赵高作《爰历篇》，太史令胡母敬作《博学篇》，皆取古文大篆。或颇省改，所谓小篆者也。秦人得天下，以秦文同天下之文，其损益旧制，亦犹殷因于夏，周因于殷也。

今以大篆、小篆比而观之，籀文繁而小篆简，人情孰不惮繁重而趋简易乎？《史籀》较古文已简易，小篆则更简易矣。治六经者，皆究大、小篆而已，未有上溯蝌蚪、钟鼎者。盖好古者学之，非必人人学之也。西人字母亦分大楷、小楷两种，东文字母亦分片假名、平假名二种。其字形大同小异，亦与大篆小篆略同。中文用大篆少，小篆多，西文亦用大楷少而小楷多也。

十一　传说文之统系_{子目本章程原文在"'六书'之名义区别"之前，}

今移之于此。因时代为先后，而各家《说文》之学皆附此款

《说文》奏上以后，郑康成注《三礼》，各引一事。建初中，曹喜、邯郸淳、韦诞，皆以篆法授受。吴严畯字曼才，好《说文》。晋弦令吕忱上《字林》六卷，附托许慎《说文》，见《法书要录》。后魏江式之《论书表》，梁黄门侍郎顾野王撰《玉篇》，陈书称虫篆奇字，无所不通，亦有得于许氏也。

唐之李阳冰善小篆，上与李斯齐名，谓之"笔虎"。盖唐以《说文》立博士，习之者多也。林罕谓文中之古籀为吕忱所增，其说未是。

宋则有郭忠恕之《汗简》《佩觿》，夏竦之《古文四声韵》，张有之《复古编》，郑樵之《六书略》，戴侗之《六书故》。其大旨皆不违于许氏。其间传述之功，则以南唐二徐为最。楚金之系传，鼎臣之校理，世所谓大徐、小徐也。

元明以来，训诂之学渐微，则语录性理间之也。元之杨恒、刘泰、戴侗、周伯琦、舒天民，明之赵古则、杨慎、陆深、朱谋㙔、张位，所说"转注"，言人人殊，不可毛举。

近人臧氏礼堂著《说文引经考》，严氏可均《说文天算考》《说文声类》，皆有专门独到之功。孙氏星衍考《三体石经》，校《仓颉篇》，皆以许书为根据。段氏玉裁注《说文解字》，竭数十年之力为之，精实通博，非前之传《说文》者可及。虽纽氏树玉订其谊例，邹氏伯奇作札记纠其牴牾，而段氏之书，终为治《说文》者所重也。桂氏馥《说文义证》，征引群言，不加断制，致后人有"类书"之讥。王氏筠《说文释例》，条举许氏原

书所称引而部分之，便于学者。及朱氏《说文通训定声》出，几欲毕智竭精，使后不可加矣。

忆乾嘉诸老如钱氏坫病废后，犹左手作篆。江氏声生平笔札，皆用篆书。其笃好非常人所及。夫古人小学之一，今人皓首或未能穷焉，则时代限之也。兹篇述变迁大意，其各家要旨，俟经学《说文》学专科详之。此节以《说文》为限。元吾邱衍《学古篇》及近世篆印之谱录，无关宏旨，不录。专意美术者自求之。

十二　篆隶之变迁

秦始皇禁挟书，不禁识字，势不可也。既用小篆，而用于奏事及刻石告功。复作隶书，以施之徒隶者，岂欲开通黔首之智慧哉？亦势不能不变也。

古者天子治畿内，环四方所至，皆五百里，文告易通。字虽繁重，犹可用也。秦并天下，赋役狱讼，文牍繁兴，则不得不以隶人佐书。隶人但求记事，不得不日趋简易。下杜人程邈为衙狱吏，得罪，幽系云阳。增减大篆体，去其繁复。始皇善之，出为御史，名曰"隶书"，为秦书八体之一焉。

汉人碑刻石经所用之字，谓之汉隶。娄机撰《汉隶字源》，王念孙撰《汉隶拾遗》，所以别于秦隶也。钟王变体，谓之"今隶"。遂合秦汉而称"古隶"焉。今隶即今日楷书之元胎也。庾元威创"散隶"，谓以散笔作隶书也。

后世徒隶，益务简易，公牍文字，俗体日滋，如"準"作"准"，"驗"作"验"之类。吾不知其变迁所极也。

115

十三　篆隶与"八分"之区别

秦之八体，曰大篆，曰小篆，曰刻符，曰虫书，曰摹印，曰署书，曰殳书，曰隶书，独未言"八分"。欧阳修遂以"八分"当隶书。纪晓岚据梁肩吾之《书品》辨云，谓庾氏云"隶书"，即今时正书；梁之"正书"，即今之楷书也。

《唐六典》及张怀瓘《书断》上卷，列"八分"于籀篆之后，隶书之前，则八分岂遂为篆隶变迁之枢纽乎？何许慎《说文》略而不言也？《书断》言秦始皇见王次仲文简略应急，甚善，遣使召之。于时代未合。

唐唐元度《论十体事》谓后汉[①]帝时上谷王次仲作八分楷法，则与程邈隶书有别。而《晋书》卫恒《四体书势》则言王次仲始作楷法。至灵帝好书，时多能者。又言梁鹄谓邯郸淳谓得次仲法。然鹄之用笔，尽其势矣。鹄弟子毛宏，教于秘书。今"八分"皆宏法也。此说出于《晋书》，且在《书断》之前，宜其可信。则"八分"之法，更在汉隶之后。

古籀之法，变迁已尽，讵可驾于秦隶之上乎？如谓隶书即正书，则"八分"即可谓楷法乎？是以仍从《说文》序目为次，退"八分"附隶书之后，庶几篆、隶变迁之迹可考焉。

---

① 此处疑脱"章"字。

十四 隶草之变迁

许书言秦初有隶书，又言汉兴有草书。

草书者，又隶书之变也。汉赵壹曰："盖秦之末，刑峻纲密，官书烦冗，战攻并作，军书交驰，羽檄纷飞，故为隶草，趣急速耳。示简易之旨，非圣人之业也。"晋卫恒《四体书势》亦云不知作者姓名。

章帝时，齐相杜度号善作篇。后有崔瑗、崔实亦皆称工。杜氏结字甚安，而书体微瘦。崔氏甚得笔势，而结字小疏。弘农张伯英者，因而转精甚巧。

又言弟文舒者，次伯英。又有姜孟颖、梁孔达、田彦和及韦仲将之徒，皆伯英弟子，有名于世，然殊不及文舒也。罗叔景、赵元嗣者，与伯英并时见称于西州，而矜巧自与，众颇惑之。故英自称上比崔、杜不足，下方罗、赵有余。河间张超亦有名，虽与崔氏同州，不如伯英得其法也。

十五 北朝南朝文字之变迁 《章程》但言北朝，
不言南朝，盖谓北朝犹近古耶

魏钟繇、晋卫瓘乘古篆之衰歇，汉隶之式微，由草书、行书变而近于正书。当典午统一吴、蜀时，文教固俨然定于一也。

永嘉一乱，南北隔阂，南朝王羲之、献之、僧虔等，以及智永、虞世南衍为南派。北朝则索靖、崔悦、卢谌、高遵、沈馥、姚元标、赵文深、丁道护葛①衍为北派。

唐初，欧阳询、褚遂良其源亦出于北派，南派几不显。及太宗善王羲之书法，南派显而北又微矣。

赵宋阁帖盛行，北派愈微。惟《集古录》论南北书，言南朝士气卑弱，书法以清媚为佳；北朝碑志之文辞浅鄙，又多言浮屠。其字画往往工妙，惟后魏、北齐差劣耳。盖篆、隶遗法，东晋已多改变，无论宋、齐也。笺、牍繁而减笔多，复古愈难。北朝拘谨拙陋，而古味盎然。近人书法，竞尚北魏，亦风气为之也。

十六　唐以后正书之变迁

东坡论唐六家书："永禅师骨气深稳，体兼众妙。精能之至，反造疏淡。欧阳率更妍紧拔群，尤工于小楷。褚河南书清远潇洒，微杂隶体。张长史草书，颓然天放，略有点画处，而意态自足，号为神逸。颜鲁公书雄秀独出，一变古法，后之作者，殆难复措手。柳少师书本出于颜，而能自出新意，其言心正则笔正者，非独讽谏。"理固然也。东坡于唐代书法变迁之迹，论之最精，而武罂、刘龚等私意造作之字，则置而不论也。

北宋书家，东坡及黄山谷、米襄阳，大抵高视阔步，气韵轩昂。或诋其棱角怒张，则失之过。蔡襄、李时雍，亦有声于世。宣和时，徽宗留意书法，得杜唐稽一人，书法不传。高宗南渡，不力图恢复，乃作评书之文，为《翰墨志》，玩物而已。大旨所

---

① 疑"葛"为衍字。

宗，惟在羲、献。彼何不援羲之之言曰："区区江左，固以寒心乎？"其后裔赵孟頫遂觍面仕元。所书御服诸碑，颂扬大元盛德，不自知其数典忘祖矣。

考文字之变迁，亦兴亡之大鉴戒乎？附注：正书以后，变迁最异者，为"洪武体"。或谓之宋字。横细纵粗，字体方正，施之刻书，良有裨益。惟文人习之者少，碑版亦无用之者，仅为手民专家之学也。

第二篇　古今音韵之变迁<small>本篇子目皆用大学堂文学科之《音韵学》，文从简质，专述变迁大要</small>

一　群经音韵

生民之初，必先有声音而后有语言，有语言而后有文字。诗歌之作，应在书契以前，但求其音之叶，不求其文之工也。

《尚书》非有韵之文也。夔之典乐，依永和声，其音韵之始乎？皋陶赓歌"明良康""喜起熙"之词，皆韵文也。商周风、雅、颂存于今者，盖《三百篇》。作诗者虽未必如今人之检韵以求叶，然今人之考古音者，惟据古诗及有韵之文，足以互证。《易·象辞》如"初筮告，再三渎"之类，盖"屋""沃"古通也。《爻辞》如"需于血，出自穴"，皆在"屑"韵；"长子帅师，弟子舆尸"，皆在"支"韵，则古今所同也。《文言》"同声相应，同气相求，水流湿，火就燥"，"求""燥"同韵，与箕子《麦秀歌》相同，则古今迥异也。

《曲礼》首章："毋不敬，俨若思，安定辞，安民哉？""思""辞""哉"同韵。其余韵文散见于《礼经》之中者，则不可枚举矣。《仪礼》"士冠礼""士婚礼"之醮词，《考工记》之梓人《祭侯辞》《栗氏量铭》，皆有韵之文也。《春秋左传》中之筮辞童谣，舆诵谚语，亦有韵之文也。

故近世考古韵者，取群经有韵之文，折衷于《毛诗》，而后谛煌[1]以上之元音，乃复显于世。盖经专门之业也，不以古音读古书，犹不以和音读和文，于古义究多扞格处也。有志者俟入大学音韵专科研究之。

二　周秦诸子音韵

杨升庵《古音略例》，取《易》《诗》《礼》《楚辞》《老》《庄》《荀》《管》诸子有韵之文，标为略例，颇得古韵要领。至于《老子》"朝甚除，日甚芜，仓甚虚，脉文彩，带利剑，厌饮食，资财有余，是谓盗夸"。慎据《韩非·解老》篇，改"夸"为"竽"，谓"竽"字，方与"馀"字叶。柳子厚诗仍押"盗夸"。均误。今考《说文》，"夸"从"子"，"大"声。则"夸"之本音不作"枯瓜"切明矣。《庄子》"窃钩者诛，窃国者为诸侯"，慎读"诛"为"之由"切，不知"侯"之古音"胡"，正与"诛"为韵也。《荀子》第二十六篇曰《赋》，有《礼赋》《知赋》《云赋》《蚕赋》《箴赋》，鼎立于《风》《骚》之閒，为有韵文之大宗。《管子》"四维不张，国乃灭亡"之语，最传诵于人口者，亦因有韵而便记忆也。

呜呼！升庵远谪滇南，借搜剔古书自娱。近代音韵巨子继起，杨氏之书式微矣。创始之功，盖不可没。今人厌薄旧学，于音韵之繁难者，尤不暇究心。然考古音变迁之大略，固治高等文

---

[1] 谛煌，疑应作"五帝三皇"。

学者所当务也。

三　汉魏音韵

汉高皇《大风》之歌，汉武帝《秋风》之辞，以及魏武帝横槊赋诗所用之韵，皆与今韵为近，非若三代以上之音佶屈聱牙也。汉文选《古文苑》之诗、赋及箴、铭、颂、赞之属，其有韵之文，多于群经诸子。而焦氏《易林》之数，全书用韵尤多。故考证汉韵，较考证经韵尤易。惜唐人自撰《唐韵》，汉人未尝自撰《汉韵》也。

周秦以前之古音，惟汉儒能解。而汉人之古音，惟近代经师能解。因汉魏以考周秦，如重译然，如邮路然。汉魏音韵既古，故汉魏之文音节亦古，六朝八家之所①能及也。《凡将》《急就》，汉人小学书皆韵文，今日古意犹未尽失也。

四　六朝音韵

魏晋间，李登作《声类》，虽以声分类，凡万一千五百二十字，未尝谓之"韵"也。陆机《文赋》曰："采千载之遗韵。"盖韵由晋人采集而成。东晋吕忱之弟吕静始为韵书，集宫、商、角、徵、羽各一卷。至宋周彦伦始著《四声切韵》，行于时。

齐梁之际，吴兴沈约、陈郡谢朓、琅琊王融以气类相推，为文善用宫商，以平、上、去、入为四声，世呼为"永明体"。盖

---

① 此处疑脱"不"字。

约与王、谢，词华高赡，足以提倡一世。然合于当时之声调及江左之方言，未尝通诸古训。作赋弥巧，研经弥拙，使古今语言之歧异，若华裔①之不相通晓，此其弊也。然沈约以后，四声之学，历陈、②宋、元、明，至今不能变。且燕、粤、齐、秦，四方暌隔，俗谚绝不相同者，音韵无不同焉，未必非周、沈诸家之力也。福建俗语歌谣以汉字书之，学者必疑其无音韵也。

五　《经典释文》音韵

陆德明生于江左，其汇辑前人之音，以释经典之文，则不尽吴音也。乃毛居正著《六经正误》一书，讥陆氏偏于土音，因辄取他字以易之。后人信其说，遽以改本书矣。

大凡切音，有音和，亦有类隔。陆氏在当时，或用类隔，未尝不可以得声。而后人疑其不谐，亦私为改易。疏本多有之，幸本书无恙耳。陆氏所见经典之本，与贾、孔诸人不同，强此就彼，实有未安。

夫古无舌头、舌上之分，"知""彻""澄"三字母，以今音读之，与"照""穿""床"无异。求之古音，则与"端""透""定"无异。《说文》"冲"读若"动"，《书》"惟予冲人"，《释文》"直忠切"。古读"直"如"特"，"冲""子"之音，犹"董""子"也。

字母之学，明者明，暗者暗。明者引千言而解一音，暗者惮

---

① 裔，疑应作"夷"。

② 此处疑脱"隋、唐"。

其烦苦而弗习焉，此音韵之学终不大显于世欤！

六　《广韵》

韵书存于今者，《广韵》最古。然《广韵》之原本，今亦不存。惟后世累有修改，皆以《广韵》为鼻祖，故见重于世耳。

初，隋陆法言以吕静、夏侯该、杨休之、周思言、李季节、杜台卿等六家韵书各有乖互，因与刘臻、颜之推、魏渊、卢思道、李茗膺、辛德源、薛道衡八人，撰为《切韵》五卷。书成于仁寿元年。唐仪凤二年，长孙讷言为之注。后郭知玄、关亮、薛峋、王仁煦、祝尚丘递有增加。天宝十载，陈州司徒孙愐重为刊定，改名《唐韵》。后严宝文、裴务齐、陈道固又各有添字。宋景德四年，以旧本偏旁差讹，传写漏落，又注解未备，乃命陈彭年、邱雍等重修。大中祥符四年，书成，赐名《大宋重修广韵》，今日与麻沙刻本并存于世。则《广韵》一书，自隋迄宋，屡有修改，不辨孰为原本也。

七　《唐韵》

唐人以陆法言《切韵》试进士，孙愐又重定为《唐韵》。及宋人重修《广韵》，而《唐韵》亡矣。然徐鼎臣校许氏《说文》，在重修《广韵》以前，所用翻切，一从《唐韵》。河间纪迟曳作《唐韵考》，以为翻切之法，其上字必同母，下字必同部，谓为^①之"音和"。

间有用"类隔"之法者，亦仅假借其上字，而不假借其下字。因其翻切下一字，参互钩稽，辗转相证，犹可得其部分。乃取《说文》所载《唐韵》，翻切排比，析归各类，乃知唐韵部分与《唐韵》同，但收字多寡不等耳。有此书，而隋、唐、宋音韵变迁之迹，犹可考也。

八 《集韵》

宋景祐四年，太常博士直史馆宋祁、太常丞直史馆郑戬等建言，陈彭年、邱雍所定《广韵》多用旧文，繁略失当。因诏祁、戬与国子监直讲贾昌朝、王洙，同加修定，刑部郎中知制诰丁度、礼部员外郎知制诰李淑为之典领。此《集韵》之"例言"也。

司马光《切韵指掌图序》则称仁宗诏翰林学士丁公度、李公淑增崇韵学，自许叔重而降，凡数十家，总为《集韵》，而以贾公昌朝、王公洙为之属："治平四年，余得旨继纂其职。书成上之，有诏颁焉。"是《集韵》成于温公之手也。

其书平声四卷，上、去、入各二卷，共五万三千五百二十五字，视《广韵》增二万七千三百三十二字。盖字如孳乳寖多，音韵亦寖多矣。后世韵府之属，蔚为类书、韵编之例。用于图史，一则广博而人不厌其繁，一则精实而人皆乐其易，皆便于检察，有裨考证也。<small>英人习中国语言文字，亦有《汉音韵府》，卷幅浩繁。</small>

---

① "为"字疑衍。

九 宋《礼部韵》

宋《礼部韵》有二本，附《释文互注》。《礼部韵略》五卷，附《贡举条式》一卷。《增修互注礼部韵略》五卷，则毛晃父子所增也。

宋初，程式用韵漫无限制，故闽士有以"天道如何？仰之弥高"为叶音者。景祐以后，撰此书著为令式，迄南宋不改。然收字颇狭，颇为俞文豹《吹剑录》所讥。孙谔、黄积厚、黄启宗、张贵谟、吴杜皆屡请增收。而伯岩亦作《九经补韵》，以拾其遗。然每有陈奏，必下国子监看详，再三审定，而后附刊韵末。或有未允者，如黄启宗所增跻一作齐、鳏，一作矜之类，赵彦卫《云麓漫钞》尚驳诘之。盖既经廷评，又经公论，故较他韵书特谨严。

毛晃蒐采典籍，依韵增附，又《韵略》之例。凡经有别体、别音者，皆以墨阑圈其四围。亦往往舛漏，并厘订音义字画之误，凡增二千六百五十五字，增圈一千六百九十一字，订正四百八十五字。其子居正复续所遗，增一千四百二字。父子相继，用力颇勤，但不知古今文字韵之殊，往往以古音入律诗，借声为本读，所谓"引汉律断唐狱"者耶！

十 平水韵

今日通行之韵，上、下平各十五，上声二十九，去声三十，入声十七，大抵因平水韵之旧耳。

古韵分二百六部，唐宋相承，虽次第先后不同，而部分未改。平水韵并四声为一百七韵，阴时夫又并上声拯韵入迥韵，遂成今日通行之韵焉。后人往往以平水为刘渊。考元椠本《平水韵略》，卷首有河间许古序，乃知平水书籍王文郁所撰。后题正大六年己丑，则文郁书成于金哀宗时，非宋人也。刘渊刊王文郁《平水韵略》而去其序，故黄公绍以为刘渊所撰也。

元明以来，承用已久，虽《洪武正韵》，以帝王之力，不能夺焉。康乾时之《佩文诗韵》为官韵，沿习不改。而音韵名家专以讨论古韵为功，不复以今韵为学。惟词章家资以为用也。

《大成》《集成》，镂铜板于前；《合璧》《全璧》，缩石印于后。层叠堆积，有类高头讲章，专供獭祭。新章既改，场屋夹带，不复用此。将舍声偶之微，究音均之实。中西科学，咸基于此矣。世俗以王、刘、黄、阴之均为沈约韵，盖未考变迁之故也。

十一　翻切

《左传》之"丁宁"为"证"，《国语》之"勃鞮"为"披"，《国策》之"勃苏"为"胥"，实为翻切之始。汉之许、郑释音，究形声之原，从偏旁之正音或转音，不过曰"读如""读若""从某声"而已。

及曹魏之初，孙炎始为翻切。王弼注《易》，亦有翻切二处。盖古人但以一音释一音，孙、王乃合两音以释一音也。譬之"钟"为钟声，"鼓"为鼓声，钟鼓并作，则自成一种音节。又譬如黄色、蓝色，并著于素质，则成绿色，同一显而易见之理也。但孙氏创翻切，仅见于《尔雅音义》，而未明其原。故魏之

127

末，翻切盛行，而高贵乡公犹不能解，反以为怪也。孙炎之学未精，宜乎西域字母之学乘其弊而入中国也。

十二　字母

孙炎言翻切，不言字母。至六朝僧神珙始作三十字母。

珙有《反纽图》，出于唐元和以后，或云唐初僧舍利作三十字母。后有僧守温者，益以六字。今所谓"见""溪""群""疑"是牙音，"端""透""定""泥"舌头音，"知""彻""澄""娘"舌上音，"帮""滂""并""明"重唇音，"非""敷""奉""微"轻唇音，"精""清""从""心""邪"齿头，"照""穿""状""审""禅"正齿，"影""晓""喻""匣"是喉音，"来""日"半唇半齿音是也。

中国字母仿西法，犹日本字母借中文也。悉昙梵偈，儒者不言。然字母之学，于彼教无与也。神珙《五音声论》及《四声五音九弄反纽图》，附于《玉篇》，传于后世。然《隋书·经籍志》已称婆罗门书十四音贯一切字，汉明帝时与佛书同入中国。释藏译经字母，自晋僧伽婆罗以下，可考者尚十二家，则字母亦不始于神珙矣。近日中国新字母，惟蔡氏、沈氏两家较著。

十三　双声

中国以双声取反切，西域以字母统双声，其理一也。

反切之音，同母者谓之"双声"，同部者谓之"叠韵"。叠韵之字易知，如"堂皇""雍容"之类是也。双声之字，古人多用为形容词，如"丁冬""芬芳"之类是也。词章善用叠韵、双声，取其音节之谐也。

古人不但叠韵之字可为韵，双韵之字亦可为韵焉。经韵之难合者，皆双声也。试取三百篇之不合于叠韵者，以双声通之，自无不合者，又何必增立转音、合韵种种名目乎？《终南》之诗，"裘"与"梅""哉"为韵；《羔裘》之诗，"侯"与"濡""渝"为韵，——皆双声也。《七月》之"阴"与"冲"韵，《云汉》之"临"与"躬"韵，《荡》之"谌"与"终"韵，《小戎》之"骖"与"中"韵，皆双声[1]也。《养新录》以为转音，不若谓之双声尤合；叠韵谐和必同韵。双声之谐和，则自此韵歧入彼韵。愿学者必熟察焉。

十四　六朝反语

等韵盛于齐梁，陆法言之《切韵》，即反语也。两文字互相切谓之"反"，取反覆之义，亦谓之"翻"，如"同泰"之反为"大"，"桑落"之反为"索"即是也。两字切一字，磨切而出声谓之切，"德红"之切"东"，"徒红"之切"同"是也。

亦谓之"纽"。有"正纽"，有"倒纽"，有"旁纽"，不越一反也，名异而实同耳。以三十六字母贯穿天下无穷之字，切韵以同母出切，以同韵定声，而本音生焉。千载后音读差讹，可藉反切而考其元音。且向无同音之字，亦可以反切取其音。然后

---

[1] 疑为"叠韵"。

世用反切者，或所用上下两字不合，则所切之音亦不合，此其未尽善者矣。盖两音并一音，犹西人两字母并一语，故其用犹狭而不广也。

十五 三合音

郑夹漈《六书略》谓华有二合之音，无三合之音；梵有二合、三合、四合之音，亦有其字。因举"挐""缚"之二合，"啰""驮""曩"之三合，"悉""底""哩""野"之四合为证。沈括《梦溪笔谈》亦谓梵语"萨""嚩""诃"三字合言之，即楚词之"些"字。

本朝乾隆时御定《清文鉴》，左为国书，右为汉语。国书之左，译以汉音，用汉字三合切韵。汉书之右，译以国书，为取对音。国书之声，多汉字所无，故以三合取之。又推及蒙古、西域，而同文韵统，并天竺、西番之字，咸考合焉，宜当时声教之远矣。

传甲夙以不习清书为大耻。见旧刻《图史通义》。且吉、黑边务，知俄语不知满、蒙语，不能任也。新疆边务，知英、俄语不知准、回语，不能任也。西藏边务，知英语不知卫、藏语，不能任也。中国文学应习者，凡五种文字，中原志士，仅知其一，不知其二焉。《大学堂章程》"中国文学"门，未尝及此，今因论三合音类及之。他日大学成，增设满、蒙、回、藏文字，造成边帅之材，传甲固愿为建议之人焉。又按：合音即西文之并法，无他巧也。

十六　东西各国字母

今日东西各国，皆以字母为文。第一字母，东人作ア，西人作 A，则东西之音皆同，读之如"阿"。中国清文十二字头，第一字亦作"阿"。畴昔"阿"字为陵阿之义，收入"歌"韵。今则《钦定音韵述微》，收入"麻"韵矣。古音"麻"韵之字，皆与"鱼""虞"相从，字母出而中国始有"麻"韵也。"阿"字其天然之元音乎？

日本落合直文著《言海》，凡外来语言，皆表而异之。中国地大人繁，梵词蛮语，古时流传至今者，文人学士且习焉而不察也。今日东西新名词侵入中国，不但文字变，言语亦变。上海有"洋泾滨语"①，不中不西，即西人学华语而未成，华人学西语而未成者所组织也。此亦文字大同之始基也。

日本字母出于中华，泰西字母皆源于罗马。中国一字，日本并合数字母而始成。英、法、德、俄用罗马字母，而并法各异。且英、美同文，而言语微歧。法、比同文，而言语微歧。德意志各联邦，文字同而言语微歧。他日世界大同，欧洲列邦必同用罗马古文，亚洲列邦必同用中国汉文。或名词皆定为汉字，而以字母绾合其间，东西人皆可读，而交通之机，庶无阻滞也。东西字母未及胪列，诸君习东西文已久，自能会通深理。兹仅述音韵变迁梗概耳。

---

① 即"洋泾浜"。

131

十七　宋元明诸家音韵之学

宋吴棫字才老，作《韵补》五卷，为学者发明古韵之始。别有《诗补音》《楚辞释音》，据其本文以推古读，故朱子有取焉。《韵补》则引书五十种，下逮欧、苏诸作，与张商英之伪《三略》，旁及《黄庭经》《道藏》诸歌，故参错冗杂，漫无体例。惟棫书虽牴牾百端，后之言古音者，皆由此推阐加密，故仍居功首焉。

元人熊忠撰《古今韵会举要》，拾李涪余论，力排江左吴音。今韵、古韵，茫然无据。"东"韵收"窗"字，"先"韵收"西"字，虽旧典有征，而未免有心骇俗，不便施行。

明《洪武正韵》，乐宋诸臣，私臆窜改，非复古也。杨慎撰《古音丛目》五卷，《古音猎要》五卷，《古音馀》五卷，《古音附录》一卷，《古音略例》一卷，《转注古音略》五卷。慎在明人中博洽多闻，故蒐辑秦汉古书，颇为赅备。惜才大而心未细，往往为后人訾议耳。

陈第撰《毛诗古音考》四卷，《屈宋古音义》三卷，言必有征，典必探本。焦竑以外，无人能通其说者。虽卷帙无多，其精实殆过于杨慎也。

十八　国朝顾炎武、江永、戴震、段玉裁、王引之诸家音韵之学

顾宁人《音学五书》，为当代治古音者之圭臬。《音论》三卷，《诗本音》十卷，《易音》三卷，皆精核。《唐韵正》二十卷，则不免是古非今。《古音表》二十卷，颇变乱旧部。《韵补正》一卷，绝无叫嚣之气，正其失不攻其短也。亭林谓欲复三代之制，必自复古音始。此则可言不可行也。

顾氏但分古韵为十部，江永《古韵标准》凡平、上、去各十三部，入声八部，以《诗》三百篇为诗韵。周秦以下，音之近古者为补韵，视诸家界限较明。其弟子戴震受音韵、算数之学于江氏，而复古之志益锐。所著《声韵考》，力辨反切始于孙炎，不始于神珙，亦犹所著《勾股割圆记》谓弧角不始于西人也。

段玉裁著《六书音韵表》，分古韵为十七部，大端毕备。王引之更分之为二十一部，则分析之条理愈密也。

顾、江、戴、段、王五家，音韵专科统系所在也。毛西河《古今通韵》《易韵》之类，虽博涉群书，有裨考证，而穿凿附会，盖亦多矣。好学师先正之长，而救其失可也。

今日学有根柢之士，于音韵罔不涉猎，其未习古音者，又力疲于欧罗巴之音而不暇及此，故讲义从略焉。先正专书具在，入大学堂经学、文学专科者，庶能深究其旨焉。

第三篇　古今名义训诂之变迁

一　虞、夏、商、周名义训诂之变迁

《尧典》《禹贡》《汤誓》《武成》，同为史臣纪事之作。王者御制之文，孔子以四代合为一编，文之繁简各不同。盖二千年中，名义训诂之变迁者已多矣。

尧舜以后，帝号遂去，王者取一贯三才之义，天下所往也。意者后启于讴歌讼狱之来归，遂上尊号为王，而商周因之也。"都俞吁咈畴咨"之辞，三代之书所罕见，盖言语亦随时代而变矣。星鸟、星火、星虚、星昴之文，征之《夏小正》，节候犹同，及合《月令》观之，而岁差大著矣。《禹贡》九州之制，至于殷，则称"九有"焉。至于《周礼·职方》，亦称"九州"，而规划迥异焉。由孟子观之，"贡""助""彻"之名，屡变于井田；"胶""庠""序"之名，屡变于学校。邹鲁学者，当时已屡劳考辨矣。

天时、地理、人事无不变，则训诂之变迁，亦宜也。《书》曰："无或俶张。"《尔雅·释诂》："张，诳也。"盖"训"者，道也，道物之貌以示人也。古训变则当以今训释之，今人以

"欺诳"之"诳"字入于俗语，无有以"俇张"二字入俗语者。古训已失也，"初"字见于《虞书》，"哉"字用于《周书》，《尔雅·释诂》皆谓之"始"也。

《春秋元命包》谓孔子以《尔雅》为周公所作，后人以为孔子、子夏所增益，或言叔孙通所补，或言沛郡梁文所考也。今日考四代训诂之异，《尔雅》其为大宗乎？而四代之名义不同者，或杂见于《礼记》。周监于二代，其与二代相同者，则《礼记》仍之而弗言焉。

二　列国"风"诗名义训诂之变迁

《周南》河洲，二水中分中陆地可居者也。《召南》之江沱，水别出而复合，其间之陆地，亦大洲耳。"洲"与"沱"各异而实同也。《绸缪》之"三星"，心宿也。《七月》之"流火"，亦心宿也。"三星"与"流火"，名异实同也。"关关"之训，惟《周南》有之，其余国风，无此语也。"权舆"之诂，惟《秦风》有之，其余国风，无此语也。

其训之通行于今者，亦不无变迁。如"萋萋"者，叶也；"离离"者，黍也，后人借以形容草色焉。"桃之夭夭""瓜瓞绵绵"，有不识字而能言之者，近于俗语，为吉祥之祝词故耳。"维叶莫莫""其叶湑湑"之类，惟经生解之，词人所弗用也。"遂荒"之"荒"，"淫威"之"淫"，《释诂》皆谓之"大"。三代以下，"荒淫"二字，惟施于桀、纣、幽、厉之君，何大之有？

读古书不明古训，不可也；泥古训而施之于今，亦不可也。

三 春秋战国名义训诂之变迁

春秋至战国，曾几何时，而王道陵夷，世运遂因以大变耶？姬者，周室之国姓也。春秋时，郑庄、晋文先后称雄，姬姓犹有生色。勾践灭吴，子哙亡燕，姬姓不纲，"姬"字且降为妾御之名矣。君者，统皇、王、后、辟、公、侯、伯、子、男而言也。战国时商君、孟尝君之类，且用为陪臣之专名矣。东周君、西周君且为亡国之称也。

《左传》称楚人谓"乳"为"榖"，谓"虎"为"于菟"，《公羊传》称吴人谓"善"为"伊"，谓"道"为"缓"，与中国名义训诂迥异，当日应有专书考证也。今吴楚土音，无此语久矣。吴地入楚，楚地入秦，疆域统合而名义亦合也。

古人用字，贵合时，不尚高古，《尚书》用"兹"字，《论语》用"斯"字，皆时代之异也。孔子犹随时，此其所以为圣之时者欤！

四 《尔雅》兼收周秦诸子之名义训诂

《尔雅》非附于群经也，萃周秦诸子传记之名义训诂，以辨异同而广见闻者也。如《释天》云"暴雨谓之涷"，《释草》云"卷施拔心不死"，此取楚词之文也。洪北江以"卷施阁"名集，志更生也。《释天》云"扶摇谓之飙"，《释虫》云"蒺蝍蛆"，此取《庄子》之文也。《释诂》云"嫁，往也"，《释水》"泄，大出尾下"，此取《列子》之文也。《释地》云"西至西王母"，《释兽》云"小领盗骊"，此取《穆天子传》之文也。
《释地》云："东方有比目鱼焉，不比不行，其名谓之鲽。"日
本作"カレュ"，头小、口尖、细尾、无歧，有黑白数种，又有名鲽、星鲽。
"南方有比翼鸟焉，不比不飞，其名谓之鹣。"此取《管子》之
文也。又云："蛩蛩岠虚负而走，其名谓之蟨。"此取《吕氏春
秋》之文也。又云："北方有比肩民焉，迭食而迭望。"《释
地》云："河出昆仑墟。"此取《山海经》之文也。《释诂》
云："天、帝、皇、王、后、辟、公、侯。"又云："弘、廓、
宏、溥、介、纯、夏、帆。"《释天》云："春为青阳"至"谓
之醴泉"，此取《尸子》之文也。《释鸟》："爰居洛县。"此
取《国语》之文也。如此之类，不可毛举。

郭氏注《尔雅》，兼注《方言》《山海经》，故学博而通。
邢昺之疏亦详而实。今人读周秦诸子而不解，必据《说文》《尔
雅》以明古义焉。本朝邵编修晋涵之《尔雅正义》、郝户部懿行之《尔雅
义疏》远出邢上，而郝氏尤胜，盖明于声音文字之本原也。

五　秦始统一名义训诂之变迁

天子有议礼、制度、考文之权。秦政有其位无其德，然自拟
甚高，功烈威望，又足以慑一世，遂采三皇五帝之尊号，为"皇
帝"。汉唐以下，皆袭其爵。"始皇帝"之名义，诚足以副其
实矣。

制天子之称曰"朕"，人臣称天子曰"陛下"，汉唐以下，
莫不以为通称矣。废封建之制，设郡守县令以治之，法一变而不
可复，名义一变而后世尊用之。

其"黔首"之称，后世不复仍之者，不如"民"字之简便也。至于"皇帝"之名，既由兼并而成。"丞相"之名，则亦出于兼并。古制疑有"丞"有"相"，无所谓"丞相"也。后王莽自号"宰衡"，即师此意。贤如萧何、诸葛亮，皆沿李斯之职守焉。

三十六郡之名，如九江、会稽、太原、汉中、长沙，以及增置之桂林、南海，今日犹为府治。世屡变，地屡变，而郡名犹未变。秦始之雄才大略，洵三代后之创制之主也。

六　《方言》之训诂名义变迁最繁

《方言》旧本相传为扬雄撰，郭璞解，今有东原戴氏疏证。考《汉书·扬雄传》及《艺文志》，皆无可据，学者疑之。然汉末应劭以来，称述无异辞，亦无庸致疑也。

周秦常以岁八月，遣輶轩之使，求异代方言，还奏籍之。及嬴氏亡，遗文无见之者。蜀严君平有千余言，林闾翁才有梗概之法，扬雄好之。今卷首曰："党、晓、哲，知也。楚人谓之'党'，或曰'晓'，齐、宋之间谓之'哲'。"又曰："虔、儇，慧也。"秦谓之'谩'，晋谓之'㦗'，宋、楚之间谓之'倢'，楚或谓之'谲'。自关而东，赵、魏之间谓之'黠'，或谓之'鬼'。"由此观之，其方言有通行至今者。如以"晓"为"知"今楚语作"晓得"，以"鬼"为"儇"今俗以"黠"为"弄鬼"是也。"党""朗""虔""儇"，词人用为骈偶之材料；"㦗"字，"谲"字，不检字书者，不能一见而知其音义焉。

今俗语有音无字者，意者或方言之难字，久而失传也。今闽语谓眼曰"眸子"，三尺之童即知之。吾见吴楚之读《孟子》者，于"眸子"处，必口授曰："即眼也。"归闽，见塾师教《周易》"为多白眼"句，必口授曰："此眸子也。"夫六经之文，皆当时之俗语。今日六经之古语，或分存于各省俗语中。习用之字音，人以为俗；罕见之文字，人以为古。吾不知孰为古、孰为俗也！《方言》之三卷，"为"字"斟"字，采及朝鲜。今虽同文，已自立，而见屈于强邻矣。然中国旧属琉球、越南，读汉文而生异义、造新字者，尚无专书可考也。

七　《释名》考经籍名义可据

汉去古未远，刘熙《释名》，虽未必尽得古人名物之实，致伤于穿凿，然以同声相谐，推论称名辨论之意，兼可知器物之古音焉。

如《楚辞·九歌》："薜荔拍兮蕙绸。"王逸注："拍，搏辟也。""搏辟"二字，今莫知何物。观是书《释床帐》篇，乃知席搏著壁上谓之"搏辟"。孔颖达《礼记正义》以深衣十二幅皆交裁谓之"衽"。是书《释衣》篇云："衽，襜也。在旁襜襜然也。"则与《玉藻》言"衽当旁"者可以互证。《释兵》篇云："刀室曰削，室口之饰曰琫，下末之饰曰琕。"又足证《毛诗诂训传》之讹。其所资于考证，不一而足也。

《后汉书·刘珍传》称，珍撰《释名》五十篇，以辨万物之称号。其书名相同，姓又相同。郑明选作《秕言》，颇以为疑。然历代相传，无引刘珍《释名》者，则珍书久佚，不得以此当之也。今江氏声为《释名疏证》及《续释名》，并典核。

八 《广雅》萃集汉儒笺注名义训诂

汉儒笺释群经，古义大显，各守家法而不相通。魏张揖官博士，综两京之群言，依《尔雅》之旧目，《仓颉》《滂喜》《训纂》《说文》《方言》之类，皆括于兹编。如《释诂》卷首："古、昔、先、创、方、作、造、朔、萌、芽、本、根、藟、蛞、荤、昌、孟、鼻、业，始也。"所胪列较《尔雅》尤博。隋秘书学士曹宪为之音释，避炀帝改《博雅》，故有二名。揖别著《埤仓》《古今字诂》，皆不传。汉魏训诂名义，独赖此书之存。

近世汉学者宝之。高邮王氏念孙为之疏证，原原本本，功倍于邵、郝之治《尔雅》。然有《广雅》所见之书，而今已佚者。有《广雅》之佚文，而王氏自他书搜摘者。《释亲》有"爹"字，"妈"字 "妈"字已佚，王氏采《集韵》补之，足见汉魏之际，即有此名称，相沿至今而名不变也。至于以姐为母，则本《说文》。蜀人谓母曰姐之视今人以姐为姊之专名，则正今日变迁之大异者也。《广雅疏证》卷十，为念孙子引之所著。鸟兽草木之名，为专门之学。王氏父子，各有专长。盖动植名物，非但通训诂者所能详考也。文学今归第一类，动植则归第四类。人有能有不能，不相强也。

九 唐颜师古《匡谬正俗》

唐人辨别字体者，莫精于颜元孙《干禄字书》，而辨别字义者，莫备于颜师古《匡谬正俗》。师古名籀，以字行。其书前四卷，凡五十五条，皆论诸经训诂音释。后四卷，凡一百二十七条，皆论诸书字义字音，及俗语相承之异。考据极为精密，惟拘于习俗，不能知音有古今也。颜氏生平精力所萃，在《汉书注》。条理通贯，征引详实，洵班氏之功臣。而《匡谬正俗》则群经之总类，其用尤广焉。毛西河引《书序》"俘厥宝玉"解《春秋》"卫俘"，诧为特见，不知此书所已引。后人以一人智力，数十载之岁月，置身于数千年数千万卷之中，必欲为古人所不能，则勿以考古为功，而以知新为要也。唐人之书可资考证训诂者，尚有释玄应之《一切经音义》，释慧苑《华严音义》，与佛教无涉，治经者多用之。所引古书，多今日未见者。

十　南唐徐铉《说文新附字》此节本应第一篇。然"新附"者，既非出古籀、篆，不过隶、草通行之时所增也。但新起之名物日多，文字因以日多，而训诂生焉。故录入此篇，以见变迁之迹

新附字"祆"本蕃书，俗所奉之天神。"僧"字为梵刹之教徒，汉以前所未有，不宜孱入《仓籀篇》中。"璀""璨""琲""珰"等字日增，可知世人风俗之侈。"蔬"字，"茗"字，"糕"字，"糖"字，"粽"字，皆后世日用之食品。刘梦得作诗，字必求合于六教，犹见古人之矜慎焉。

其《新附》为文赋所常用者，如"唤"字，"嘲"字，"迢"字，"蹉跎"二字，"诀"字，"韵"字，"翻"字，"翎"字，"腔"字，"映"字，"曙"字，"昂"字，"稳"字，"倒"字，"低"字，"停"字，"掠"字，亦不胜枚举。

而商人所常用之"售"字，"价"字，"港"字，皆不能不增入也。"赌"字增入，赌风日滋。吴韦昭所谓赌及衣物者，古今如出一辙焉。

"鳌"或作"龟"，《列子》"六鳌"殷敬顺释文曰："即巨龟也。"唐人命名，犹有"龟年"，宋人犹号"龟山"。而"鳌"字所引用者，不过《楚辞》之"鳌戴"而已。今人以龟为俗忌，又以鳌为吉祥语，是亦不晓名义之故也。

十一　陆佃《埤雅》之名义

《埤雅》为《尔雅》之辅，然训诂缺焉，惟名义独详。其说诸物，大抵略于形状而详于名义，寻究偏旁，比附形声，务求得名之所以然。昔吴陆玑撰《毛诗草木虫鱼疏》，去古未远，考证犹易；佃之为书，更有难于玑者也。今《埤雅》之目，为《释鱼》《释兽》《释鸟》《释虫》《释木》《释草》《释天》，次第不伦，疑非完本。

神宗时，佃召对。言及物性，进《说鱼》《说木》二篇，后乃益加笔削。初名《物性门类》，后注《尔雅》毕，更修此书，易名《埤雅》。其说旁稽典证，通贯诸经，务求博洽，不免于泛滥。后罗愿所著《尔雅翼》亦然，故近人讥其不可尽据也。

十二　朱子究心名义训诂之据

朱子《论语训蒙口义》序云："本之注疏以通其训诂，参之释文以正其音读。然后会之于诸老先生之说，以发之精微。"

《论语要义》序云："其文义名物之详，当求之注疏，有不可略者。"《语类》云："祖宗以来，学者但守注疏。其后便论道如二苏，直是要论道，但注疏如何弃得？"此朱子自读注疏之证，俱深讥不读注疏者也。

《语类》又云："某寻常解经，只要依训诂说字。"《答黄直卿书》："近日看得后生，且是教他依本字认得训诂文义分明为急。"《答王晋辅书》云："《礼书》'缩'训为'直'者非一，乃先儒之旧，不可易也。"朱子重训诂之学如此。

《大学》《中庸》之章句，亦汉儒之名家法也，薛艮斋且以此诋朱子矣。《集注》侃侃訚訚，亦引《说文》为证焉。又观陈澧《东塾读书记》，知朱子于天算、地舆、礼乐、兵刑无不通，今撮其论名义训诂者录之，以杜治汉学诟朱子者之口。传甲最服膺朱子者，福州州学经史阁一记也。记云："常君濬孙又为之饬厨馔，葺斋舍，以宁其居。然后谨其出入之防，严其课试之法，朝夕其间，训诱不倦。于是学者竞劝。"此数语，包括学校一切教授管理之法。

十三　宋儒名义训诂之疏密

古人定名义，通训诂，原取便通晓，不更求其深晦。三代之名义训诂，汉儒以为古，而重烦笺释；汉儒之名义训诂，宋儒又以为古，而不得其解也。观宋人语录之词，如"这个""那里""怎样""却说""模样""到底""一般""甚好""什么""怎的""正是""撞着""谁个""尽力""老实""仔细""还是"之类。皆近于俗语，盖今日距宋时代较近也。再阅二三十载，读宋人语录者，亦将若楚辞、汉赋之待注释矣。

北宋初，邢昺、孙奭专力名义训诂。邢氏之疏《尔雅》，孙氏之疏《孟子》，皆列在学官。郝兰皋起而夺邢氏之席，焦里堂起而议孙氏之书。宋人之于训诂，自不逮近人之密，亦风气为之也。

陆九渊读"宇宙"，解曰："四方上下曰宇，往古来今曰宙。"忽大省曰："宇宙内事，乃己分内事；己分内事，乃宇宙事。"又曰："学苟知道，六经皆我注脚。"此其天资绝伦，躬行实践，不可以名义训诂之疏而议其短也。

人有能有不能，故孔门因材而教，分四科焉。治汉学、宋学者，交相诽讽，必使天下之学同出一途而后快，亦昧于德行、文学分科之旨矣。

十四　《骈雅》之润色词章

明人之文，尝建言复古矣。欲复古文，不得不搜剔古字，于是奇词奥句，皆掯摘而为类书，以便剿袭陈言，摹秦仿汉，钩章棘句，而芜杂烦冗之弊滋矣。朱谋㙔之书，固淹贯群籍，由训诂以至虫鱼鸟兽，皆依《尔雅》目次。然《尔雅》部居不杂，已为类书权舆，《骈雅》则竟降为类书矣。

学问之事，后人便于前人者，有类书可检也。故古人鸿篇巨制，必积年累月而始成。有类书则俭腹者亦可俯拾即是。唐宋类书，如《北堂书钞》《艺文类聚》《太平御览》《册府元龟》《山堂考索》《玉海》之属，皆引据原书，不易一字。后人可据此以校古书，辑佚文。明人乃取材于一字一句，用亦狭矣。

尝见貌为汉魏文者，取《骈雅》置案头，署其检曰"代字术"。作文毕，则以古字代入之，一举笔而文字改观矣。噫，古字当据古书，否则援"哉生明"之例，"初一""初二"易其词曰"哉一""哉二"，岂可通乎？务雕饰而不显其词者，其流弊不至此不已也。

十五　天算家名义训诂之变迁

《说文》"祘"字下曰："明视以算之也。"梅定九征君以为象古人纵横布算之形，是也。传甲读《孙子算经》，一纵十横、百立千僵之例，及观数书《九章》《测圆海镜》之细草，皆梅氏所未见。而梅氏立言，独能暗合于古焉。《说文》"筭"字下曰："言弄竹也。"合二者观之，可以悟筹算之古法焉。故"筭"为"算"，失古人制字之深意。遂使孟子持筹之法，不传于后也。<small>西人罗雅谷之筹非古也。今人有《古筹算考》，甚详。</small>

积年积智，算术之名义日变，"闰月，王立于门中"之制既变，章蔀统会之名亦废而不用。古率粗疏者，后人由渐加密焉。三统之附会黄钟，大衍之附会蓍策。名义非不美，然验诸悬象而不合，诚不如郭守敬《授时》之实测矣。

瞿昙悉达来有"九扤"之名，回回历来有"土盘"之名，利玛窦来有"小轮"之名，戴德来有"椭圆"之名，蒋友仁来有"地动""日静"之名，伟烈亚力来有"天王""海王"之名。此天文名义之变迁也。

《九章》分部，数学家牢不可破，《数理精蕴》改为线、面、体分部，学者便之矣。演元之法之大显，而太极、天元、正负、如积之名义最雅，开方、超步、玲珑、连枝之名义甚巧。及代数、微积之学，译入中土，而等号、公式、习题、函数、级数之名出矣。专门之学，有专门之名，兹特举其大要而已。

十六　地舆家名义训诂之变迁

冀州之名，存于南宫；兖州之名，存于滋阳；青州之名，存于益都；荆州之名，存于江陵；扬州之名，存于甘泉；徐州之名，存于铜山。名则《禹贡》之旧也，地则渺乎小矣。雍、梁、豫三州，并其名而亦变焉。秦地宜禾，厥田上上。今陕右荐饥，不为帝矣。

地名沿革，今古悬殊，有专书考证。即今日地名，亦非名实相副。南京已撤，民间犹称之，久则难变也。河南兼有河北彰、卫、怀，则宜称"两河"。江南兼有淮南，北之淮扬通徐、海，则宜称"江淮"。若福建，仅举福州、建宁；安徽仅举安庆、徽州；甘肃仅举甘州、肃州，亦觉其偏而不全。江西为江南西道之省文，魏叔子且讥俗士以大江之西属文矣。名从主人，《公羊》之例。

中国地名，有满、蒙、回、藏等字，异于汉诂，不究其原，视同异域。边地日蹙，辅车相失，谁之过欤？泰西译语，地名歧异，在彼各国异其文，在我各省异其音。故环球地名，不能以国名义论之。猃狁匈奴，旧被恶称，按之公理，亦未平允。域外象译，叶其音不必拘其义也。辽、金、元地名，乾隆时又改易之，恶译人被以恶称也。

十七　制造家名义训诂之变迁

古昔制器尚象，"弓""刃""戈""矛"等字篆文，皆象形也。戕贼之器既利，则防卫之器亦坚。如"甲"字，草初萌芽，而戴乎甲也。既有甲胄，不能不假借以为名矣。鎗者，古之酒器也；礮者，古之飞石也。今制造日新，名义已定，确乎不可易矣。

镜者，古以铜为鉴，今易之以玻璃，非金类也。然"镜"字不改而为"璄"字、"硬"字者，字通行而用之已久也。古人创车轮，用之于陆，不意其用之于水也。今用之以为常矣。迩日涉俗之文，江轮、海轮、兵轮、商轮之说，亦已通行，不言船舶而意在其中矣。

图说翻译日多，皆以甲、乙、丙、丁代西人之大字母矣。化学原质锌、镍、钙、铂之类，皆加"金"旁，深得形声之意焉，非臆造也。字典之中，亦当增新字，至于不习制造而贪用涨力、压力、阻力之新名词，是则有商标而无居积也。

十八　古人名义训诂不可拘执

训诂家每以《说文》以外为俗体，故拘而多碍，"音韵"必作"音均"，"衣裳"且作"衣常"。由此推之，诸葛亮当作"诸葛谅"，韩愈当作"韩癒"耶？

俗人误以古为雅，凡今之地名、官名，无不改古称。后世读其书者，竟不知其为何时人也。孔子居鲁，不称古奄国；适卫，不称古朝歌，此其所以为圣之时欤？尧舜之世，海内惟十二牧。汉之季，刺史之权在太守上，今日之知州，岂足以当之？太史公，天官也，司文史星历之事。今用为词臣称号，而钦天监司测者不与史职焉。泥古者迂，托于古者愚。古者，陈迹也。上古、中古、近古，名义训诂之变迁，如此其繁也。

名义训诂，适于文字之用而已。为学期于应当世之事业，复古之议，非今日所能行也。能文者但斥鄙俚杜撰之字，而不为怪僻难行之论，斯亦不骇俗、不戾古矣。

第四篇　古以治化为文，今以词章为文，关于世运之升降^{前三篇多考据，本篇出以议论}

一　皇古治化无征不信

《易传》仅溯自伏羲，《春秋传》仅溯至黄帝。三坟、五典、八索、九丘，然毁于祖龙之一炬，后人无由复睹。彼此必纬之言，别史所记，惝恍支离，有同小说，君子无取焉。羲皇以上之人，非后世文士所堪。即经传所载皇古之事，谓其缔造艰难则可，谓其治化明备则不可。佃渔之风尚，今存于乌拉打牲之民族；_{此就中国言也。}美洲格林兰亦复如是。畜牧之生计，今存于蒙古游徙之部落。诸侯执玉帛者万国，岂夸张其多数乎？抑酋长时代，如今之滇粤土司、台湾番社、回疆阿奇木乎？

文字既作，万事维新。故造字以十口为"古"字，在彼时父老相传之事，早已言人人殊矣，惟士人则推十而合一焉。求其近于理而可信者，著以为经，以传于后世。是以草从古则"苦"，木从古则"枯"，水从古则"涸"。古制之在今日，几若朽材不可任栋梁，废渠不可为灌溉也。《竹书》《路史》，列在乙库，兹弗暇讲习焉。_{西人教会《创世纪》，亦大为哲学家、格致家所驳诘矣。地}

质学以外，无考古之真实学术也。

二　唐虞治化之文

尚书之古文，伪也。详《群经文体》篇中。今文则传述家法，信而有征。孔子删书，断自帝典，后儒因以观陶、姚之治迹焉。

夫尧舜之道，孝弟而已矣。征之《帝典》，则："克明峻德，以亲九族。九族既睦，平章百姓。百姓昭明，协和万邦。黎民于变时雍。"宋儒真西山《大学衍义》以此著为君人者之法律。然尧舜之治化，岂一端而已乎？

钦若授时，则以闰月定四时焉。在璇玑、玉衡，以齐七政焉。此测天之文也。嵎夷、南交、昧谷、幽都，皆察其民情物候，以便控制。此志地之文也。命官惟百，四岳群牧，各有职守。禹平水土，后稷播百谷，契敷五教，皋陶明五刑，垂作共工，益烈山泽，伯夷典三礼，夔典乐，教胄子，龙作纳言。命九官而天下治。此知人之文也。宋儒务为持源握要之论，汉学家好为典章器数之学，皆各得其偏也。读经师其意，恶可举一而废百耶？

三　夏后氏治化之文

禹之治化，东渐于海，西被于流沙，溯南暨，声教讫于四海。汉唐之盛，其版图不过如是也。雍州球琳、琅玕之产，实出于阗，汪氏士铎之说如是。故贡道浮于积石焉。今青海地。合黎弱水，今为居延；南海黑水，今为澜沧。邹氏伯奇之说如是。蒙古、青海、西域、卫藏、缅、越诸地，皆禹迹所至也。李文贞按天度以计里，以蒲坂为枢，则《禹贡》荒服东起辽东、朝鲜，南至闽、粤，西讫澜沧，北至克鲁伦河，为邹征君《禹贡五服地图》所本。纪晓岚讥文贞为闽人，不欲自外于禹域。则好为苟论，而不晓度数也。

呜呼，盘盘大陆，禹甸如此其廓也！沿江海，达淮泗，禹不但以治河为事，且发明航海之学焉。三苗之伐，为汉族拓殖民地也。惟作伪者未能言其功烈之伟，徒以两阶舞羽为文德也。

明季，流贼满中原，插汉为边患，庸臣犹以文德徕远为言。呜呼，是误读古文，不明治化之本者也！

四　殷商治化之文

汤之《盘铭》曰："苟日新，日日新，又日新。"迟任有言曰："人惟求旧，器非求旧，惟新。"夏邑不纲，治化不行。汤之吊伐，既异于尧、舜让善，亦异于禹、启传家，为王者受命之创例。

殷商新政，必有可观。商人尚质，记载多略。孔子殷人也，感故国沦胥，述商颂焉。《命历序》引孔子之言曰："吾作《春秋》，故退修《殷历》。"当孔子时，殷商治化之文，存于世者较多。《商书》者，孔子录之以存其实者也，更何忍删之乎？读《盘庚》三篇，知殷之英主皆求新，而习俗之守旧者，实为难治而梗化，于是乎文告始繁矣。

受辛失德，作《朝歌》《北鄙》之音，靡靡之乐，为溺于词章之始。余风所扇，流为郑卫之淫声。宋人都此，而宣和昏浊；

金人都此，而海陵荒暴。纣之不善，后世之恶皆归焉。呜呼！古之！古之人！而行如纣者，又何治化之足言乎？《殷历》详见顾观光《六历通考》。然《周髀》出于商高，则《周历》亦可谓之《殷历》矣。盖三代制复多相因也。

五　幽岐治化之文

周自不窋窜于戎狄，后稷之德遂衰。施及公刘，复由夷狄而进于中国。《大雅》曰："笃公刘，既溥且长。既景迺冈，相其阴阳。观其流泉，其军三单。度其隰原，彻田为粮。度其夕阳，豳居允荒。"于戏公刘，能知天时地利焉！其治化洵可法于后世也。

历传庆节、皇仆、差弗、毁隃、公非、高圉、亚圉、公叔、祖类，至于古公亶父，乃去邠，逾梁山，邑于岐山之下焉，避狄患也。《鲁颂》曰："后稷之孙，实惟太王。居岐之阳，实始剪商。"则其治化之成绩可观也。成周思先王盛德，《豳风》之后，雅颂作焉。先王之治化，后世述之以为文。雍容揄扬，著于盛世，郁郁乎周人之尚文也！北魏亦托始黄帝之裔，淳继传世于朔漠。至毛立，始有治化，遂统国三十六。《辽史》"太祖赞"亦云："辽之先出自炎帝，世为审吉国，其可知者盖自奇首，始立制度，置官属。"凡此可见退化之国亦可进化也。

六　文武治化之文

孔子曰："文武之政，布在方策。其人存则其政举，其人亡则其政息。"夫政者，治化也；布在方策者，文也。《周易》述象数之理，《周礼》综官司之职，《周书》记命诰之文，《周颂》奏诗歌之韵，皆当日布在方策者也。

遗文尚在，治化已衰，不能力行之咎也。文、武之法，因于殷而随时损益者也。成、康以后，时势有变迁，治法亦当变通以求合。徒泥守前规，未有不差毫厘而谬千里也。东周之衰，其政已不行于诸侯。孔子为邦，于虞韶、夏时、殷辂，皆取而折衷之，亦不能墨守周制也。周末拥七城，苟延旦夕于七雄之际，比之丹渊降为诸侯，杞宋之号为旧国，曾何异乎！

世儒泥周制变法者，若新莽，若宇文周，若宋神宗，其治化安在哉？

七　阙里治化之文

六经皆孔之所述也。其论治要旨，则备于《论语》。"道千乘之国，道之以政"诸章，其大端也。汉唐以后，至圣已垂为定论，万世师表，古今无异辞焉。

迩来议论颇谬于圣人。而"民可使由之，不可使知之"一语，且为外教所排击。呜呼！此未明古训之故也。何晏集解曰："由，用也。可使用而不可使知者，百姓日用而不能知也。斯语也，孔子殆伤民智之难开，并非若秦政之愚黔首矣。"朱子《集注》于是有千虑之一失焉，且与《大学》"明德、新民"之旨相背驰矣。今人有以"民可为"一读，"不可为"一读者，其义亦新。

八 邹孟治化之文

孟子之功，不在辟杨、墨也，亦不在言性善也，其切实者，惟严于义利之辨而已。"王曰何以利吾国？大夫曰何以利吾家？士、庶人曰何以利吾身？上下交征利，而国危矣"，此岂仅言战国人心之坏乎？亦灼知后世亡国、丧家、失身者恒由此危道也。

孟子非不知利国利民者也，特恶其自私自利而害国病民也。孟子论吊伐则曰"救民"，论王法则曰"保民"。至于"民贵君轻"，大义炳如日月矣。于忠肃辈仅知社稷为重耳，下此则知有君不知有国，更不知有民矣。

国者，民相聚而成也。后人以为一姓之私，遂使亿兆民之苦乐，视乎一姓之兴亡焉。彼所谓士者、官者，竟弗屑与齐民齿。民气久郁，则揭竿起阡陌，为陈涉，为张角，为黄巢，为闯、献，而民又重困于锋镝。呜呼！孟子之道不行，民生终不遂矣！

九 荀子治化之文

《荀子》首列《劝学篇》。其言曰："学不可以已。青出之蓝而青于蓝。冰，水为之，而寒于水。"盖进学之深，恒欲求胜于前人。故其论治，则以后王为法焉。后世人臣之谀其君，往往有"德轶尧舜，功迈禹汤"之语，亦何尝不可鼓励中主？

孟子言："尧舜与人同耳。"其视古人，未尝过高。俗儒尊尧舜，若天之不可阶而升，故世逾降而治化亦愈降，其去尧舜愈远矣。荀子法后王，不过如孔子之从周；汉儒尊荀学，经师授受之所祖，故西京多仍秦制。孟子言尧舜，陈义过高，虽禹汤文武，亦不能用。荀子则随时补救而已，求胜于前人而已。今之劝学者，奈何以古之治化为不可及耶！西文各科学，每以突过前人为功。中国算学亦宋人有胜于汉人之处，今日算学，更胜于宋元诸巨子矣。孔子曰"当仁，不让于师"，敢望之学者！

十　秦始皇治化之文

秦始皇并天下，天下思乱，待时而动，然泰山刻石，犹自称"不懈于治，化及无穷"。则始皇之心，岂不欲使民不弗率者同享太平之福乎？琅琊刻石，有"器械一量，同书文字"之文焉；之罘刻石，有"亨灭强暴，振救黔首"之文焉；东观刻石，有"黔首改化，远迩同度"之文焉；碣石刻石，有"男乐其畴，女修其业"之文焉；会稽刻石，有"防隔内外，禁止淫佚"之文焉。

呜呼！六国无道久矣，秦之德犹愈于六国也。李斯学于荀卿者也。刻石之文，纯粹雍容，有儒者气象。秦世绵长，将继《商颂》《周颂》而为《秦颂》焉！秦始皇开创之威，实过于汤武，惜二世不能为太甲、成王耳。俗儒以为三代皆治世，而忘其有羿、浞、桀、纣、幽、厉之虐也。以秦始皇之英雄，而视之若亡国昏庸无道之主，不亦诬乎！

真西山《文章正宗》，不录李斯《谏逐客书》，虽为已甚，然其实已近于词章矣。

十一　汉以后治化词章之分

汉初萧、曹，知治化者也；随、陆，知词章者也。自作史者以《名臣》《循吏》列传于前，《儒林》《文苑》列传于后，于是治化、词章遂判而为二。

汉武帝锐意求治，其文化所及，东起玄菟、乐浪，西迄乌孙、疏勒，北拓阴山，南及滇筰、昆明、夜郎，罔不同我冠裳之俗。武帝之治化，亦前古所未有也。是时司马相如、枚皋、东方朔之流，皆以词章润色鸿业焉。

伪新居摄，若扬雄，若刘歆，皆词章之学也。后汉列《文苑》，有二十有二人，皆词章之学也。其去云台勋贵以治化为德业者，何远乎？

汉去古未远，所为词章，亦浑厚朴茂，不伤雕饰，虽词章亦古然。而以词章为文者，固不自今日始矣。

十二　六朝词章之滥

魏晋以篡弑为尧舜之道，人心死矣，士气靡矣。陈思王植以浮薄之才弋时誉，使其涉帝位，则为陈后主耳，宋徽宗耳。其词章亦不若魏武之深沉，魏文之典重。其《求自试》《求通亲》两表，稍有豪爽之气。晋宋以后，此等文亦不多见矣。

典午统一南北，羊、杜皆明治化之本。其后山涛、王戎、和峤之流，已自居清品。及阮籍、嵇康、刘伶、毕卓出，而举国若狂焉。郭钦、江统但言戎狄之当徙，不知中国士民不流为文弱，何戎狄之足畏乎！国之弱也，自弱也；国之亡也，自亡也，不自强而归罪于外侮，何耶？

东晋偏安，清谈自误，王、谢、庾、殷，罔知国耻焉。宋高祖起炎汉余裔，其厌薄俗儒，同符汉高，然不学无术，不足挽颓风以励末世。颜延之、谢灵运，乃以其文煽一世。齐之王融、谢朓、周彦伦，梁之江淹、任昉、刘孝绰，皆咀嚼声偶以为文也。及陈之庾信、徐陵、江总，则媲青妃白，俪体益工。其在文品中，如儒者之小慧，佛法之下乘，人类之俳优也。虽然，六朝至今日亦已古矣，今之尚词章，尚不若六朝之甚。然国民文弱，亦甚自奋于竞存之世乎！

十三　唐人以词章为治化

学人尊两汉，文人、诗人则尊盛唐。

文之偶俪，初唐四杰莫之能违。韩退之、柳子厚起，而文法一变。上绍孟、荀以及司马相如、扬雄之作。其专力文辞，盖骎骎乎抗迹古昔矣。

诗之柔靡，亦六代之风气使然。李太白、杜少陵起，而诗律一变。青莲尽其奇，工部大其体，万方多难，不有以鼓吹之，则民心将不知有国矣。

韩、柳、李、杜，岂仅自悲其身世哉？所遇者奇，而诗文所流露者益奇。然潮州、柳州之粤俗，化为今日两广之名区；夜郎、巴僰之绝边，亦化为今日川黔之郡县。功德在民，祀典有礼，谓诗文皆治化之文可也。

呜呼！陆宣公之文，骈文也。其奏议委曲详尽，古文家或不

157

能及焉。杜牧罪言，为屈贾以后之巨擘，选八家、十家者，若之何置而不录也？文体不同，各肖其人，安见词章之士不可以言治化乎？

十四　五代之治化所在

宋人修五代史，未列《儒林》《文苑》诸传，流俗遂疑为五季之衰，不但无治化之文，且并词章之士亦少。此何足以知五代乎？

五代时，周王朴之《平边策》，南唐欧阳广《论边镐必败书》，皆质实无华，有裨治化。词人才士，如罗隐、梁震、韩偓之流，苟全性命于乱世，亦翛然不淬也。蜀主孟氏，偏安之主也，刻石戒百官曰："尔俸尔禄，民膏民脂。下民易虐，上天难欺。"今刻石遍海内，不能易其一字焉。此非治化之文欤？

五代士人，最无耻者，莫如冯道。虽然，冯道于治化有伟大之功焉。唐长兴三年，始刻《九经》板，冯道请之也。近人读古书，视宋本如拱璧，五代本则罕闻焉。冯道请国子监镂板，大启学界之文明焉。后世聚珍缩影，日渐发明，图籍风行，学者便之，治化益臻明备。君子不以冯道为人而废其法也。西人以印字器与机轮、火药为文明利器三大事，其重如此。

十五　辽金治化之文不同

《辽太祖本纪》：神册五年，始制契丹大字。天赞三年，诏耶辟遏可汗故碑，以契丹汉字纪其功。《金史·章宗本纪》载明昌五年，以叶鲁谷神始制国字，诏依仓颉立庙例，祀于上京。又《选举志》称："进士科以策论试国人，用国字为程文。"陶宗仪《书史会要》则称金太祖命完颜希尹撰国字。其后熙宗亦制字。以希尹字为大字，熙宗字为小字。

呜呼！辽金治化之文，未可轻加诋斥也。中国文教不修，辽金取其地而代治之，不亦宜乎？幸辽金之文不便通行于内地。且辽金有文字无学术，无书可读，而文字之用不广也。否则，仓颉之文，将见夺矣。

十六　宋元治化之广狭，词章之工拙

宋人继五代之篡统，合十国之版图。其治化东南尽海，东北不逾白沟，西北不逾环庆，西南不逾大渡河。元人治化所及，北抵钦察阿罗思，西拓回回祖国，渡海收富浪，南通爪哇海及马八儿诸国，规模远大，为旷古所未有。

宋儒言治化莫若程朱，元之许衡、吴澄，亦慨然以圣贤自许。明人痛元人列儒为第七等，谓元时儒教几亡。不知元之盛时，耶律楚材以契丹人业儒，赛典赤赡思丁以回回人业儒，宇文公谅以塞北人业儒，赡思以大食人业儒，儒教不惟不亡，而且推行益远焉。《元史·列女传》中，若也先忽都、若观音奴妻卜颜的斤，咸知大义。盖儒道治化所及者，深矣。

宋代古文，欧、苏、曾、王诸子，为元代所无。元人词曲虽小技，然其工巧亦空前绝后矣。词曲用韵，平仄通押，亦复古韵之一端也。欧洲知中国为东方文明大国，亦自意大利波罗入仕元室，始波罗西归，著有日记，今英法皆传诵之。

十七　明人之治化词章误于帖括

明人治化，不逮汉唐；比之于宋，则有进也。北宋弃燕、云于化外，南宋弃两河于化外。明太祖以匹夫攘蒙古，明成祖以天子守绝边，其治道载在正史，有足观者。至于大漠以北，流沙以西，明人所以终不得志者。盖帖木儿崛起，为蒙古中兴主，统回部、印度而括之。明人暗于外交而不晓敌情也。

明初，刘基、宋濂，皆灼知闾阎疾苦，留心治道，非专意词章也。帖括程式既颁，驱天下读书士子，咸就其范围。两汉、六朝、三唐之俪语，既不能用之于制艺，惟取镕经义、自铸伟词而已，无如制艺之弊，泥古而不通。今故知我鲁、我周，而不知我为何代人也。井田、封建，治化最古，而《大明一统志》《大明会典》《大明六部则例》，皆不曾寓目焉。一旦服官，用何术以为治化乎？

词章家七子之流，亦染帖括泥古之习气。官名地名，咸用古称，晦盲否塞，几欲句句加注。呜呼！帖括兴而词章亦拙，其小焉者也。帖括之士，不明治化为当时之务，乃尊之为古，岂忍睹荆天棘地之中芜秽不治，自甘为退化之野蛮乎？法人在越南，俄人在辽东，皆以帖括牢笼俗士。庚子联军入京，以制艺试帖开课，有应之者，悲夫！

十八　论治化词章并行不悖

国朝政治修明，以何时为极盛乎？无智愚皆曰"康乾"。国朝博学鸿词以何时为极盛乎？无智愚皆曰"康乾"。读当日硃批谕旨，知善治化必善用人，善将将。读当日御制诗文集，知词章亦未尝无用也。明季之君多不识字，谕旨皆出于阉竖之手，天子并词章而不知，况治化乎？

　　窃谓治化出于《礼》，词章出于《诗》。孔子之教子也，以学《诗》、学《礼》并重焉。诗歌之作，传为文学；礼官之守，发为政事。学而后入政，固古今之通义，中外之公理也。中国杂职武弁，多不识字者，外人恒见而非笑之，良由词章之士，务艰深而不务平实也。

　　日本明治维新，说者谓其黜汉学而醉欧化。今读其战争文学，见彼陆海师团，走卒下士，所为诗歌，或奇崛如李，或雄健如杜。中国词章之士，苟读之而愧奋，中国庶几中兴乎？

　　传甲此编，近法笹川古田中根之例，然其源亦出欧美。日本帝国丛书，尚有英、独、佛①各国文学史，皆彼中词章之学也。传甲欲译而未能，愿俟之来哲。俾言治化者，知词章之不可废也。姚姬传言考据、义理、词章缺一不可。传甲言学术则谓天算、地舆、人事、物理缺一不可。考据、义理、词章，则四者之佐助也。曾文正公所谓"经济"，亦非明于此四者不可也。

---

　　① 即为今世英、德、法三国名称。

第五篇 "修辞立诚，辞达而已"

二语为文章之本
日本文学士武岛又次郎所著《修辞学》，较《文典》更有进者。今略用《文典》意，但以修词达意之字法、句法著于此篇，又以章法、篇法著于下篇。其详则别见《文典》

一 孔门教小子应对之法
此篇多本家慈刘安人之家庭教育法，故首章托始幼稚园教名词法。谨质之留心教育者

孔门以言语、文学分科，然教育之法，未有不先之以言语者。

孩提之童，不识不知。为之保傅者，引其手而指天曰："圆者，日也；通作"太阳"。缺者，月也；通作"月亮"。灿烂者星也；卷舒者云也。"闻其声，则曰："此雷也。"见其光，则曰："此电也。"忽有沛然而下者，曰："此雨也。"他日又见飘然而下者，曰："此雪也。"凡此皆天文之名词也。近以风云雷雨为地文，另有说。

孩提不乐郁居而乐于外观。为之保傅者，或拾级而升高，则曰："此山也。"或临流而照景，则曰："此水也。"及阶，则曰："阶也。"将入井，则曰："井，不可入也。"训蒙之道，固与相师无异也。凡此皆地理之名词也。

至于鸟兽草木之名，小子尤宜多识。今日识一马，他日见马，则问其名词，使小子应对焉。今日识一鹿，他日见鹿，则问

其名词，使小子应对焉。苟保傅不称职，见鹿而指为马，则小子他日见鹿，皆以为马也。

《曲礼》曰："幼子常视母诳。"郑注："视，今示字。"即修辞立其诚之根本也。今日孩提之童，一误于保母，以谬妄之名词，为先入之主。再误于塾师，但课读书，不教识字；循诵其文，不晓其义。学识之翳障，遂层层叠叠而不可破。苟识一物，即识一字，则名词无不知矣。正本清源，宜端母教。欲端母教，宜兴女学，否则学界终无进步也。近日沪上新编国文教科书，名词皆有图。

二　六年教以数与方名之法此章为蒙学教授法，以数词及方向名词为主

数名者，天算之始基也。方名者，地舆之始基也。孩提至六岁以上，名词已识，渐有计较之心。金匮华先生曰："计较之心，算之端也。"洵探原之论。宜教之以数与方名。

夫数以十进者，屈指可计也。中西人皆十指，故皆以十进位焉。方名之上下四旁，则伸指可辨焉。天算、地舆专门之学，有初级之浅理焉。迩日沪上出版《心算教科书》《心算启蒙》，用数极简，立法极详，措语极显，于加减乘除之用，解释颇为合法，便于初学。而《地球韵言》《中国地名韵语新读本》之类，以四字句为文，亦便于记诵。启蒙者或制小地球仪，略具五洲各国大势，用以为小子玩物新译作"恩物"，庶几童而习之，励其弧矢四方之壮气，不致闭处三家村，不知百里以外之地名也。

中国蒙塾旧法，督以读"四书""五经"，以背诵纯熟为主。盖彼时之塾师，非真有效法三代之识也。场屋取士，搜检尚

严，不能夹带，则题目所出，不能不熟读以便记诵也。苟有志复古，当六年而教以数与方名，则一生受用不尽矣。《易》曰："蒙养以正。"彼弃实学而弗习，壹志于科举题目，乌可谓之正乎？孔孟复起，亦取以内则之法而力行之矣。此章原于"内则"。今西人蒙师，多以妇人充之。中国乃以为老儒娱老之事，故不能体察孩提性情，诸多窒碍。

三　闻一知二之捷法

数词生于计较之心，对待之义，亦由此而生焉。即物穷理，征之于尺度，则有长有短；征之于权衡，则有轻有重；征之于量法，则有大有小。万物同理，莫不互相对待。其于人也，则有圣、狂、贤、佞之分，善、恶、邪、正之辨，一误其趋，终身贻悔，可不慎欤！

凡对待字，如君臣、父子、夫妇之类，属之名词。彼此、尔我、吾汝之类，属之代名词。曲直、厚薄、明暗、新旧之类，属之形容词。好恶、爱憎、往来、离合之类，属之动词。始终、早晚等字，属之副词。盖对待之字，必非虚字。旧以此为半虚半实字，未协。初学多识对待字，则能反覆以究其义。他日能属文，则知反正；此教作文旧法，然新法亦不能废此。能习算，则知正负。天元代数，最要关键在此。寻常算法，但以正数入算。对待字之用，亦庶矣哉！训蒙者试取对待二字，书于方寸厚纸之两面。约计字之可为对待者，不过一千，可书五百幅。熟识对待字一千，心思自然开拓，可以闻一知二矣。传甲儿时所识对待方字，久已散乱零失，嗣后偕仲季搜集之。

四 举一反三之捷法

孔子举一隅而反三隅,诚循循然善诱人矣。学者苟能以三隅反,必能举一而例百也。必如是,而后修辞可以达意。故教初学以一字记事物之名,谓其为一字成文可也。

至于作两字文,则不能不依于文法。依于文法,不能不举古文为例。譬如教初学以名词、数词合用。人,名词也;一、二、三、四,十、百、千、万,皆数词也。初学苟知以"人"字置于下,数词冠于上,若一人、二人、千人、万人之类,随举两字,无不通矣。又以形容词、名词教初学合用。如举"大人"为例,初学苟知以小人、细人、高人为对,即合格也。又以名词、动词教初学合用。如举"人行"为例,初学苟以人来、人往、人归为对,即合格也。

中国文字无专书,且文境过高,文理过深,且训蒙不由一字、两字为始,而一言对、二言对、三言对又拘于声偶,至五言、七言,仅可入于诗而不可入于文矣。然旧时童蒙审酌虚实,犹赖有对偶之法也。今特编定《文典》为之程式,力求浅显,庶几嘉惠初学焉。西人亦有作对联法,见《辨学启蒙》四章第二十节。

五 反言以达意之法

仁、智、礼、义,美称也。不仁、不智、无礼、无义,则恶称矣。大凡"不"字、"无"字、"非"字、"罔"字、"匪"字、"靡"字,皆有此种相反之性情。"未"字、"莫"字、

"勿"字，亦含有此意。日本《文典》所谓"否定词"是也。日本人撰《汉文典》，谓之"打消动词"，名称不雅训。

孔子称"回也不愚"，则其智可知矣；又称"季孙之妇不淫"，则其贤可知矣。又如"可"字、"宜"字、"足"字、"当"字，皆助动词之决定语也。"不可""不足""不当"之类，则大相反也。"不"字之类，如代数之负数。凡负数所乘，式号皆变也。然文理、算理，更有奇妙之处。如"无"字，反言也；"不"字，反言也。"无不"二字合用，则正言也。"岂"字，反言也；"非"字，反言也。"岂非"二字合用，则正言也。此理非已习天元代数，确知两负相乘得数为正者，不得其真解也。传甲十五时悟此理，大为龙溪蔡毅若先生所称赏，愿遍商之能算能文之士。

六　虚字联络实字达意法

《马氏文通》曰："凡文中实字，孰先孰后，原有一定之理，以识其互相维系之情。而维系之情，有非先后之序所能毕达者，因假虚字以明之，所谓介字也。"介字也者，凡实字有维系相关之情，介于其间以联之也。《汉文教授法》谓之后词，本日本《汉文典》之后置词，言置于名词、代名词之后也。

中国童蒙涉塾，必诵王伯厚先生《三字经》。首句"人之初"三字，"人"字，名词也；"之"字，后置词也；"初"字，副词也。初学用虚字，当自"之"字始。以"人之初"为例，初学能以"物之始"为对者，即合格也。又用"之"于名词、动词之间，列"鸢飞鱼跃""鸡鸣犬吠"于黑板，别书

"鸢之飞"于他处。初学能以"鱼之跃""鸡之鸣""犬之吠"为对者，即合格也。又用之于名词、形容词之间，列"山高水清""桃红柳绿"于黑板，别书"山之高"于他处。初学能以"水之清""桃之红""柳之绿"为对，即合格也。"与"字、"既"字、"及"字，为接续词，亦位于名词之下，可类推也。

日本人《续汉文典》分别主题语、说明语。如"人之初"，"人"为主题语；"之初"则说明语也。说明即达意也。

七　虚字承转实字达意法

《马氏文通》所谓"承接连字"，日本《汉文典》所谓接续副词也。征之经籍，惟用"而"字、"则"字之处多。经生家谓"而""则"两字之别，惟在文气之缓急。气缓用"而"字，气急用"则"字。殊不尽然。初学习此等句法，宜取法于《论语》云："《关雎》，乐而不淫，哀而不伤。"又云："君子和而不同，小人同而不和。"则"而"可以承转于对待二字之间，成一反一正，而词意显然。此语示初学，初学能以"君子矜而不争，群而不党"为对，即合格也。或臆造之句，如"君子仁而不懦，智而不愚"，亦可也。至于"则"字，则如《论语》云"入则孝，出则弟"为例。初学能以《三字经》之"兄则友，弟则恭"为对，亦可也。

"而"字"则"字合用，如《论语》云"学而不思则罔，思而不学则殆"举以为例。初学苟能以"仕而优则学，学而优则仕"为对，即合格也。大抵对待之句，整齐有法，初学易于步趋。

汉魏之文，多能法古。六朝流为骈偶，已失古意。八家喜用长短句，力矫骈偶之弊，亦失古意矣。文必整齐而后有法，散乱则无法也。以《论语》为法，初学便焉。彼以古文自高者，亦不敢菲薄孔子也。《几何原本》言有法之形，不言无法之形。无法者，亦借有法者通之。

八　虚字分别句读以达意法

句法，积字而成法也。然句法中有二读、三读、四读以成句者。初学练习，不便以长句耗其力，先就短句分别句读，庶知其用意所在也。句中有用"而"字、"则"字者，其上文必句中之读也。如"入则孝，出则弟"虽三字句，然"入"字自为一读。至"则孝"二字，始成一句也。

分别句读既明，然后可以造句。又句中有"也"字、"者"字，则"也"字、"者"字，必为一读。如《论语》云："柴也愚，参也鲁，师也僻，由也喭。""知者动，仁者静。知者乐，仁者寿。"读"者""也"字，必小作停顿，文气自然之理也。

造句之法，"柴"也、"参"也、"知"者、"仁"者，皆题之主语；"愚""鲁""动""静"，则达意之语也。寻常古文读本，以点为读，以圈为句。苟刻《四书》读本，即依此圈点，初学无不通晓句读矣。或曰："苏批《孟子》，已为大雅所讥。"祖苏氏者，且谓眉山必不为此，后人所伪托也。今教授初学文法，竟欲取《论语》批点之，不亦僭乎？

林传甲曰：《论语》章法，多一句、二句成章者。周秦诸子，不如此之简，一便也；文理平易近人，无奇字难解，二便也；今塾师已能讲解，童子已能熟诵，三便也。变《论语》为初学文法书，亦随时通变之一端也。愿学孔子，而持苛论者，乃以为罪耶？西人以句中之读为"界语"，见《辨学启蒙》。

九　虚字以为发语词达意法

《尔雅》郭璞序，篇首用"夫"字。邢氏疏曰："夫，发语词也。"日本《文典》谓之"冠词"，名义亦叶。《马氏文通》统于连字之类。然"盖闻""且夫"之类，前无所承者，不得谓之连也。

又有溯源而起者，如"昔"字、"古"字，其用法均与"夫"字略同。《论语》中用"夫"字，如"季氏将伐颛臾"章云："夫颛臾者，昔者先王以为东蒙主。"初学稍知地理者，乃能依此造句，如云："夫吴国者，昔者泰伯尝为荆蛮主。"或云："夫朝鲜者，昔者箕子尝为东海主。"此类虽寻常典实，亦恐初学难忆，惟临时以口授意，令初学以笔述之可也。至于"今夫""尝思"之冠词滥于制艺，"在昔""伏以"之冠词滥于骈文，初学当谨避之。

作文以名词直起为超，《论语》多名词直起者，教初学者熟察焉。

十　虚字为语助词达意法

初学习结尾法，必用语助词。《马氏文通》谓之"助字"，日本《汉文典》谓之"终词"，皆有未妥。

初学先习"也"字。如《论语》云:"乡原,德之贼也。"依此造句,如:"权臣,民之贼也。""循吏,民之母也。"皆可合格。

次习"之"字。如《论语》云:"学而时习之。"依此造句,则"老者安之""民可使由之",皆可例推。

次习"矣"字。如《论语》云:"慎终追远,民德归厚矣。"则"困而不学,民斯为下矣",皆可例推。

次习"矣""也"叠用。如《论语》云:"尽美矣,未尽善也。"则"苟志于仁矣,无恶也",皆可例推。

次习"焉"字。如《论语》云:"有民人焉,有社稷焉。"则"宗族称孝焉,乡党称弟焉",皆可例推。

至于"者也"二字合用,"也者"二字合用,"也已"二字合用,皆宜随字举例,为初学导。大抵语助之词,宜先用以正意为主,正意明则文法通顺矣。疑句虚字属下节。

十一 虚字语助词用为疑问法

凡语助词,用以明正意者,则句首不必冠以虚字,如"学而时习之"是也。惟反言以达意者,则句首用反语,句尾用疑问语助辞,如"不亦说乎"是也。

"不"字,反语也。"乎"字,疑辞也。反之使正,则可信而不疑也。故讲疑问语助词,须用句首虚字互证,或句中疑辞互证。日本《汉文典》以"何""盍""胡""岂""奚""焉"等字为疑问副辞,未及与终词互证,则用为教法,亦未尽善也。至于"必也射乎""必也狂狷乎",其"乎"又用为决词,则

"必""也"二字助之也。

故论文法，惟"与"字专为疑问之语词也。"乎""哉"二字叠用，如"仁远乎哉？""赐也贤乎哉？""吾有知乎哉？"皆设疑以起下文者也。故疑问语助之用，不外疑问及设疑两端而已。

十二　虚字用于形容词法

虚字用于形容词之尾者，《马氏文通》归之状字一类。日本《汉文典》则归之于副词一类。

"尔"字成语，《论语》则有"率尔""铿尔""莞尔""卓尔"。"然"字成语，《论语》则有"喟然""俨然""怃然"。"如"字成语，《论语》则有"翕如""勃如""襜如""申申如""夭夭如""訚訚如""侃侃如"。"乎"字成语，《论语》则有"巍巍乎""荡荡乎""郁郁乎""硁硁乎""洋洋乎"。

其不用虚字而用叠字者，如"荡荡""戚戚""彬彬""穆穆"之类，《论语》亦多。大抵形容词冠于句首者，必用虚字；形容词附于句尾者，不用虚字。亦有不尽然者，则临文斟酌用之。

《尔雅·释训》叠字最多，《广雅》续之，搜罗亦富，固古人小学所从事也。

十三　虚字用为赞叹词法

《诗》《书》之篇首，每有赞叹之词，以鸣其哀乐之声，有意而无义。

"於戏"二字，用之则为赞美词。"呜呼"二字，用之则为叹息辞。颜渊死，子曰"噫噫"，为哀辞也。《诗》之"噫嘻成王"，则颂辞也。唐虞之盛，有"都俞"，亦有"吁咈"。后人颂扬之辞多，"吁咈"之声少矣。"呜呼哀哉"，沉痛之极也。而寻常祭文，用之如陈套。作时务论说者，文不足动人，每以"呜呼"二字冠于篇首，是无病而呻也。

《论语》中，"贤哉，回也！""大哉，尧之为君！""富哉，言乎！"且以"哉"字为赞美词。至"甚矣，吾衰也久矣！""已矣乎，吾未见好德如好色者也。"其"甚矣"及"已矣乎"，皆与"呜呼"同意。初学姑以《论语》句法为法。《毛诗》韵辞、《尚书》古奥，初学未易步趋也。

十四　修辞分别雅俗异同法

文必以高古典赡为期，是教稚子举乌获之鼎也。若必求文言一致，使白话演说，如宋元以后之语录，则言之不文，行之不远，缙绅之士，或不屑焉。故今日文学，必斟酌古今，以辨雅俗，合于初学之程度，又可以推行于各省而后可也。

譬如"我"，自称也。"朕"字最古，限于例，不敢用。"吾"字、"予"字、"余"字，经籍习见，而言语中用之者少。初学自称，不如用"我"字之明显也。"侬"字、"俺"字、"咱"字，为一地之方言，不便通行各省也。由此推之，用"这"字不如用"此"字也，"斯"字，"是"字，"兹"字，虽同意而文较深矣。用"那"字不如用"谁"字也，"畴"字，"孰"字，虽同意而文字较深矣。

凡异字同意者，如自、从、由同意，如、若、犹同意，不、弗同意，莫、勿、毋同意，奚、何、焉、恶同意，可、宜、当、须同意。结尾之字，尔、耳、已、而已同意，乎、耶同意，夫、哉同意。

其同字异用者，如"之"字三种用法，"与"字五种用法，"为"字二种用法，"以"字四种用法，"有"字五种用法，"者"字二种用法，俟《文典》详其用焉。

十五　修辞必求明密法

文忌晦，则求其明；忌疏，则求其密。今有人曰："我亚洲人也。"文词已明，而意未密者，何也？盖未言何国也。乃从而更其辞曰："我亚洲中国人也。"然犹未密者，未言何省也。又从而更其辞曰："我亚洲中国福建省人也。"然犹未密者，未言府县也。其必曰："我亚洲中国福建省福州府侯官县人也。"而后句法明密焉。更求其密，则当举某乡某市某村而后详焉。

又有人曰："今年甲辰。"文意颇疏。盖前六十年、后六十年，皆有"甲辰"，其必曰"光绪甲辰"而后可。更求其密，则必系以某月某日某时而后详焉。盖名词有公名，如天之星宿，地之山川，皆浑言之而无所指。有专名，如天之日月，地之泰华，皆独一无二之名也。公名又为总名，其于文意颇疏。专名则确乎不可易，其用意较密焉。文法亦有当疏处，初学则宜求其密，勿使之疏而贻误也。

十六　修辞当知颠倒成文法

《论语》中颠倒成文而意相反者，如"有德者必有言，有言者不必有德"二语，最为初学所宜学。西人之《辨学》曰："合肥相国姓李，而李姓者不尽如合肥相国也。"东文之《论理学》曰："凡英雄皆善饮酒，然善饮酒者未必为英雄也。"初学欲作论，必自兹始。与其习西人《辨学》，东人《论理学》，何若取《论语》二十篇，实力研究之，以折衷万国之公理乎？

又有颠倒成文而意不变者，如："我不欲人之加诸我也，吾亦欲无加诸人。"推之《大学》之"致知在格物，物格而后知至"，皆颠倒而意不变也。初学此意，宜仿之云："文学者，开通民智者也。"又颠倒其辞云："开通民智者，文学也。"如此解法，初学当有无数触发矣。此类论辨，东西人皆作"圈"，留心辨学者自能会通。

十七　修辞引用古人成语法

《论语》中引《诗》云《书》云，皆据原文，不易只字。或与经文不同者，则后世传写偶歧耳。初学不能论深理，则宜引古书为断，庶几孔子述而不作之意，何必词之必出于己乎？

句法用古人成语亦可，惟不可句句搜采，沿集句之陋习，徒劳无功，即工巧亦近于游戏，非文体也。至引用经文以资印证，不过数句。若剿袭陈文，饾饤成篇，一无心得，则虽多，亦奚以为？

初学先作句法，一句二句，或出自心裁，或采于成语，均无不可。作文先立意，即用成语，亦当以意贯之，庶乎意无不诚，亦无不达也。诚其意则勿欺，达其意则勿窒，修辞之能事毕矣！

十八　修辞勿用古字古句法

古之文字训诂，今日变迁已多。《论语》为孔门语录，其旨视六经为浅显。然"不亦说乎"之"说"字，在今日作文，必当从"悦"字。"道之以政"之"道"字，在今日作文，必当从"导"字。"以其子妻之"之"子"字，在今日作文，必当从"女"字。"仁智"之"智"，古或作"知"。"孝悌"之"悌"，今通于"弟"。今日之文，必不能拘牵古义也。

《论语》中句法多纯熟，唯"巧言令色，鲜矣仁"句法最奇。后世文人，学此句法者甚少，初学则不可习也。又"文莫吾犹人也"一句，学之者亦少。

《论语》为人人共读之书，古字古句，犹不适用，况其他乎？修辞期于有用，学古而不出于至诚，又不能达意，又何贵乎古字古句耶？《续汉文典》以"鸢飞戾天，鱼跃于渊"为达意之词。"鸢戾飞天，鱼于跃渊"，为不达意之词。又以"鱼飞戾天，鸢跃于渊"，为不合理之词。举此戒初学，亦有趣味。

第六篇　古经言有物言有序言有章为作文之法此承上篇，言章法篇法之大要，亦明教育之公理、《文典》之条例也

一　高宗纯皇帝之圣训前篇首章始于家庭教育法，"亲亲"也；此篇首章恭录圣训，"尊君"也

《御选唐宋文醇》序云："不朽有三，立言其一。言之无文，行而不远。若是乎言之文者，乃能立于后世也。"文之体不一矣。语文者说亦多矣，群言淆乱衷诸圣，当必以周孔之语为归。周公曰："言有序。"孔子曰："辞达而已矣。"无序固不可以达，欲达其辞而失其序，则其为言，奚能云瀄波折而与天地之文相似也？然其义则戋戋，而言有枝叶，妃青媲白，雕琢曼辞，则所谓八代之衰已。其咎同归于无序而不达。

抑又有进焉。文所以足言，而言固以足志。其志已荒，文将焉附？是以孔子又曰："言有物。"夫序而达，达而有物，斯固天下之至文也已。昌黎韩愈生周、汉之后，几五百年，远绍古人立言之轨，其文可谓有序而能达者。然必其言之又能有物，如布帛之可以暖人，菽粟之可以饱人，则李瀚所编七百篇中，犹且十未三四，况昌黎而下乎？传甲谨案：周、孔为儒教之元圣、至圣，万世师表，不但汉、唐、宋之贤君皆尊周、孔，即辽、金、元入中国后，无不尊周、孔焉。日本自王仁献《论语》后，千余年传习弗衰。明治诏书亦尝征引周、

孔，盖圣泽之及人深矣。

二 言有物之大义

世俗治文学者，往往诵习总集、别集，依其格律，审其声调。有求文者，贸然应之，累牍盈箱，积成卷帙，遂自命为文，且自尊为古。究其所言，空疏鲜实，是无物也。

物者广大悉备。譬如言天，则日躔月离，星次宿度，皆物也。摹拟风云，咏歌日露，体物虽工，犹为大雅所讥矣。譬如言地，则都市、山川、关隘、农矿，皆物也。流连风景，徘徊陈迹，感物虽深，犹非利病所在矣。

《大学》首格物，惧后人之为空言也。推之说经者，不证以注疏训诂，是无物也；读史者不证以图表、传志，是无物也；究心诸子者，读《周髀》而不能算，读《孙》《吴》而不知兵，是无物也。

传甲言"文之成章"者，可分三类，皆属之以事物：一曰治事之文，二曰纪事之文，三曰论事之文。治事者，治万物也；纪事者，纪万物也；论事者，论万物也。其不切于事物者，则空谈也。词人赋物，博士卖驴，虽有佳章，不切实用，故弗取焉。

三 总论篇章之次序

凡作文之篇法章法，如作图画然，不有成竹在心，漫然著笔，填凑拉杂，则图中物色，各不相顾。苟先审其虚实疏密，然后洒然落墨，则彼此相应，虚实相生，浓淡掩映，情景逼肖。

分之则各物皆完全无缺误，合之则通体贯串，委曲层折，无不到矣。

日本人《续汉文典》言章法，有虚实，有反正，有宾主，有抑扬，有擒纵，有起伏，有开合，有详略，有双扇，有缓急，有层叠。其余则宋元以后所立名目，有未尽大雅者。如空中楼阁、空中一拳、镜花水月、单刀直入、死中求活、百尺竿头进一步之类，颇类塾师常谈。其言篇法，有冒头，有比喻，有虚实，有提承，有问答，有首尾照应，有立柱分应，有一意反覆，有一气呵成，有画龙点睛之类。虽未尽合法，然较胜于无法者也。

中国旧以"起""承""转""合"为篇章之定法。日本斋藤拙堂言汉文，以起承、铺叙、过结为篇章之定法。然初学不可无法，能文者不必泥其法也。篇章之分，古今不同。古之章，今之篇也；今以短者为章，长者为篇。

四　初学章法，宜分别纲领条目

初学纪事之文，宜取《论语》之"周有八士：伯达、伯适、仲突、仲忽、叔夜、叔夏、季随、季骒"，先提一句为纲，然后分列各条目如下。苟依此成章，如"殷有三仁：微子、箕子、比干"即为合格。

初学论事之文，宜取《论语》："君子有九思：视思明，听思聪，色思温，貌思恭，言思忠，事思敬，疑思问，忿思难，见得思义。"亦先提一句为纲，然后分列各条目如下。苟依此成章，如："君子有五伦：事君忠，事亲孝，兄弟和，夫妇顺，朋友信。"即为合格。

然初学入手，尤宜切于今日新学者，如"天有八星，地有五洲"之类，皆先举其纲，令初学录其条目。既启其颖悟，又资以记忆，一举而两得焉。

此类章法，在史部为表、为谱，质实条贯，无所用其雕饰。袁子才乃以记事如写帐簿，为古文之弊。不知帐簿为治事必需之文体，而摹唐仿汉之古文，转不如帐簿之有实用也。

五　初学章法，宜先明全章之意

初学既知纲领条目，不患章法头绪不明，所患者务求整齐，至于拘执也。欲去此弊，渐诱之作短章，令第一句总全章大意，如："子曰：'道千乘之国，敬事而信，节用而爱人，使民以时。'""道千乘之国"一句虽纲领，亦不明言其数；以下三句，虽条目，亦不平匀排列。初学观此，可悟长短句法。

推而言之，则"颜渊季路侍"一章，首句已知同在其地三人；"子路曾皙冉有公西华侍坐"一章，首句已知同在坐之及门四人，皆著笔处即揭出全章大旨也。四科十哲，人数较多，先以"从我于陈蔡者"一句提出。盖圣贤之文，大抵以其昭昭，使人昭昭，不似后之古文家，务为含蓄，匿其端绪也。

更有一种"冒头体"，每头首段，必以浮泛语随意填凑，于题无涉，于全篇旨趣无涉。初学一蹈此习，必流为空疏浅陋。为之师范者，宜绳之以正焉。

六 初学章法宜立柱分应

孔子曰："益者三友，损者三友。"此分立损、益二柱以起下文也。"友直，友谅，友多闻，益矣"则分应"益者三友"也。"友便辟，友善柔，友便佞，损矣"则分应"损者三友"也。初学依此求之，立柱分应之法明矣。

亦有分应三次者，如："子曰：'知者乐水，仁者乐山。知者动，仁者静。知者乐，仁者寿。'"此以"仁知"为柱也。更有分应三次而先明柱意者，如："子曰：'古者民有三疾，今也或是之亡也。古之狂也肆，今之狂也荡；古之矜也廉，今之矜也忿戾；古之愚也直，今之愚也诈而已矣。'"此以古今为柱也。

凡此皆互相比较，而短长自见。且间架自然，一望而知，初学最便学习。作史学二人合论，最宜用此笔法。世俗因帖括体裁，多用排比，古文家遂引以为忌，此大误也。观西人每两年海关比较表附论，知此等文体，裨益政治最多，如之何可不学也？

七 初学章法，宜因自然次第

子曰："吾十有五而志于学，三十而立，四十而不惑，五十而知天命，六十而耳顺，七十而从心所欲不逾矩。"此自然之次第也。后世之年谱即用此体。传甲十岁，尝应母命仿此文曰："吾三岁能言；四岁能识字；五岁能诵毛诗；六岁失怙，能诵《论》《孟》；七岁能诵《尚书》；八岁能诵《周易》；九岁能诵《曲礼》；十岁能诵《春秋》。"皆纪实也。初出应山，作日记云："吾初一日至广水，初二日至小河，初三日至杨店，初四日至双庙，初五日至滠口，初六日至汉口。"亦纪实也。初学作文，只能如是。

后阅李习之《来南录》，乃知古文大家亦不过因自然次第以成文也。孔子告颜渊："行夏之时，乘殷之辂，服周之冕。"宰我对哀公："夏后氏以松，殷人以柏，周人以栗。"亦因朝代次第，初学便于步趋。彼世俗谈古文者，奈何以抑扬顿挫为工，遂以平铺直叙为大戒耶？文者如象形之字，绘画之图而已；如鉴之照影，表之测景而已。当直者直，当曲者曲，各肖其物，不可执一而论也。

八　初学章法，宜知层叠进退

子曰："齐一变，至于鲁；鲁一变，至于道。"此句法皆三字句，实层叠而进也。推而言之，"殷因于夏礼，周因于殷礼"，皆同此章法也。子曰："苗而不秀者有以夫！秀而不实者有以夫！"亦同此章法也。亦有层叠而退者，如孔子曰："生而知之者，上也；学而知之者，次也；困而学之，又其次也；困而不学，民斯为下矣。"

初学仿此为层进之章，如："士而学，可希贤；贤而学，可希圣。"即为合格。又仿其意为层退之章，如："安而行之，上也；利而行之，次也；勉强而行之，又其次也；勉强而不行，斯为下矣。"即为合格。大抵初学读书未多，能依据人人共读之书，已不误矣。

古人料敌，往往设三策曰："某某，上策也；某某，中策也；某某，下策也。"皆层进层退之间架，如拾级而升降焉。如剥笋壳，层叠而深入焉，虽曲折亦有自然之次第可循也。

九　初学章法，宜知承接收束

子曰："弟子入则孝，出则弟，谨而信，泛爱众，而亲仁。行有余力，则以学文。"此章自"弟子"二字以下，皆平列数条，惟"行有余力"一句之"行"字，承接上文弟子所行。而"有余力"三字，有提起下文之势。"则以学文"一句，为全章收束，位置于不轻不重之间。又子夏曰："贤贤易色。事父母，能竭其力。事君，能致其身。与朋友交，言而有信。虽曰未学，吾必谓之学矣。"亦平列数条，以一二语作承接收束。近日文人分纪事、论理为两体，于此等处，颇难分别。其平列数条似纪事体，其总结处又似论理文也。

文章之佳者，往往夹叙夹论。中国正史旧例，以纪传列于前，论赞附于后。然太史公《伯夷列传》已夹叙夹论。今历史新裁，皆叙事后加以断句制语焉。章实斋教初学作文法，未见传本，盖仿《左传》"君子曰"之例，作收束之短篇也。

十　初学章法，宜知首尾照应

子曰："贤哉，回也！一箪食，一瓢饮。在陋巷，人不堪其忧，回也不改其乐。贤哉，回也！"首句提笔，与末句结笔相同，皆以"贤"字为主。后世古文恒用此法。又"君子无所争"一章，以"其争也君子"为结笔，则意相反而首尾互应也。又

"吾与回言终日，不违，如愚"一章，以"回也不愚"为结笔，亦意相反而首尾互应也。

盖文法如兵法，须军阵严明，如常山蛇势，然后无懈可击。初学仿"贤哉回也"章，可作："大哉尧也！命四岳，宅四远，在土阶。人不堪其劳，尧则不敢自逸。大哉尧也！"文苟如此，即可合格。

初学随举史事，如："君哉沛公！一戎衣，三尺剑，争中原，人皆劣而败，沛公独优而胜。君哉沛公！"凡此之类，或初学不明史事，即用近事近人如曾文正、李文忠亦可。或并此不能，即就其所亲见之乡里善人亦可。为学期其切于身心，不必泛言希古也。

十一　初学章法，宜知引用譬喻

子曰："为政以德，譬如北辰，居其所而众星共之。"善哉，孔子之取譬于天象也！今仿其文曰："为君治民，譬如日曜，居其中而以星环绕之。"初学能如此，即合格也。又如，子曰："人而无信，不知其可也。大车无輗，小车无軏，其何以行之哉？"则孔子取譬于物理也。今仿其文曰："国而无贤，不知其可也。汽车无釜，汽船无轮，其何以行之哉？"盖引用譬语，亦增长学识之一端。

周秦诸子之文，皆能罕譬曲喻，是以持之有故，言之成理，各名一家。初学岂易臻此？然不可不取法乎上也。此以物理明事理，质实而有用，非捃摭事类以为藻绘也。六朝人所谓"缛旨星稠，藻思绮合"者，则与天象物理无关也，盖恶其文胜质耳。

十二 初学章法，宜知调和音节

《论语》卷首"学而"章，以三"乎"字调和音节。"曾子曰吾日三省吾身"章，亦以三"乎"字调和音节。《楚辞》屈原《卜居》，用"乎"字最多，音节亦哀感。今反《论语》首章之意，以勖初学曰："学不达时务，不亦愚乎？独学而无益友，不亦陋乎？没世而名不称，不亦小人乎？"初学苟能如是，即可合格矣。其以"也"字调和音节者，"子语鲁太师乐曰：乐，其可知也。始作，翕如也。从之，纯如也，皦如也，绎如也，以成。"《尔雅》之释训诂，《周易》之释爻象，皆用"也"字。

调和音节，文气自有纡徐之致。迩日文字，于域外地名、人名有名无义者，苟连接用之，则不知何处断句。若俱用"也"字隔断，则既便于句解，又能调和音节。试造一章法曰："欧洲诸大国，英吉利也，法兰西也，俄罗斯也，奥地利也，意大利也。"此章尽删去"也"字，则佶屈不便上口矣。

尝闻古文家有一字秘诀，曰"删"。不知文有当增者，有当删者。孔子于《诗》《书》，不删《尧典》《舜典》《周南》《召南》，盖不可删也。宋祁撰《唐书》，任意删削，未几而他人之纠缪作矣。可不戒欤！韵文如词、赋、箴、铭之类，专重音节。今且从缓，故不详及。

十三 初学扩充篇幅第一捷法

初学篇幅，不能畅所欲言者，有二故焉。其一则读书太少而言无物也，其一则条理太繁而言无序也。塾师迫之以《古文析义》《东莱博议》为法程，诵习未熟，而步趋弗便也。

传甲十岁时已能作短章，家慈勖传甲作长篇，以续"孟子好辨章"命题，言三代后一治一乱之事。传甲是时已诵《读史论略》《史鉴节要》，<small>此书四字语，又兼阅杨慎之《廿二史弹词》，则用世俗七字句，亦简要。</small>粗知治乱陈迹，敷衍成篇。由战国至明季，约千余言，皆因其自然之材料，自然之次第。然文势浑成，一反一正，亦不落平庸，直欲规随邹、峄焉。

昔唐之林慎思续《孟子》，或以为僭。传甲少孤，承家庭之教育，则与孟子略同也。初学之文，久以置之敝箧。然十年来教初学，每以此命题，恒有佳文。传甲之文可不存也。此题存为初学篇法之第一习题，则诚有益于教育也。故述《论语》章法之后，以《孟子》继之。

十四　初学篇法宜一意贯注

孟子见梁惠王第一章，王意在"利"字，孟子所以以"何必曰利"为结，中幅所言，皆"利"与"不利"。第二章，王意在"乐"字，孟子折以"岂能独乐"为结，中幅所言，皆"乐"与"不乐"也。细审各章，无不一意贯注，反覆详明。初学作长篇，须立定大意，切实敷陈，处处不与本旨相违，庶不致先后矛盾，首尾两不相顾也。孟子之文所以一意贯注者，实由笔意矫便，无著墨痕迹。

作者不熟悉人情，则不足以言情；不熟悉国政，则不足以言政；不能用意，安望其能达意乎？有意犹患不能达，无意又焉得而达之乎？苟意既贯注，气亦联属，则词旨畅达，篇幅虽长，亦不冗不杂矣。孔子曰："吾道一以贯之。"论文之旨，亦一贯而已矣。

十五　初学篇章，宜分别文之品致 <small>文之疵病亦附见于此</small>

文之品可分六类：

一曰庄重。如《尚书》典雅，《春秋》谨严，《孟子》"由尧、舜至于汤"全章似之。

二曰优美。如《国风》比兴，《左》《国》高华，《孟子》"齐人有一妻一妾"全章似之。

三曰轻快。《孟子》"生之谓性"与"岂不诚廉士哉"两章似之；汉之东方朔、司马相如近滑稽者，皆祖此也。

四曰遒劲。《孟子》"齐人伐燕"两章，"邹与鲁哄"一章似之；汉之司马迁、扬雄，唐之韩愈、柳宗元，其雄健处多祖此也。

五曰明晰。《孟子》篇中略似《论语》者，"子路人告之以有过则喜"，全章是也。

六曰精致。《孟子》篇中尽委曲缜密之致者，如"牵牛过堂下"全章是也。

大抵文之品致，有随时代而异者，有同时齐名而性情面目各异者，有一人论著而先后学问智识各异者。初学辨其大端，须知不庄重则佻，不优美则俗，不轻快则滞，不遒劲则弱，不明晰则晦，不精致则疏。凡此皆文之疵病，初学所宜切戒也。

十六　治事文之篇法

治事文自上而下者曰"诏令体"，自下而上者曰"奏议体"，上下兼用者曰"书说体"。今"诏令体"为硃批，为上谕，为批牍。"奏议体"为折片，为题，为疏；"书说"为咨移，为札饬，为禀呈，为尺牍，为状词，皆有用文也。

不入内阁军机，则硃批、谕旨非臣下所当拟。古人虽有以草诏著名者，今人文集不敢列入此体，惧僭逆也。然批、牍为服官者所当知，不习此体，则南面为民父母，适为幕友、吏胥之傀儡耳。

奏议更为切要，然言必有物。如筹边、治剧、水利、农桑之学非有实获，亦空言也。此体最难。曾文正《鸣原堂论文》专论此体。左文襄未显时，亦尝为人作奏。盖典谟以后，名作如林，有大志者，当具此大手笔，发抒大议论，建立大事业也。

"书说"一体，寻常日用，必不能少，然应酬四六，味如嚼蜡，惟公移、照会之类，关系政治者，不可不急讲也。非法律兼通，实未易操笔。中国商工应用尺牍，尚无适用之本，故不能交通智识。然汇兑、信件，虽如刻板，亦较书启之四六，有实用矣。贺耦庚《经世文编》治事较多，今人用于场屋夹带，亦惑之甚者也。

十七　纪事文之篇法

纪事之体，古为典谟，后为纪、传、表、志。凡正史、别史、杂史、方舆、政治之属，皆纪事也。唐宋以下之小说，元明以下之邸抄，以及近日报章之属，皆纪事也。著述家之序跋，古文家之碑志，以及后世赠序、寿序，大抵皆纪事文也。

古人纪功德，必铸金琢石，始足以不朽。三代时束竹为册，笔削以刀，犹繁重不便纪载。一变而为卷帛，再变而为纸张，于是乎纪载日益繁矣。才士佽浩博，竭毕生之力，无不以数百卷著述为功。虽繁琐未尽精当，然纪事特详。惟一事数说，不知孰为可信也。

今约举纪事文之总法，以《尚书》家为最善，每篇必具其首尾，如纪事本末之例。章实斋所谓文省于纪传，事豁于编年，今万国历史以是为公例。纪者，纪一帝之本末也；传者，传一人之本末也；志者，纪一事之本末也。后世一丘一壑一亭一榭皆有记，其善者借之以寓意而已。邻猫生子，事虽实，不足记也。

十八　论事文之篇法

姚惜抱曰："论辨类者，盖原于古之诸子，各以所学，著书诏后世。孔孟之道与文至矣。"

自老庄以降，道有是非，文有工拙。今按后世之论事体，汉唐以后，名称不一。一曰"论"，反覆以尽事情而已。二曰"说"，明白不烦，注解而已。三曰"辨"，剖析以明条理而已。四曰"义"，引申以达意义而已。五曰"原"，探讨以溯其本而已。或证以考据之学，或澈其义理之要，又必文章尔雅，而后可传。汉之贾、晁，唐之韩、柳，宋之欧、苏，皆长于论理者也。

论事之文，于科学为近，东人于奏疏亦归之此类，不归之治事类，为协也。日本拙堂之言曰："叙事如造明堂辟雍，门阶户席，一楹一牖，不可妄为移易。议论则如空中楼阁，自出新意。"但拙斋谓宜先学论事文为便。鄙意则以为习纪事为便，而治事文尤为切用。敢质之海内外教育家，以为何如？

第七篇 群经文体 《尔雅》已见第三篇，

《论》《孟》已见第四篇、第五篇，故不复列。惟取七经详言之

一 经籍为经国经世之治体

群经皆治事之文也。当其时，用为经国经世之法，既卓著其效，遂以为可常行而无弊也，爰著之以为经。然圣人通经达权，未尝分经义、治事为二，则经术即为治术。后世卑陋者徒以明经拾青紫为荣，高尚者徒以键门不出、皓首穷经为事，于是经籍几于无用，而激切者且欲付之烈焰矣。

呜呼！天造草昧，有经籍始有文物。庖牺作卦画，俯仰天地，未能密测。夏有连山，殷有归藏，策数无征；《周易》作而古《易》废，犹《时宪》作而《大统》废乎？

《书》兼四代，历史必述古今治绩也。后之《汉书》《唐书》视此矣。《书》则上下二千年，《诗》则纵横十五国，商人有《颂》。商之列国，岂少风诗？然周人仅录本朝者，详于近世文明各国耳。

《礼经》惟周礼为国政大端，《仪礼》为家政大端，《礼记》则多属修身之事也。《春秋》挈其纲，"三传"著其目，皆孔子所见所闻所传闻也。《虞书》《夏书》《商书》《商颂》而

190

外，无一不从周制也。周人一代之制，岂可持以为万世之法哉？师其意，不泥其迹，则善说经矣。

二 《周易》言象数之体

象数者，实指事物而言，非空言也。八卦皆实象也，策数皆实数也。三百有六十，当期之日，则古率之粗疏也。《尧典》尚知三百有六旬有六日，则当期之日，必尧以前之历数，比羲和所得更疏也。

汉人说经者，知岁实为三百六十五日又四分日之一。然汉人但知汉以前之策数，圣如孔子，亦但知周以前之策数也。晋虞喜、宋何承天、祖冲之损岁余以益天周。元郭守敬推求岁实，为三百六十五日二千四百二十五分。此命周日二十四小时，为一万分之率也，比之四分日之一，减七十五分矣。国朝《康熙时宪书》，以三百六十五日五时三刻三分四十五秒为岁实。雍正所定《时宪新法》，其小余为五时三刻三分五十七秒。今秒数又有微差矣。

夫算率之方，五斜五，径一周三，自远不逮后人之密。《易》数其变动不居之数乎？泽火革，君子以治历明时，所以示民发政施令之期耳。一部《廿四史》，历法七十余家。康雍之盛，历法修明，善于改革也。今日昧泽火之义，而西域之太阳年星曜日，紊我正朔焉。天算不列于教科，术数秘传于陬澨，吾悲民智之日浊矣。传甲本天道言文法，以行健自强为主义，其文则以大气斡旋、包罗万象为极则。六经之文，此类居多数。

三 《周易》《文言》之体

文王演《周易》，周公作《象》，仲尼系之以辞，又于乾、坤二卦作《文言》焉。阮文达曰："此千古文章之祖也。"为文章者不务协声以成韵，修词以达远，使人易诵易记，而惟以单行之语，纵横恣肆，动辄千言万字，不知此乃古人所谓直言之言，论难之语，非言之有文者也，非孔子之所谓"文"也。

《文言》数百字，几于句句用韵，中幅节去。抑且多用偶。即如"乐行忧违"，偶也；"庸言庸行"，偶也；"水湿火燥"，偶也；"云龙风虎"，偶也；"学聚问辨"，偶也；"先天后天"，偶也。文达所举最详，今节其大略。

于物，两色相偶而交错之，乃得名曰"文"。"文"即象其形也。然则千古之文，莫大于孔子之言《易》。孔子以用韵、比偶之法，综其言而自名曰"文"，何后人必欲反孔子之道，而自命为"文"，且尊之曰"古"也？传甲幼时识对偶字，仿《论语》作文，多与文达暗合。于文多言天算、地舆。又窃附孔子作《乾坤文言之旨》焉。盖十二岁时读《畴人传》，已心折仪征矣。

四 《周易》支流之别体

《易》之为道，以阴阳也。太史公《论六家要指》，冠阴阳于儒、墨之上。圣人以神道设教，故推天道以明人事焉。

《左氏》浮夸，于卜筮已好为奇说。汉宋分歧，京房、焦赣之入于灾异。陈抟、邵雍之附会《河洛》，其支流大派也。晋王弼之说以老庄，程朱之说以儒理，则几于正流矣。

其后支派愈多。言天算，必曰"河图为加减之原，《洛书》备乘除之法"也。言地理者，必曰"八卦以定八方也"。而俗所谓堪舆家，又用之以配罗经焉。再下则奇门壬遁之邪说，"白莲""大乘""无为""闻香"，义和拳之妖术，亦假八卦以为秘诀焉。举世皆趋于大过之栋桡矣。

邹特夫曰："京房以六日七分为一卦，一年周六十卦，余坎、离、震、兑四卦为方伯。"卦不值日，已属不通。然十二卦之消息，犹以阴阳与寒暑相比附。邵子元、会、运、世，更迂阔矣。黄石斋《三易洞玑》，以六十七年配一卦，四千余年而一周，则天地开辟六十七年而后有生物，又六十七年而后有饮食耶？况羲农以后四千年，断无佃渔之圣人，距今四千年以前，又何曾有鸦片烟世界也？此外《太元潜虚》仿《周易》文体者，亦不详及易纬。见第八篇。

五　《尚书》今古文辨体

《尚书》辞义最古。汉拾秦烬之余，《今文》出于伏生之口，《古文》出于孔氏之壁。篆隶各殊，传写讹误，异文歧读而不相通。然孔壁遗经，犹非今日蔡传所谓《古文》也。至西晋梅赜古文晚出，六朝江左渐多传习。唐人作正义，用孔传专行。举世莫知其伪。

宋人推求，疑其不类，见《朱子全书》。元之吴澄竟欲举而删之。明梅鷟详考《古文》之来历最详。国朝阎百诗、惠定宇复详证之，谈经者皆信其为伪矣。毛西河乃作《古文尚书冤词》，以立异说，何耶？程绵庄作《冤冤词》，以攻毛氏，而争端因以大哄。

考据家之中，又各立门户焉。姚姬传复条举其大背理者，谓显黜之不为过。陈兰甫痛心时局，借题发挥，谓不宝远物，则远人不格，是乃中国之福也。后世徒以"格远人"为美谈，乃大惑也。

诸先正之言既明且清，不容复赘。传甲以文体观之：《今文》艰深奇奥，而《古文》平易浅近；《今文》多载天算、地舆实学，《古文》则半属空文。其出于后人伪托，无疑矣。传经源流，经学王教习讲义已详此节，以文体为主。

六 "尚书家"为古史正体

刘知幾《史通》曰："尚书家者，其先出于太古。至孔子观书于周室，得虞、夏、商、周四代之典，乃删其善者，定为《尚书》百篇。"孔安国曰："以其上古之书，谓之'尚书'。"《尚书璇玑钤》曰："尚者，上也。上天垂文，象布节度，如天行也。"王肃曰："上所言，下为史所书，故曰'尚书'也。"

推此三说，其义不同。盖书之所主，本于号令，所以宣王道之正义，发话言于臣下。故其所载，皆典、谟、训、诰、誓、命之文。其后又有《汉尚书》《魏尚书》，今不传。然知幾以帝王无纪，公卿缺传，年月失序，爵里难详，为《尚书》家所短。不知《尚书》纪大政者也，犹《春秋》常事不书也。今历史新裁，亦不详帝王之年号，公卿之爵里，盖非大义所在也。

《尧典》以下，每篇必纪一事之本末。宋之袁枢因《通鉴》

以复古史之体，且合西人历史公例焉。建安史学驾乎龙门、涑水而上矣！陆桴亭谓："纪事本末不可不读。《廿四史》备查可也。"其推重建安，更在章实斋之前。

七　《禹贡》创地志之体

《禹贡》为地志鼻祖。其所纪已为陈迹，惟其文体则可为万世法焉。

分列九州者，犹今日世界地理必以五州大陆分卷也。名山大川，举其著者，犹今日世界地理必以高山巨流列表也。厥田之饶瘠，厥贡之同异，犹今日世界地理必以居民物产为要也。导山之文，可征山脉；导水之文，可征水系。其余矿产、道途，亦言其略。五服远近不同，要荒之族，或类羁縻。详于中原而略于四裔者，贡献所不及者，不载也。

《汉书·地理志》以郡县分部，仿《禹贡·九州》之法也。桑钦《水经》以水之原流分部，仿《禹贡》导水之文也。至于文义简括，则由当时简册繁重耳。

后世一县之志，辄数十卷；一府之志，辄数百卷；一省之志，且数千卷。详则详矣，专纪人事，不切于地理，亦博而寡要也。先君子曾删《瀛寰志略》为一篇，某氏又增删之，为《括地略》，诚简要矣。今时局又变，拟作《新括地略》，便记诵焉。

八　《洪范》为经史之别体

《尚书》文体，《洪范》一篇最为奇古奥博。崔东壁既深信

195

之，陈东塾复致疑焉。窃以为天不锡鲧九畴而锡禹，大抵古人神道设教之言。如"玄鸟生商""履帝武敏歆"之意。

汉儒董仲舒治《公羊春秋》，始及阴阳。刘向治《穀梁春秋》，传以《洪范》。于是经术遂降为术数。史臣无识，竟以五行列传，妄推灾异。呜呼！春秋日食三十六，弑君三十六，今实测密算，每年恒有日食，不闻日食一次，即有弑君一次也。

《左传》言伊川被发，不及百年而陷为戎境。《宋书·五行志》晋武帝泰始后，中国相尚用胡床貊盘，及羌煮貊炙。太康中，天下又以毡为帢头，百姓已知中国必为胡所破矣。今日大餐小服，与旧俗殊，天下前途，非所敢言。然人事不修，亦不得归罪于天也。

九 《诗序》之体

《尚书》之序，出于依托，且近于复。《诗序》则诚不可少，无序则诗意不明矣。

第《诗序》之说，纷如聚讼。以为"大序"子夏作，"小序"子夏、毛公合作者，郑康成《诗谱》也。以为子夏所序《诗》，即今《毛诗》者，《后汉书·儒林传》也。以为子夏所创，毛公及卫宏又加润益者，《隋书·经籍志》也。其后韩愈、王安石、程明道，各据其揣度之辞，为古人定评。郑夹漈复昌言排击，而朱子和之。黄震笃信朱氏，所著《日抄》，亦申序说。

元明以来，迄无定议。然子夏五传至孙卿，孙卿授毛亨，毛亨授毛苌，其源甚明。观《唐书·艺文志》，知韩诗亦有卜商序。然韩诗遗说传于今者，与毛迥异，何耶？《四库书目提要》

参考诸说，定"序"首二句为毛苌以前经师所传，以下续申之词，为毛苌以下弟子所附。仍录冠诗部之首，明渊源之有自矣。

十　三百篇兼备，后世古体、近体

《诗》三百篇，一变而为楚骚、荀赋，再变而为五言、七言。后世名作如林，莫不胚胎《风》《雅》。

吾读"薄伐猃狁""与子同仇"诸什，如闻羌笛胡笳，拔剑欲起焉，此塞上之体也；吾读"彼黍离离""麦丘之葛"诸什，如临废垒芜城，植发如戟焉，此吊古之体也；吾读"桧楫松舟""皎皎白驹"诸什，如将乘桴揽辔，远游广览焉，此纪行之体也。又读"尽瘁以仕"，表忠爱之热诚；又读"夙夜在公"，知职分所当务，皆直庐之体也；又读"为鬼为蜮"，忧谗人之高张；又读"投畀豺虎"，伤疾恶之已甚；又读"自有肺肠"，悲朋党之分门；又读"赫赫宗周"，痛君权之旁落。

汉、唐、宋之亡，其诗每多此体。然衡门、泌水，有《招隐》之乐焉；筑场纳稼，有田家之乐焉；我思古人，有读书之乐焉。此亦不亏大体矣。苟得其时，出于清庙明堂之上，则济济多士，可以黼黻盛世；赳赳武夫，可为公侯干城。将见在泮献囚之典礼，庶几再举，_{乾隆间，武功十全，尝举在泮献囚、献馘之盛典。}而普天之下，莫非王土；率土之滨，莫非王臣矣。《关雎》《葛覃》，_{为宫词体。妇叹于室，为闺怨体。}皆非今日切近之要义，故不入正文。

十一 "淫诗"辨正

宋人王柏作《疑诗疑》，据《列女传》为说，删《行露》章，又删《召南》之《死麕》，《邶风》之《静女》，《鄘风》之《桑中》，《卫风》之《氓》《有狐》，《王风》之《大车》《有麻》，《郑风》之《将仲子》《遵大路》《有女同车》《山有扶苏》《箨兮》《狡童》《褰裳》《东门之墠》《丰》《风雨》《子衿》《野有蔓草》《溱洧》，《秦风》之《晨风》，《齐风》之《东方之日》，《唐风》之《绸缪》《葛生》，《陈风》之《东门之池》《东门之枌》《东门之杨》《防有鹊巢》《月出》《株林》《泽陂》，凡三十二篇。固哉，迂哉，王柏之惑也！自有六籍以后，第一怪变之事也！

柏知奋笔于宣圣删订之后，为公议所不容，乃归罪汉人之窜入，果何据耶？甚至谓《硕人》第二章，形容庄姜之色太亵。不知《溱洧》笑谑，乐而至于淫；《泽陂》滂沱，哀而至于伤。虽不得比于《关雎》，然考风问俗者，必不能讳其恶也。

王柏删"淫诗"，饰恶之尤者也。治以宋朝法律，当与县吏隐匿声妓同罪。虽然，淫诗皆托诗耳。"子不我思，岂无他人？"几于人尽夫也。然女为悦己者容，犹士为知己者用。王猛、张元、韩延徽、郭侃之才，不用于中国，谁之过欤？孔子去鲁而之楚、卫，孟子居邹而适齐梁，亦邹、鲁之君相不能用圣贤耳。《王风》《鲁颂》，文体各殊。说《春秋》者，且谓圣人黜周王鲁焉。其然？岂其然哉？

十二 《周官》为会典之古体

《周官》者，大周会典也。古之六官，或类今之六部。六官之长，冢宰、司徒、宗伯、司马、司寇、司空。今以尚书、侍郎当之，其余则司员而已。《会典》详列官人数及其职守，与《周礼》同。

吾观《历代职官表》，今内务府官为《周礼》天官之属者居多。顾亭林曰："阍人、寺人属于冢宰，则内廷无乱政之人；九嫔、世妇属于冢宰，则后宫无盛色之事。自汉以来惟诸葛孔明知此义，所谓'宫中府中，俱为一体'是也。"呜呼，周公定此制，是以致太平欤？

阉寺为中国三代弊政，与其治其标，不如拔其本。黄梨洲《待访录》直斥嫔御人多，则阉竖不能不多，则《周礼》乃诲淫之书也！汉文帝除肉刑，独不除此，盖未尽善也。

冬官已缺，汉人以《考工记》补之，句法奇变，字法古雅。明人郭正域批点《考工记》，盖论文而不诂经也。然其文非秦以后可伪托矣。今算术渐明，图说之体渐密，戴东原《考工记图》，阮文达《车制图考》，皆有专书，以考工艺。今工部之于礼器、兵器，一仍《会典》之旧制而弗变，则自安于固陋矣。蔡牵之役，粤督不改海船之式。洪杨之乱，督师大臣赛尚阿以永明旧铳畀川军。今更以重价购西人旧器，可叹！

十三 《仪礼》为家礼之古体

今所谓家政学者，宋以前谓之"家礼"。周人则统于《仪礼》，或名《士礼》。盖《冠礼》之篇，或称《士冠礼》。《昏礼》《相见礼》，皆士所宜从事也。

乡饮酒之礼，乡射之礼，尤见古人地方自治之有法焉。既饮酒以联其欢，又习射以为守望之助，士之在乡里，顾不重欤？《聘礼》《觐礼》附其后，则由家修而进于廷献也。

丧服之制，古今不同，《仪礼》则周室一代之制耳。然《仪礼》在群经中，文体最为奇奥。古人读《礼》之法，略有三端。一曰分节，张尔岐《仪礼郑注句读》、吴廷华《仪礼章句》是也。二曰绘图，张惠言《仪礼图》远胜于宋人杨复之图也。三曰释例。江永《仪礼释例》、任大椿《弁服释例》是也。然朱子《仪礼经传通解·士冠礼》第一节后，题曰："右筮日。"第二节后题曰："右戒宾。"此虽与宋元人评古文法略同，然读书之条理必如是，不可废也。日本《汉文典》所谓"解剖观察法"如是。

十四 《礼记》创丛书之体 《孝经》附见

《汉志》有《中庸说》一篇，在《戴记》之后，是《中庸》固有单行本久矣。戴氏所记，出于汉初河间献王所得。故各为一篇，体例不一。意者所得必非一时，或不出于一人之手。不但《大学》《中庸》一篇可为一书，即如《曲礼》专为修身之教法。

《檀弓》文简而晰，又近于古史之体。宋末谢枋得尝批点之，盖论文体不论经术也。《月令》之体，似《夏小正》。或因其同于《吕览》，疑为不韦作，且大尉亦为秦之官名也。蔡邕《月令章句》之名，为朱子《学庸章句》所本。此外《深衣》一篇，解说纷纭，单行本亦多。

《礼运》《儒行》《哀公问》《仲尼燕居》《孔子闲居》等篇，皆敷演润色，骈偶用韵，其文体特异。《文心雕龙·征圣》篇曰："《儒行》缛说以繁辞，此博文以该情也。"吾观《燕居》《闲居》二篇，尤与《孝经》文体相似，如出一手。《孝经》者，特戴氏丛书所未收之一种也。后人以"三礼"合刻，"四书"合刻，"五经"合刻，皆丛书之体。《戴记》则发其端而已。

十五 《春秋》创编年之体

孔子自言"述而不作"，孟子独言"孔子作《春秋》"。盖《诗》《书》《易》《礼》，皆孔子述先王之法也。《春秋》者，孔子所见之事，先王所未见也。孔子不作，则后人无所考证矣。故作《春秋》者，孔子之苦心也。其编年亦孔子之创体也。

刘知幾论《春秋》，虽有夏、殷《春秋》之目，大抵《晏子春秋》《吕氏春秋》之类，未必如孔子之编年也。孔子叙其生平自十五至七十，皆编年体也。以事系日，以日系月，因事之自然秩序焉。至有不书日者，则义从盖缺，知之为知之，不知为不知，纪事之体也。

陈兰甫谓《穀梁》日月之例，多不可通，是也。孔冲远曰：

"《春秋》诸事，皆不以日月为例。其以日月为例者，卿卒、日食二事而已。"今按《左氏》以"公不与小敛，故不书日"，则九月甲申，公孙敖卒于齐，公岂得与小敛乎？日食而官失之，孔子举而书于册，犹告朔饩羊之意也乎？衮钺褒贬，各腾异说，俟经学大义详之，兹但论其文体耳。

十六 "三传"辨体

《公》《穀》，说经者也；《左传》，纪事者也。《公》《穀》长于论理，断制有法度，而纪事稍逊焉。汉博士谓《左氏》不传春秋，《汉书·楚元王传》后《刘歆传》。然伏生《尚书大传》不尽解经也。《左氏》依经而述其事，何不可谓之"传"乎？

《左氏》之文，其气雄浑，其才博赡，尤善论战事。顾震沧《春秋大事表》，其《都邑》《疆域山川》诸表，以硃墨合印沿革之图，如视诸掌。读《左氏春秋》习兵家言者，必不可少矣。《朔闰》一表，视杜预《春秋长历》为密。近日邹特夫《学计一得》所推步则尤密矣。

古文家出于《左氏》者多，出于《公》《穀》者少。故《左绣》之类，专论文而不论事焉。《公》《穀》之文，不过林西仲《古文析义》略举数篇，批点以时文之法，亦未尽《公》《穀》文体之要矣。

公羊家以汉儒董仲舒号为纯粹。然王鲁之言，遂启何休之偏说。穿凿附会，失孔子作《春秋》之本旨矣。然新夷狄之伟论，固足以警我中国矣。

十七　经学随时而变体

经籍文字，皆当时语耳。历世数百年，则视为高古而不可尽解，故古人作传以纬经。《易》之《文言传》《系辞传》《说卦传》，《春秋》之《左传》《公羊传》《穀梁传》，皆由传而进于经者也。《书》之孔安国传，《诗》之毛亨传，皆附于经以行也。

东汉去古稍远，于传文不可尽解，乃为"笺注"以明其训诂。历魏及晋，注者渐多。唐去汉渐远，读传注犹嫌其不备，或文深而不可猝解，又为之"正义"以发明之。

宋去古益远，惮训诂之繁，乃研究大义，以述圣贤立言之旨，初学便焉。安石经义出，而旧说如刍狗。朱子《集传》《集注》出，而旧说束高阁矣。明人《大全》撝宋元注释，不能上求古训，亦时代限之耳。近日去宋亦远，而宋人所注，讲师且为高头讲章以演说之，此亦文言一致之端矣。

十八　皇朝经学之昌明

圣祖、高宗两朝，钦定八经，尚矣！

《皇清经解》刊于学海，续于南菁，诚一代巨制。然《易》以象数为用，必以《御制数理精蕴》《历象考成》为主；《书》叙历代兴衰，必以《钦定廿四史》《列朝圣训》为主；《诗》寓国风，必以《大清一统志》《皇舆西域图志》为主；《礼》兼政教，必以《皇朝三通》《大清会典》《大清律例》为主；《春

秋》褒贬，必以《御批通鉴辑览》为主；《乐经》久亡，谨以
《御制律吕正义》补之。

孔子从周，传甲窃比于从清焉。师六经之意以征诸实用，则
观皇清制度，粲然备矣！

第八篇　周秦传记杂史文体古传记及汉人起周秦

以前事者，亦入此篇，皆纪事之文也。论理之文则属诸子类，别见下篇

一　《逸周书》为别史创体

史者，别于经者也。别史，又别于正史也。陈振孙以书之上不列于正史，下不至于杂史者，谓之"别史"。

《周书》列于经部，则周之正史也。《逸周书》之为别史，亦犹《汉记》《晋记》之别于《汉书》《晋书》也。隋唐《艺文志》皆谓晋之太康二年得于魏安釐王冢中，则"汲冢"之号，其来已久，虽真伪不可决言。然《尚书》之伪古文，既号为"孔壁遗经"，而汲冢之书，独不进于经部。同出于晋代，而有幸有不幸焉。

刘知幾《史通》谓其与《尚书》相类。即孔氏刊约百篇之外，凡七十一章。上自文、武，下终灵、景，甚有明允笃诚，典雅高义。时亦有浅末恒说，滓秽相参，殆似后人好事者所增益也。

考知幾所云篇数，与《汉书·艺文志》同。今本比班固所记，惟缺一篇。《史记》武王克商与此暗合。许慎《说文》、马融注《论语》皆称引之，则汉时久已通行。

"汲冢"之号，乃后人所增耳。河间《提要》仍列于别史，南皮《书目》列之于古史焉。观李焘所跋，知宋本已脱烂不易读。今人必依卢文弨抱经堂校本，并折衷陈逢衡《补注》，朱右曾《集训校释》、丁宗洛《管笺》，便诵习焉。

二 《大戴礼》为传记文体

《礼记》不称《礼经》，汉儒之矜慎也。《大戴礼》之别于《礼记》，犹《逸周书》别于《周书》也。然目录家犹系于经部《礼记》之后者，亦以其文体略相似也。其篇目最著者，莫如《夏小正》。汉人取月令而删《夏小正》者，夏时远，秦法近耳。

《夏小正》，农书之祖也。古人因中星以验农时，夏以上有《尧典》，夏以后有《豳风》。汉袭秦正朔，不用夏时，亦以岁差悬远也。然《夏小正》终不可废者。

测岁差必多据古书也。泰西各测候书，多称引中国、印度、埃及之古传记。孙渊如校《戴德传》，刊之。毕秋帆为之考注，洪震煊为之疏义。行夏之时之道，又大著矣。

曾子介孔、孟之间，独无专书。然"天圆地方，则四角之不掩"二语可为地球明证。阮文达撰《曾子注释》四卷，即《大戴礼》之十篇也。

天文者，文之博大艰深，号为难读。国朝经师，皆善读之。其余《戴记》之平易可解者，不详及焉。

三 《周髀》创《天文志》历志之体

《周书》无《天文志》《律历志》也。有之，其《周髀算经》乎？其言句股测量也，简括精深，举西人平弧、三角莫能外焉。其言天地形体，详实明远，举西人冰洋、热带莫能外焉。绝学如缒，经宣城梅定九征君表而章之。圣祖仁皇帝分命梅毂成，申命何国宗，考测天行，步算精密，御制律书渊源，垂为一代时宪。以《周髀经解》为之冠，从其朔也。

《算经》十书，《周髀》最古。其义其文，在《数理精蕴》仅详解其卷首周公、商高问答之辞。传甲少时尝撰《周髀新解》，后节其阐明椭圆者刊入《微积集证》。"至北极之下，夏有不释之冰；中衡之下，冬有不死之草。"亦以今地释之。"北极之冰"为俄北境；"中衡"即赤道，今新嘉坡冬草不死，犹可证也。

《周髀》之文，详实如此，而前人以为诞，几等于《十洲记》《神异经》焉！呜呼，天算为绝学，固古今所同慨也。赵君卿《周髀注》亦精洁，阮文达《畴人传》盛称之。

四 《国语》创载记之体

《左传》，附于《春秋》之经文者也。《国语》则与《左氏》俱迄于智伯之亡。周、鲁、齐、晋、郑、楚、吴、越凡八国事，说者以为《春秋外传》焉。

《左传》编年，《国语》分国，文体各不同。《国语》分部，似出于《国风》。然《国风》为有韵之文，《国语》则无韵之文也。《国语》之体裁，实为《晋书》载记之所祖。然陈寿《三国志》亦同此意。

明末译《职方外记》，以及近日魏默深撰《海国图志》，日本冈本监辅撰《万国史记》，皆以国分部者也。迩日史学家、舆地家，著述益多，大致界限，世界史用《左氏》例，编年及纪事本末之体，不以国分部。世界地理用《国语》例，分国仍用纪事本末之体也。

古人《国语》但述海内各国；今日《国语》，必括海外各国。盖《晋书》载纪，已有匈奴、羌、羯诸种人也。后世史家传外国，等于臣仆，不如列为"载记"，如列强角立之可畏也。《国语》创"载记"之体，所以明统驭宙合之难也。

五　《国策》兼兵家、纵横家、舆地家诸体

战国之士善用奇，故其发于文者亦奇。刘知几曰："秦兼天下而著《战国策》。其篇有东西二周、秦、齐、燕、楚、三晋、宋、卫、中山，合十二国。"然观刘向所校，序称中书本号，或曰《国策》，或曰《国事》，或曰《短长》，或曰《事语》，或曰《长书》，或曰《修书》。则向本裒合诸国之记，删并排比，以成此书。其文则战国之士所为也。

战国文体本近于矜才使气，但处其时，无尚武之精神，则国不能自强，士不能自立矣！或纵或横，苟非晓畅兵机，熟谙地势，必不能倾动诸侯王，而睥睨万乘也。汉之贾太傅，唐之杜牧之，宋之陈龙川，明之唐顺之，国初之顾景范，近日之魏默深，

皆祖战国策士之文也。

苏眉山有言曰："少年文字，须令气象峥嵘。"传甲少贱时，文颇稚弱。既而纠缠算数，笔亦枯涩。及观览舆图，读顾、魏之文，始有生色。诗亦能为塞上曲焉。故不习地舆者，吾可决其诗文必无气魄也。游历远者，虽不习地图，诗文亦奇，实验之效也。

六　《世本》创族谱之体

班固称司马迁作《史记》，据《左氏》《国语》，采《世本》《战国策》。今《世本》已亡佚，惟有孙冯翼所辑《世本》一卷，雷学淇校辑《世本》二卷，秦嘉谟《世本辑补》十卷。虽未必尽复旧观，然大端可见矣。

封建时代，贵族专制，阶级最严。明德之后，或延祀数百，世次历历可考，故胪列记之，如近日官署之点名册。《史记》据《世本》抄录夏、殷、周、秦世次，皆可考见。厥后史家之宗室世系表、宰相世系表，旁行斜上，便于观览，亦族谱之体，实仿《世本》而为之也。

宋人谱学最详。欧、苏之法，后世沿之。郑樵《通志》有《氏族略》，皆详其得姓之始焉。《续通志》之《氏族略》，则辽、金、元之《世本》，战胜我族者也。川黔土司之《传边录》，见《辰州府志》。则苗、瑶之《世本》，我族所战胜也。

论《世本》之体，吾悲且惧焉。愿当世者知先世缔造之艰难，祝后世子子孙孙引而勿替，不亦休乎！

七 《竹书纪年》仿《春秋》之体

《伪古文尚书》多取材于《史记》，《伪竹书纪年》则取法于《春秋》。《竹书》所纪之事，虽在春秋以前，然其文体，则学《春秋》而未能也。

古史惟《尚书》一家耳。苟有编年之书，孔子将修之，与《春秋》相衔接，何以《尚书》《春秋》体裁迥异乎？《竹书》出于汲冢，其来历已不可信。金盘石鼓，犹为岁月所销磨；况竹简埋古冢中，经千余年卑湿之气所蒸蚀？虽不与桐棺俱朽，亦断烂不可收拾矣。且蝌蚪奇字，汉时惟扬雄识之。晋以后，识者何所据耶？

宋时《伪三坟》《伪晋乘》《楚梼杌》相继出书。世愈晚，所托于古者愈不可信。《竹书》虽伪，视此已为古矣。所记启杀益，太甲杀伊尹，荒诞不足据。然谬论流传，适为继体之君擅杀大臣者所藉口。

《春秋》作而乱臣惧，《竹书》作而贤人死。一真一伪，一正一邪，不能并立于天壤。文体虽同，宗旨不容不辨。

八 《山海经》与《禹贡》文体异同

《山海经》相传出于禹益治水之时，今真伪不可知。然刘歆《七略》所校上，其来已古矣。其文闳诞迂夸，不若《禹贡》之真实简质；其旨奇怪俶傥，不若《禹贡》之平易正直。盖《禹贡》限于域中，《山海经》极于荒外，有读之者，亦等诸无稽之小说耳。

　　然《山海经》文体，有与新地理志相吻合者。如《山海经》首言《南山经》之首曰"䧿山"，第二节曰"又东三百里，曰堂庭之山"，皆节节相连续，可寻其山脉。近代黄岩李诚撰《万山纲目》，友人章一山庶常刊入《续台州丛书》，传甲亦与校雠焉。其条理与齐次《风水道》提纲同。山者，水之源也，《中庸》所谓草木生之，禽兽居之。详言物产，固地志之公例也。古有今无之物甚繁，不足异也。读赫胥黎之《天演论》，知动植消耗之故矣。

　　人首而有尾者，大抵皆猿类也。大荒以外，传闻歧异；且沧海桑田，变迁已甚。地质家谓日本古昔毗连亚陆，英伦古昔毗连欧陆。火山裂之，海水撼之，自然地理亦有变矣。然则猿世界之际，山海情状，安知不如彼所云乎？

九　《穆天子传》非本纪体

　　天子曰"纪"，卿大夫、士曰"传"，史臣之通例。穆天子何以称"传"乎？抑穆天子时之《西域传》乎？其文惝恍如小说，然郭璞注本相传至今，虽伪书，亦汉人述周室之轶事耳。齐王俭作《汉武内传》，亦可谓之《汉天子传》矣。今人译《华盛顿传》，不仿尧舜《本纪》之名以纪之，亦内中国畛域之见未化乎？

　　抑吾读《穆天子传》更有感者。天子统有海内，南面受诸侯之朝，未闻别有所朝也。穆天子朝西王母，意者西域之大国当巴比伦兴盛之时乎？惜《尚书》缺残，《春秋》未作，不得信史而证之耳。堂堂天子而朝于外，则列之为"传"，以志王道之衰，亦惧西域之始也。由此推之，不但蜀后主列传为尤，即石敬瑭、赵构之称臣异族者，皆当降为"列传"，不可以入"本纪"也。

十 《七经纬》文体之大略

《七纬》俪《七经》而行，犹天子五纬俪经星而行乎？群经犹经星之恒度也，纬则络绎于经之间耳。其中多孔氏遗言，七十子所记述。其文体有简洁如《论语》者。《太史公自序》引孔子曰："我欲载之空言，不如见之于行事之深切著明也。"此《春秋纬》之文也。

战国以后，术士或以怪诞之说，杂于其间。秦始皇时，卢生有"亡秦者胡"之谶，秦始之焚经。或恶其言之不祥欤？

汉儒笃信纬候者最多，于是面谀者改计为符瑞。哀、平之际，颂谀功德者，实繁有徒。光武中兴，不免囿于习气。至隋焚谶纬，几无完书矣。唐人《五经正义》时有称引，宋人且欲尽举而删之焉。

近日《易纬》存者，《乾坤凿度》二卷，《稽览图》二卷，《辨终备》一卷，《乾凿度》二卷，《通卦验》二卷，《乾元序制记》一卷，《是类谋》一卷，《坤灵图》一卷，皆永乐大典本。近日考据家益搜集类书，而纬书渐备。其文之纯者，皆合群经之体焉。《河图括地象》言昆仑者，地之中，东南方五千里，名曰"神州"，又合于邹衍之说，为新地志鼻祖矣。

十一　《神农本草》创植物教科书文体

孟子时，有为神农之言者许行。《汉书·艺文志》农家者流，首列《神农》二十篇，注曰："六国时诸子疾时怠于农桑，道耕农事，托之神农。"师古曰："刘向《别录》云，疑李悝及商君所说。"今观《神农本草》，仅为医家考求药性所用，不知其为农学之大宗，植物学之教科书也。

秦始皇禁挟书，独医药、种树之书，传习弗衰。后之儒者，忘周公《无逸》之训，孔子"足食"之教，士农分途，而耕读自娱者，或嗤其村鄙焉。《齐民要术》《救荒本草》之类，非藏书家无得见者。博洽之士，读农家言，亦只为考据词章之用而已。户部号为司农，而坐征钱漕，不教播种，亦异于后稷之职守矣。

近农学、植物学，全球人类所注目。而中国夙称"以农立国"者，犹仍太古之耒耜焉。农学、植物学之书，犹待译于外国，耻孰甚焉！不及此以兴农学，吾惧莽莽中原，鞠为茂草矣。

十二　《黄帝素问》《灵枢》
创生理学、全体学文体

《黄帝内经》见于《汉书·艺文志》，无所谓《素问》《灵枢》也。《内经》十八篇，而《素问》二十四卷，《灵枢经》十二卷，或分或合，俱与《内经》篇数不符。然后汉张机《伤寒论》已称引《素问》，则《素问》虽伪托，亦必出于周秦。

213

《灵枢》则文义浅短，与《素问》之言不类。杭世骏跋尾，谓《灵枢》似窃取《素问》而铺张者。吕复亦称善学者当与《素问》并观。其旨义互相发明，盖其书虽伪，而其言则缀合古经，具有原本。譬之梅赜古文，杂采《逸书》，联成篇目。虽牴牾罅漏，然精警语颇多，何可废也？况古昔生理学、全体学未显，独赖此二书以存其梗概，诚传记之有实用者也。近人撰《格致古微》，于此二书多称引焉。《难经》出于周秦，文体亦古奥。然医书以明白通俗、能求时症为主，固不取文之古奥者也。

十三　《司马法》创兵志之体

《周书》无《兵志》，《周礼·夏官》，其《兵志》之始乎？《夏官》详于职官之数。职官所掌，兵法则略而不及。

夫用兵所恃者，法也，无法则兵不可用矣。《司马法》第一篇曰《仁本》，盖粹然儒者之言。第二篇曰《天子义》，盖汤武秉钺以后，非真人龙战，未能坚草野推戴之心也。华盛顿、拿破仑起自匹夫，皆以武功受推戴。第三篇《定爵》，所以著功罪也。英国《水师律例》译本犹未尽叶，且中国船政局亦未之能用也。第四篇《严位》，第五篇《用众》，皆详言行阵之法。

呜呼！中国兵备荒弛久矣，正史中《兵志》，徒铺张其数，而未得其精意之所在。《司马法》在今日，已成陈迹。军情万变，固非常情所能测，寻行数墨之士所得记也。古人文武未分途，是以官司马者，皆知兵大将，非如今日兵部尚书、侍郎由他部升转，词臣科道循序以进也，故其言可法于后世焉。今日军法，安得知兵能文者援笔以记之乎？

十四 《家语》与《论语》文体之异同

《论语》为群经之准绳，而《孔子家语》，仅比于儒门诸子之传记者。非以《论语》真而《家语》伪乎？其目虽见于《汉书·艺文志》，然自唐人颜师古以后，皆知为魏人王肃所伪托。特其中排比古事甚多，亦未可遽废耳。故时与《左》《国》《荀》《孟》《戴礼》《史记》相出入。

夫孔子《论语》，门人记其论难之语耳。《学而》《述而》，篇名都无意义，不过若诗歌之举首句也。《乡党》一篇，且记朝廷之事焉。《家语》"相鲁第一"，所言皆相鲁事也；"始诛第二"，惟诛少正卯及父子同狱二事焉。刘知幾《史通》题、目、篇，所谓烦碎也。然则开帙解带，便令昭然满目者，盖后世之文体也。

《论语》之文简而要，唯圣者能之；《家语》之文详而畅，中人以上，皆可及也。《家语·执辔》篇，子夏曰："商闻《山书》曰：'地东西为纬，南北为经。'"今东西为经，南北为纬。与今日异。然所谓坚土之人刚，弱土之人柔，墟土之人大，沙土之人细，皆深明种性与地理之关系。盖三代以前，研究民生日用者，皆切实也。

十五 《孔丛子》创世家之体

《孔丛子》旧说为孔子八世孙孔鲋撰。鲋为陈涉博士，固孔氏传记仅延于秦焰之余者也。

《汉志·儒家》有《孔臧》，意者其孔鲋藏书之意乎？《隋志》始有《孔丛》，今本所载，皆仲尼而下，子上、子高、子顺之言行，凡二十一篇。盖仲尼之后，子思以下，皆能思其家学。圣人之泽之深，所及之久远，诚足以世家矣，岂待龙门之表异乎？彼史迁者，亦不过纪其实而已。

朱子谓《孔丛子》文气软弱，不似西汉文字。陈振孙亦言其书记鲋之没，决非鲋撰。窃谓书名《孔丛》，必非一人之手。子思以下，子孙世世赓续之耳。周秦之际，孔氏一线之传，犹幸有此书可证焉。《家语》为王肃伪托，后人不能废，此亦同一例也。

国朝孙星衍撰《孔子集语》，博采诸子百家之言，分别而条理之，亦《孔丛子》之类也。盖书虽成于近日，文皆本于周秦故也。

十六 《晏子春秋》创谏疏奏议之体

春秋列国，贤卿大夫谏草之未焚者，晏子一人而已矣。其卷一、卷二谏章，凡五十篇。庄公矜勇力，不顾行义，晏子谏焉；景公饮酒，夜听新乐，燕赏无功，信用谗佞，欲废适子，祠灵山、河伯等事，晏子皆谏焉。呜呼，晏子可谓知大体矣！

汉、唐论谏之名作，往往合于晏子。读其书，知国无诤臣，则不能自立焉。《晏子春秋》题目最长，叙事极明。后世谏疏前一行必云为某某事者，其体即原于此。

又有卷三、卷四问六十篇，则近日召对、纪言之体也。吾独惜后世名臣，嘉谟入告，往往让善于天子。其次则殿廷策对，循例揄扬，敷演空论，不切于事情，徒取楷法之工，以博上第。其下者则饰乱世为升平，为逢君殃民之蠹贼，更无论矣。安得平仲复出，藉以厉末世之浊俗乎？

十七 《吕氏春秋》创官局修书之体

古有左言、右史之官以司记载，未闻有执政大臣广招游士以成一书也。秦相吕不韦著《吕氏春秋》，其名似私家撰述，其实已成官局修书之体也。

官局修书之体如何？不过整齐排比而已。《吕氏》十二纪，每纪五篇；八览，每览八篇；六论，每论六篇，是特整齐排比而已。汉淮南王之成《鸿烈》，唐武后时张昌宗之修《三教珠英》，宋真宗时王钦若之修《册府元龟》，皆用此术也。能文之士，不能自立，为权门效笔墨之役，亦可耻矣。

后世大臣著述，往往萃门士故吏而为之。故有目不识丁，而政书盈帙者矣。《律例》于应试士子觅代枪者，有诛。而大府文字出于幕友，独无禁焉。官局修书，总裁、总纂之大臣且优其议叙焉，此何理耶？

十八 汉以来传记述周秦古事之体

汉袁康之《越绝书》，赵晔之《吴越春秋》，皆断代分国，以专记一时一地之事也。《史记》无《列女传》，刘向乃创为之。《后汉书》遂以列女入正史矣。刘向又有《新序》《说苑》二书，多记秦以前事，皆传记之可信者也。

汉之传记已佚，而近人辑录者，陆贾《楚汉春秋》，伏无忌《古今注》，及蜀汉谯周《古史考》各一卷而已。晋则有皇甫谧《帝王世纪》，宋则有罗泌《路史》，皆传记近于可信者也。国朝马骕之《绎史》，崔东壁之《考信录》，皆言三代事，元元本本，殚见洽闻，宜其为世所郑重也。

汉以后传记，记汉以后之事者，书目充栋，不暇备征。今日撰中国历史者，蹊径各别，虽周秦古事，亦注意今日政策焉。然后知修史之才与读史之法，皆归于致用而已。

第九篇　周秦诸子文体

儒家孔、孟已进于经，《荀子》亦见于第四篇论治化之文，均不复列。此篇但举周秦诸子之自成一家者，皆不可附于经部儒家者也

一　《管子》创法学通论之文体

欲以时代为次，而难于考订。惟以诸子之最有用者列于前，其无大用者列于后，而以佚文、伪书为殿

孔子曰："管仲相桓公，霸诸侯，一匡天下，民到于今受其赐。微管仲，吾其被发左衽矣！"此管子万世之定论也。呜呼！管仲攘夷狄，犹周公之兼夷狄也。东晋偏安，谢安犹号"江左夷吾"者，尚能保汉族之独立耳。

《管子》为法律家鼻祖。今所传《管子》二十四卷，凡八十六篇。首言《牧民》，民为贵也。《形势》篇深明控御机宜，《权修》篇深明主权界限，《立政》篇深明政务根本，《乘马》篇言凡立国都，非大山之下，必于广川之上。管仲盖深知盘庚涉河、太王邑歧之形势矣。今之京师，西抱太行，东凭渤澥，形势亦壮阔。至《霸形》《霸言》诸章，则卓然见霸业之成效焉。

《地图》篇最简，是为短语。《管子》所谓凡兵主者，必先审知地图，辕辕之险，滥车之水，名山通谷，经川陵陆丘阜之所在，苴草林木蒲苇之所茂，道里之远近，城郭之大小，名邑废邑困殖之地，必尽知之云云。诚深知战时之法制也。

《地员》篇之言动植，《地数》篇之言金铁，凡山林之政，矿路之政，《管子》咸得其要领焉。读《管子》之文，知富国强兵而不流为迂拘，故举为周秦诸子冠焉。

二 《孙子》创兵家、测量、火攻诸文体 《孙子算经》附见此篇

战国策士，谈兵多浮夸；《孙子兵书》，谈兵独谨严。《始计》篇第一，经之以五事，曰道，曰天，曰地，曰将，曰法。何邃密如此乎？

又曰："夫未战而庙算胜者，得算多也。"周秦传本，有《孙子算经》，唐人列于明算科，意者或孙武子所撰也。多算胜，少算不胜，兵家之常耳。善言兵者，今日岂可不通行军测绘耶？是以古人《五曹算经》，尤重兵曹；《四元玉鉴》，尤重官司招兵也。垛积之法，莫精于此。

《孙子》又言火攻有五，曰火人，曰火积，曰火辎，曰火库，曰火队。实启近日炸药、炮弹、鱼雷之秘。读《火器真诀》抛物线说，益惊后人测算之密焉。然《孙子》言上风、下风及风起之法，皆测候学之要务也。

《孙子》发明兵家各科学，其用甚广。近世武科不识字，默写《孙子》，亦倩书吏代之。当轴者虽废弃武科，然武备不修，肄武者益少矣。孙子之法，能教吴王阖闾之美人作战士。今七尺男子，犹文弱不胜一卒之用，况女子乎！有某省女学堂，创办体操，大干物议，亦未读《孙子》之文，少见多怪耳。《孙子》十家注最通行。日本人小宫山绥介著《孙子讲义》，推为空前绝后之作焉。

三 《吴子》文体见儒家尚武之精神

吴起儒服，以兵机见魏文侯，为千古儒将之冠。起为曾子之门人，故儒服。生于战国，故晓邲兵机。吴起之书，皆与文侯、武侯应对之辞。迎机利导，其答如响，文机亦奇变不可思议。孔子之门有仲由，曾子之门有吴起，皆儒家不可少之人物。盖尚武之精神，出于天赋，所以矫贱儒庸懦之习也。

其《图国》篇，言昔之图国家者，必先教百姓而亲万民，合于《孟子》人和之旨。盖国者，民之积也。吴子言不和于国，不可以出军，深知后世丧国之道，必由于不和。《料敌》篇深知六国之性情，及其地之广狭，民之强弱。《治兵》篇谓以治为胜，又谓"必死则生，幸生则死"，尤为扼要。《论将》篇纯于正，《应变》篇尽其奇，《励士篇》著其效。文体则垄断冈连，自成一体也。<small>日本小宫山绥介谓《吴子兵书》为筹策者所宜研究。</small>

四 《九章算术》文体之整洁

六经惟《周易》之爻象文体整齐。《九章算术》大抵《周官》保氏之遗法，而周秦之际，习算者以为普通课本耳。其《九章》，犹《易》之"八卦"也；其《算题》，犹《易》之各爻也；其"术曰云云"，犹《易》之"象曰云云"也。

文体整齐，说亦简质。象数之理，遂觉奇奥而难通。唐之李淳风奉敕注释，其功与孔颖达作《五经正义》同。明经，明算，皆实学也。况方田通于农学，粟米通于商务。<small>古昔未有钱，交易以</small>

粟米。商功便于工程，勾股便于测量，民生日用，无一不与算数机关。

惟《九章》次第，未便初学，盖古人分部之未善也。古人立《六书》《九数》于小学，后儒辄视为皓首难穷之事，则空文误之也。厥后借衰之理，暗合于借根；方程之正负，实通于代数；勾股之法，亦通于三角八线焉。虽新法日多，然古人椎轮创始之功，不可没矣。近代算家著述高古者，戴东原、李尚之、罗茗香、焦里堂，皆神与古会，然不若梅氏之明晓。

五 《墨子》发明格致新理之文体

墨子翟之《经说》，多明算术格致之理。其文古奥，多不可句读。

《经上》云："平同高也。直，参也。"合于《海岛算经》两表齐高、参直之术焉。又云："端，体之无序而最前者也。"此所谓"端"者，即《几何原本》之"点"。李译《拾级》作"原点"，俗谓之"起点"。"序"犹东序、西序，两旁之谓也。《几何》所谓点无长短、广狭是也。最前者，几何所谓"线之界是点"是也。又云："圆一中同长也。"《几何》所谓"自圆界至中心作直线，俱等"是也。

《经下》云："临鉴而立，景倒。"谓洼镜[①]也。又云："鉴者，近中则所鉴大，景亦大；远中则所鉴小，景亦小。"谓

---

① 今作"凹镜"。

突镜①也。邹特夫著《格术补》，即发明《墨子》之精意，成光学之专书也。

《经说下》又云："挈有力也，引无力也。"陈兰甫疑为西人起重之法。传甲窃谓"挈"者，与地球吸力相反，故须有力；引者，重学斜面之理，力被分而减小也。昔人以此证西学为中国所固有。传甲窃谓其断烂不可读，教科必以新法为准也。

《兼爱》之说，孔子所谓尧舜犹病之博施也。苟格致之理大明，无游民，无废事，固尧舜之所愿而未能也。"尚同"可矣，"节用"可矣。彼西竺之慈悲，基督之赎罪，曾何损于儒者之求仁、改过乎？

六 《老子》创哲学家、卫生学家之文体

老子李耳，作《道德》五千言。文体高洁，自成一家，固中国哲学之元祖，<small>日本小宫山绥介讲义如此</small>。而养生论所尊为师资者也。

窃以为老子之学，杨朱"为我"所从出耳。其视一身之外，万物百姓皆刍狗也。老子但知为我，视五色、五音、五味皆由外来而非我所固有也。

吾意老子，其苟全性命于乱世者乎？故挫锐解纷，和光同尘，善于用柔。其言曰："曲则全，枉则直；洼则盈，弊则新；少则得，多则惑。"其志亦足悲矣！老子既欲以柔胜刚，弱胜强，则居心不得不阴险。彼所谓居其实者，何往而非自私自利之

---

① 今作"凸镜"。

见存？大巧若拙，大辩若讷，老子之言不由衷，亦可见矣。

虽然，老子为一身计，则得计。至于治国家，则无为者必致万幾废弛，不争者必致四邻侵侮。印度、希腊哲学日兴，而国日衰，吾为此惧。日本远藤隆吉《中国哲学史》谓老子为纯正哲学、实践哲学，推崇甚至。

七　《庄子》文体真伪工拙之异同

庄子之学，出于老子，而文尤奇警。犹孟子之学出于孔子，而文尤奇警也。笹川《文学史》以《庄子》与《孟子》并称。战国之文，恢谲雄伟，虽儒家之纯实，道家之清净，犹不免为习俗所移。庄周识见高妙，性情滑稽，骋其笔锋，神奇变化，非常情所能测。

《荀子·解蔽篇》谓《庄子》蔽于天而不知人，洵为定论。然《庄子》之文，亦不一致。闽南郑氏《井观琐言》曰："古史谓《庄子》《让王》《盗跖》《说剑》诸篇，皆后人掺入者。"今考其文字体制，信然。如《盗跖》之文，非惟不类先秦文字，亦不类西汉文字。然自太史公以前即有之，则有不可晓者。常观《马蹄》《胠箧》诸篇，文意亦凡近，视《逍遥游》《大宗师》等篇，殊不相侔。

闽中族人自西仲氏作《庄子因》，仲懿氏作《南华本义》，皆分段加评，逐句加注。西仲之书，尤为塾师所重。然近世名臣孙文定、曾文正皆嗜《庄子》之文。文定《南华通》亦评其起承转合，提掇呼应，使人易晓。世人忌西仲之书通行海内，多诋其浅陋。不知蒙学课本以浅显为主，固万国公例也。日本大田才次郎著《庄子讲义》，多取西仲之说，译以和文。博文馆有刊本。

八 《列子》创中国佛教之文体

《列子》之文雄奇不逮《庄子》，而灵幻过之。《列子》盖佛教之始也。林类曰："死之于生，一往一反。故死于是者，安知不生于彼？"孔子许其得之而不尽者也。彼西域轮回之说未入中国以前，林类已脱然超悟矣。

《列子》之文，如女娲之补天也，愚公之移山也，非所谓神通广大者欤？蛇身人面，牛首蛇鼻，非所谓法象庄严者欤？熊罴狼豹貙虎为前驱，雕鹖鹰鸢为旗帜，非所谓皈依驯服者欤？姑射神人，吸风饮露，似天女之散花；中山鬼物，随烟上下，似夜叉之披发。不独纪周穆王之化人，以西域为乐国也。

列子之寓言，犹天竺之象教也。列子即人心营构之象而言，以尽世情之奇变，非造作邪说以诬世也。释典之文，如《圆觉》之深妙，《楞严》之光①博，《维摩》之奇肆，皆可属于《列子》之附庸矣。

九 《文子》之文体冗杂

《汉志·道家》《文子》九篇，注曰："老子弟子，与孔子同时。"而称周平王间，似依托也。后人因范蠡师计然姓辛，字文子，遂误两人为一人。《柳子厚文集》有《辨文子》一篇。称

---

① 光，疑应作"广"。

其旨意皆本于《老子》。然考其书，盖驳书也，其浑而类者少，窃取他书以合之者多。凡孟子辈数家，皆见剽窃。晓然而出其类，其意绪文词，又互相抵而不合，不知人之增益之欤？或者众为聚敛以成其书欤？今刊去谬恶滥杂者，取其似是者，又颇为发其意，藏于家。是其书不出一手，唐人固已言之也。

唐人尊《老子》为《道德真经》，《庄子》为《南华真经》，《列子》为《冲虚真经》，《文子》为《通玄真经》，《亢仓子》为《洞灵真经》。道家著述，几与《论》《孟》并重。《文子》之文，亦与《老》《庄》并重矣。

十　《商君书》创变法条陈之文体

古今言变法者多，能牺牲一身，以成事业，终致国富兵强者，商君一人而已。

商君之学似孔子，不外乎"足食足兵""民信之矣"二语。商君之垦令算地，皆足食之训也；战法画策，皆足兵之训也。商君之精言曰："圣人有必信之性，又有使天下不得不信之法。"又曰："圣人为法，必使之明白易知。"此皆民信之训也。君子信而后劳其民，商君有之。故曰："人主使其民信如日月，此无敌矣。"

商君之文，条达而善辨，明敏透辟，锋芒四射，使人主不得不信，而后臣民亦不得不信。于是商君乃得行其志焉。王安石《上万言书》，其明敏透辟，不让卫鞅。惟民信未孚，故秦更法而强，宋行新法而弱耳。呜呼！宋人变法之初，不能信赏必罚，昭天下之大信，是聚敛而已，岂足以致富强？虽能文如荆公，亦具文耳！

十一　《韩非子》创刑律之文体

申、韩之学，本于黄、老，盖变本而加厉也。申不害之书不传，观《韩非子·定法篇》，似举申不害、公孙鞅二家之法术合而一之，皆以为未善也。

《韩非子》谓舜之救败，是尧之失。贤舜则去尧之明察，圣尧则去舜之德化，不可两得也。此老吏断狱，深文致罪之辞，韩非子敢施之尧舜，亦奇矣哉！然可以破古人矛盾之说，亦千古之特识也。

《韩非子·八说篇》："凡仁人君子，有行有侠之得民者，皆以为匹夫之私誉，人主之大败。"实启秦政坑儒臣、杀功臣之端，而韩非子亦不能自免也。历朝党禁，竭天子之力，以与匹夫争。彼执法之臣，不得不柔媚以事上，苛察以制下，而刑律因以日繁。

韩非子言曰："孔、墨不耕耨，则国何得焉？曾史不战攻，则国何利焉也？"韩非子欲息文学而明法度，苟得其志，将尽天下之异己者而诛锄之矣！吾读韩非子之文，吾幸韩非子之不用也。日本笹川种郎称《韩非子》之文波浪万重，曲折顿挫，百态千状。又言五十五篇中，《忠孝》《人主》《饬令》等篇，文气稍弱，异于韩非子之文。

十二 《公孙龙子》创辨学之文体

《论语》言"正名"，《中庸》言"明辨"。衰周诸子邓析、尹文、惠施、公孙龙遂成名学一家之言。严子幾道译穆勒《名学》即同此家数，同此文体。

今邓析、尹文，皆非原书；惟公孙龙之书，较为完备。其书大指疾名器乖实，乃假指物以混是非，借白马而齐物我，冀时君有悟而正名实。

《淮南子》谓公孙龙粲于辞而贸名，杨子《法言》亦称公孙龙诡辞数万。日本远藤隆吉《中国哲学史》亦列公孙龙于"思索派"之诡辩家。盖其持论雄赡，实足以与庄、列谈空者抗。陈振孙以浅陋迂僻讥之，未允也。其"坚白论"曰："坚、白、石，三可乎？曰不可。二可乎？曰可。"谓目视石，但见白不见其坚，则谓之"白石"；手触石，乃知其坚，而不知其白，则谓之"坚石"。是"坚""白"终不可合为一也。其明辨大抵如此。"坚白"之辨，实通于心理学外界知觉。东人谓辨学为"论理学"，尚无定名。

十三 《鬼谷子》创交涉之文体

"鬼谷子"之名，始见于《隋志》。《汉志》"纵横家"，盖出于行人之官，有《苏秦》三十一篇，《张仪》十篇，今皆不传。胡应麟《笔丛》谓东汉人本苏、张之说，会粹而为之，托名鬼谷。

然其文固周秦之文也。高似孙称其一阖一辟，为《易》之神；一翕一张，为《老子》之术，出于战国诸人之表，诚为过当。宋濂《潜溪集》诋为蛇鼠之智，其文浅近，又抑之太甚。柳宗元《辨鬼谷子》以为其言益奇，其道益隘，差为得真。盖其术虽不足道，其文之奇变诡纬，要非后世所能及也。

《鬼谷子》"捭阖""飞箝"等篇，不过时人矫诈之常态。读其书，如见其肺肝然。虽然，交邻之道，惟国势相若，乃可以公法相持，信义相孚。否则寓干戈于樽俎之间，腾骋笔墨，肆为恫喝，叩关而至者，皆鬼谷也。然我能自强，无隙可乘，则彼所挟抵巇之术亦穷矣。

十四　《鹖冠子》不立宗派家之文体

鹖冠子，楚人，居于深山，以鹖为冠，号曰"鹖冠子"。宋陆佃为之注解，且称其书虽本于黄老、刑名，而要其宿，时若散乱而无家者。然其奇辞奥旨，亦每每而有也。窃谓战国时诸子各立宗派，鹖冠子独不立宗派，日本远藤隆吉《中国哲学史》谓《鹖冠子》为"折衷派"。诚有当"毋固""毋我"之旨，未可以杂家斥之也。

韩昌黎读其文，则谓："使其人遇其时，援其道而施于国家，功德岂少哉！"柳子厚作《辨鹖冠子》，则曰："得其书而读之，尽鄙浅言也。"二公所见不同如此。夫韩、柳皆号为古文巨子，其志趣亦略相同。今使韩、柳为主司，鹖冠囊笔而应试，其去取尚未定也。欧阳文忠曰："文章自古无凭据。"窃谓今日尤无凭据也。

十五　屈子《离骚》经文体之奇奥

《国风》列于经部，《楚辞·离骚经》独不能列于经部者，何耶？未经孔子删定而后人不敢也。然则抑《楚辞》于集部，果何说耶？

《楚辞》虽不足以进于经，犹足以自成一子。《楚辞》为诸子中有韵之文，犹《风》《雅》为群经中有韵之文也。列屈子于子部，固得其所矣。今大学堂《研究文学要义》中各条目无"楚骚"之体。否则降《老子》于集部，曰《老子文集》；降《庄子》于集部，曰《庄子文集》，始足以与屈子并列也。况屈、贾同传，千古定论。贾谊《新书》已列于子部，而屈子《离骚》乃侪于后人碌碌之文集耶？

《国风》好色而不淫，《小雅》怨诽而不乱，屈子盖兼之矣。蝉蜕尘埃之外，将欲与日月争光。虽节奏悽怆，为亡国之余音，然有才而不用，迫而出此不平之鸣，亦楚国懦主谗臣之罪矣。

十六　诸子伪书文体之近于古者

尝观姚氏际恒《古今伪书考》，深服其甄别之严。然亦有不敢苟同姚氏者。则姚氏不明天算，误以《周髀》为伪书也。至于兵家之《六韬》，道家之《关尹子》，法家之《邓析子》，杂家之《燕丹子》，皆伪而近于古者也。张南皮《书目答问》之说如此。

今观《六韬》，相传出于太公，而精严不逮孙、吴。然三国时蜀先主观之，已与诸子相提并论。《关尹子》，相传周尹喜撰，其书中如一息得道，婴儿芝女，金楼绛宫，青蛟白虎，宝鼎红炉，诵咒土偶之类，老聃时皆无此文藻。然其书为陆德明《经典释文》所引，则当出于六朝以前。《邓析》之文，节次不联属，似掇拾之本。《燕丹子》则抄录《史记》而为之也。

之数子者，文体犹近古，《鬻子》《华子》诸伪书，虽存于《四库》，其文体不足论矣。尤伪者，如《尉缭子》之类，书虽存，习之者亦少。

十七　诸子佚文由近人辑录之体

守山阁刊本《慎子》一卷，《尹文子》一卷，皆校录其佚文为附卷。《尸子》辑本则有两家：章氏宗源辑本则有二卷，刊入"平津馆丛书"；任氏兆麟辑本则有三卷，刊入"心斋十种"。唐马总著《意林》五卷，周秦之佚文，或赖以存百分之一二。近代马氏国翰《玉函山房丛书》搜集佚书，子部尤夥。周秦以前，片言单语，珍逾拱璧焉。

然零星掇取于类书注释之中，必不能复还故观，亦无从论其文体。惟《慎子》《尹文子》《尸子》已成卷帙者，虽旧文残缺，其崖略犹可见耳。慎到之大旨，欲因物理之当然，各定一法以守之。《尹文子》则谓有理而无益于治者，君子弗言。《尹子》之劝学处道，则几于正矣。

读古佚书，学近人辑录体例，亦不外征引详实，整齐排列耳。

十八　学周秦诸子之文，须辨其学术

文学家于周秦诸子，当论其文，非宗其学术也。此张南皮之说也。《大学堂章程》中学"文学门"。窃以为学周秦诸子者，必取其合于儒者学之，不合于儒者置之。则儒家之言已备，何必旁及诸子？所以习诸子者，正以补助儒家所不及也。

吾读诸子之文，必辨其学术，不问其合于儒家、不合于儒家。惟求其可以致用者读之。果能相业如管仲，将略如孙吴，胜于俗儒自命为文人矣。

次之，如《九章》之算术，《墨子》之格致，亦足以制器尚象，以益民用。《老》《庄》《列》《文》四子，匪我师资，虽论其文，未尝习其学也。商君、韩非之治国，公孙、鬼谷之骋言，用于抢攘之世，犹胜于道家也。鹖冠、灵均，有才不遇，读其文，辄令人悲从中来。文之动于情者，真也。

呜呼！今日之中国，方以文义艰深为病。传甲不敢拾周秦之奇字以炫博洽，不敢驰诸子之横说以误天下，疏陋之讥，在所不免，惟笃实致用之士或许我乎？

第十篇　史汉三国四史文体
正史二十四部，而史法多出于四史，故论次较详，其余二十部详见下篇

一　《史记》为经天纬地之文

孔子作《春秋》，绝笔五百年。有汉司马迁继起，作《史记》。於戏！史公之特识，作史者万世之师表也。

《太史公自序》托始于颛顼命南正重司天，北正黎司地，历唐、虞、夏、商，世序天地。周秦为司马氏。及汉之建元、元封间，迁父谈为太史公，位丞相上，司文史星历之事。

迁生龙门，南游江淮，上会稽，探禹穴，窥九疑，浮于沅湘。北涉汶、泗，讲业齐鲁之都。观孔子遗风，乡射邹、峄。厄困鄱、薛、彭城，过梁楚以归。于是选仕为郎中。奉使西使巴蜀以南，南略邛、筰、昆明。

还报命，乃发石室金匮之书。上起轩辕，下终天汉，为经天纬地之文。其于本纪、年表、月表，皆以天时为之经。"历书"又总合古今甲子，以纪年、月焉。诸侯王之世家，皆以邦国为之纬。《河渠书》又总合江河派别以兴水利焉。虽一家之言，实天地间之绝作也。

后世太史所谓编修、纂修、协修者，不但叩以浑盖黄赤而不辨，且有终其身未尝撰一字入史戒者，斯则为太史公之牛马走而不足矣。

二　《史记》通六经自成一家之文体

《史记·五帝本纪》引用《帝典》；《夏本纪》引用《禹贡》；《殷本纪》引用《商颂》；《周本纪》引用《春秋》；《礼书》《乐书》，则比于《礼记》《乐记》；《日者列传》《龟策列传》虽近于《易》，然圣贤重民事而远鬼神，故孔子五十而后学《易》。

史公之作《史记》，亦先《诗》《书》而后卜筮也。通六经之精意，成一家之著述，纲罗群编，胥归一贯。班固乃诋其采经摭传，分散数家之事，甚多疏略，或有牴牾。此特文人相轻之意气耳。

史迁叙二帝三王之事，较《尚书》家尤为详备，岂可遽议疏略乎？代远年湮，不能详考。故史公之略商周而详秦汉者，犹孔子略夏商而详周室也。至于牴牾之处，亦由经传各有异义耳。班固又谓《史记》"论大道则先黄老而后六经"，不知《史记》于孔子进于世家，老、庄、申、韩则同为列传，果孰先而孰后耶？是则不待辨而自明矣。

三　《史记》"本纪""世家"文体之辨

刘知幾《史通》曰："天子为本纪，诸侯为世家。斯诚说矣！但区域既定，而疆理不分，遂令后之学者，罕详其义。案：姬自后稷至于西伯，嬴自伯翳至于庄襄，爵乃诸侯，而名隶本纪。若以西伯、庄襄以上，别作《周秦世家》，持殷纣以对武王，拔秦始以承周报，使帝王传授，昭然有别，岂不善乎！"

传甲案：知几所论，乃编年之体，非本纪之体也。凡本纪，必追溯其所自出。若《周秦本纪》，截去文王、庄襄以前，是为无本之木、无源之水也。若列《周世家》于《周本纪》之前，《秦世家》于《秦本纪》之前，则冠履倒置，名称不顺。若列《周秦本纪》于本纪，而降《周秦世家》侪于齐、鲁，则颠乱弥甚而不可读矣。况周人尊后稷以配天，追王太王、王季，上祀先公以天子之礼，则史迁冠之本纪之前，不亦宜乎？知几特苛责前人而已。《项羽本纪》《吕后本纪》尝亦滋异议，然二人皆公为政于天下，史则从其实也。

四 《史记》"世家""列传"文体之辨

史迁列孔子于世家，王安石独非之。其言曰："夫仲尼之才，帝王可也，何特公侯者？仲尼之道，世天下可也，何特世其家哉？处之世家，仲尼之道，不从而大；置之列传，仲尼之道，不从而小。而迁也自乱其例，所谓多所牴牾者也。"

传甲案：荆公之说，徒为大言而鲜实者也。由战国以至楚汉之际，儒术不过九流之一。孔子之或与墨翟齐名，或为庄周之徒丑诋，名称未定于一尊。及汉武帝表章六艺，罢黜百家，司马迁锐气以名世自任，故列孔子于世家耳。《世家赞》之"至圣"二字，今泮宫神主，用以为孔子之号焉。仲尼弟子胪为《列传》，

235

今两庑先贤，咸得从祀焉。

於戏！孔子至圣，得太史公而益彰。安石何人，敢黜孔子为列传乎？安石之时，西夏方尊孔子为"文宣帝"。安石何不责史公不列孔子为本纪耶？世家列传，文体略同，但名称不同耳，何用哓哓多辨耶？

五　《史记》"十表"创统计学之文体

《史记》为文人所传诵久矣。其传诵亦不过记传之文耳，年表则可备考证而不便于传诵。彼文人之无实学者，弗能摹仿其体裁也。

郑夹漈曰："《史记》一书，功在'十表'。犹衣裳之有冠冕，木水之有本源。"王僧虔称其旁行邪上，体仿《周谱》，盖三代之遗法也。今历史新裁，尤以图表为重，实不能出史迁范围。

观三代世表，则古今帝王统计也。"十二诸侯年表""六国年表"，则强大各国之统计也。"秦楚之际月表"，则因战局未定而变迁较多，不能不力求详密也。"汉兴以来诸侯年表""高祖功臣年表""惠景间侯者年表""建元以来侯者年表""建元以来王子侯者年表""汉兴以来将相名臣年表"，皆汉室之统计册也。或年为经而人为纬，或年为经而地为纬，丝连绳贯，开卷犁然。

盖史法与历法相通也。今四裔编年表，皆各国大事，可见崖略。窃欲作光绪纪元各国月历、各省月表，有志而不能就绪，始服史公之学，未易几也。

六 《史记》"列传"文体之奇特

《史记》列传体裁，皆有精意。

冠以《伯夷列传》，诚龙门得意之笔也。其叙事皆以议论出之，为古人鸣不平之费。后之文人作史者，莫能得其仿佛焉。管、晏同传，其道同，其国同也；老、庄与申、韩同传，痛黄、老之流为刑、名也。至于屈原、贾谊，异世而同传，则悲其遇合迁谪略相似也。《刺客传》杂于列传之间者，尊侠士以抑霸者耳。《卫霍列传》次于《匈奴》，《司马相如列传》次于《西南夷》，所以著开边之功也。

后世列传，名臣最前，外国最后，失史公之精意，亦失文章之次第矣。循史、儒林、酷吏、游侠、佞幸、滑稽，皆各为列传，方以类聚，物以群分，非精于判别而能若此乎？儒林之目，后世歧为《文苑》，又歧为《道学》，儒离为三矣。而游侠犯禁，滑稽游戏者，史臣皆不之记也。

然史公精意所注，为绝笔者，则为《货殖传》。仲尼弟子，惟子贡互见，与范蠡、白圭竞，即《大学》所谓"生财有大道"乎？呜呼！商不出，则三宝绝，吾三复太史公之辞而悲之！

七 褚少孙、裴骃、司马贞、
张守节诸家增补《史记》文体

史迁《自序》："凡十二本纪，十表，八书，三十世家，七十列传，共为百三十篇。"《汉书》本传称其"十篇缺，有录无书"。张晏注以为迁殁之后，亡《景帝纪》《武帝纪》《礼书》《乐书》《兵书》《汉兴以来将相年表》《月者列传》《三王世家》《龟策列传》《傅靳列传》。刘知幾《史通》则以为十篇未成，有录而已，驳张晏之说为非。今考《日者》《龟策》二传，并有"太史公曰"，又有"褚先生曰"，是为补缀残稿之明证。当以知幾为是也。

宋裴骃《史记集解》、唐司马贞《索隐》，皆笺注体。然司马贞补《史记·三皇本纪》，援据详实，欲更《史记》篇次，亦自有条理。张守节《正义》论史例颇涉附会，录《谥法解》则颇便检查，足补八书所未备也。

八　归震川评点《史记》之文体

前明归震川读《史记》，以五色标识。各为标识，不相混乱。若者为全篇结构，若者为逐段精彩，若者为意度波澜，若者为精神气魄，以例分类，以便拳服揣摩，号为"古文秘传"。此章实斋《文史通义》所笑骂也。

章氏曰："归氏之于制艺，则犹汉之子长，唐之退之，百世不祧之大宗也。故近代时文家之言古文者，多宗归氏。"章氏此言，似指望溪，且直斥归氏所谓"疏宕顿挫"，其中无物，遂不免于浮滑，开后人以描摹浅陋之习。

虽然，儒生执业，不可无实学。无实学则文理虽通，亦空文也。但初学文理，必使之有法可循，而后可以文从字顺。故修辞学亦为各国文学士所重。空疏之弊，皆不学之咎，非不文之咎也。近日《〈史记〉菁华录评本》盛行于坊间，虽揣摩家所贵重，实胜于村塾古文远矣。

九 《汉书》仿《史记》之文体

东汉班固继其父班彪之业，作《汉书》一百二十卷。盖《史记》终于汉武，自太初以下，阙而不录。班彪因之，演成"后记"，以续前篇。固乃断自高祖，尽于王莽，为十二纪、十志、八表、七十列传，勒成一史，目为《汉书》。盖仿《虞书》《夏书》《商书》《周书》之名。其文体异于《尚书》，全仿龙门旧例也。但不为"世家"，改"书"曰"志"而已。由汉高以至汉武，凡六世之纪传，全录《史记》原文，亦间有损益。

宋人倪思撰《班马异同》，明人许相卿编《史汉方驾》，皆两录原文，互相校勘也。但校勘过密，失于烦琐耳。《史记》引《左》《国》，时有增删；《汉书》于《史记》亦然，且有移其先后，或自此篇移入彼篇者。合二书读之，知迁、固著述，各有精神。《史记·卫霍传》附录诸将，班氏则各为专传，则郑夹漈讥班氏之尽窃迁书，亦言之过激矣。

十 《汉书·地理志》之文体

《汉书》十志，为《史记》八书所未及者，班固创《地理志》、《艺文志》也。若《五行志》，则不足论也。已于《群经文体》中辨之。史迁周游广览，非不能作《地理志》者，必待班氏而始创前例，则后人之法恒密于前人也。

班氏《汉书》乃断代之史，其地理则上溯《禹贡》《周官》

者，明前人作史所未有也。秦人分海内为四十郡，惜萧何收图籍后，未尝撰《秦地理志》以贻后世也。汉北拓朔方，南并岭、粤，东收乐浪，西辟敦煌，广九州为十三部。班固能详考郡县建置之始，户口多寡之数，凡秦政旧迹，王莽新名，皆胪列不遗。而名山大川，亦附见于注文焉。侯国领县，亦从兹例。

西汉之世，去战国未远，各国遗民，畛域未化，犹自成风气。故班固附论于篇末，盖欲混同各国之旧俗，俾言郡国利病者可考也。班氏创此文体，可谓特识过人矣！吾独惜其有地志而无地图，独未为精备焉。国朝汪迈孙之《〈汉书·地理志〉校本》，全祖望之《稽疑》，钱坫之《斠注》，吴卓信之《补注》，皆专门之绝学，不仅为寻常文字之校雠也。

十一　《汉书·艺文志》之文体

汉自武帝建藏书之策，成帝时颇散亡。使谒者陈农求遗书于天下，诏刘向校经传、诸子、诗、赋，任宏校兵书，尹咸校数术，李柱国校方技。每一书已，向辄条其篇目，撮其旨意，录而奏之。向卒，哀帝复使其子歆继其事。歆于是总群书而奏其《七略》。故有《辑略》，有《六艺略》，有《诸子略》，有《诗赋略》，有《兵书略》，有《术数略》，有《方技略》。班固删其要，为《汉书·艺文志》。三代之旧籍，凡再见于秦火之后者，咸赖此编以存其目焉。

王伯厚辨章学术，考镜源流，《〈汉书·艺文志〉考证》十卷，折衷群言得失之故者，附刻《玉海》之后。后世《七略》之目，变为经、史、子、集四部。目录之体，遂一变而不可复矣。

郑樵痛诋班氏，然《艺文略》亦不能不取法于向、歆。章实斋《校雠通义》，所以有宗刘、郑之篇也。

抑吾窃有感者：今日执政之臣，凡六部所不及者，不得不增设外部、商部。著述之事，今日亦非昔比。吾欲于经、史、子、集四部之外，设"外部"也。

十二　《汉书·西域传》文体

《汉书·西域传》最详实，龙堆以西，葱岭以东，凡数十国，多《史记·大宛传》所未及。每国各记其去阳关若干里，去长安若干里，户口几何，胜兵几何。凡其国王之所治，及其道途、山川、风俗、物产，皆胪列焉。虽《西域传》，实《西域志》矣。

此体与《地理志》同，非寻常文墨之士可操其作传之才以作此也。班超投笔万里外，取封侯印。班氏于西域全势，无不实验，故其为书，足以信其时，传于后。

其文体之整洁，尤为后人所不易及。颜师古注其训诂，而略其地名，盖知其难也。国朝徐松以事戍新疆，著《〈汉书·西域传〉补注》二卷，则得诸身历也。迩来《西域图考》之类，著述日多，推求日密。魏默深、龚定庵、何愿船诸巨子之后，惟洪文卿考证尤详。盖兼采西文地图，以资印证也。

今天山南北路，犹为新疆府厅州县所治。而浩汉爱乌罕，皆见胁于强敌；东西布鲁特，左右哈萨克，相继画于境外焉。读《汉书·西域传》，重余悲矣。

十三 班昭续成《汉书》"八表"
并"天文志"之文体

班固从窦宪北伐匈奴，登燕然山，勒铭而回，故坐宪党，以罪诛，八表、天文志皆未成。和帝诏其妹昭，就东观藏书踵成之。贤哉昭也！不仅昌明女学，垂《女诫》以训后世也。后世尊之曰"曹大家"，诚为文史之大家矣。

作史惟"纪传"较易，"书""志"甚难，而"表""谱"则尤难。《天文志》则"志"之最难也。今日士人皓首穷经，有不辨经星常宿者，何况妇女失学，有终身不识一字者乎？

王侯、功臣、百官、公卿等表，虽仿法《史记》，然昭、宣、元、成、哀之事，史公盖不及见，而有待于后人也。《古今人物表》举书契以来之人物，区分九等，既无汉人，而附于《汉书》，诚不可解。刘知幾谓《古今人物表》"仰包亿载，旁贯百家，其言甚高，其义甚惬"，则誉之太过。郑夹漈则谓其"强立差等，他人无此谬也"，又抑之太过。杨升庵亦谓其自乱其体，其言最允。虽然，班昭一女子，能知西汉以前人物之多如此，后人读史不熟，能举汉以来人物而立差等乎？女学久绝，蔡中郎有志续《汉书》，亦陷于董卓党祸。其女文姬，才似班昭，不克随其父匍匐浑仪，载之篇章，而女学之明天算者益尠矣！

十四 《后汉书》"纪传"后附
"论""赞"之文体

南朝刘宋时，范蔚宗撰《后汉书》，"本纪"十卷，"列传"八十卷。别有《后汉书》"论""赞"五卷。后人以"论""赞"散于"纪传"之后。故刘知幾曰："马迁《自序》后，历写诸篇，各叙其意。既而班固变为诗体，号之曰'述'。蔚宗改彼'述'名，呼之以'赞'。固之总述，合在一篇，使其条贯有序。蔚宗后书，乃各附本事，书于卷末，篇目相离，断绝失序。夫每卷立论，其烦已多，而嗣论以'赞'，为黩弥甚。亦犹文士制碑，序终而续以'铭曰'；释氏演法，义尽而宣以'偈言'。"由此观之，知幾时"论""赞"已附"纪传"之后矣。夫《史记》"太史公曰"云云，大抵补纪传所未及，非有意重复。自蔚宗作俑，唐人《史记索隐》，亦赘以"述""赞"矣。

蔚宗之书，创为"后纪"，与"帝纪"并列。而传中又兼采《风俗通》《抱朴子》之文，以腾异说，实乖正史之体。然范氏之先，若刘珍之《东观记》，谢承、薛莹、华峤、谢沈、袁山松之书，今并无一存者。必范氏著述，博赡过于余子乎？或范书浮薄近俗而浅人易入乎？马班复起，当不谓然。蔚宗盖有文才而无史才，实为晋宋诸史导先路矣。

十五 司马彪续《汉书》"志"之文体

《隋书·经籍志》载司马彪续《后汉书》八十三卷，唐书亦同。《宋志》惟载刘昭补注《后汉志》三十卷，而彪书不著录。是宋时仅存其"志"，故移以补《后汉书》之阙。今并入《后汉书》"后纪"之后，"列传"之前，题曰"梁剡令刘昭补并注"。惟刘昭"序"称司马续书，总为八志。历律之篇，仍乎洪、邕之所构。车服之本，即依董、蔡之所立。仪祀得诸往制，百官就乎故簿，并藉据前修以济一家者也。

彪书既并入《后汉书》，其目录不知为谁氏所订，一"志"分为数卷，一卷又分列细目。如《律历志上》分列律准、候气，《律历中》分列贾逵论历、永光论历、延光论历、汉安论历、熹平论历、论月蚀，《律历下》分列历法。《礼仪志》则分别各节各祠，《郡国志》则分列各州各郡。其余诸志亦然。其近于繁琐，为史法家所议。然作者便于编辑，读者易于观览。厥后司马温公《通鉴》目录，即仿此体也。

一部《廿四史》，从何处说起？吾欲详列目录，以贻初学，则有志而未逮也。宋人熊方《补后汉书年表》十卷，国朝钱大昭《后汉书补表》八卷，侯康《补后汉书艺文志》四卷，皆当援司马彪、刘昭之例，增入《后汉书》也。

十六　《三国志》文体之创例及正统所在

晋陈寿撰《三国志》六十五卷。凡《魏志》三十卷，《蜀志》十五卷，《吴志》二十卷。名则"志"，而体则"传"也。

今《三国志》列于正史，而魏蜀正统犹争持而未决也。朱竹垞作《陈寿论》，曰："王沈则有《魏书》，鱼豢则有《魏略》，孔衍则有《魏尚书》，孙盛则有《魏春秋》，郭颁则有

《魏晋世语》。之数子者，第知有魏而已。寿独齐魏与吴、蜀，正其名曰'三国'，以明魏不得为正统，其识迥拔乎流俗之表。"

朱氏此论，最为平允。陈寿生迁、固以后，独创斯体，不可谓非良史之苦心。彼习凿齿作《汉晋春秋》，特以东晋偏安，藉尊蜀以自尊耳。北宋检点篡柴氏，则温公之《通鉴》帝魏。南宋偏安，则朱子之《通鉴纲目》又帝蜀焉。

呜呼！偏安之国，不能与五胡、女真战胜于中原，规复禹甸，其文士乃日日著书争正统焉，与夜郎自大何异乎？彼汉光武、唐灵武之中兴，虽不争正统，而正统自在也。

十七　裴松之注《三国志》之创例

唐颜师古之注《汉书》，章怀太子贤之注《后汉书》，皆明原书之诂训而已，未尝于原书有所增益也。

刘宋时，裴松之注陈寿《三国志》，乃博考群编，掇三国轶事，自创一体。其《上三国志注表》曰："其寿所不载事宜存录者，则罔不毕取，以补其阙。或同说一事，而辞有乖杂；或出事本异，疑不能判。并皆抄内，以备异闻。若乃纰谬显然，言不附理，则随违矫正，以惩其妄。"裴氏之例如此。其所征引，如《献帝起居注》《英雄记》《曹瞒传》之类，今无存焉，读其文并可考其事。卓哉裴松！非陈寿之功臣，而陈寿之益友也。

《晋书》以后，纪载日繁，故为史注者鲜矣。然《三国志》最阙漏者，莫如表、志。国朝洪亮吉《三国疆域志》，侯廉补《三国艺文志》，洪饴孙补《三国职官表》，其致力等于裴松，终当收入正史也。

十八　读史勿为四史所限

吾论"四史"文体，吾不甘为"四史"所囿也。吾见溺于时文者，为二帝三王所囿，凡战国以后帝王，或不辨先后焉。吾见证经义，考史法，习古文，撷骈雅者，为两汉三国所囿，凡两晋五胡十六国竞争之烈，或不能详说焉。

夫《史》《汉》《三国》之文，信美矣。采春华而忘秋实，虽能明古训，识古字，执古义以通群书，或举古例以绳诸史之短，曾何贵乎？故依读史之次第而言，亦先读"四史"。然卷帙繁重，皓首靡穷，况揣摩文体者？得其一篇，亦可呫哗数日，是特玩物丧志而已。

昔班固赞史迁，不过曰："辨而不华，质而不俚。不虚美，不隐善，故谓之实录。"今人不求其实，而求其文，虽马、班、陈、范复生，亦为责其不类。故论次四史，而极言文士之弊。愿学者博考乎图史，以成有用之文焉。

第十一篇　诸史文体_{此承前篇论四史文体而言}

一　《晋书》文体为史臣奉敕纂辑之始

《晋书》首列唐太宗修《晋书》一篇。刘知幾亦谓贞观中，治前后《晋史》十八家，未能尽善，敕史官更加纂撰。自是言《晋史》者，皆弃其旧本，竞从新撰。

然唐人所撰类书注释，每称引王隐、虞预、朱凤、何法盛、谢灵运、臧荣绪、沈约之书。与夫徐广、干宝、邓粲、王韶、曹嘉之、刘谦之之纪，及孙盛、习凿齿、檀道鸾之著述，则《晋书》虽成，固已不惬众论也。今《晋书》帝纪十卷，志二十卷，列传七十卷，载记三十卷，总一百三十卷。惟陆机、王羲之两传论皆称"制曰"，盖太宗亲御丹铅之文也。

呜呼！晋室之衰，皆尚文艺、工书法之故耳。唐人因刘元海与高祖渊同名，不敢加贬语，则以为符瑞焉。是以史臣曰："元海人杰。"又曰："策马鸿骞，乘机豹变。"何颂扬若此之甚乎？东晋九分天下而有其二，曾不足三分之一，乃《地理志》依然若统一之宇内焉。国朝洪亮吉撰《东晋疆域志》《十六国疆域志》，晋室分崩离析之象，如观掌上矣，可不惧乎！

247

二 《宋书》文体皆因前人之作

《宋书》百卷，凡帝纪十卷，志三十卷，列传六十卷。齐永明中沈约奉敕撰。今本题曰"梁沈约撰"，以约仕终于梁，从《隋书·经籍志》之旧也。

当时作史者有何承天、苏宝生、徐爰之徒。何承天不但明于文史，且习于星历。惜其年不永，惟纪传及《天文》《律历》两志，犹出承天之手。苏、徐以后，大端毕备，沈约不过因人以成事耳。

永、光以后，不免迁就，以合时君之旨。虽自谓创立新史，取舍是非，未必皆当。又况喜造奇说，以诬前代，如王邵所讥耶？姚察称其高才博洽，名亚迁、董，要非此书定论。

其《地志》于侨置州郡，及创立并省之故，多不详其年月，亦惟疏略。惟《礼志》合郊祀、祭祀、朝会、舆服总为一门，以省支节。《乐志》详述八音众器及鼓吹铙歌诸乐章，以存义训，则《宋书》文体之详赡者也。

三 《南齐书》文体多谀辞

南齐宗室萧子显仕梁，撰《南齐书》五十九卷，八纪，十一志，四十列传。以故事多附会，辞多溢美。

初，江淹已为十志，沈约又为齐纪。而子显自表武帝，别为此书。刘知幾曰："子显虽文伤蹇踬，而义为优长，为序例之美者。今考此书，良政、高逸、孝义、幸臣诸传皆有序，而文学传独无叙，殆亦宋以后所残阙欤？"曾巩则讥其喜自驰骋，刻雕藻绘之变尤多，而文益下，洵非诬也。

江淹知作"志"之难，然《南齐书》志天文，但记灾祥；志州郡，不著户口；《律历志》，则阙焉而不能作。虽有"志"，何足贵乎？况祥瑞五行，附会图谶，几于以操、懿、丕、炎之行，为放勋重华之道。《魏虏列传》仿《宋书·索虏》而衍之，肆口相讥，不能深悉其国情，以图恢复。江左宴安者，不以中原为事，情见乎辞矣！

四 《梁书》《陈书》文体成一家之言

两汉著作之盛，如司马氏之谈、迁，班氏之彪、固，皆父子相继而成也。梁史官姚察仕于陈，官至吏部尚书。隋高祖问以梁、陈之事，因为书。未就而卒。子思廉能世其学。唐武德、贞观间，诏思廉与魏徵同撰《梁书》《陈书》。今本惟题思廉，不及征，意者征但领史馆而不暇撰述耳。

今按：《梁书》六本纪，五十列传，合五十六卷；《陈书》六本纪，三十列传，合三十六卷。惟未作表志，为其缺憾。不如马、班远甚。但其排比次第，犹具汉、晋以来相传之史法，要异乎取成众手、编次失伦者矣。

姚氏父子历事梁、陈、隋、唐四代，律以今制，当传诸"贰臣"。然国虽亡，史臣必不死。夏太史终古之奔商，殷太史高势之奔周，皆因一代图籍所在，不忍湮灭也，何可以责姚氏乎？然思廉撰《陈书》，列其父《姚察之传》于江总之后，殆雅慕江总之文辞乎？由今日观之，是犹自投于浑浊也。

五 《魏书》文体惟《官氏志》最要

《魏书》十二纪，九十二列传，十志，凡一百一十四卷，北齐魏收撰。收恃才轻薄，有"惊蛱蝶"之称。收之书为世诟厉，号为"秽史"。其不足以传信，明矣。

初，魏史官邓渊、崔浩、高允皆作编年之书，浩则以直笔婴大戮。其后邢峦、崔鸿、王遵业、温子升之流，皆有撰述。魏收博访百家，包举一代，惟先"列传"而后各"志"，次第异于马、班，失轻重之序。

《帝纪》第一曰《序纪》，由成帝毛以逮昭成帝什翼犍，凡二十七世，仿《史记》为之。惟塞外传闻歧异，无征不信耳。

其《官氏志》言安帝统国，诸部有九十九姓。其后往往易朔漠之姓为汉族旧姓。其姓之至今未改者，一"尉迟氏"而已。读《魏书·官氏志》，令人悚然于他族逼处之惧矣。

《释老》一志，亦为魏收所创，犹《史记》之《封禅书》乎？然终不宜溷之正史也。

隋魏澹《后魏书》，惟存《太宗纪》一篇。唐张太素《后魏书》，惟存《天象志》二卷。魏收亡此二篇，后人乃取他书以补之也。

六 《北齐书》文体自成一家，规模独隘

《北齐书》帝纪八，列传四十二，共五十卷，唐李百药奉敕撰。盖承其父德林之业，纂辑成书，犹姚思廉之继姚察也。

北齐立国本浅，文、宣以后，纲纪废坏，兵事俶扰。既不及后魏之整饬疆圉，又不及后周之修明法制。其倚任为国者，亦鲜始终贞亮之士，均无奇功伟节资史笔之发挥。

观《儒林》《文苑》传叙，去其已见《魏书》及见《周书》者，寥寥数人，聊以取盈卷帙而已。是其文章之萎靡，节目之丛脞，固由于史材、史学不及古人，要亦其时为之也。

一代兴亡，当有专史，典章沿革，政治得失，人材优劣，于是乎征焉，未始非后来之鉴也。

七 《北周书》文体欲复古而未能

《北周书》本纪八，列传四十二，合五十卷。唐贞观中，令狐德棻建议修梁、陈、周、齐、隋五史。而德棻专领《周书》，与岑文本、崔仁师、陈叔达、唐俭共修之。

当周、隋时，柳虬、牛宏各有撰述。德棻多因循旧说。今本残阙甚多，多取《北史》以补之。刘知幾于令狐之书多贬辞，谓宇文开国之初，事由苏绰，军国词令，皆准《尚书》。太祖敕朝廷他文悉准此，而令狐不能别求他述，用广异闻，惟凭本书，重加润色。遂使周室一代之史，多非实录云云。然知幾论史，不知文质因时，纪载从实。周代既文章《尔雅》，仿古制言，自不能易彼古文，改从俪偶。知幾之文多习骈语，故不以令狐为然也。

吾独讥令狐于周室一代典章，及仿《周礼》六官、府兵之制之类，不能区为志乘，使后人有所稽考，则令狐之失，不能讳也。

八 《隋书》文体明备，十志尤称精审

《隋书》帝纪五卷，列传五十卷，皆署唐魏徵等奉敕撰。

"志"三十卷，介于"纪""传"之间，皆署长孙无忌等撰。据刘知幾《史通》，撰"纪""传"者为颜师古、孔颖达，撰"志"者为于志宁、李淳风、韦安仁、李延寿、令狐德棻。

按：贞观三年，诏修《隋史》。十五年，又诏修梁、陈、周、齐、隋五代史志。故《隋书》十志，皆不以隋代为限。梁、陈、周、齐诸书之无志者，可藉此以为考证焉。其编入《隋书》，以隋居五代之末，非专属隋也，上接魏、晋，条理一贯。

《律历志》出于李淳风之手。如南齐祖冲之减闰分，增岁差，其子程暅之复行之于梁代。其后宋景业、李业兴、甄鸾、马显、张宾、张胄玄之术，亦附见焉。北齐张子信言日行有人气差，刘焯因以立"盈缩躔衰"，非淳风不能言其详也。

《五行志》不类淳风之笔，或云褚遂良所作。本《四库提要》。《经籍志》述经学源流多舛。然四库部分，垂为后世定法。其中所列古籍，多不见于《汉书·艺文志》者。汉以后、唐以前之著述，尤赖此备考证焉。

《兵志》之作，又隋以来所未有也。《唐书》以来，皆沿其例乎？

九 《南北史》仿《史记》纪传之文体

唐显庆中，李延寿抄撮其近代诸史，南起自宋，终于陈；北

起自魏，终于隋。《南史》八十卷，《北史》一百卷，号曰《南北史》。

初，《魏书》谓南朝曰"岛夷"，《宋书》谓《北朝》曰"索虏"，各内其国，未有折衷。今观《南史》本纪中删其连缀诸臣事迹，列传中多删其词赋，盖意存简要，殊胜本书。然宋、齐、梁、陈九锡之文，符命之说，告天之词，皆沿袭浮夸，仍芟削未尽。且累朝之书，勒成通史。纪传之外，不能撰为表志，亦属阙典。

其列传以姓为类，分卷无法。《南史》则王、谢分支，《北史》则崔、卢系派，故家世族，一例连书。览其姓名，则同为父子；稽其朝代，则各有君臣。岂知家传之体，未便施之国史乎？是不得援《史记》世家为例也。

刘昶、萧宝寅反复南、北之间，二史互见，实不得不然，否则无可位置也。

十　新旧《唐书》文体之异同

五代石晋时，刘昫奉敕撰《唐书》二百卷，本纪二十，志三十，列传一百五十，即《旧唐书》也。自宋嘉祐后，欧阳修、宋祁等重修新书，刘昫旧书遂废。然旧本恒传述不绝，学者表昫之长以攻修、祁之短者亦不绝。

刘昫之书，多因仍吴兢、韦述、于休烈、令狐峘之旧，故具有典型。观《顺宗纪论》题史臣韩愈，《宪宗纪》题史臣蒋系，此因仍前史之明证也。长庆以后，史失其官，故多疏舛，昫亦无所因也。

新书首《进表》以曾公亮为首。书中本纪十，表十五，志五十，题修名；列传一百五十，题祁名。本以补正刘昫之舛漏，自称"事增于前，文增于旧"。刘安世《元城语录》谓事增文省，正新书之失，而未明其所以然。

今按《新唐书》文体之足以上祧《史》《汉》者表之。《宰相表》以年为经，宰相、三公、三师为纬，朝政得失，一览可知矣。《方镇表》以年为经，地为纬，藩臣叛服，一览可知矣。《宗室世系》《宰相世系》，稍觉繁衍。然《史记》以后，世家不作，欧公复古，诚为卓识，亦未可訾议矣。

十一 《旧五代史》文体仿《三国志》，《新五代史》文体仿《史记》

宋开宝中，薛居正受诏修梁、唐、晋、汉、周书，是为《旧五代史》。凡百五十卷，目录二卷，为纪六十一，志十二，传七十七，多据累朝实录及范质《五代通录》。故诸臣列传，或云事见某书，或云某书有传。盖梁、唐、晋、汉、周各为一帙，而合为一编，如《三国志》之例是也。

其后欧阳修别撰《五代史记》，上拟龙门，皆刊削旧史之文，意主断制，尽列本纪于前，而历朝家人、历朝不事二姓之臣，自为一类。其特异者，如《死事》《一行》《义儿》《伶官》《宦者》诸传，皆创例也，特识也，非薛史所及也。《唐六臣传》《杂传》则近日《贰臣传》之先声也。

薛史《世袭列传》《僭伪列传》，欧史易之曰"世家"，名合于古而意得其平矣。薛史尚有《礼乐》《食货》《选举》《刑法》《职官》诸志；欧公一例芟除，仅作《司天》《职方》二考，则不逮薛氏之详也。

金章宗废薛史，专用欧史。元人因之。明人拆薛史于《永乐大典》中。乾隆时复辑而出之，列于正史焉。

十二　《宋史》文体之繁舛

《宋史》四百九十六卷，在一部《廿四史》中，卷帙独繁。元托克托①开史局，既集成众手，必检校难周。故柯维骐以来，多诋其舛误。其总目：本纪四十七，志一百六十二，表三十二，列传二百五十五。然《叛臣传》后六卷，皆题曰"世家"，而总目未之及也。

《本纪》第一行曰"太祖启运立极英武睿文神德圣功至明大孝皇帝讳匡胤"云云，已令读者不耐读，强记者不能记矣。大抵宋人尚虚文，元人亦因而录之。宋之宗室，不逮唐之繁衍，而《宗室世系表》倍于唐书。《儒林列传》之外，更表异为《道学传》。然则道学或薄儒者而不屑为耶？吕祖谦、蔡元定、陆九渊又何以不齿于道学耶？《文苑传》七卷，北宋已居其六卷，南宋仅周邦彦后一卷而已。《循吏传》则南宋无一人也。

列传多载其祖父之名，而无事实，则似志铭之体；详官阶升转，又似履历之牍。然宋人板本风行，宋人著述，存于世者较多。核以《宋史》，事多歧异。然卷帙太多，校勘者亦不能尽举其失矣。

---

① 今一般译为"脱脱"。

十三　《辽史》文体之简要

《辽史》一百有六卷，亦由元托克托撰。本纪三十卷，志三十一卷，表八卷，列传四十六卷。《辽史》不作《天文志》，而作《历象》，最为特识。而官星之关于推步者，皆可入历志。彼前史之作天文志者，徒侈機祥耳。

游幸属国，虽见于本纪，仍列为表。部族虽见于《营卫志》，亦列为表，颇近于复。然表者，取其类聚群分，一览而见，便于读者，又何可废耶？

列传简明，故开国元勋耶律曷鲁、韩延徽之功，其传不盈一卷。其他传或寥寥数行耳。天祚以后，辽亡于金。而西辽耶律大石犹帝制自为，数传，亡于乃蛮。及元灭乃蛮，乃灭夏，灭金，元人兼有西域，广土众民，而辽苞于域内。何以西辽偏安时代之记，曾不及南宋百分之一乎？托克托不旁征于傲外故也。

辽人东通日本，西控波斯、西突厥，惟仅得中原东北一隅。不读《辽史》，而仅阅俗本纲鉴者，不知辽之全势盛于金也。厥后金源、蒙古，有志于中原，皆造攻自辽，辽失而中原随之矣。谓予不信，曷取辽、金、元三史读之？厉鹗《辽史拾遗》，考据亦详。

十四　《金史》文体中交聘表最善

《金史》一百三十五卷，亦元托克托撰。本纪十九卷，志三十九卷，表四卷，列传七十三卷。其文体足法于后世者，则交聘表是也。

表起于太祖收国元年，以年为经，以宋、夏、高丽三国为纬，迄于金国之亡，凡三卷。当日和战大局，一览可知。要言不烦，多切中事理。今日交涉日多，则此体诚不可少也。近日有钱氏、蔡氏两家所撰《交涉表》。良史特识，不让迁、固矣。

至于《历志》，则采赵知微之《大明历》，而兼考浑象之存亡。《礼志》则掇韩企先之《大金集礼》，而兼考杂仪之品节。《河渠志》之详于二十五扫。《百官》首叙建国诸官，元元本本，具有条理。《食货志》可证宋金互市，江浙以茶易河南之丝。今昔物产迥异，皆足以益人智识。其纪传之详略得宜，犹余事也。虽有小疵，弗可贬矣。

十五　《元史》文体多疏舛

《元史》二百十卷，明洪武二年李善长表进，实宋濂等修之也。卷首有"纂《元史》凡例"，谓本纪准《两汉史》，志准《宋史》，表准辽金史，列传准历代史。惟不作论赞，亦非毫无意例志者也。

总目：本纪四十七卷，志五十三卷，表六卷，列传九十七卷。按：明初得元人《十三朝实录》，为纪传史料。又得虞集《经世大典》，于元之一代典章粗备。惟初开史局仅八月，重开史局仅六月，以年余之力，欲尽得元室雄才大略而书之，不可得矣。

《太祖纪》世系，尚不及《元朝秘史》《蒙古源流》之详。太宗、宪宗威行西北，震耀欧洲，而本纪所书，不及《元史译文证补》之半。

《地理志》西北地附录，毫无诠释。必待今日欧亚大通，转藉俄罗斯文、阿拉伯文考证之。洪文卿之书，所以得前人未有也。

《诸王表》但载封号印纽，不言封地大小、远近，亦失其轻重矣。若仿辽金史，尚宜作《部族表》《属国表》《交聘表》，宋濂不能为也。钱辛楣《元史氏族表》三卷、《补〈元史·艺文志〉》四卷，皆当收入正史也。

列传中速不台、雪不台，一人歧为二传者有之，诚前史所无之巨谬。四法薛齐名，赤老温独无传，不知何意。汪氏辉祖有《元史本证》，固宋濂诤友也。

十六　《明史》文体集史裁之大成

《明史》三百三十六卷，经国朝圣祖、世宗、高宗三朝敕修。虽首命试馆臣彭孙遹等五十人，继而因王鸿绪《明史稿》增损之，终成于张廷玉之表进。其间后先其事者，名臣大儒盖以百计。伟矣哉，史之至文也！

至于历志用图，实出梅文穆公手定，创前史所未有。且明之《大统》，出于元之《授时》，为中法之最精者，得藉以传诸不朽焉。某总裁无识，欲去图存说，以复古体，不亦愚乎？见梅氏丛书《赤水遗珍》。《艺文志》断自洪武。虽为创体，然刘知幾已言之矣。

《七卿表》亦创体也。明废左右丞相，政归六部，而都察院纠察百司，为任亦重，故合而七也。

列传创新例者三，曰"阉党"，曰"流贼"，曰"土司"。明季士大夫之谄附权珰，小民之困于闯献，皆前古所未有。土司即古羁縻州。《明史》列"羁縻卫所"于《兵志》，而以土司之隶于各布政使司者。为《土司传》，与内地异，又与敌国异矣。

三藩纪载悉秉大公，死事诸臣，咸予嘉谥。朱明之裔，列爵等于宾恪，此则自有史乘以来所未有也。

十七　编年文体：温公《通鉴》似《左氏》，《朱子纲目》似《公》《穀》

编年之书，自荀悦《汉纪》、袁宏《后汉纪》以后，惟《资治通鉴》二百九十四卷为大宗。

温公竭十九年之力，正史之外，采杂史二百二十二种。其残稿在洛阳者盈两屋，非掇拾删并者所能为也。同馆刘攽、刘恕、范祖禹，皆通儒硕学，非空谈心性者。故网罗宏富，体大思精。上起战国，下终五代，凡名物训诂、典章制度、象纬方舆，皆非夙学不能通。胡三省之注所以珍重于世也。温公别为《通鉴考异》《通鉴释例》《通鉴目录》，生平精力，固尽用于此矣。

朱子因《通鉴》作纲目，如坐堂皇，决功罪，秉笔褒贬，自拟《春秋》。元、明儒者亦以《春秋》拟之。莽大夫、晋征士，几为千古之定论焉。温公任其难，朱子因其易矣。

李焘以来，续《通鉴》者数家。毕秋帆之书出，宋、元、明之续《通鉴》者，皆可废矣。《纲目》则有金履祥《前编》。明商辂《续编》，附于朱子以行焉。

观《通鉴》，事实详明如《左氏》。《纲目》之例最严，而事实多疏，则《公》《穀》之流亚也。圣祖御批，宸谟独断，则麟经以后之特笔也。

十八　"三通"文体之异同

"三通"文体，皆通贯古今，为诸史之纬；政典所在，为从政者所宜读。此史学家为己之学，异于略涉纪传者批评文章，泛论事实也。

唐杜佑作《通典》一百卷，长于说礼。其源出于《周官》，今好古者皆通其书。宋郑樵作《通志》，《四库》列于别史，然纪传皆无足观，惟《二十略》最为简略。元初马端临作《文献通考》三百四十八卷，贯穿前史表志，兼综群书，体尤明备。力不足读全史者，读温公《通鉴》及《马氏通考》，亦足以通古今矣。

乾隆三十二年，敕撰《续三通》《皇朝三通》。虽各有体要，仍不免重规叠矩。近人多读《文献通考》《续通考》《皇朝通考》，大端已可概见。乐简易者又为《三通考辑要》，以便观览焉。古人读书有提要钩玄之法，则辑要又何以菲薄耶？若《时务通考》之类，则风斯下矣！

第十二篇　汉魏文体为史以时代为次，详经世

之文而略于词赋。惟文学史例录全文。讲义限于卷幅，不能备录

一　贾山《至言》为上皇帝书之创体

汉高帝时，元勋如萧何、张良，文学如随何、陆贾，皆未有言事之书疏著于世。施及孝文，颍川人贾山始上书，言治乱之道。借秦为喻，名曰《至言》。宋儒真西山《文章正宗》所以称为汉高以来所未有也。

王伯厚曰："山之才亚于贾谊，其学粹于晁错。"明人唐荆川乃言其文去战国未远，有奇气而不用绳墨。今观其闳论切喻，波澜层出，笔力所至，自成法度。于直言极谏之中，有温和绵密之气。

西汉文继《战国策》后，一变其嚣张谲辩，归于纯正，所以开一代之风气也。其言甚长，其最要者曰："今方正之士，皆在朝廷矣。又选其贤者，使为常侍诸史。与之驰驱射猎，一日再三出。臣恐朝廷之解弛，百官之堕于事也。诸侯闻之，又必怠于政矣。"呜呼！诚杜渐防微之名论，邦有道之危言也。

二 贾谊《陈政事疏》之文体为后世宗

汉文帝时，洛阳才子贾谊为博士，时年二十余。超迁太中大夫，将更定制度。绛、灌害其能，以为长沙王傅。又为梁王傅。王死，谊亦自伤死。

谊之文最著者为《过秦论》。司马迁、班固皆取其文，为论赞。近日桐城派之《古文辞类纂》，阳湖之《骈体文钞》，皆录其文。诚古今所共赏，称美者无异辞焉。

然《过秦论》在当时，亦成陈迹。惟《陈政事疏》因匈奴侵边，诸侯僭拟，欲匡建大略。所云"臣窃惟事势，可为痛哭者一，可为流涕者二，可为长太息者六"，何深切之至乎！

谊之天姿极高，议论极伟，其大计在遏乱萌而厚风俗。文帝虽不能用，然谊之身后，汉有变故，仍赖其遗策以图治安。五千余言，痛切详尽，为古今敢言之士所宗。宋儒张栻讥其激发暴露，少年英锐之气未除。不知贾生之所独为千古者，有此英锐之气耳！南宋偏安，安得有此英锐之气乎？

贾生《鹏鸟赋》《吊屈原文》，则词赋家所重也。谊之曾孙捐之《请弃珠崖对》，苏东坡谓其言施之当时则可。汉末至五代，中国避难之人多家于此，岂可复弃？故举以为弃地者戒。

三 晁错言备边诸书文体近似《管子》《孙武子》

颍川晁错于汉文帝时为太子家令，号曰"智囊"，数上书言事。景帝时为御史大夫，建议削诸侯地。吴楚反，被诛。

其上《言兵事书》，唐荆川推许其文最古，似《孙武子》。今读其文，如云："战胜之威，民气百倍。"又云："兵不完利，与空手同；甲不坚密，与袒裼同。弩不可以及远，与短兵同；射不能中，与亡矢同；中不能入，与亡镞同。"皆深明利弊之语。错又胪举匈奴之长技三，中国之长技五，而兢兢于兵凶战危之戒，非孔子所谓临事而惧者乎？

错又有《请募民实塞奏》，能以秦为鉴。又有《请立边民什伍法奏》，则合于《管子》之制焉。

晁错诚奇士也，能兼通法家、兵家之长而致用矣。惜《贵粟》一奏，令入粟者，得以拜爵、除罪。流弊至今，而捐实官、捐开复者，视官途若商市焉，不得不归咎晁错之作俑矣。

四　枚乘《七发》与《谏吴王书》文体略同

曹子建谓："昔枚乘作《七发》，傅毅作《七激》，张衡作《七辩》，崔骃作《七依》，辞各美丽。"今读《文选》枚乘《七发》八首，说七事以启发太子，犹《楚辞·七谏》之流也。

枚叔以淮阴少年，为吴王濞郎中，善属辞。濞谋为逆，乘奏书谏。及吴灭，由是知者。召拜弘农太守，病免。武帝即位，以蒲轮征之，道卒。林希元论其《谏吴王书》曰："此书当吴王逆谋未露之先而谏之，故全不露出事情，而长喻远譬，曲尽利害。文字起伏变化，意态横生，真古之善言者。"

传甲按：《七发》词藻虽繁，而旨归最正。抗言谠论，穷极精微。《七发》之卒章曰："孔老览观，孟子持筹而算之，万不失一。此亦天下之至言妙道也。"由此观之，枚乘盖明算而学于孔、孟者也。其学如此其博，其识如此其通，后人仅以文士目之，乌足以知枚叔乎？

五　董仲舒明经术文体为策对正宗

西汉有大儒焉，曰董仲舒，治公羊氏《春秋》。孝景时为博士，下帷讲诵，非礼不行，学者皆师尊之。武帝即位，举贤良文学之士。

仲舒以贤良对策，首对言天人相与之际，求王道于春正，盖承天意以从事也。次对言必称尧舜，其旨在兴太学、求明师以养天下之士。数考问以尽其材，则英俊可得矣。三对言诸子不在六经之科，孔子之术者，皆绝其道。勿使并进，邪辟之说灭息，然后统纪可一，而法度可明，民知所从矣。汉武表章六艺，罢黜百家，董子之力也。

刘向谓仲舒有王佐之才，虽伊、吕无以加。管、晏之属，伯者之佐，殆不及也。班固谓仲舒遭汉承秦灭学之后，六经离析，下帷发愤，潜心大业，令后者有所统一，为群儒首。朱子于汉儒少许可，惟董子所谓"道之大原出于天"，则引之以证《中庸》焉。

六　《淮南子》文体似《吕览》

汉高帝子淮南厉王长，以反徙严道死。文帝感民间"尺缯升粟"之歌，使其子安袭封。安好书，天下方术之士，咸往归焉。于是遂与苏飞、李尚、左吴、田由、雷被、毛技、伍被、晋昌等

八人，及诸儒大山、小山之徒，共讲论道德，总统仁义，著书曰
《鸿烈》，是为《淮南子》。后以逆谋自杀。

其书之旨似《老子》，其书之体似《吕览》。大抵取周秦旧
籍，掇拾排纂，如《天文训》《地形训》之类，皆宋人《事类
赋》《八面锋》所师资也，非果能通达天地也。

《淮南》之学既出于老氏，故武帝建元六年，遣王恢、韩安
国将兵击闽、越。安上书切谏，为后世文臣不勤远略者所借口。
然汉武卒定闽、越者，不为辨言所惑也。然其文之明切雅健，则
不易及。

其书或出于门下游士所捉刀，亦不可知。盖文士之文，各有
面目；而富贵中人所为文，多由于代拟，其文之本来面目不可得
见矣。

七　汉武帝时文学之盛

汉武帝时，武功耀海寓。临菑严安、主父偃，无终徐乐，俱
上书言世务。

严安一书，言武帝靡敝中国，结怨夷狄。而其后则谓郡守之
权，非六卿之重，隐然有汉末割据之虑。徐乐言天下之患，在于
土崩，不在瓦解，造语尤奇凿。主父偃所言九事，其八事为律
令，一事为谏伐匈奴。三书体格不同，意则吻合。史传备录其
文，非以其切于吴乎？

至于滑稽之士，亦多进谠言。若司马相如之《谏猎疏》，东
方朔之《谏起上林苑书》。謇謇谔谔，能因事几谏，亦茂陵文德
之佐助也。世人徒采其《客难》之文，《子虚》之赋，是弃秋实

265

而采春华矣。

苏武李陵，或生还，或生降，其文辞皆萧萧有塞上音，至今传诵不绝焉。枚皋、吾邱寿王之流，以文采见重于时者，尤不胜偻指数。龙门一史，传信千古，亦躬逢建武之盛焉。其文体已详前篇，兹不再赘。

八　汉宣帝时书疏之文体

汉武帝晚年，托孤子于不学无术之霍光，盖知浮华之文士，不可以任大事也。

昌邑王入承大统，动作亡节。王吉谏疏切直，其旨同于《伊训》《说命》，其辞亦可与相如并驱。宣帝时，外戚许、史贵宠，王吉亦上书言得失焉。是时路温舒之《上德缓刑书》、魏相之《谏伐匈奴书》，皆经世之名言也。

赵充国好学兵法，而所上《屯田三奏》，罢兵留屯，为经久之计，以待先零之敝。老成谋国之忠智，于此可见。其文亦仿佛孙、吴，西汉文士莫能道也。及诸羌降散，振旅而还，勋业炳于青史焉。

张敞治《春秋》者也。《上霍氏封事》，则援仲尼之讥世卿；《劾黄霸奏》，则类《春秋》之责贤者。敞上书《入谷赎罪》，则为萧望之之议所格。大抵汉文之纯厚者，无不本之于经术，《昭明文选》于此多略而不采焉。

王褒《圣主得贤臣颂》，语多绚烂，自是斧藻润色之文。林希元曰："此世道所由泰也。"传甲亦曰："此汉之所由衰也。"文体卑矣！杨恽《报孙会宗书》以诽谤弃市。文字之狱，于此起焉。呜呼，汉之德衰矣！

九 元、成、哀、平之文体，匡衡、刘向、刘歆、扬雄为大宗

元帝之初，闻贡禹明经洁行，征为谏大夫。禹因事进言，若《循古节俭奏》《言风俗书》，皆纯粹而明密。元帝好儒行，能用匡衡为相，所上《政治得失疏》《治性正家疏》，皆如宋人谈理之语。

成帝即位，衡上书戒妃匹、劝经学，上纳其言。匡衡不旌甘延寿、陈汤矫制之功，谷永、杜钦、耿育皆上书讼之。刘向上疏请封，识过于衡远矣。成帝无嗣，政由王氏。刘向《极论外家封事》，其言激切，读之令人酸鼻。翼奉之《应直言封事》，梅福之《言王氏书》。

哀帝由藩国嗣统，追尊定陶共王为"共皇"，立庙京师。师丹之议，得《礼经》本旨，其言不用。故后世濮议与献议纷如聚讼，且兴大狱也。王嘉、鲍宣极论董贤之幸，哀帝亦不之省。汉之朝政如此，何异于桀、纣、幽、厉之时耶？

扬雄、刘歆为西汉之末文章大宗。雄之《太玄》拟《易》，《法言》拟《论语》，几欲自圣于宣圣之后。《剧秦美新》，千秋遗臭。或因莽谦恭下士而失身耶？刘歆为向之哲子，汉之宗室，领校秘书，乃为莽之国师。孔光为阙里圣裔，亦附莽焉。可谓人心尽死矣！文学虽盛，未足道也。

哀、平之际，文有实用者，仅贾让《治河三策》耳，其余无

足道也。

十　光武君臣长于交涉之文体，是以中兴

光武御制之文，《敕冯异》《报隗嚣手书》《赐窦融玺书》《与公孙述书》，观其驾驭英才之略，周旋列强之际，庙算明远，交际文牍之最优者也。

读窦融《责让隗嚣书》，见事勇决，措辞英敏；马援《与隗嚣将杨广书》婉语周详，陈义恳切；朱浮《与彭宠书》谕以大义，动以利害，雄快劲直，耸然可听；班彪《乞优答北匈奴奏》则深沉有大略，不愧为应变之才矣。

光武既明于外交之道，和战之机宜，又得诸贤以佐助之，其致中兴也宜矣。其内治之整饬，如桓谭之《上时政疏》、杜林《论增科疏》、张纯正《昭穆疏》、郑兴《日食疏》，大旨重本抑末，尊祖敬天，其文皆泽以经术，有渊古之色，亦见中兴之气象矣。

十一　明、章以后之文体

明帝因获宝鼎，下诏禁章奏浮辞。故东汉盛时，文体皆质实纯厚。

章帝时，第五伦《论窦氏书》防微杜渐，深切著明。其《劝成风德疏》文亦简切。韦彪《置官选职疏》明于大体，不矜小慧。孔僖《上章帝自讼书》则直词不挠，学识不愧为圣裔。何敞《谏用窦氏疏》虽昌言无讳，然意在保全贵戚，非抨击也。徐防

《五经章句疏》力矫诸儒私家意见，尤为汉儒所难。和帝时鲁恭《谏盛夏断狱疏》循吏之文，仁言利溥。恭弟丕《经术疏》文亦浑朴。崔骃学有伟才，与班固、傅毅齐名。崔骃《诫窦宪书》交浅言深，忠告恳至。其子瑗、孙实，皆能世其学焉。

安帝时，樊准《劝兴儒学疏》、陈忠《论丧服书》，皆典质不饰。翟酺《谏外戚疏》之明切，虞诩《请复三郡书》之精警，左雄《上顺帝陈吏事疏》洞悉利弊。郎顗《上灾异封事》造语精核，不见其繁缛。顺帝时，李固之《灾异策对》其切直亦似之，终见杀于梁冀。冲质之间，梁石临朝，皇甫规《对策》披沥直陈，亦足见东汉之气节焉。

十二　张衡《天象赋》《两京赋》文体之鸿博

两汉作赋之才，几于斗量车载。求其通天纬地之文，兼制器尚象之巧者，张平子一人而已。其《天象赋》识过于扬子云，其《两京赋》才埒于班孟坚。

衡多学术，安帝雅闻其名，公车征拜郎中。再迁太史令。衡乃作浑天仪，著《灵宪》《算罔论》。复造候风地动仪，施关发机，验陇西地震，其时不爽。世人皆服其妙。作赋乃其余事也。崔瑗撰衡之碑文曰："数术穷天地，制作侔造化。"岂溢美哉！

后世盛称平子之赋，而不究平子之学。唐初王勃之流所赋《天象》，已不逮兹。下此则征引事类，而未窥悬象，无异扣槃扪烛以为日曜矣。国朝阮文达公拟平子《天象赋》，蔚为巨制。公固深明畴人之术者矣。日本多地动，因祀张衡。近人有谓平子地动仪即西人"地动日静"之说者，则附会矣。地球绕日，中国旧所谓"地有四游"

是也。

十三　马融、郑康成经学家之文体

西汉儒林自丁宽、施雠、孟喜、梁邱贺以至房凤，凡二十有五人。惟韩婴之外传，文体自成一子。东汉儒林自刘昆、洼丹以至蔡元，凡四十有二人。其文体亦无从考论，惟马、郑二子，卓然为经生之巨擘。

融才高博洽，为世通儒，所上《广成颂》《东巡颂》，渊然为清庙明堂之品。著《三传异同说》，注《孝经》、《论语》、《诗》、《易》、"三礼"、《尚书》、《列女传》、《老子》、《淮南子》、《离骚》。所著赋、颂、碑、诔、书、诗，凡二十一篇。融善鼓琴，好吹笛，高堂绛帐，侈丽自逸，已开魏晋文士浮艳之习。失身梁冀，为庄士所羞称。

郑君文采，不逮其师，而质实胜之。隐居著述，号为纯儒，迄今《诗》《礼》之学，皆以郑君为归。康成《诗谱序》论风雅之正，及懿王、夷王以下，变风变雅，嗟哉！郑司农盖太息痛恨于桓、灵也！《诗谱编年》，郑君有《春秋》之意焉，伤世乱也。

十四　汉末党锢诸贤之文体

汉桓、灵之间，主荒政谬，国命委于阉寺，士人羞与为伍。故匹夫抗愤，处士横议，遂乃激扬名声，互相题拂。自甘陵、周福，有南北部"党人"之议。宗宾、岑晊，起自掾吏，权埒太守。是时大学诸生三万余人，郭林宗、贾伟节为之冠，并与李膺、陈蕃、王畅更相褒重，为天下模楷。危言深论，不隐豪强。自公卿以下，莫不畏其贬议。一时文体丕变，无不劲爽峭直，发扬蹈厉，不在其位，而谋其政。

术士张成以风角交通宦官，乃诬李膺养大学游士，交结诸郡生徒，更相驰驱，共为部党，诽谤朝廷，疑乱风俗。于是天子震怒，逮捕党人二百余。因窦武之请，赦归田里，禁锢终身。然海内希风，共相标榜，"三君""八俊""八顾""八及""八厨"，自拟于"八元""八恺"。及陈蕃、窦武诛宦官曹节，不克而死。

厥后，有司希宦寺意旨，因张俭重兴大狱。其能免于死者，惟郭泰一人耳。郭泰闻党人之死，恸曰："人之云亡，邦国殄瘁。"呜呼！唐之清流，宋之伪学，明之东林，何不幸于亡国之秋摧残士类也！

十五　蔡邕《中郎集》多碑志，为谀墓之始

集之名，始于东汉荀况；存于今者，《蔡中郎集》最著。王深宁曰："蔡邕文今存九十篇，而墓铭居其半。曰碑，曰铭，曰神诰，曰哀赞，其实一也。自云为《郭有道碑》，独无愧辞，则其他可知矣。其颂胡广、黄琼，几于老、韩同传。若继成《汉史》，岂有南、董之笔？今观其《司徒文烈侯杨公碑》，多引典谟成语，苍劲高洁，非若晋宋以下之芬铺藻饰也。"

邕之立朝，《上灵帝封事》《谏伐鲜卑议》，并湛深经术，通达时务，绝似西汉之文。不幸才名为董卓所重，三日之间，周

历三台。及卓诛，坐中一叹，即下狱论死。虽欲广《东观》之十意，王允已不欲佞臣执笔矣。

今《蔡中郎集》外，惟《独断》自成一子。宋元以来，札记之体，殆仿于是欤！

十六　曹魏父子兄弟及建安七子之文体

汉之将亡，词人才子如孔融、祢衡、陈琳、应劭之流，或见挫于曹操，或依违于袁绍，莫能自立。操破袁氏，一时才士荀彧、贾诩等皆为之用。

操有文武才，把酒临江，横槊赋诗，固一世之英雄也。其卒章曰："周公吐哺，天下归心。"魏武之权术，见乎词矣。其子文帝丕著《典论》，竞竞焉贱寸璧而重寸阴，其于学亦可谓勤矣！丕弟陈思王植，骨气奇高，词采华茂，其《存问亲戚疏》《陈审举疏》，皆情辞恳切。惟以雄隽之笔，写激楚之情，风格遂与两汉顿殊矣。

建安七子孔融、陈琳、王粲、徐幹、阮瑀、应场、刘瑱[1]，并驱邺下。建安犹汉之年号也。孔北海而外，自陈孔璋以下六子，皆入于魏矣。[2]丧乱流离，音节哀变。繁钦以后，文体渐靡，嵇康、阮籍以后，文体亦放恣少法度，而曹社墟矣。

---

[1] 今作"刘桢"。

[2] 今按：此说非也。建安七子，孔融死于208年，阮瑀死于212年，其余五人，皆死于217年大疫。220年曹操死，曹丕始代汉立魏。

十七　诸葛武侯《出师表》之文体

蜀汉昭烈帝备当汉祚已移，拥梁、益一隅，称尊号。规模未备，文物无足称。后世史臣每尊蜀汉为正统者，则因武侯《出师表》而重也。"亲贤臣，远小人""谘诹善道，察纳雅言"，皆儒者纯粹之精语。《后出师表》所谓"汉贼不两立，王业不偏安""鞠躬尽瘁，死而后已""成败利害，非所逆睹"，非社稷之臣而能若是乎？

武侯自知才弱敌强，惟不安于坐以待亡，故冒险进取。光明磊落，可揭以告万世。孔明将没，自表后主，言："臣死之日，不使内有余帛，外有盈财，以负陛下。"呜呼，此其所以为孔明欤！

魏臣华歆、王朗、陈群、许芝、诸葛璋各有书与孔明，陈天命人事，欲使举国称藩。孔明不报书，作正议，其大义昭于天日矣！彼魏之文士能不闻而汗下乎？

十八　孙吴文体质实，非晋宋以后可及

江左六朝，建国金陵。阻长江为天堑，自孙氏始。

孙坚盖孙武之后，其子策始有江左。皆转战无前，骁健尚武。策始用文士张纮，为书绝袁术。孙权袭父兄之业，称帝号。其文笔古雅，责诸葛瑾之诏，让孙皎之书，所见皆卓尔不群。其子孙休继立为景帝。其《答张布诏》曰："孤之涉学，群书略备，所见不少也。"由此观之，南朝天子好读书，孙氏实启

之矣。

虞翻《谏猎书》之简要，骆统《理张温表》之详畅，诸葛恪《与丞相陆逊书》《上孙奋笺》之明敏条达，吴人文之可传者也。

吴楚多才，如严畯之好说文；阚泽、陆绩之善历数；薛综滑稽，出口成文，亦西蜀秦宓之流亚也。《周瑜传》中，《谏以荆州资刘备疏》《荐鲁肃疏》，皆非完璧。而雄直之气，略可见也。

吴之末造，贺邵《谏孙皓书》、韦曜之《博奕论》、华核《请救蜀表》，渐近偶俪，亦皆质而不俚，足以自竞于汉魏之间。孰谓南朝文士柔弱乎？

第十三篇　南北朝至隋文体此篇承上篇而言。前篇终于蜀吴，附于汉魏者也。此篇托始西晋，总摄南北者也

一　西晋统一蜀、吴之文体

蜀绍汉统，文体纯正。诸葛《出师表》，理之至正者也，忠臣之文也。蜀既亡，司马氏篡魏，征蜀之遗臣李密为太子洗马。密作《陈情表》，情之至正者也，孝子之文也。

吴都陆逊及其子抗，有大勋于江表。孙皓失国，抗之子机作《辨亡论》二篇，其文奇伟雄丽，为六朝所祖。其弟云才名与之并驱，号为"二陆"焉。

晋室统一之功，成于羊祜、杜预，皆儒将也。祜之《让开府表》《上平吴疏》，一则见大臣之度量，一则见大臣之干济。预之《考课略》，具见其黜陟之明；《〈春秋左氏传〉序》，具见其褒贬之允。故其用兵能信赏必罚，以立功业，其文亦无愧于汉魏焉。

中原人士，如中牟潘岳、潘尼叔侄，犹不过文赋之才耳。陈留江统，静默有远志，欲杜四夷乱萌，作《徙戎论》。《昭明文选》不收此论，近世选古文者亦不收此论，可谓无识。

西晋文士傅玄、阮籍、嵇康、张载、张协、左思、向秀、刘伶、谢鲲、毕卓、郭象、皇甫谧、挚虞、束皙，其文亦见重于世，皆未若江统之文关系民族兴衰，可为万世炯鉴。至于郭璞之奇博，葛洪之通达，所著之书自成一子，固足颉颃乎衰周诸子矣。

二 东晋播迁江左之文体

西晋末，母后、诸王讧于朝，匈奴、羌、羯起于野。怀愍再辱，关洛为墟。琅琊王睿称制江左，刘琨令温峤上《劝进表》，辞气慷慨，犹见中原文体。

干宝《〈晋纪〉总论》，颇仿班固《前汉书》之意，未尝不以光武期琅琊也。庾亮为明帝椒房之亲，雅负朝望，其《让中书监表》真诚谦退，不但平日吐属风流也。荀崧《请立博士疏》深明经术，范宁《罪王何论》痛斥清谈，东晋文之近古者也。蔡谟《止庾亮北伐议》、王羲之《止殷浩再举北伐书》，其言果近于老成持重乎？庾亮、殷浩非将才，不可谓非有志之士矣！蔡谟、王羲之则谯周《仇国论》之类也。羲之《宴兰亭》觞咏风雅，然非其时也。

桓温北征，志吞胡虏，汉族之英雄也。欲还都洛阳，以图中兴；而北土萧条，人情疑畏。孙绰《谏移都洛阳疏》亦不过忘祖宗之根本，畏戎狄而欲远避之耳，何足与言大计哉？光武中兴而亲追铜马，肃宗中兴则收复两京，事未有不危而克济者也。江左偏安则安矣，中原沦陷之大耻，若之何其忘之？

三　五胡仿中国之文体之关系

两汉之盛，匈奴人未有能通汉文，识汉制，知汉地险夷、汉民情性者。然匈奴尚汉之宗室女，其子孙遂冒姓刘氏。

魏武分匈奴为五部，而刘豹为之长。豹之子渊，幼好学，师事上党崔游，习《毛诗》、京氏《易》、马氏《尚书》，尤好《春秋左氏传》《孙吴兵法》，略皆诵之。《史》《汉》诸子，无不综览。尝谓同门生朱纪、范隆曰：“吾每观书传，常鄙随、陆无武，绛、灌无文。道由人宏，一物不知者，固君子之所耻也。”呜呼！渊虽异族，亦人杰哉！

石勒之用张宾、慕容廆之用裴嶷，苻坚之用王猛，姚苌之用尹纬，皆以中国人制中国人也。羌、羯种人，旧无文字，不得不因中国之文而用之。而中国文士，或为之效奔走焉。彼夷人既通中国之情，而中国人又为之用，固不难制中国之命于掌握中矣！

呜呼！中国能自强，夷人虽通中国之文，不过为藩属耳。不自强，则草泽不识字者揭竿起，其锋镝之祸，亦无殊于戎狄也！

四　晋征士陶潜文体之澹远

东晋苏峻之乱，陶侃有再造之功。与王导、谢安，后先辉映。晋之亡也，王谢子孙靦颜异姓，不以为羞，其为文亦繁缛卑靡。

侃之曾孙潜，少有高趣，作《五柳先生传》以自况。所谓

"不慕荣利者"，先生盖自得之矣。为彭泽令，不为五斗米折腰，先生之托辞也，犹孔子"燔肉不至"之意乎？

作《归去来辞》，息交绝游，先生不欲与篡窃之臣为伍也。《桃花源记》自拟于避秦，亦先生之寓言也。所著文章，于义熙以前，则书晋氏年号；自永初以下，唯云甲子而已。洁身不仕，寿考令终，其志则夷、齐之志也。

《自祭文》达观世界，得老、庄之旨趣。其诗、赋亦闲雅淡远，如鹤鸣于九皋之上，下视六朝纤丽之文，不啻山鸡舞镜矣。欧阳修论文，于六代少许可，独推重靖节。《朱子纲目》不录文人，于晋征士特褒美焉。呜呼！先生其不愧古之逸民！

五　苏蕙创"回文"之体

《晋书·列女传》载苻坚秦州刺史窦滔有罪，被徙流沙。其妻苏氏思之，织锦为回文旋图诗以赠滔，宛转循环以读之，词甚凄惋。凡八百四十字，文多不录。江淹《别赋》已引用其事，故古今传为佳话。《诗序》称其锦纵广八寸，题诗二百余首，计八百余言。纵横反覆，皆成章句。《东观馀论》谓其图本五色相宣，因以别三、五、七言之异。后人流传，不复施采，故迷于句读。僧起宗以意推求，得三、四、五、六、七言诗三千七百五十二首。康万民更得四千二百六首。后人但求辗转钩连，协韵成句，不问其义之如何，失若兰本意矣。

《武功县志》首列《回文图》，大为章实斋所讥。盖县志之体，最重地图，作志者无才识，不重地舆，而重人物。即章实斋所论，亦重文章而略于图绘。武功以苏蕙图冠首，固为失体；然

《关雎》《鹊巢》，何尝不为《周南》《召南》冠？"伯也执殳，为王前驱"，妇人具敌忾之气者，有几人乎？苏蕙之文，自成一体，想见五胡之乱，《周南》之女学未绝焉，亦奇女子矣！

六　南朝宋室颜、谢、鲍三家之文体

宋高祖刘裕一武夫耳。镇京口时，与太学博士臧寿书，所言"戎车屡警，礼乐中息，浮夫近志，情与事染"，可谓知本之言，文亦清越可诵。或者傅亮、何尚之所捉刀耶？

后人论宋之元嘉文者，弥尚藻饰。谢灵运之兴会标举，颜延年之体裁明密，遂足以腾声一世。灵运为谢玄之孙，袭封康乐公。与族弟惠连、东海何长瑜、颖川荀雍、太山羊璿之，以文章赏会，共为山泽之游。时人谓之"四友"，皆有才而轻薄者也。

谢庄《读左氏春秋》，分国为图，亦留心经世之务矣。袁淑仅见其赋，而叹以"江东无我，卿当独步"，曾不思并驱中原。文士虽夸，气已馁矣。《雪赋》《月赋》，皆不足以言天地之至文也。盖自东晋之时，谢家已多韵事。道韫"柳絮因风"之句，实开宫闺近体之端。

鲍明远《芜城赋》，以驱迈苍凉之气，写惊心动魄之词。《鲍参军集》十卷犹存于世。其妹令晖亦有《香茗集》行世，今已不传。明远之才，洵足方驾颜谢矣！

七　南齐"永明体"之纤丽，祖冲之精实

南朝王、谢为巨室。萧齐永明之际，王融、谢朓，并以才名

噪一世。王融《求自试启》《上北伐疏》，虽文体已成骈偶，而雄直之气溢于篇章。苟宫车未晏，有事边关，融之报效，或未易限。

谢朓文章清丽，过于王融。朓《辞新安王中书记室笺》《敬皇后哀策文》，传诵于世。朓官至尚书吏部郎，被诛。然诗人皆以"谢宣城"称之，则以其为宣城太守时吟咏最盛耳。

孔稚圭《北山移文》于声偶之中，发挥奇思逸趣，雕章琢句，六朝文辞之真面目备于是矣。北朝连岁南侵，征役不息，稚圭乃上疏主和，不思自奋，其视王融何远哉！《南齐书·文学传》邱灵鞠辈，碌碌无所长。

祖冲之更造新法，所上表文，则一代巨制也。其言亲量圭尺，躬察仪漏，目尽毫厘，心穷筹策，于古历疏舛，类不精密；群氏纠纷，莫审其会者，咸考测而求合焉。冲之善制器，因风水施机，不劳人力。又造千里船，试之于新亭江。

世之文人，慕王谢之纤丽，不务冲之精实，此中国文学所以每下愈况矣。

八　萧梁诸帝皆能文

六朝之文，自萧梁而极盛。梁武帝微时，博学多通，好筹略，有文武才。时流名辈，咸推许焉。齐之竟陵王子良，开西邸，招文学，武帝与焉。

武帝受齐禅后，《禁祝史祈福诏》仿古人责躬之义，文亦简古。所谓"继诸不善，以朕身当之，永使灾害不及万姓"，即万方有罪，罪在朕躬"之意也。《与谢朓敕》《与何点诏》《征何点手诏》，尚贤之雅，勤恳之情，形于简牍。同泰舍身，则英雄晚年之耄愦也。

简文帝工于笺铭、小品，所谓"诗赋缠绵流丽"，未免失之轻艳。哀思之音，遂移风俗。方自拟于文景，乃屈辱如怀愍焉。

元帝起自湘东王，性不好声色，颇有高名，自号"金楼子"，因以名书。与裴子野、刘显为布衣交。口诵六经，心通百氏，适足以益其骄矜，不旋踵而祸至矣。

读《梁书》本纪，武帝以下，著述各数百卷，文集或百卷，或五十卷。轻万几以事虚文，梁之亡，岂亡于敬帝方智乎？武帝、简文帝、元帝皆及其身而灭亡矣。

九　《昭明文选》创总集之体

魏晋后主文士日盛，文集日繁。挚虞《文章流别》始分体编录，为总集之始。其书今不传。宋以前，挚氏书未亡时，传习亦不如《文选》之盛。盖总集之体，至《文选》而始备也。

别集只一人之著述，其成书也易；总集萃历代之著述，其成书也难。至于采撷菁华，删除芜秽，非有大识力，必不足以鉴别去取。更如零章残什，不足以自存，亦赖总集以传诸不朽。

方隋唐词章最盛时，昭明太子萧统之《文选》，几与六经并驱。唐显庆中，李善受曹宪《文选》之学，为之作注。精实博大，无一字无来历。开元中，工部侍郎吕延祚复集吕延济、刘良、张铣、吕向、李周翰五人共为之注。表进于朝，诋善之短。后人备摘其窃据善注，巧为颠倒，力辨五臣之诬。南宋"五臣注"与善注合刻，是为"六臣注"。今是非久已论定，李善注遂通行于世。

十 刘勰《文心雕龙》创论文之体

文章诏于虞、夏，盛于周、秦，繁于汉、魏，浑浑灏灏，无法律可拘。建安黄初，体裁渐备，故论文之说出焉，《典论》其首也。

其勒成一书，传习至今者，断自《文心雕龙》始。刘勰身历齐、梁两朝，正文学蔚兴之际。其书实成于齐代。署曰"梁通事舍人刘勰撰"，则后人所追题也。《原道》以下二十五篇，皆论文章之体制；《神思》以下二十四篇，则论文章之工拙。学者由此讨论瑕瑜，别裁真伪，博参广考，亦有裨于文章。《宋史·艺文志》有辛处信《文心雕龙注》十卷，其书不传。明梅庆生注，粗具梗概，多所未备。国朝黄叔琳辑注最善，今有通行本。

至于任昉所集秦汉以来诗赋骚词，凡八十五题，为《文章缘起》，似为后人所伪托，故称述者亦鲜矣。

十一 钟嵘《诗品》创诗话之文体

梁钟嵘与兄岏、弟屿并好学有名。嵘通《周易》，词藻兼长。所品古今五言诗，自汉魏以下，一百有三人。论其优劣，分上、中、下三品。每品之首，各冠以序，皆妙达文理，可与《文心雕龙》并称。近时王渔洋极论其品第之间多所违失。然梁代迄今邈逾千纪，遗篇旧制，什九不存，未可以掇拾残文，定当日全集之优劣。惟其论某人源出于某人，若一一亲见其师承者，则不免于附会耳。

史称嵘求荣于沈约，约弗为奖借，故嵘怨之，列约中品。案：约之诗不过中人，未为排抑也。厥后唐人孟棨《本事诗》旁采故实，刘攽《中山诗话》、欧阳修《六一诗话》又体兼说部，世愈近，诗话愈繁。赋话、词话、制艺丛话、楹联丛话，皆由此体而踵起焉。

西国文学史之外，有科学史。近译西国《天算源流考》《化学源流考》，皆是也。中国作史之才，苟充其诗话之量，作科学史，不亦善乎？章实斋论著述，极诋诗话。亦见当日袁枚放荡时，借诗话为献谀弋利之具耳。

十二　萧梁文士之盛，文体之缛

周衰文盛，南朝衰而文益盛。萧梁一代君臣，皆浮华之士也。曹景宗凯旋，以险韵竞巧；韦睿临阵，以儒服治军。二子虽战胜北人，不过保守疆圉而已。其不能恢复中原者，江左文弱之习所囿也。

同时元勋，如范云机警，所为尺牍，下笔辄成，未尝定稿；沈约该洽，博通群籍，精于四声。竭云、约之才，缔成梁武之篡谋焉。江淹、任昉，辞藻壮丽。观《文选》所收，知其才名已震于当世。至若彭城到溉、吴兴丘迟、东海王僧孺、吴郡张率等，或入直文德，通宴寿光，皆后来之秀也。何逊、刘孝倬齐名，元帝则著论论之，其见重如此。

周兴嗣于当时，未能比肩于诸也。其所撰千字文，乃为后世童蒙所传诵。官场商市，编号之字，恒用之以为次第焉。盖周兴嗣之质实，犹胜于江、沈之浮藻也。

十三　徐陵《玉台新咏》创诗选之体

孔子删诗，其选诗之始乎？圣人将以别贞淫，移风俗也。历秦、汉、魏、晋，其风诗往往合于雅颂之遗，然未有删采以为总集者。

《玉台新咏》因选录艳歌而作，其旨与圣人背驰。方梁简文为太子时，好此体，境内化之。晚年欲改作，追之不及。乃令徐陵撰《玉台集》以大其体。厥后徐陵入陈，为尚书左仆射。故今人以徐陵为陈人耳。

陵与庾信齐名。徐庾二家，造六朝骈偶之极境。庾信为梁元帝守朱雀航，望敌先奔。历仕诸朝，如更传舍，其人尤不足。重《哀江南赋》，曾何益乎！王通《中说》曰："徐陵、庾信，古之夸人也，其文诞。"

呜呼！江东危弱之秋，至陈后主益淫放无度。目侈红、紫，心随郑、卫，江总之徒，号为"狎客"。《玉树后庭花》之乐，《春江花月夜》之曲，遂传为亡国之音，而南朝之局终矣。

十四　北魏文体近于朴质

拓拔氏为北部雄长。初无文字，道武帝乘后燕之衰，蚕食并、冀。及太武帝焘辟召贤良，诏辞平粹。再传至孝文帝宏，其《条禁决狱》《免租》《求直言》诸诏，皆刊华存实，语朴而挚。

北魏诸臣，如元晖《论御史巡行疏》，清言可诵。张普惠《与任城王澄奏记》，经术纷纶。韩麒麟《陈时事表》及其子韩显宗《上时事书》，皆切于事理，而文则超然入古。孙惠蔚《请收校典籍表》言似缓而实切。崔光《答宣武帝鸡异表》，则明切无浮响，立说亦凿凿动人。甄琛《请弛盐禁表》，则以实心行实政者也。邢峦《再上伐梁表》，洞晰利害，其规度如聚米画沙。高谦之《请复县令面陈旧制疏》足使豪贵敛手，亦为政要务也。

然北魏一代，文之有实用者，莫善于高允之《言天》，阚骃之《志地》。至于《文苑传》袁曜、裴敬宪之流，无足称述。温子昇受学于崔灵恩，乃能博览百家，文章清婉。然谓其凌颜轹谢，含任吐沈，则北人自夸之词也。扬遵宪作《文德论》，以古今词人皆负才遗行，惟邢子才、王元景、温子昇彬彬有德，亦可以见北人风气之尚德也。虽然，三子之德鲜也。

十五　北齐文体颜之推出入释家

北魏分东、西二国。高齐受东魏之禅，邢邵以国子祭酒授特进。邵博览坟籍，凡礼仪典故之文，援笔立成，证引赅洽。帝命朝章，取定俄顷，词致宏远，独步当时。初与温子昇齐名，为"温邢"。魏收虽天才艳发，而年事在二人之后。子昇死后，方称"邢魏"。

此外《文苑传》所列，若祖鸿勋、李广、樊逊、刘逖、荀士逊之徒，其文章著于当时，不重于后世，没世而名不称也。

颜之推为《文学传》之殿。其《家训》二十篇，今传于世。本传载其《观我生赋》，文致清远，其意则《太史公自序》之意也。《家训》自成一子，深明世故人情，而文之以经训，故唐宋《艺文志》列之儒家。然《归心》等篇，深明因果，不出当时好佛之旨，而所言字画、音训、典故、文艺，实开后世训子弟之常谈，其垂戒终不出释氏也。

十六　北周苏绰《六条诏书》文体之复古

周太祖宇文泰为西魏丞相，欲革易时政，为强国富民之法。苏绰赞成其事，并置屯田以资军国，又为诏书六条奏行之。一治心身，二敦教化，三尽地利，四擢贤良，五恤狱讼，六均赋役。文气疏达，绝无雕饰，实足超轶六朝。本王道立说，重农务本，矜慎刑法，整顿征税，皆粹然有儒者气象。

盖骈偶至南陈为极则，而复古之文，即萌芽于北朝。骈文多饰词，而古文则率真以达意。盖自有晋之季，文章竞为浮华，遂成风俗。太祖欲革其弊，命苏绰仿《尚书》撰《大诰》。自是以后，文笔皆依此体。

宇文建国号"后周"，故尊周制。其文固不愧古人，惟力行则未至耳。苏绰之文虽不足上拟贾、董，实足为盛唐韩、柳之先驱。

庾信聘于周，不遣。因仕于周，官至开府。庾信之文虽极浮艳，入周以后，乃敛才就范，华实相扶，故杜甫诗曰"庾信文章老更成"。则一世之风气变，一人之文体亦变矣。

十七　隋李谔论文体书之复古

隋之初叶，高帝尚质，不娴词章。李谔以属文之家，体尚轻薄，递相师效，流宕忘反，乃上书《论文体》。所谓"江左齐梁，其弊弥甚；贵贱贤愚，惟务吟咏。遂复遗理存异，寻虚逐微；竞一韵之奇，争一字之巧。连篇累牍，不出月露之形；积案盈箱，唯是风云之状。世俗以此相高，朝廷据兹擢士。禄利之涂既开，爱尚之情愈笃"。谔之书其言如此，不独于文教有裨，且可挽浇风而归之纯厚。

谔又云："未窥六甲，先制五言，尤后世之通弊。盖甲子出于历志，不明历数，则记事前后参差。于古今大局，终属惝恍也。"卓哉李谔！盖深知文体之要矣！

词人典故，多属借用，移步换形，张冠李戴。所记不过琐琐细事，而懵于大体。李谔欲尽使之钻仰坟素，弃绝华绮，其识亦卓矣哉！

十八　隋王通《中说》之文体

周、隋文体竞复古。王通讲艺龙门，乃撰《中说》以拟《论语》，是为《文中子》。

《隋书》及新旧《唐书》皆无《王通传》，故学者多疑其伪。宋人讲学则以文中子为荀、杨以后之大儒。虽尊之过当，然其言王道、礼乐实为二宋语录之滥觞。朱氏《无邪堂答问》谓其事迹散见于《唐书·王绩王勃传》，及征之唐初王无功、杨盈川、陈叔达之言，岂得谓文中子为子虚乌有耶？朱竹垞、王西庄、姚立方辈肆口相讥，不亦过乎？《文中子》抵牾杂乱，证以正史，显而易见。然周秦诸子自相抵牾处甚多，何独于《文中子》而疑之？

隋炀帝时，文体又趋浮艳，经术弃而不讲。王通乃取《论语》及《诗》《书》《春秋》，字摹句仿，亦贤矣哉！其孙王勃有文艺而无器识，不能希乃祖家风以起八代之衰，而以摹仿徐、庾为事，则南北朝骈雅之尾闾也。

南人以文弱，北人以质胜，南北统一而后文质彬彬焉。文体之变，可以觇世运之变矣。

第十四篇　唐宋至今文体

一　总论"古文"之体裁名义

"古文"者，汉人称"仓籀篆文"之谓也。凡龙凤之书，蝌蚪之字，皆谓之古文。盖以秦汉以前为古也。唐宋至今，所谓古文家，名为上祧孔、孟，实则摹拟两汉而未能也。周、隋之士，已厌南朝文体之陈滥。物极而反，唐人乃别出新法，自成一体，遂以"古文"为专门名家。

夫汉魏六朝，其文体之变也以渐，世人日趋之而不觉。唐初四杰之才，亦徒知齐梁为近古也。昌黎欲自出新法，又惧其惊世骇俗，行之不远。不得已托言前古，以示有所征信，可以箝守旧者之口耳。

虽然，极六朝之弊，不过揣摩声调也；极八家之能事，亦不过揣摩声调也。同一揣摩，反唇相讥，是以五十步笑百步也。唐宋诸家古文之佳者，不过明白晓畅而已。必欲步骤两汉，则昌黎《进学解》不逮东方朔之《客难》，其《送穷文》亦不若扬雄之《逐贫赋》。

然唐人学两汉者，犹力求典重。宋人学韩、柳者，渐运以轻虚。明人学唐宋八家者，则在流连跌宕之间而已。近人学八家不能成，充其量仅肩随于明之归震川。

岂上古必不可学乎？抑学之未得其道乎？吾惟祝今日之实学远胜古人，不欲使才智之士与古人争胜于文艺。明白晓畅，尽人可知，何必为古人之奴隶乎？

二　唐宋八家文体之区别

唐宋诸家，文体略同，惟境界各异。明人茅坤编韩柳欧曾王三苏八家文，颇为塾师所传诵。遂有"八家"之目，为治古文者所宗。

宁都魏叔子评八家之文："退之如崇山大海，孕育灵怪；子厚如幽岩怪壑，鸟叫猿啼；永叔如春山平远，亭台林沼；明允如尊官酷吏，南面发令；东坡如长江大河；子由如晴丝袅空；介甫如断岸千尺；子固如陂泽春涨。"又言："学子厚易失之小，学永叔易失之平，学东坡易失之衍，学子固易失之滞，学介甫易失之枯，学子由易失之蔓，惟学昌黎、老泉，学之少病。然学昌黎或踏生撰，学老泉或露粗豪，不可不慎。"

八家各有性情，学者因其性之相近而习之。然学者又各有性情，不能与古人化而为一。以欧苏王之学昌黎，其成也，各具有本来面目焉。自宋以来，揣摩成风气。其能孑然自立者无几矣。然唐宋文之可传者，犹不只此八家。储氏增李翱、孙樵为十家，亦未足以尽唐宋文体。故略述其源流迁变于后，以谂学者。

三　唐初元结、独孤及诸家始复古体

唐初，王、杨、卢、骆之藻俪，燕、许、姚、宋之手笔，皆骈体也。详见下篇，兹不具论。自陈子昂自奋于陈、隋之后，力追古作。其论事疏，朴质近古，而表、序尚沿骈偶。故起衰之功，断推元结为首，可为天地万物吐气。

近日张啸山先生《唐十八家文录》，特选以冠诸简端。传甲尝过永州祁阳县之浯溪，观岩壁所勒《大唐中兴颂》，则元结所撰，颜真卿所书也。次山之文，鲁公之字，皆足以垂诸千古，异于寻常之吉金乐石矣。

独孤及以李都统书记，代宗召为左拾遗。即上书陈政，极言当日冗兵糜食之害。史称其为文，彰明善恶，长于议论，洵古文家之先河也。权德舆《两汉辨亡论》，归狱于张禹、胡广，其识最卓。梁肃作《补阙李君前集序》，分文章为王、霸二途，立意恢奇，亦前此所未有。此外如萧颖士、李华之流，又从而左右之，而六朝之流弊遂渐次涮除矣。

四　韩昌黎文体为唐以后所宗　其婿李汉附见

韩昌黎之文体，自出新裁，非沿袭前人也。其婿李汉为昌黎集序言："时人始而惊，中而笑且排。先生志益坚，终而翕然以定。呜呼！先生之于文，摧陷廓清之功，比于武事，可谓雄伟不常者矣！"

昌黎初学独孤及之文，继而学司马相如、扬雄之作，深知世俗学文，恒肖其形貌。故独运精思，别开生面焉。盖古人文字未备时，每有新器而无名者，则造新字以名之；有新意而不能达者，则造新句以达之。昌黎之意，实上契仓籀创字之意，是以谓之古文也。

独孤及诸家交骈文为散文，犹解汉隶为散隶耳。昌黎以大气运之，则如草书应急，无不可达之意。用以治事，而事无不治矣。至于纪述明畅，议论严警，尤非骈体所能为。虽时人莫之许，而后世尊用之。昌黎之文，遂与泰山北斗并重。

今日文人贪用新名词，不能师昌黎之自出新裁，惟以东瀛译语为口头禅，而东瀛专门之学，则弗习焉。是亦奴隶之性质耳。

侯官先生之译书也，一名之立，旬月踌躇；一卷编成，海隅共仰。是则文之自出新裁者也，传甲学焉而未能。且不通万国文字，必不能合万国文字以成文字也。诸君夙肆欧文者，庶几有志斯道乎？

五　柳子厚文体与昌黎异同刘禹锡、欧阳詹、李观附见

柳子厚与韩退之同时治古文，虽文体小异，然昌黎当时引为同调者，一人而已。

柳州初学骈文，后乃笃志希古。其才气陵厉抗韩，至于学识根柢，逊韩多矣。故欧阳公论文，惟以韩、李并称，未尝以韩、柳并称也。虽然，李氏事韩氏者也，柳州则昌黎友之矣。或谓昌黎出于经，柳州出于史。昌黎自谓奥衍宏深，与孟轲、扬雄相表里；子厚雄深雅健似司马子长。唐荆川谓柳州文字理精而文工，《左传》《国语》之亚也。盖昌黎实近于诸子，柳州则近于传

记耳。

柳州之文，其独到处，莫若《永州八记》。传甲徘徊愚溪之上，越西山，求钻鉧潭、袁家渴，不得。然心目中仿佛若有其境，则柳文之善移人也。今永州澹岩幽邃，为湘江流域之最胜处，子厚当日未能记也。余爱永州山水，相赏又在"八记"之外矣。

柳文传习，不逮韩文远甚。国朝通儒焦里堂独推为唐宋以来第一人。近日邹伯奇读柳子厚《非国语》，谓子厚所非，类皆祝巫瞽史之说。董仲舒、刘向所沿习，为通天、地、人之学也。子厚有见于此而非之，其识卓矣！观二先生之言，子厚之文，顾不重欤！

刘禹锡才辨纵横，自为轨辙，与韩、柳鼎足而三，而传习不盛。李观、欧阳詹与韩愈为同年，以古文相砥砺。厥后昌黎雄视百代，而二人文字存于世者，寥寥无多，岂非有幸有不幸乎？

六　韩门张籍、李翱、皇甫湜文体_{孙樵、皮日休附见}

昌黎提倡古文，从游于其门者，张籍、李翱、皇甫湜其尤也。

《张司业集》八卷，多乐府诗，惟《文苑英华》载张籍《与韩愈》二书，余不概见。想其笔力，亦在翱、湜之间。《李文公集》《皇甫持正集》，文体毕备，一得昌黎之理，一得昌黎之辞。李翱得其理，故文体纯实；皇甫湜得其辞，故文体奇崛。翱之才学逊于其师，不能镕铸百氏如己出；湜之盛气抗辩，过于其师，若著力铺排，反不惬人意，是两家之短耳。

昌黎文法传于湜，湜传于来无择，来无择授于孙樵，孙樵务为奇峭，其诣亦不易及也。

皮日休当唐之末造，《请列孟子为学科书》《请韩文公配飨书》，其议论正大，在唐人洵不数觏，文亦磅礴有奇气。若在韩门，庶几籍、湜之列矣。

韩文至北宋而传习最盛。建安魏仲举编辑《五百家音辨昌黎先生集》，凡韩门论文，下逮朱子之考异，胪列者三百六十八家。虽不足五百之数，不可谓非巨制矣。

七　杜牧文体为宋之苏氏先导

杜牧之因唐末藩镇骄蹇，追咎长庆以来措置亡术，嫌不当位而言，故作《罪言》。综天下之情形，权累朝之得失，如聚米画沙，不爽尺寸。其《原十六卫》，痛言府兵内铲，边兵外作，穷源竟委，论断谨严。《战论》《守论》，皆雄奇超迈，光焰照人。《燕将传》笔力陡健，即以太史公取《战国策》材料为之，亦不过如是。

宋苏洵好言兵。因西夏久无功，乃著《权书》，皆论兵法，纵横开阖，壁垒皆新。其子苏轼之《策略》，以隽快之笔，骋英伟之气，雄辞博辨，矫厉不群。苏辙《民政策》及商、周、六国、秦、晋、隋、唐诸论，其精警处亦不让父兄也。

杜牧之文，选八家者弃而不收；而苏氏之平淡者亦收之，明人无识之甚也。至于王安石文笔刻露，不过唐之牛僧孺。曾巩之文笔纡徐，不过唐之元稹。盖不仅欧公之文出于昌黎也。彼选唐宋八家者，固不足以语唐宋之流别矣。

八　五代文体似南北朝而不工

司马炎灭蜀汉，而匈奴刘渊昌言复仇；朱温篡唐，而沙陀李存勖昌言嗣统。中原有乱，他族乘之，汉族因之衰落，汉文亦因而萎靡。六朝时，中原虽乱，江左正统犹存，其文物尚能自立。五代时，中原既非正统，而江南又裂为数国焉。

唐末罗隐怀才不试，好为寓言，出以过激，每不中理。然亦晚唐之后劲，吴越文人所仰景望也。钱镠为吴越王时，撰《杭州罗城记》，涉笔娴雅，亦有渊浑之气。南唐主李昪举用儒吏，戒廷臣勿言用兵，其诏辞虽渊然可诵，适以肖东晋、南宋偏安之计耳。其臣张义方、江文蔚、欧阳广、潘佑之文，徐锴、徐铉之学，视梁、陈江淹、徐庾辈，文不及而学则过之矣！蜀之冯涓、韦庄、杜光庭，闽之徐寅、黄滔，楚之丁思觐、文学斐然，亦不让梁、陈文士也。

惟中原经沙陀、契丹之蹂躏，文物荡尽。李继岌、李严之文，曾不如北魏邢、温之什一。惟王朴《平边策》，以视苏绰之《大诰》，则远过之矣。五代武人多以彦名，而名士寥落如晨星。汉族式微，则汉文亦绝矣。数往察来，可不惧乎！南唐其能保国粹者乎？

九　宋人起五代之衰，柳开、
王禹偁、穆修诸家文体

宋初承五代之敝，文体多沿偶俪。杨亿、钱惟演、刘筠之流，又从而张之。石介作《怪说》以讥"杨刘体"，而推重大名柳开。

开少慕韩、柳之文，因名肩愈，字绍光。既而改名开，改字仲涂，自以为能开圣贤之涂也。其《河东集》犹沿郡望之俗称。《东郊野夫》《补亡先生》二传，自述甚详，实开宋人好标别号之始。其文能变五代偶俪之习，实居首功。惟体近艰涩，是其所短耳。仲涂尊扬雄太过，至比之圣人，持论未允。要其转移风气，于文格殊有关系。

王禹偁《小畜集》古雅简淡，其奏疏尤极剀切。《宋史》采入本传者，议论皆英伟可观。惟词垣应制时多拘于骈偶耳。穆修学于陈抟，遁而入儒家。其文章莫考其师承。尹洙学古文于穆修，欧阳修则学古文于尹洙，宋之文章，于斯为盛。而柳开、穆修、尹洙之名，转为后人所掩矣。

十　宋文以欧阳修为大宗

北宋名臣文集多存于今。张咏《乖崖集》、晏殊《元献遗文》、夏竦《文庄集》、宋庠之《元宪集》，其弟宋祁之《景文集》，余靖之《武溪集》，韩琦之《安阳集》，范仲淹之《文正集》，尹洙之《河南集》，蔡襄之《忠惠集》，苏舜钦之《学士集》，苏颂之《魏公集》，王珪之《华阳集》，司马光之《传家集》，赵抃之《清献集》，文彦博之《潞公集》，范祖禹之《太史集》，皆当时所板行，名重一世而传于后，然未足以脍炙人口也。惟欧阳修之《文忠集》一百五十三卷，则蔚然为北宋之大宗焉。陈同甫编《欧阳文粹》二十卷，似不足以尽所长，而大端可见矣。

欧公胚胎《史记》，而变化于昌黎之文。议论叙事，参伍错综，而出以纡折之笔，行以秀雅之度，致以感慨之情，备极佳境，宜后人之叹赏不置也。《新唐书》《新五代史》皆公手笔。《五代伶官传论》，其魄力殆逼近《过秦》。《泷冈阡表》为公晚年着意之作，其文可上追《太史公自序》而无愧矣。

公少孤，受母教，终成名臣大儒。欧母亦享遐年，膺景福焉。今妇学久微，童蒙失于教诲，文学犹末也。不明文学，则德行亦无以自见，政事亦无以致用矣。世之教育家，其无以画荻芳型为寻常典故乎？

十一　苏氏父子兄弟文体同异

明人选唐宋八家古文，眉山苏氏父子兄弟分为三家。以伦纪论之，选八家者，殆欲离间他人之骨肉耶？然士子当有自立之精神，文章学问，父不得而传之子，非若帝王公侯可以袭爵也。父之教子，无所不至，必欲使子之肖父，则尧舜犹病也！马、班出于家学，韩、柳不出于家学，造诣各视乎其人耳。

或传苏洵尝挟一书诵习，二子亦不得见。他日窃视之，则《战国策》也。轼、辙兄弟，少年所有之才，皆习于其父之业，长于议论，各有峥嵘气象。及其成也，子瞻为文愈奇，子由为文愈淡。或讥子由未足列于八家，特附父兄之骥，亦非无因也。今合观老苏之《嘉祐集》，大苏之《东坡集》，小苏之《栾城集》，虽气息略同，而面目小异，知子瞻、子由皆不藉父兄而传也。

苏过为名父之后，其《飓风赋》《思子台赋》亦称于世，诗书之泽深矣。苏氏同时文人黄庭坚、秦观、张耒、晁补之、毕仲游诸家文体，多类苏氏，亦一时风气为之也。

欧、苏以下，文集愈繁。一人诗文集，有无数标题，著百卷而无一篇可传，虽多，亦奚以为？

十二　王安石、曾巩之文体

江右章贡之涘多古文家。自欧阳公起于庐陵以后，未几，王安石兴于临川，曾子固出于南丰，遂极一时之盛。唐宋八家，宋得其六，眉山三苏与江右各得其半焉。

安石与巩缔交之情，见于安石《答段缝书》，曰："巩文学论议，在某交游中不见可敌，其心勇于适道，不可以刑祸利禄动也。"安石《祭曾博士易占文》，则巩之父也。故当时学者称二人曰"曾王"。《曾巩传》曰："安石得志后，遂与之异。盖安石以新法致党祸，为宋儒所不韪。惟其文劲爽峭直，如见其为人焉。"则其最长者莫如《上神宗书》，其最短者莫如《读〈孟尝君传〉书后》，皆传诵于世。所谓气盛则言之长短皆宜也。

曾、王之文有极相似者，如子固之《墨池记》，荆公之《芝阁记》，皆寂寥短章，使人味之隽永，此曾王之所长也。朱子云："熹未冠而读曾南丰先生之文，爱其词严而理正。"洵子固之定评。曾、王之异同，在于所持之理，其词气固未尝歧异也。

十三　有宋道学家文体亦异于语录

宋之道学，始于濂溪周子之《太极图说》。其文多引《易传》，而宗旨所在之一语曰："圣人定之以中正仁义而主静。"

张、程、朱、陆，各家之鼻祖也。阴阳五行，汉儒董仲舒、刘向皆不能免，何足责于宋儒？横渠张子作《西铭》，岂独意之美耶？其文固未易几也。姚惜抱《古文辞类纂》亦引重焉。明道程子之奏疏，如《论君道》《论王霸》《论十事》《论新法》，可以见纯儒学识。而词意雅驯，明白四达，犹余事也。伊川程子《上仁宗皇帝书》《上太皇太后书》《论经筵札子》，总在本原上立论，故纯正宏阔，绝无偏驳。

龟山杨先生时，于靖康之季，所上之《议事疏》，排和议，争三镇，请一统帅，罢奄寺守城，以及茶务、盐法、转般、籴买、坑冶诸议，所见俱伟。其学传于罗从彦，从彦传于李侗，侗传于朱子。

朱子之文，若《壬午应诏封事》《辛丑延和奏札》《戊申封事》《甲寅行宫便殿奏札》，其言皆畅而不冗，明显而不流于浅近。平直坦夷，宣朗闳阔，但恐时君味道不深，展卷未终，倦而思卧也。《上宰相书》之痛陈时事，《答陆子寿书》之考据古礼，质之近日谈时务、讲经学者，应无后言矣。

宋之末造，金仁山上书，请由海道北伐，直取燕山。宋不能用。元人平江南，乃用其策以通海运焉。

夫"语录"所录者，语也。"文集"所集者，文也。孔子著述，《论语》《文言》，各为一体。文人必讥语录之俗，是不知其各有体要也。

十四　南宋文体宗泽、岳飞、
陈亮、文天祥、谢枋得之忠愤

南宋君相，燕衍湖山，久无生人之气。其讲学者复以门户相攻击，浑焉噩焉，不知中原之沦陷。吾于其举世之波靡之际，求其能挽狂澜、扶正气者，得五人焉。读其文，可以起衰世之顽懦，励国民之壮志。

一曰宗忠简，孤忠耿耿，精贯三光。其奏札规画时势，详明恳切；其《条画四事札子》《乞都长安书》，当日狃于和议，不用其言。其文之存者，幸赖楼昉缀辑，犹可诵也。

岳忠武朱仙之捷，虽未必能直捣黄龙，其气势之盛，直欲全吞女真。"三字狱"成，人亡邦瘁，其文亦散佚不可收拾。然岳侯善书，其手迹流传于世者甚多。故《武穆遗文》以外，尚多佚文可采。

《陈龙川集》首列《上孝宗皇帝书》，锐意恢复，其意同于诸葛亮之《出师表》。同甫以"亮"为名，亦有管、乐之意乎？以同甫之才，得一乡解，未足为荣。其末路乃必以状头自许，致为后世所笑。科第误人，徒使英雄短气也。

《文文山集》之《正气歌》，《谢叠山集》之《却聘书》，皆作于入元以后。然二公，宋之遗老矣。二公亡，宋乃亡矣！鸣呼！元人能使汉族、回族、契丹、女真各族皆为之屈，二公独不屈，岂非豪杰之士乎？

十五　辽金文体至元好问而大备

辽太祖起自松漠，得韩延徽，始有文治。及太宗入汴，取中原汉唐以来之图书、礼器，北迁于燕云，而后制度渐臻明备。

辽人试士，且以"得传国玺为正统"命题，彼心目中无南朝久矣。统和、重熙之文治，萧韩家奴对策累千言，不愧辽之贾、晁。王鼎忠直，其文达政事。刘辉侍青宫，建言国计。其论五代史，且欲与欧阳公抗衡。至于耶律之族，庶成、孟简之伦，亦明于汉文之体焉。辽之亡也，其文臣左企弓、虞仲文等，相继降金，皆才识之士也。

金太祖自得辽人韩昉，遂重文学。宋之文人宇文虚中、蔡松年等，亦先后归之。及抚有中原，其文臣王寂有《拙轩集》，赵秉文有《滏水集》，王若虚有《滹南遗老集》，李俊民有《庄靖集》，为金文极盛之世。及其亡也，元好问之《遗山集》，以宏衍博大之才，足以上继唐宋，下开元明，屹然为文苑大宗焉。俗子读宋文不读辽、金之文，昧于塞外之情势，无惑乎视塞外土地如弃敝屣矣。

十六　元人文体为词曲说部所紊

元圣武帝成吉思，起蒙兀旧族。兼并欧亚五十余国，创前古未有。初，用文臣耶律楚材及其子铸，官至宰辅。今人考西北和林诸境者，必以耶律氏《双溪醉隐集》为证。

世祖统合江南，《即位诏书》出于王鹗，《建国号赦诏》出于徒单公履，《颁授时历诏》出于李谦，皆典重堂皇，不愧巨制。求其古文大家上继欧、曾者，则必以姚燧之《牧庵文集》，虞集之《道园遗稿》屹为大宗。许衡《陈时务五事》，郝经之《立政议》，皆名臣奏议之著也。李冶之《测圆海镜序》、胡三省《新注〈资治通鉴〉序》、马端临《〈文献通考〉序》，皆收入《元文类》，则专门之文也。

蒙古人能文者，如夹谷之奇《贺正旦笺》，颇类应酬四六。孛术鲁翀之《驻跸颂》，亦不免于冗散。彼哉，彼哉！不足责也。

元之文格日卑，不足比隆唐宋者，更有故焉。讲学者即通用语录文体，而民间无学不识者，更演为说部文体，变乱陈寿《三国志》，几与正史相溷。依托元稹《会真记》，遂成淫亵之词。日本笹川氏撰《中国文学史》，以中国曾经禁毁之淫书，悉数录之。不知杂剧、院本、传奇之作，不足比于古之虞初，若载于《风俗史》犹可。坂本健一有《日本风俗史》，余亦欲萃《中国风俗史》别为一史。笹川载于《中国文学史》，彼亦自乱其例耳。况其胪列小说、戏曲，滥及明之汤若士、近世之金圣叹。可见其识见污下，与中国下等社会无异。

而近日无识文人乃译新小说以诲淫盗，有王者起，必将戮其人而火其书乎！不究科学，而究科学小说，果能裨益名智乎？是犹买椟而还珠耳。吾不敢以风气所趋随声附和矣！

十七 明人文体屡变，宋濂、
杨荣、李梦阳、归有光之异同

明初文臣，宋濂为首。其文昌明雅健，自中节度。濂学于吴莱、柳贯、黄溍，皆元末之杰士。刘基与濂齐名，为文神锋四出，闳深肃括。方孝孺受业于濂，气最盛而养未至。危素之文，演迤澄泓，而人不足重。解缙通博，《永乐大典》即出其手。明初洪、永之间，其文体精实，略可见矣。

自杨荣、杨士奇以雍容平易为"台阁体"，柄国既久，摹仿者遂流为肤廓。是时文人惟王鏊学苏学韩，虽为时文，亦根柢古文也。李梦阳厌"台阁体"之冗沓，起而复古。何景明之流和之，以艰深钩棘为秦汉之法，而七子之体遂风行一世。然是时王守仁之文，博大昌达，足以砥柱中流。

既而后七子继起，李攀龙、王世贞为之冠，其高华伟丽，斑驳陆离，直可抗扬、马，揖李、杜。王《弇州山人四部稿》尤风行一世。俗子窃其篇章，裁割成语，亦觉绚烂夺目。及其久，则成腐败，故为袁宏道、艾南英所讥。归有光出，而为明白晓畅之文，庶几乎无弊矣。然其文惟留意于抑扬顿挫间，亦无谓也。有明诸家，得失互见，论古文者仅录归熙甫一人，亦未允矣。

十八 国朝古文之流别

国朝学术昌明，其专力古文者，国初则有侯壮悔先生朝宗、宁都魏氏三兄弟，而叔子魏禧为尤著。厥后方望溪先生苞，崛起桐城，益究心声希味淡之作。所选《四书文》为一代宗，诚不愧"清真雅正"四字矣。一传为刘才甫大櫆，再传为姚姬传鼐，而桐城一派遂为山斗。

阳湖恽子居先生敬，起于才甫之后。张皋文惠言，亦弃其音韵、训诂、考据之学，以治古文。汪容甫中、李申耆兆洛、董方立祐诚所为古文，上法汉魏，遂与桐城异流。

中兴之际，曾文正公以古文起于湘乡，兄弟父子间相励以学，湖南文风因以大变。

今日言古文者，惟吴挚甫总教习为近代第一人，今已作古人矣。象译日歧，文章日陋，挚甫既没，惟侯官严子几道，其后劲乎！

佛言有过去，有未来，无现在。唐宋至今，皆过去之历史，至于未来之岁月，吾辈可不加勉乎！

第十五篇 骈散古合今分之渐此篇专论骈散相合，采经传、诸子，断至周秦。因下篇乃专论骈文，始于汉魏，与此衔接故也

一 唐虞之文，骈散之祖群经文体所言皆大体也，此下数章所言，惟辨论骈散而已

《帝典》之文有法度，有法度者必整齐。"分命""申命"四节，文笔相似，章法之整者也。"九族既睦，平章百姓。百姓昭明，协和万邦。"虽一气衔接，句法则已对待矣。"慎徽五典，五典克从。纳于百揆，百揆时叙。"凡数目之字，已无不对待整齐矣。"流共工于幽州，放驩兜于崇山"，竟居然以人名对人名，地名对地名焉，但不调平仄而已。帝庸作歌曰："股肱喜哉！元首起哉！""股肱""元首"对待，实为律诗之远祖也。

古人诗文不分途。厥后文有骈文、散文，诗有古诗、律诗。一而二，二而四，皆歧中生歧也。唐虞之际，文史质实，大抵散文居多，骈文络乎散文之间，犹偶数络乎奇数之间也。文之初创，骈散合用；数之初创，奇偶间用。厥后文法日备，骈文与散文乃自为家数。数理日精，奇数与偶数遂各立界说。见《几何原本》。

然则骈、散古合今分者，亦文字进化之一端欤？虽典谟之文，谓其草创未备可也。

二 有夏氏骈散相合之文

《禹贡》所言"随山刊木"，偶语也；"高山大川"，偶语也。余尝观蜀西邛崃九折坂之阴，有磨崖之掔窠书，则"蔡蒙旅平，和夷底绩"八字也。双碑屹立，俨如对联，后人虽工撰著，必不能如是之浑成也。

《禹贡》多四句，或骈或散，文无定法。若"九州攸同，四隩既宅"之类，对仗极整饰。其言"东渐于海，西被于流沙，朔南暨，声教讫于四海"，为记四至之始。若以后人行文之法为之，东西南北四句，必尽改用四字句而排列整齐矣。盖古人据事直书，无意为文，或骈或散，未可一律论也。夏后启嗣位，作《甘誓》，其言"威侮五行，怠弃三正"之类，文亦整饰。读《史记·夏本纪》，可见当时之体焉。

三 殷商氏骈散相合之文

商汤之兴，四征弗庭，所谓"东征西夷怨，南征北狄怨"，词意已成对待。其誓辞所谓"女无不信，朕不食言。女不从誓言，予则孥戮汝"，词意亦对待。至于《仲虺之诰》所谓"佑贤辅德，显忠遂良。兼弱攻昧，取乱侮亡"，意亦对待，词尤工整，然不免于繁复。骈拇枝指，非古文对待之意。

《盘庚》三篇最为佶屈聱牙，句法奇变，长短参差。亦间有整齐对待者，如"谓汝无侮老成人，无弱孤有幼"，又如"用罪伐厥死，用德彰厥善"，皆对待之善者也。但不若《古文尚书》对待句多用四字、六字耳。《说命》三篇，上篇之"舟楫霖雨"，中篇之"甲胄衣裳"，下篇之"盐梅麴蘖"，每有引喻，必引排叠句法。

所谓古文者，曷若今文《盘庚》之最古而可信也。今文《商书》《高宗肜日》《西伯戡黎》《微子之命》三篇，皆用散文。商人尚质，故文不能胜质也。散文尚质，骈文尚文，观骈散之分合，亦可见文质之升降也。

四　周初骈散相合之文

武王《牧野》之誓，史臣记其"左杖黄钺，右秉白旄"，骈语之中，已有藻绘之意。武王誓辞所谓"俾暴虐于百姓，以奸宄于商邑"，后世檄文，多仿其体。

《史记》述武王不寐，告周公之言曰："麋鹿在牧，蜚鸿满野。"置之晋宋人之文集中，几不能辨。古文《武成》所谓"归马于华山之阳，放牛于桃林之野"，与《史记》略同，必《周史》之旧文也。当时骈语，亦可略考见矣。

《大诰》《康诰》《酒诰》《梓材》《召诰》《洛诰》《多士》《多方》八篇，大略因殷人不服而作。其文古奥，如《盘庚》三篇之体，盖欲使殷顽咸喻兹意，不得不从殷之质，朴实开说，犹今官场告示之佳者，往往以白话训愚蒙也。在昔为俗体，后人不尽通古训，各国亦不同殷之方言，故觉其钩棘字句而难读耳。

苏绰因江南之未平，韩愈因淮西之初服，所作文告，不能不屏去骈饰，直达其意所欲言。乃去文崇质之道，非有意言文也。

"远人不服，而仅以文德徕之。"虽至愚，亦知其不可也。

五　《逸周书》骈散相合之文 传记、诸子文体所言，

皆全书之大体。此下数章所言，不剖析字句，以辨骈散而已

《逸周书》文从字顺，多骈偶重叠语。《度训篇》云："度小大以正，权轻重以极。"《命训篇》云："以绋絻当天之福，以斧钺当天之祸。"《武称篇》云："大国不失其威，小国不失其卑，敌国不失其权。"《开武篇》云："在昔文考，顺明三极。躬是四察，循用五行。戒视七顺，顺道九纪。"《武顺篇》云："天道尚左，日月西移。地道尚右，水泽东流。人道尚中，耳目从心。"《大聚篇》云："立君子以修礼乐，立小人以教用兵。"《作雒篇》云："南系于洛水，北因于郏山。"《周月篇》云："春三月中气，雨水、春分、谷雨；夏三月中气，小满、夏至、大暑；秋三月中气，处暑、秋分、霜降；冬三月中气，小雪、冬至、大寒。"《王会篇》云："般吾白虎，屠州黑豹。禺氏騊駼，犬戎文马。"皆字句整齐，与汉魏骈体为近。

《王会篇》言四方殊异，文字益绚烂矣。故著骈雅者，多援其奥词奇字备撷拾焉。

六　《周髀》骈散相合之文

《周髀算经》殷高 通行本作"商高"，《太平御览》所引为"殷高"曰："平矩以正绳，偃矩以望高，覆矩以测深，卧矩以知远，环矩以为圆，合矩以为方。方属地，圆属天。""天圆地方"，文

法极整饬。

陈子曰："春分之日夜分，以至秋分之日夜分，下极常有日光。秋分之日夜分，以至春分之日夜分，极下常无日光。"又云："春分以至秋分，昼之象；秋分以至春分，夜之象。"又云："日运行处极北，北方日中，南方夜半；日在极东，东方日中，西方夜半；日在极南，南方日中，北方夜半；日在极西，西方日中，东方夜半。"又云："冬至昼极短，日出辰而入申；夏至昼极长，日出寅而入戌。"又云："冬至从坎，日出巽而入坤。见日少，故曰寒。夏至从离，日出艮而入乾，见日多，故曰暑。"凡此皆文法工整。所言寒暑，虽百世亦不能易也。

又言："天象盖笠，地法覆盘。"乃借喻滂沱四隤之形，非其实也。后世作骈文律赋者，误以"笠"以写天，为寻常典故。能读《周髀》者益尠矣。

七 《左传》骈散相合之文《左传》

亦传记体，时代在《周髀》之后，故次之

《左传》文法奇变，整散兼行。其最整者；如石碏谏宠州吁曰："且夫贱妨贵，少陵长，远间亲，新间旧，小加大，淫破义，所谓'六逆'也。君义、臣行、父慈、子孝、兄爱、弟敬，所谓'六顺'也。"郑伯使公孙获处许西偏曰："天而既厌周德矣，吾其能与许争乎？"七字联语，虚实皆惬，则非左氏有意为之也。

鲁臧哀伯谏纳郜鼎之言，文极典赡，姿致蔚然。其言曰："是以清庙茅屋，大路越席，大羹不致，粢食不凿，昭其俭也。衮冕黻珽，带裳幅舄，衡紞纮綖，昭其度也。藻率鞞鞛，鞶厉游缨，昭其数也。火龙黼黻，昭其文也。五色比象，昭其物也。锡鸾和铃，昭其声也。三辰旂旗，昭其明也。"云云，峭拔古腴，为秦汉词华之文所师法。昌黎薄《左氏》为浮夸，或以此欤？然《左氏》所记神祇巫卜之事，词尤奥博，古色陆离，穷极幽渺，兹不备论焉。

八 《国语》骈散相合之文

《国语》文法，典则媲于《左传》，文亦整散兼行。如祭公谏穆王之言曰："夫先王之制，邦内甸服，邦外侯服，侯卫宾服，蛮夷要服，戎翟荒服。甸服者祭，侯服者祀，宾服者享，荒服者王。"以上皆四言之工整者也。又云："有不祭则修意，有不祀则修言，有不享则修文，有不贡则修名，有不王则修德。"则六言之工整者也，但不若六朝人之专意骈四俪六耳。

仲山甫谏宣王曰："古者不料民而知其多少。司民协孤终，司商协名姓，司徒协旅，司寇协奸，牧协职，工协革，场协入，廪协出。"虽三五错综，未尝不对待整齐。单襄公过陈而归，告于定王曰："夫辰角见而雨毕，天根见而水涸。"后世骈文引天象者，类如是造句。六字句第四字用"而"字，尤为六朝句法之准绳。

胥臣对晋文公曰："官师之所材也，戚施直镈，籧篨蒙璆，侏儒扶卢，矇瞍修声，聋聩司火。"凡此之类，皆字奇语重，骈文家炫博洽者所师也。然今日类典较多，识奇字者未必博洽也。

九 《战国策》骈散相合之文

《战国策》为古文之雄劲者。然其中往往杂以骈语，而风格益高峻。黄敬说秦王曰："智氏见伐赵之利，而不知榆次之祸也。吴氏见伐齐之便，而不知干隧之败也。"此类格调，建安以后多摹之，读李萧远《运命论》可见也。

庄辛论幸臣曰："臣闻鄙语曰：'见兔而顾犬，未为晚也。亡羊而补牢，未为迟也。'"魏晋以后，言事之文，每多引譬喻为起笔，亦诗人比兴之遗也。

苏秦说赵，谓："赵地方二千里，带甲数十万。车千乘，骑万匹。粟支十年。西有常山，南有河漳，东有清河，北有燕国。"皆以数名对数名，地名对地名，极为工整。谓："秦劫韩苞周，则赵自销铄。据卫取淇，则齐必入朝。"虽对仗极工，然非寻常骈偶家所能学步矣。

鲁共公论亡国曰："今主君之尊，仪狄之酒也。主君之味，易牙之调也。左白台而右闾须，南威之美也。前夹林而后兰台，强台之乐也。"其论最正，其辞甚研。后世相如之流，为古艳体，其铺张更甚于此矣。

十 孔、孟、荀诸子皆骈散相合之文

孔子之文，如《文言》之声偶，《论语》之整肃，为万世所师法。已见《群经文体》及第五篇《修辞法》，兹不详及。孟子之文，整散兼行，不如孔子之简要。孔子言："入则孝，出则弟。"孟子则言："入以事其父兄，出以事其长上。"孔子言："老者安之，少者怀之。"孟子则言："老吾老以及人之老，幼吾幼以及人之幼。"孟子文之骈者，亦不过层叠之句而已。

荀子之辞，视孟子为研。《劝学篇》言："木受绳则直，金就砺则利。"《修身篇》言："跬步不休，跛鳖千里。累土不辍，丘山崇成。"《不苟篇》言："新浴者振其衣，新沐者弹其冠。"《荣辱篇》言："呻呻而噍，乡乡而饱。"《非相篇》言："听其言则辞辨而无统，用其身则多诈而无功。"凡此皆裁对整齐，《孟子》七篇所未有也。

荀子《赋篇》所言："螭龙为蝘蜓，鸱枭为凤凰。比干见刳，孔子拘匡。"又云："以盲为明，以聋为聪。以危为安，以吉为凶。"皆骈偶用韵，而音节清凉，而义理之正，不愧继起孔孟之后矣。

十一　《老》《庄》《列》诸子皆骈散相合之文

《老子》曰："道可道，非常道。名可名，非常名。无名，天地之始；有名，万物之母。故常无欲，以观其妙；常有欲，以观其数。"《老子》之文高澹，其对待整齐者多类此。

若《庄子》文之对待者，则多腴辞藻饰，如《逍遥游》曰："朝菌不知晦朔，蟪蛄不知春秋。"《齐物论》曰："蝍蛆甘带，鸱鸦嗜鼠。"《人间世》曰："山木自寇也，膏火自煎也。桂可食，故伐之；漆可用，故割之。人皆知有用之用，而莫知无用之用也。"《大宗师》曰："狶韦氏得之以挈天地，伏羲氏得之以袭气母。维斗得之，终古不忒；日月得之，终古不息。"

《庄子》之文，其奇辟类如此，其间僻字奥词，虽不联属，后世骈文家亦撷以资润饰焉。

《列子》之文不逮《庄子》。其骈语用韵者，如《天瑞篇》曰："能阴能阳，能柔能刚，能短能长，能圆能方，能生能死，能暑能凉。"云云，皆似魏晋间语。又云"后稷生于巨迹，伊尹生于空桑"之类，裁对亦工整。《庄》《列》文之偶俪者，不可枚举，兹特略举其一二耳。

十二　《管》《晏》诸子骈散相合之文

《管子》之言治，层出而不穷，故多层叠之文。《牧民篇》言："礼不逾节，义不自进，廉不蔽恶，耻不从枉。"皆四言之整洁者也。《形胜篇》言："山高而不崩，则祈羊至矣；渊深而不涸，则沉玉极矣。"又云："蛟龙得水而神可立也，虎豹得幽而威可载也。"则近于魏晋以后之俪体矣。

《晏子》之文亦整洁。其近于俪体者，如谏祷雨云："灵山以石为身，以草木为发；河伯以水为国，以鱼鳖为民。"引喻最妙。谏荧惑守虚之异曰："列舍无次，变星有芒。荧惑回迹，孽星在旁。"则骈偶而用韵矣。谏朝居严曰："合升鼓之微，以满仓廪；合疏缕之绨，以成帷幕。"其叙古治之勇则曰："左操骖尾，右挈鼋头。"其叙退处之穷则曰："堂下生蓼藿，门外生荆棘。"皆似魏晋人词藻。

或谓诸子多伪托，然词藻之古腴者，周秦间恒有之，未可尽斥为伪托也。

十三　孙、吴诸子骈散相合之文

《孙子》言："善用兵者，屈人之兵而非战也，拔人之城而非攻也。"皆一意而叠为二三句。又言："善守者藏于九地之下，善攻者动于九天之上。"则摹写声势，已开汉魏告功之文体矣。又引《军政》曰："言不相闻，故为之金鼓；视不相见，故为之旌旗。"又曰："无邀正正之旗，勿击堂堂之阵。"其文皆对仗整齐焉。

吴子言于魏文侯，其辞如："革车奄户，缦轮笼毂。"皆润以古藻。又言："伏鸡之搏狸，乳犬之犯虎。"则文以妙喻，其旨则"内修文德，外治武备"二句而已。其料敌之言曰："齐陈重而不坚，秦陈散而日斗，楚陈整而不久，燕陈守而不走，三晋陈治而不用。"其文亦对仗整齐焉。又言："昼以旌旗幡麾为节，夜以金鼓笳笛为节。"则与《孙子》所言同意而异其词矣。

大抵文法如兵法，善用兵者或止齐步伐，或纵横扫荡。骈文者，止齐步伐之文也；散文者，纵横扫荡之文也。按《吴》《孙》兵法以行文，亦整齐有法度矣。

十四　《墨子》骈散相合之文

《墨子》首篇《亲士第一》，其文有骈偶用韵者，曰："甘井近竭，招木近伐。"竭""伐"为韵。灵龟近灼，神蛇近暴。"灼""暴"为韵。有数典之骈语，曰："比干之殪其抗也，孟贲之杀其勇也。西施之沉其美也，吴起之裂其事也。"有引喻之骈语，曰："江河之水，非一水之源也。千镒之裘，非一狐之白也。"

《修身篇》言："君子战虽有陈而勇为本焉，丧虽有礼而哀为本焉，士虽有学而行为本焉。"则文虽排偶而意则质实矣。《所染篇》言："舜染为许由、伯阳，禹染于皋陶、伯益，汤染于伊尹、仲虺，武王染于太公、周公。"则文虽排偶而则古称先，几于儒者矣。《公输般篇》墨子见楚王曰："今有人于此，舍其文轩，邻有敝舆而欲窃之；舍其锦绣，邻有短褐而欲窃之；舍其粱肉，邻有糟糠而欲窃之。"则文虽排偶，其善为说辞，可谓辨矣！

《墨子》之道，畴昔与儒术并重。唐以其书久束高阁，无复肄习其文者矣。

十五　《韩非子》创连珠之体

《韩非子》文之工整而深中事理者，如《安危篇》曰："安危在是非，不在强弱。存亡在虚实，不在众寡。"《外储篇》云："利之所在，民归之；名之所彰，士死之。"

《韩非子》最恶文学之士，其言曰："今修文学，习言谈，则无耕之劳而有富之实，无战之危而有贵之尊。"数语亦对仗工整。

其譬喻之精妙者，如："以肉去蚁而蚁愈多，以鱼驱蝇而蝇愈至。"其骈语之古奥者，如"椎锻平夷，榜檠矫直"之类是也。又曰："椎锻者，所以平不夷也；榜檠者，所以矫不直也。"后世作骈文者，于四字句删除虚字，自觉简古矣。

韩非之文，如云："发困仓而与贫穷者，是赏无功也。论图圄而出薄罪者，是不诛过也。"则深刻而不近情矣。《内外储说》实连珠体所昉，《淮南子·说山》即出于此。汉班固以后，遂递相摹仿矣。《抱朴子》尤类连珠，则汉以后之文体，兹附及之。

十六　屈、宋骚赋皆骈散相合之文

《楚辞》为词章家所祖。其奇字奥旨，多为作骈文者所撅拾。然其辞不尽骈偶，亦间有对待者。其中间以"兮"字，如云："名余曰正则兮，字余曰灵均。""名"与"字"相对，"正则"与"灵均"相对也。

亦有四句相对待者，如云："彼尧舜耿介兮，既遵道而得路。何桀纣之昌披兮，夫唯捷径以窘步。""尧舜"与"桀纣"相对，"遵道"与"捷径"相对也。如云："余既滋兰之九畹兮，又树蕙之百亩。"则数目之相对也。又云："朝饮木兰之坠露兮，夕餐秋菊之落英。"则"朝""夕"相对也。又云："制芰荷以为衣兮，集芙蓉以为裳。"则"衣""裳"相对也。

宋玉《九辩》所云："叶烟邑而无色兮，枝烦拿而交横。颜淫溢而将罢兮，柯仿佛而委黄。"其对待句亦间以"兮"字。《招魂》所言"赤蚁若象，玄蜂若壶些。五谷不生，丛菅是食些"，则以四言句为偶俪，而系以"些"字也。又云："高堂邃宇，槛层轩些；层台累榭，临高山些。"则七字皆对待，而系以"些"字矣。"光风转蕙，泛崇兰些"，唐人且去其"些"字，入七言律诗之中矣。

屈宋葩艳，撷之不尽，好学者当取《楚辞》骚赋诵习焉。

十七 《吕氏春秋》骈散相合之文

《吕氏春秋》稽古择言，取材鸿富，裒集众长，词旨精备。吕氏既剿袭前人之言，后人又剿袭吕氏之意。稗贩习气，实自吕氏开之。

其《本生篇》曰："出则以车，入则以辇，务以自佚，命之曰'招蹶之机'。肥肉厚酒，务以相强，命之曰'烂肠之药'。靡曼皓齿，郑卫之音，务以自乐，命之曰'羊肠孟门'。""何谓九塞？大汾、冥阨、荆阮、方城、殽函、井陉、令疵、句注、居庸。"《淮南子·地形训》即袭其词。

《吕氏春秋》征引多似类书。《本味篇》言："肉之美者，猩猩之唇，獾獾之炙，隽觾之翠，述荡之掔，旄象之约。"凡言一事，必胪举数条，整齐对待。后人骈文之炫博者，遂资以为獭祭矣。

十八 李斯骈散相合之文

李斯之文最绮丽者，《上书谏逐客》是也。其辞曰："今陛下致昆山之玉，有随、和之宝，垂明月之珠，服太阿之剑，乘纤离之马，建翠凤之旗，树灵鼍之鼓。此数宝者，秦不生一焉，而陛下说之，何也？必秦国之所生然后可，则是夜光之璧不饰朝廷，犀象之器不为玩好，郑卫之女不充后宫，而骏马駃騠不实外厩，江南金锡不为用，西蜀丹青不为采。所以饰后宫，充下陈，娱心意，说耳目者，必出于秦然后可，则是宛珠之簪，傅玑之珥，阿缟之衣，锦绣之饰不进于前，而随俗雅化，佳冶窈窕赵女不立于侧也。"如此之类，其才思艳发，迥非先正清明之体矣。

真西山《文章正宗》不录李斯《谏逐客书》，恶其文胜质也。然宣圣于变风变雅，存而不删，论文章之流别，固不可因人而废言矣。

第十六篇　骈文又分汉魏六朝唐宋四体之别仿第十四篇例，论次至今日为止

一　总论四体之区别

文章难以断代论也。虽风会所趋，一代有一代之体制，然日新月异，不能以数百年而统为一体也。惟揣摹风气者，动曰"某某规摹汉、魏""某某步趋六朝""某某诵习唐骈文""某某取法宋四六"。

然以文体细研之，则汉之两京各异，至于魏而风格尽变矣。六朝之晋、宋与齐、梁各异，至于陈、隋而音节又变矣。而唐"四杰"之体，至盛唐、晚唐而大变，至后唐、南唐而尽变矣。宋初扬、刘之体，至欧、苏、晁、王而大变，至南宋陆游而尽变矣。

吾谓汉魏六朝，骈散未尝分途。故文成法立，无所拘牵。唐宋以来，骈文之声偶愈严，用以记事则近于复，用以论事则近于衍。故李申耆《骈体文钞》起于秦而迄于隋，取其合，不取其分也。至于陈均之《唐骈体文钞》，曹振镛之《宋四六选》，编帙轻便，坊肆通行。欲窥四体大略，读三家所钞，亦可见矣。必欲

剖析各家文体而详说之，非举《四库》"集部"之文尽读之，不能办也。

二 汉之骈体至司马相如而大备_{前篇汉魏文体，以}

大体为重，故论相如最略。今论骈体，相如实西汉大宗故首列之

周衰文盛，辞藻始尚铺张。楚汉之际，战攻未已，文艺中辍。及贾谊、枚乘出，西汉彬彬乎风雅矣。

蜀郡司马相如集贾、枚之大成，合《战国策》《楚辞》之奇变。游梁，作《子虚赋》。武帝读之，曰："朕独不得与此人同时哉！"因狗监杨德意①知相如名，召问之。相如曰："此诸侯之事，未足观。请为天子游猎之赋。"故《上林赋》曰："左苍梧，右西极。丹水更其南，紫渊径其北。终始灞、浐，出入泾、渭。丰、镐潦潏，纡徐委蛇，经营乎其内。"云云。又云："于是游戏懈怠，置酒乎颢天之台，张乐乎胶葛之宇。撞千石之钟，立万石之虡。建翠华之旗，树灵鼍之鼓。"其文则源于李斯《谏逐客书》矣。

其《封禅文》极云乱波涌之观，语有归宿。《难蜀父老》藻思绝特，尤为撷香拾艳之渊薮。吴江吴育论相如之骈体，有《书》之昭明，《诗》之讽谏，《礼》之博物，《左》之华腴。故其文典，其音和，盛世之文也。其推崇之意，岂溢美乎！

---

① 通行说法作"杨得意"。

三　扬雄仿司马相如之骈体而益博

扬雄，蜀郡人也。蜀郡文章自司马相如开之，而扬雄为之后劲。

成帝时，扬雄作《羽猎赋》《长杨赋》，即仿相如之《子虚》《上林》而作也。《羽猎赋》云："其余荷垂天之毕，张竟野之罘。靡日月之朱竿，曳彗星之飞旗。"云云，皆极力铺张，数典繁博。

李申耆曰："子云善仿，所仿必肖，能以气合，不以形似也。"细寻之，乃得仿古之法。传甲谓扬雄《解嘲》仿东方朔《答客难》，犹其余事也。《十二州箴》《百官箴》，取式经训，为四言之极则，崔骃、班固所不能肖也。桓谭《新论》言雄作《甘泉赋》一首始成，梦肠出，收而内之。明日遂卒。

今世所传扬雄《剧秦美新》《元后诔》，皆作于王莽篡汉以后，大为世人所诟病。前明蜀人有扬慎者，能博览群书。自拟于扬雄后人，为扬雄极力申辨，且痛诋朱子以报之，亦扬氏之贤子孙矣。

四　后汉班固、张衡之骈体

少读《文选》，开卷即得班孟坚之《两都赋》、张平子之《两京赋》，皆设问答之辞，极众人之所眩曜。初读时，窃谓今人仿古制，古人必有所仿。及读《子虚》《上林》二赋，乃定相如为两汉骈文之宗主焉。

　　班氏之文，虽出于相如、扬雄，所著《典引》，谓相如《封禅》靡而不典，扬雄《美新》典而亡实，殆欲凌驾前人而力未逮也。《典引》裁密思靡，遂为骈体科律，然语无归宿。阅之，觉茫无畔岸，所以不逮卿、云。

　　张平子《应间》，文体似班孟坚之《宾戏》，而词尤博赡。《应间篇》："女魃北而应龙翔，洪鼎声而军容息。溽暑至而鹑火栖，寒冰冱而鼋鼍蛰。"虽裁对精密，然非六朝文士所能学步也。

　　张平子《四愁诗序》，谓屈原以美人为君子，以珍宝为仁义，以水深雪雾为小人，故托辞渊永，得比兴之遗。传甲登高四望，欲师其意而不能制其体也。

五　后汉蔡邕之骈体

　　蔡伯喈《篆势》云："颓若黍稷之垂颖，蕴若虫蛇之焚缊。"又云："远而望之，象鸿鹄群游，络绎迁延；迫而视之，端际不可得见，指挥不可胜原。"曹子建《洛神赋》即摹此格调也。后汉文体与魏人文体，不能剖析分界者以此。《隶势》曰："奂能星陈，郁若云布。"几几乎齐梁之先唱矣。

　　邕撰《太傅文恭侯胡公碑》曰："公应天淑灵，履性贞固。九德咸修，百行毕备。"又云："总天地之中和，览生民之上操。"其谀胡广也甚矣。《太尉扬公碑》则言："公承家崇轨，受天醇素。"《陈太邱碑》则言："陈君禀岳渎之精，苞灵曜之纪。"犹为颂扬得体者也。《郭有道林宗碑》曰："若乃砥节砺行，直道正辞。贞固足以干事，隐括足以矫时。"虽四六之文，实异于寻常之谀墓也。《胡夫人神诰》曰："夫人躬圣善之姿，蹈慈母之仁。"《胡夫人灵表》曰："体季兰之姿，蹈思齐之迹。"皆言之得体者也。后人谀墓，奉中郎之遗矩，昔之佳句，今日几成滥调矣。

六　潘勖《册魏公九锡文》之体宋陶穀附见

九锡、禅诏，类相重袭，逾袭逾滥，不过乱世贰臣献媚新主之辞耳。故盛世文人，屏之而弗屑道。然此体文字，自魏晋以至唐宋皆用之。论文体之源流正变，不能不归狱于潘勖之作俑也。

曹操战功颇多，潘勖胪列不遗。每一款下，辄系之曰："此又君之功也。""此又君之功也。"重重叠叠，实类骈拇枝指之无所用已。且曰："虽伊尹之格皇天，周公光于四海，方之蔑如也。"潘勖之僭妄，罪不在曹操下矣！

冀州十郡：河东、河内、魏郡、赵国、中山、巨鹿、常山、安平、甘陵、平原，三面距河。既有兹土，汉虽有英主起，亦不能复制，而曹丕遂从容受禅矣。潘勖之辞，如云："锡君元土，苴以白茅。爰契尔龟，用建家社。"犹属典重之语。晋、宋、齐、梁、陈、隋，文益冗而词益费矣。赵宋之初，陶穀袖中禅诏，直是夙构。

自是以后，辽金元明，皆以征伐为革除，不复用此虚文矣。其虚文之存于史乘者，亦可考当时之体焉。

七　魏曹植之骈体

曹子建之文，步武中郎，有雍雍矩度者。惟《命宗圣侯孔羡奉家祀碑》体制典重。其辞曰："维黄初元年，大魏受命。肩轩辕之高踪，绍虞氏之遐统。应历数以改物，扬仁风而作教。于是辑五瑞，班宗彝，钧衡石，同度量。秩群祀于无文，顺天时以布化。既乃缉熙圣绪，绍显上世。追存三代之体，兼绍宣尼之后。"云云，诚不愧制作之文，可以垂诸典章，播诸金石者也。

《文心雕龙》云"陈思叩名，体实繁缓。文皇诔末，旨言自陈"，其乖甚矣。李申耆曰："文之繁缓，诚如所讥。使彦和见江、谢之篇，更不知作何弹诋？至其旨言自陈，则思王以同气之亲，积讥谗之愤，述情切至，溢于自然。正可副言哀之本致，破庸冗之常态。诔必四言，羌无前典。固不得援此为例，亦不必遽目为乖也。"

八　六朝骈体之正变

骈体隶事之富，始于晋之陆士衡；织词之缛，始于宋之颜延之。齐梁以下，词事并繁，凄丽之文，如江文通、鲍明远俱臻绝调。丹青昭烂，玄黄错采，跌宕靡丽，浮华无实，而古意荡然矣。萧氏父子其流斯极，简文帝《大法颂》《马宝颂》，题皆不经。而文之华腴，不下颜、鲍。且裁章宅句，弥近弥平，斯固后来所取法也。其间文士如任昉、沈约、邱迟、徐陵、庾信为之，莫不渊渊乎文有其质焉。

齐、梁启事短篇，其言小，其旨浅，其趣博。大都以雕饰为工，而近于游戏。何仲言《为衡山侯与妇书》，庾子山《为上黄侯世子与妇书》，伏知道《为王宽与妇义安主书》，以夫妇之亲，赠寄之常，亦必倩文士为之。其崇尚虚文，无所不至矣！吴叔庠之《饼说》，韦琳之《鮑表》，袁阳源之《鸡九锡文并劝进》，则诙谐辨谲，有类史之滑稽传者。以文理文法绳之，当屏之文苑之外矣。

九　徐庾集骈体之大成

《昭明文选》以后，集骈体之大成者，有二人焉，徐孝穆、庾子山其健者乎？其骈体缉裁巧密，颇变旧法，多出新意。其佳者纬以经史，故丽而有则。

徐孝穆奉使邺都，《上梁元帝表》曰："伏惟陛下出震等于勋华，鸣谦同于旦奭。握图执钺，将在御天。玉胜珠衡，光彰元后。神祇所命，非惟太室之祥；图牒攸归，何至尧门之瑞？"则字字调，声声协矣。庾子山《贺平邺都表》曰："臣闻泰山梁甫以来，即有七十二代；龙图龟书之后，又已三千余年。虽复制法树司，礼殊乐异。至于文离武落，剡木弦弧；席卷天下之心，包函八荒之志，其揆一矣。"凡数目字亦皆工对，是王勃以前，已有算博士也。[①]

孝穆《上梁元帝表》有联语曰："青羌赤狄，同畀豺狼；胡服夷言，咸为京观。"《与王僧辨书》中亦用此一联。骈文多剿

---

① 作者误说。"算博士"指骆宾王。

袭陈言，虽一人为之，或不免录旧也。

徐庾以前之骈体，犹间以散文；徐庾兴，而散文几不见于集中矣。故骈文之极则，徐庾其集大成者乎？世人右韩柳而左徐庾，所谓道不同不相为谋也。

十　唐初四杰之骈体

初唐四杰，王、杨、卢、骆并著。今世传本，有《王子安集》十六卷，《杨盈川集》十卷，《卢升之集》七卷，《骆丞集》四卷。自裴行俭谓"士先器识而后文艺"，四杰遂为人所轻矣。虽然，有裴行俭之器识，然后可议四杰之文艺。否则以不学无术之徒，妄诋才士，岂得其平？杜诗云："王杨卢骆常用[①]体，轻薄为文哂未休。尔曹身与名俱灭，不废江河万古流。"正责世之轻论古人者也。

王勃为四杰冠，其《益州夫子庙碑》云："帝车南指，遁七曜于中阶；华盖西临，高五云于太甲。"张燕公读之悉不解。访于僧一行，亦仅解其半也。其博洽亦岂易及？《旧唐书》杨炯本传中，《驳太常博士苏知幾冕服议》，援引经术，最有根柢。盖词章瑰丽者，必能贯穿经籍也。卢照邻遭遇坎坷，所传篇什亦少。穷鱼病梨，皆赋以自况也。骆宾王之文，《讨武曌檄》最著，虽武曌亦惜其才也。

呜呼！彼三杰未可知，宾王草檄于伪周临朝之际，声罪致讨，为天下先，其举动亦人杰哉！

---

① 此杜甫诗，通行本作"当时"。

十一　燕许大手笔之骈体

张说、苏颋，雍容扬揄于盛唐开元之际。其文章典丽宏赡，朝廷大述作多出其手，号曰"燕许"，而《张燕公集》为尤著。读张说之《大唐封禅颂》、苏颋之《大唐封东岳朝觐颂》，崇宏巨制，虽不逮西汉封禅之文，然矩度秩然，异于六朝衰世之作。

张说撰《姚崇神道碑》《宋公遗爱碑颂》，矞皇典雅，粲然成章。苏颋撰《中宗谥册文》《睿宗哀册文》，虽无史鱼之直，其文则工整矣。张说《为留守奏瑞禾杏表》，以献媚于天册金轮皇帝，谓："炎帝教洽于人心，而嘉禾秀；周公理合于天道，而嘉禾丰。"又云："圣道隆渥，灵祚宏多。朱萼素花，彰孝理于诗传；一茎九颖，合德曜于祥经。"由此观之，张说之文品亦卑矣。

苏颋父苏瑰于中宗时，力斥韦庶人，抗辩不屈。颋有父风，所作《夷齐四皓优劣论》，曰："周德既广，则夷齐让国而归焉；汉业既兴，则四皓受命而出焉。"是可以见苏颋之志矣。

十二　李杜二诗人之骈体 各国文学史皆录诗人名作

讲义。限于体裁，此篇惟举其著者述之，以见诗文分合之渐

李白、杜甫以盖世诗名，鼓吹盛唐之中叶，其文远不逮其诗。然当四杰之后，而不规规于四杰之窠臼，则李杜之骈文亦足以各成一体矣。

李白少有逸才，志气宏放，飘然有超世之心。其文之著者，

若《上韩荆州书》《春夜宴桃李园序》，皆为宋明以来古文选本所批点，二篇固为李白文之质实者也。《李白集》中《送蔡十序》有"朗笑明月，时眠落花"一联，《送张祖监丞序》有"紫禁九重，碧山万里"一联，大抵涉笔成趣，不待规削而自圆。唐之骈文间以散文者，犹汉之散文间以骈文耳。

杜甫之文，如《画马赞》之类，四言雅炼，虽不足以比《两京》，视六朝则有过之矣。然六朝徐庾诗歌已多偶俪，亦如汉魏散文中之骈语耳。唐初五言、七言之律体，犹未纯一。至于杜甫，"上薄风骚，下赅沈宋。言夺苏李，气吞曹刘。掩颜谢之孤高，杂徐庾之流丽"，而后律诗与古诗别行，亦犹骈文与散文别行也。

有唐一代，文体歧，诗体亦歧。大抵文明之国，科学程度愈高，则分科之子目亦愈多。诗文之用古体、骈体，各视乎性之相近。及用之适宜耳，又何必相讥相诋乎？

十三　陆宣公奏议为骈体最有用者

唐德宗因朱泚之变，幸奉天。群臣犹请加尊号，以应厄运。陆贽谓尊号之兴，本非古制，行乎安泰之日，已累谦冲；袭乎丧乱之时，尤伤事体。帝纳其言，但改年号。以中书所撰敕文示贽。贽曰："动人以言，所感已浅。言又不切，人谁肯怀？"乃别为诏，悔过引咎。其最切尽者曰："然以长于深宫之中，暗于经国之务。积习易溺，居安忘危。不知稼穑之艰难，不察征戍之劳苦。泽靡下究，情不上通。事既壅隔，人怀疑阻。犹昧省己，遂用兴戎。"云云。山东士卒读诏书无不感泣，故兴元得以中兴。

其余奏议皆切中时弊，虽言必成俪偶，音必调马蹄，然朴实陈说，毫无浮响。《论治乱之略疏》《论征税疏》《论纳谏疏》《论关中事宜状》《论前所答奏未施行状》《请罢琼林大盈库状》《论两税以布帛为额状》《请罢兵状》，虽处乱世，事暗君，所言所行，皆足补剂末运，非骈体之最有用者乎？

宣公因论裴延龄之奸邪，贬忠州别驾，终①得竟其怀抱。是具皋夔之资，而不逢尧舜者也。

十四　元、白、温、李之骈体

唐代诗人善言儿女情者，至元、白而盛，至温、李而极。

元、白皆能古文，元稹滔滔清绝，白居易洒洒敷词，皆可传诵。其骈体亦擅场而文词每多浮丽。求其典重者，如元稹《追封宋若华河南郡君制》曰："司徒之妻有礼，齐加石窌；廷乡之母有德，汉置封丘。"《授牛元翼深、冀等州节度制》曰："鹰隼击则妖鸟除，弧弓陈而天狼灭。"皆字字矜练矣。白居易《太湖石记》曰："有盘物秀出如灵丘鲜云者，有端岩挺立如尊官神人者，有缜润削成如珪瓒者，有廉棱锐刿如剑戟者。"则骈语之近于古者矣。

温庭筠能逐弦吹之音，为侧艳之词。其诗不出绮罗香艳，其文虽规规骈偶之中，观其《上蒋侍郎启》《上令狐相公启》，皆平正不入恶道。李商隐初为古文，不喜偶对。从事令狐楚幕，乃

---

① 此处疑脱"不"字。

学今体章奏。同时"温李"齐名，然商隐诗多感时事，得风人之旨，非温飞卿比也。商隐《上河东公启》曰："至于南国妖姬，丛台妙伎，虽有涉于篇什，实不接于风流。"又云："使国人尽保展禽，酒肆不疑阮籍。"则义山集中之"锦瑟""碧城"，不过子虚乌有耳。

十五　宋初西昆骈体步趋晚唐及北宋诸家异同

吾论唐骈体，以李商隐为殿。盖以宋初杨亿、刘筠、钱惟演辈皆以李商隐为宗法也。

《宋史》杨亿本传，所著有《括苍》《武夷》《颍阴》《韩城》《退居》《汝阳》《蓬山》《冠鳌》各集，今所传者，惟《武夷新集》而已。杨亿等时际升平，其为文春容大雅，无唐末五代衰飒之气，西昆酬唱亦极一时之盛。

吕祖谦《宋文鉴》不尚俪偶之词，杨亿之表启，亦采录焉。其《驾幸河北起居表》曰："毳幕稽诛，銮舆顺动。羽卫方离于象魏，天威已震于龙荒。慰边甿徯后之心，增壮士平戎之气。臣闻涿鹿之野，轩皇所以亲征；单于之台，汉帝因而耀武。"云云，可谓有典有则矣。《贺刁秘阁启》曰："群玉之府，图籍攸归。承明之庐，俊贤所聚。自非兼该文史，洞达天人。擅博物之称，负多闻之益。则何以掌兰台之秘记，辨鲁壁之古文？克分亥豕之非，荣对鬼神之问。允资鸿博，式副选抡。"云云，词意爽洁，犹存古意。

厥后欧、苏四六，皆以气行。晁无咎又以情胜。北宋之骈文，亦屡变其体裁矣。

十六　南宋骈体汪藻、洪适、
陆游、李刘诸家之异同

南宋骈体，《浮溪集》为最盛。汪藻为隆祐太后草诏告天下以立康王之故，其警句曰："汉家之厄十世，宜光武之中兴；献公之子九人，惟重耳之尚在。"一时推为雅切。故建炎之诏书，多出于汪藻。绍兴间，洪适知制诰，撰《亲征诏》。其警句曰："岁星临于吴分，冀成肥水之功；斗士倍于晋师，当决韩原之胜。"文气亦复劲健。

陆游诗学老杜，为南宋第一人，其《贺礼部郑侍郎启》之警句曰："文关国之盛衰，官以人而轻重。吁俊尊上帝，岂止在玉帛钟鼓之间？敛福锡庶民，其必有典谟训诰之盛。"其文可谓工雅得体者矣。

李刘待制宝章阁，长于偶俪，著有《四六标准》，南宋骈体之专家也。其余刘克庄之《后村集》，名言如屑；方岳之《秋崖集》，丽句为邻。迄于文山，名作相望。考南宋文范，视北宋又何多让焉？

十七　元明以来四六体之日卑

骈体之文，自宋四六后，元明皆等诸自郐耳。元之骈体，猥猥琐琐；明之骈体，疏疏落落，无足征引，无关取法。

其文集存于今者，不下千余种；名篇巨制，不如汉魏、六朝、唐、宋之中驷也。最陋者属对虽工，其词则以巧而愈佻，甚至以卦名对卦名，以干支配干支，立定间架，几如刻板。至于官场尺牍，斋醮青词，肤廓陈滥，万手一律。其佳者亦仅资谀颂耳。

况时文既作，排偶斯极。类典串珠，花样集锦。凡村塾传习之兔园册子，大抵皆明季周延儒辈为之。大江南北，父兄训子弟者，无不以选声捡韵为入学之门。声调谱之作，固不仅词曲一端也。竭天下英俊之才，使之流连于声调中，鼓之吹之，举国若狂，此元代所以重词曲以箝汉族，明人所以作帖括以制处士也。

十八　国朝骈文之盛及骈文之终古不废

国朝骈文，卓然号称大家者，长洲尤西堂氏侗、宜兴陈迦陵氏维崧最为卓出。自开、宝后七百年，无此等作久矣。

山阴胡稚威氏天游，为文奥博，得燕、许二公之遗。钱塘袁简斋氏枚，能于骈体中独抒所见，辨论是非。昭文邵荀慈氏齐焘《玉芝堂集》，尤能上下六朝。同时与荀慈为骈文者，有武进刘圃三氏星炜，钱塘吴榖人氏锡麒，南城曾宾谷氏燠，全椒吴山尊氏鼒，皆不愧骖行四杰。

盖散文以达意为主，空疏者犹可敷衍，骈文包罗宏富，俭腹者将无所措其手足也。今中国文学日即窳陋，古文已少专家，骈体更成疣赘。湘绮楼一老，犹为岿然鲁灵光也。传甲窃谓泰西文法亦不能不用对偶。见赫德《辨学启蒙》。中国骈文，亦必终古不能废也。特他日骈文体之变体，非今日所能预料耳。

文者，国之粹也，国民教育造端于此。故古文、骈文，虽不能如先正之专一，其源流又何可忽耶？

中国文学史读本

龚启昌 著　顾瑞雪 整理

目　录

编辑例言

一、本书可为初高中国文选修科读本，或国文课补充读本之用，编者曾在中学"国学常识"学程中，两度作为文学之部讲肄材料。

二、本书中选录各家代表作品甚多，几占全书之半，可供学生课外诵习之资。于各该作家，均先介绍其简单小传，再略述其作风原委。

三、本书编辑体例，大致以时代为经，以作家为纬，盖便初学也。

四、诗歌词曲为文学之脊柱，故全书特注意其进展，代表作之选录亦特多，普通骈散文，各生在平日国文课内，诵习已多，不庸列举原文，仅略述其流变而已。

五、本书作为初中教本时，提要论述，代表作选讲或略讲，每周以三小时计，则一学期即可授毕。若详细讲述，则足供一学年之用，此可由教者自由伸缩之。

六、本书亦可为学生自习之用，每节皆有小标题，眉目清醒，甚易检阅。

七、本书最后附有《中国文学史》参考目录一种，以编者选辑本书时曾参考者为限，亦可作为读者进求研讨之资。

八、本书于现代文学未能详细叙述，引以为恨，亦以现代文学尚在演变递进之中，未易整理故也。

九、编者原拟就本书内容，编一索引，俾便读者随时检查之用。兹因付印仓卒，未及完成，容于再版时补之。

十、编者非专攻文学，疏漏谬误之处，自知难免，幸海内贤达教之。

编者于南京，二十四年十二月

第一章　绪论

文学之界说

"文"之单字涵义甚泛。《说文》"文"有二字：（一）"文，错画也，象交文。"（二）"彣，无分切，馘也，从彡从文。""彡，所衔切，饰画毛文也。"凡含有修美之意者皆从之。《说文序》以文字为文，曰"依类象形谓之文"。《易经》以文物为文，曰"刚柔交错为天文，文明以止为人文"。《论语》以华美为文，"周监于二代，郁郁乎文哉！"又以礼乐制度称为文。"焕乎其有文章""文王既没，文不在兹乎！"典籍亦称文，《论语》曰："文献不足征也。"

"文学"二字最早见于《论语·先进》"文学：子游，子夏"一语。考其所指，乃泛称一切学术而言，与今之文学意义不同。《诗》大序曰："诗者，志之所之也。在心为志，发言为诗，情动于中而形于言。言之不足，故嗟叹之；嗟叹之不足，故咏歌之；咏歌之不足，不知手之舞之，足之蹈之也。"其中"情动于中，而形于言"二语，为绝妙之文学定义也。

虽然，文学之意义，须随文学之界说以定。文学之界说有广义、狭义二种。自广义言之，一切文字，皆谓之文学。自狭义言之，则普通文字，不得谓之文学，必须由咨嗟咏叹而出之者，或有艺术之妆点者，始得谓之文学。从前说则无文学与非文学作品之别，即凡一切契约股票，神庙签条，何一非文；从后说则谨严有限，非"情动于中"而所发者，皆不得谓之"文"。文学界限，与其失之太宽，不若失之太狭，故从前说，不如从后说也。

胡小石先生曾定文学之界说曰："文学者，由于生活环境上之刺戟，而起情感之反应；藉艺术化之语言，而为具体之表现也。"最为切当，证诸文学之起源，益觉信然。

文学之起源

西哲论人生两大条件为"饥与爱"。中国古人亦曰："饮食男女，人之大欲存焉。"但以二种欲望，非人之所能满足。人类因欲望之不能如愿以偿，且有时又受社会上风俗习惯之束缚，法律舆论之制裁，不能为所欲为，在实际生活上所获得之烦恼，转而向空虚之处，以求安慰，此文学之所以起也。文学者，莫非造幻想以安慰现在，所以求眼前之陶醉或烦恼之解脱而已。凡世乱而文学特盛，人因而文愈工，即此故也。"《诗》三百篇，大底圣贤发愤之所为作也。""屈平之作《离骚》，盖自怨生也。"魏晋六朝，世乱频存，而文风隆盛，皆其明证也。

文学与民族民生

"情动于中者"为文学之动机，亦即文学之内容也。文学本为天才产物，然必受环境之影响而始表现其技术之拙劣，则尤在其所受训练之多寡也，与文学本身之价值无关。文学为人类生活上之要求而起，而各民族以其生活之不同，而所要求之文学亦异，此文学所以亦为民族精神之所寄也。民生之安慰赖之，民族精神之统一亦赖之。近人论文学之有偏于一端者，未能窥其全豹之故也。

文学之分类

文学意义既明，当进言其分类。兹从文学之狭义言，列表如次：

文学
- 实质上的分类
  - 记事的
  - 表情的
  - 说理的
- 形式上的分类
  - 有韵文：赋颂；哀诔；箴铭；诗歌；词曲
  - 无韵文：散文；骈文

文、笔之别

古代无文学之界说，故亦无文学与非文学之别。自汉而降，以至六朝，有文、笔之分，而渐有文学界说之观念。"文"者，除内涵情感之外，须注重形式，此昭明之所以必以合于"沉思翰藻"者始得入选也。此之所谓"文"者，即文学作品是也；而"笔"者，实即应用文也。"文""笔"之界限分，文学之定义

351

明。但分而复混，唐代韩愈长于散文，每以笔为文，及至宋代文、笔之界，更混淆不清，而文学之意义，亦不复明。故周敦颐曰："文所以载道也。"而王安石则谓："礼乐刑政，先王之所谓文也。"洎乎清代桐城派主单语，重散文，即古之所谓"笔"；扬州派主偶体，重骈文，即古之所谓"文"；常州派则骈散兼重，调和"文""笔"。虽然，真正之文学作品，当重在内容而轻于形式，尽谓单语之散文谓非文学作品，大不可也。

文学史之目的

文学史之目的，在说明文学时代进展之程序，及其变迁之现象。故宜注重其事实，而不应注重价值之估定。故须以冷静的态度，作客观之研究，以求其因果之关系。虽然，初学者学无根柢，于文学家之传记与作品，不得不先略为介绍，以为研究之资，本书特注意于此，博雅君子，不以"文史学"讥之可耳。

第二章　上古文学

文学之起在文字之前

文学为人类情绪之具体表现，其表现之方式或用语言、音乐，或用文字、图画。考人类语言之发达在文字之先，有艺术点缀之语言，不可谓非文字也。中国文字肇始于伏羲之八卦，然在伏羲之前，已有葛天氏之歌八阕（见《吕氏春秋》），伏羲有《网罟》之歌，神农有《丰年》之咏（皆见晋夏侯玄《辨乐论》），惜其辞皆亡。曰歌，曰咏，则必由咏叹而出，或经过一番艺术之装点，而与寻常语言不同者，则可想而知。辞既不存，因亦无可考证，即存亦真伪难辨，然文学之起源，其必在文字之前，则可断言也。

诗歌为文学之先河

降至唐、虞，尧有《击壤》之歌，《康衢》之谣；舜有《卿云》之歌，其辞皆存。《诗经》有《商颂》五篇，是时文字尚未完备，凡此歌辞，或即由咨嗟咏叹而出之，有艺术装点之语言也。然诗歌为文学之先河，亦从可知矣。

击壤歌

日出而作，日入而息。凿井而饮，耕田而食。帝力于我何有哉！

康衢歌

立我蒸民，莫匪尔极。不识不知，顺帝之则。

卿云歌

卿云烂兮，糺缦缦兮。日月光华，旦复旦兮。

中国文学史之信史时代自周始

虽然，中国信史之开始时代，论者不一。信史时代不能确定，则所据史料即难征信。近代殷虚甲骨文字之发现，大有助于信史之考证。

欲确定中国之信史时代，应以有可靠的文字成立时为准则。仓颉之为何人，古代即不一其说。《说文》中之古文籀文之不可信，亦已彰彰。后人据金文加以订正，并考定文字之源流。吴大澂出而作《说文古籀补》。

近人之研究甲骨文者，则以为中国文字可得而征信者，须从殷代始。若文字至殷代而始正式成立，则中国信史，当亦从殷代开始。然考殷代甲骨文字，不外干支及卜词之类，不能称为文字，《盘庚》为诰诫体，亦非纯粹文学。《商颂》之是否产生于商代，为一问题。殷代之金石文字，只寥寥数句，亦不为文学。

由是而言，则中国文学之信史时代，当必自周始矣。谓为周以前无文学则不可，不过周以前之文学，或多荒诞不足征信，而周后之文学则确为可信耳。

第三章 周秦文学——《诗》与 《楚辞》及散文小说等

学术思想之南北分派

中国学术，受地理之影响，显分南北二派。近人梁启超论之最为精辟。文学为情感的表现，南北之分益为显著。北地苦寒硗脊，谋生不易，经年胼手胝足，犹不得博一温饱，其思想务实际，贵力行，无玄妙之哲理。南方反是，其气候和，土地饶，其谋生易，不以一身一家之饱暖是忧。故常达观于世外，故能明自然，顺本性，此其特点也。儒家讲求实际，利用厚生之道，此学术思想中，北派之代表也。道家思想离实际而入于玄虚，此南方之代表也。

文学南北二派

文学之受学术思想之影响也至巨。近人论南北文学之不同者甚多，而以刘师培较为详尽，胡小石氏亦从其说。刘氏之论曰："大抵北方之地，土厚水深，其间多尚实际。南方之地，水势浩洋，民生其地，多尚虚无。民崇实际，故所作之文不外记事、析理二端。民尚虚无，故所作之文或为言志抒情之作。"文学受地理之影响，此说理由，甚为充分。但此只限于政局纷裂、交通不便之时。南北隔绝，故不能交相影响。周代战国南北文学之分别甚显。又如南北朝南方多出文人，北方多产经师。宋词与元亦有差异。五代时中国词人多出在长江流域一带。及至政局统一，交通便利之时，文学亦随之统一。如两汉唐代北宋是也。元朝以后，文学已无南北之分。文学之不只限于地域，而受政局及交通之影响者为多，概可想见矣。

《诗经》为周代北方文学之代表

中国古代最可靠、最伟大之文学作品，当以《诗经》为最早。惜其作者，大半湮没无闻。《诗大序》曰："此一国之事系一人之本，谓之风。"则直视为代表民族之作品可也。《诗经》中之表现最多者，不外讴歌男女之爱情，颂美神祇之威德，以及政局之得失。其所取对象均偏于实际，其赋咏之地，胡小石氏曾为考证，皆在北方，且不出黄河流域一带。故实为周代北方文学之代表也。经孔子删改，后人尊之，列入经类。

《诗经》之为近人重视

《诗》本为六经之一，向为人所重视，然古代目为经世大道，伦理之教训而不以文学作品视之。近人渐知纯粹文学之价值，《诗》之地位乃益高。《诗经》之发生远在商代。然知《商

357

颂》之不出于商，惟至迟亦须出于周也。《诗经》第一篇《关雎》诗，毛说以为在文王时作。后世虽有疑之者，然《灵台》一诗，则据《孟子》所引，似亦为文王所作。而《陈风》《株林》《泽陂》之诗，则在定王时作无疑，《诗经》之确实开始时期，既远在文王终于定王，先后亘六百年，时当西纪前十二世纪至六世纪洪荒未开之时也。而我国已有此奇迹，精严悠久，壮阔宏深，能不为后人重视耶？且也吾中国数千年前之风俗人情，赖以保存，我民族五千余年生存衍育之精神，亦以之而发扬，文学之伟大在此，而《诗经》之价值亦在此。

周代金石文

周代遗留至今之钟鼎彝器甚多，除石鼓外，皆属金文。其韵文近于《诗》，散文近于《书》，兹分两类如次：

（一）《诗》类——韵文。例：《虢季子白盘》《曾白霖簠》，此类文体近于《颂》者为多，亦有近于《大雅》者，但未有近于《风》者。

（二）《书》类——散文。例：《毛公鼎》《盂鼎》《散氏盘》《克鼎》《曶鼎》，此类文体皆近于《大召诰》《洛诰》等篇。

《楚辞》为周代南方文学之代表

春秋战国诸子百家之起，其影响于文学者固至巨。然继《诗经》而起成中国古代之第二伟大文学作品者，则为《离骚》。战国时《诗》已亡，故孟子曰："《诗》亡然后《春秋》作。"盖此从政治方面言之也。从文学方面而言之者，则有李纲曾曰："《诗》亡然后《离骚》作。"颇为中肯。

战国时学术人才，多分处齐、楚二国，齐为一般哲人荟萃之处，如荀卿、邹衍、淳于髡之流。而楚则为词人之渊薮，其领袖即为屈原、宋玉等。《楚辞》为中国古代第二之伟大作品，产生于南方，故亦为周代南方文学之代表作品也。

《楚辞》之内容

屈原被谗见放，作《离骚》《天问》《远游》《卜居》《渔父》及《九歌》十一篇，《九章》九篇。《汉书·艺文志》录屈原赋二五篇是也。同时宋玉作《九辨》《招魂》，景差作《大招》，益以汉贾谊、刘安、扬雄诸人所作，皆导源屈、宋，后人遂汇为《楚辞》。注者，有汉王逸《楚辞注》，宋洪兴祖补之，为补注。宋朱子有《楚辞集注》，宋钱杲之有《离骚集传》，宋吴仁杰有《离骚草木疏》等等皆有名。明儒衡阳王夫之有《楚辞通诠》，在《船山遗书》内。近人长沙曹耀湘有《读骚论世》等，都计不下数百卷，噫，盛哉！近人因以《离骚》译成西文，以供西方人士之鉴赏。

《楚辞》之导源与成因

由《诗》而变为《离骚》，由民族之作品一转而变为个人之作品也。自《隋书·经籍志》以后诸史之集部均以《楚辞》为首。故《楚辞》为中国文学史上之第二部大著作，而为专家创作集之第一部。其导源之所在，颇堪寻味，兹探索如下：

（一）由于自然之演化

《诗经》最后之时期，为周定王八年（公元前599年）。据《史记》屈原既见谗于楚怀王，忧愁幽思，作为《离骚》。怀王死于秦，在周赧王三十九年（公元前二九六年）。故自"《诗》亡"至《离骚》之作，约凡三百年。此三百年间，北方之诗已在衰落时代。屈原起而脱离三百篇之形式，开始创造新体。然在《离骚》之前，南方已有楚狂接舆之歌、《沧浪》孺子之歌、《拥楫》之歌为其先导也。

《论语》楚狂接舆歌而遇孔子之门人曰：

> 凤兮！凤兮！何德之衰？往者不可谏，来者犹可追。已而！已而！今之从政者殆而！

《孟子》《孺子歌》曰：

> 沧浪之水清兮，可以濯我缨；沧浪之水浊兮，可以濯我足。

《说苑》，鄂君子皙泛舟于新波之中，越人拥楫而歌，为之楚译曰：

> 今夕何夕兮，搴洲中流。今日何日兮，得与王子同舟，蒙羞被好兮，不訾诟耻。心几烦而不绝兮，得知王子。山有木兮木有枝，心说君兮君不知。

《左传》黄池之会，吴申叔仪作歌乞粮于公孙有山氏：

> 佩玉蕊兮，余无所系之。旨酒一盛兮，余与褐之父睨之。

观此可见当时歌辞与风诗渐远，而与楚歌为近。由短句变为长句，由短篇变为长篇，为文学之自然演进。此《楚辞》之所以代兴也。证诸后代，益觉信然。词在唐与五代为小令，至宋而成为慢词；小说初起于唐代者，均属短篇，及宋元之章回体，乃继短篇而起；曲之初起于元代者为杂剧，渐演而成传奇。

（二）受自然界之影响

《诗》产于北方，《楚辞》产于南方。两者受自然界上之影响不同。北方人之视神，有威可畏，敬而远之。南方人之视神，和悦可爱，狎而玩之。北方人困于生计，故重实际；南方人易于生活，故务超越。对照《诗》与《离骚》之所歌颂嗟叹，即可想见。北方春日所举行之祷雨之祭曰"雩"，"雩"者言吁也，盖不知秋收之丰歉如何也。秋日则颂咏《丰年》（见《诗·七月》），适与南人相反。春光融融，命驾远游，歌颂自然。秋气萧杀，霜露凄惨，大兴悲怀，南北二方人之所兴感者不同，故其作品亦判然有异。《离骚》中之所以多美人香草，虽云引类譬喻，然非目见身历、玄想丰富之南方人又乌能道此？《楚辞》之受地域影响，盖甚明也。

（三）典籍之富

楚人承接殷人文化，藏储书籍甚多。我人现在所见之书籍多偏于儒家之所记者。孔子慨叹夏礼殷礼之不足征，而楚之左史倚相则能读《三坟》《五典》《八索》《九丘》等书。楚人图书之富，未逊于中原也。屈子《天问》中之人名地名等之不见于儒书中者，可见之于《山海经》《吕氏春秋》《淮南子》等杂家书内。且最可奇者，中国古籍中叙吾国人种西来说之事实者绝无，惟《楚辞》中尚可见此类痕迹。至晋代汲冢书中发现《穆天子传》，其语每与《楚辞》暗合。此由于殷人尚保存有民族西来之说，后乃传之楚人也。

（四）楚之风俗人情

楚人好鬼神，故《楚辞》中语必鬼神，而《九歌》又为祭神之作。楚人善歌，自古而然。孔子曰："郑声淫。"（"淫"等于"衍"字）郑地僻近南方，故南方之音优美可听，而又缠绵靡曼。诗歌不离音乐，《史记》曰："《诗》三百篇，孔子皆弦歌之。"可以知之矣。南音汉之帝王公卿，皆能唱之，直至隋僧道骞又能楚声。南北之音乐异趣，故其诗歌亦不同也。

（五）屈原个人之遭遇

屈原（前343—前290）之遭遇，《史记·屈原列传》言之极详，文长不及征引。兹略举班固《〈离骚〉赞》曰："屈原初事怀王甚见信任，同列上官大夫妒害其能，谗之王，王怒而疏屈原，原因忠贞见疑，忧愁幽思，而作《离骚》。离，犹遭也。骚，忧也。明己遭忧作辞也。"屈原以一富有民族思想之楚之贵族，忠贞见弃，目睹祖国之沦亡，其痛心可知。不见用于王，则亦已也，而又远逐夏浦，其何可堪。彼已不能见信于王，而彼之爱王也如故。徘徊不忍离王都而远行，冀王之能一日悔悟也。王既不悟，离王都，及至洞庭湖畔，又复踟蹰不进，其心怅惘，不知归宿，回郢都，恐王之不能见容；下洞庭又不堪凄凉寂寞之侵袭。竟下洞庭，顺沅水而去矣，轻舟又停于溆浦之滨，但终于不忍寂寞也，热烈之怀，又追念顷襄王，故又转身，溯流而上，五十老人，飘泊江湖，其状可悯。

楚南本卑湿，《涉江》曰："山峻高以蔽日，下幽晦以多雨。霰雪纷其无垠兮，云霏霏而承宇。"我人读其《怀沙》篇，更觉凄凉。怀才未展，奄奄以没，能不为之慨然？屈原之遭遇如此，以其天才之高，悲哀文学之产生，势之然也。

屈原总评

屈原之作品为人格之表现，读其文，知其人，爰论次如下：

（一）屈原为古今第一之有情人

屈原仕于怀王之朝，见谗于顷襄王之世，读其《离骚》，已可知其缠绵悱恻之情，无时不在冀王之悔悟。统篇情绪之浓厚，为古今诗人中所仅见。

（二）屈原为古今爱国诗人之宗祖

屈原沉忧于宗邦之欲坠，民族之沦夷，悯斯人之不得其所。自以怀救国之方，欲以美政辅导其上，乃谗贼交侵，卒遭窜逐，悲吟忧思，卒投渊自尽，以殉于国。楚虽及原之卒不数十年即被灭于秦，而原忠爱之诚，所以激发楚人者厚矣！故楚人为之语曰："楚虽三户，亡秦必楚。"及与暴秦攘臂而起者，皆楚人也，衡湘之间，壮气不绝，以迄于今。岂非屈原之精诚，有以化其民欤？

（三）屈原博学多才

屈原作品之所表见者，非独其辞采之胜，艺术之殊而已，其学之博，才之高，又为后人所不及。以其才，以其学，以其情，而遭谗弃，遂为我国文学界放一异彩。

小说文学之始

吾国小说之兴，肇于春秋，盛于战国，渐备于秦汉之间，古代子史传记中，足以当今日"小说"之称谓者，莫早于《山海经》及《穆天子传》。《山海经》见于《班志》凡十三篇（今为十八篇），源于邹衍之谈海，凭虚结构，偶以实境实物经纬其间，为后世小说中述异之所祖，盖与《楚辞》同富于浪漫文学之色彩。

秦之文学

　　文学发达时代，思想多带道家色彩，儒家重礼乐与躬行实践，故不重文学。秦至孝武，政权尽握于法家之手，法家又为儒家之末流，崇拜武人，重视富强之道，文学安有发达之机？惟始皇之统一中国文学，其功亦伟也。

第四章　汉代文学（一）——辞赋

绪　论

刘汉继嬴秦而兴，东西两京，先后历四百余年之久。其文学，上承有周，下启魏晋，彬彬称盛。总观变迁大势，划分四期，论列如次：

第一期自开国至文、景　是时汉代文学尚未成立，可谓秦、汉之过渡时期。战国策士，尚多存在，惟国内一统，南北思想渐趋调和，文学渐入楚声。

第二期武帝至昭、宣　罢黜百家，儒术独尊，但初文学之受其影响尚少。此时楚文学最盛。由楚辞与纵横家杂糅而成新文体，即著名之汉赋是也。司马相如为代表。而司马迁《史记》之作，为散文文学亦放一异彩。

第三期成帝至桓、灵　其后文学确受儒家之影响，好模仿，无创作，扬雄等辈为其代表。即班固、张衡等人之作品，亦未能逃出前人范围也。

第四期建安之世　桓、灵末年，儒术已不足笼罩一切，自由思想学者如孔融、杨修等人，相继而出，为文学界大放光彩。赋

365

体渐由浓密而疏散，五七言诗亦于是时大盛。

辞赋之起

辞赋为汉代文学之特产品，文学之离平民而入贵族亦以此始。盖辞赋含真而言装饰，以罗绮珠贝相夸耀，完全为一贵族文学也。其源出于策士之风。盖汉初去战国未远，策士之风犹存。如邹阳《上梁王书》，蒯通说韩信，依然是苏、张面目，盖纵横家之体也。贾谊之《治安策》，晁错之《论政治书》，皆出于周秦诸子之间。是时兵革甫息，藩封满地，天下多故，正有需乎此也。迨夫文、景以还，天下宴安，游说无用，始是一变其风气而为辞赋。贾谊实肇其端。

贾谊、枚乘等之创导

贾谊（前200—前168），洛阳人，少通诸子百家书，文帝召为博士。旋被谗，放逐江南，过洞庭湖，为赋以吊屈原。其文师法原、玉，不出乎《楚》《骚》之范围。作长沙王太傅三年，为《惜誓》《鵩鸟赋》以自废。其后文帝召归，拜为梁怀王太傅。怀王爱读书，与淮南王均好辞赋，相继吹嘘，枚乘、庄忌之徒乃渐著于世。枚乘《七发》，设为问答之辞，历陈事类以见意，虽亦渊源于《天问》《远游》诸篇，然而一变其面目，陆离诡怪，实开汉赋之源。

司马相如

武帝酷好文学，侍从左右者，多一时文学之士，如司马相如、严助、朱买臣、东方朔、枚皋、终军等，相继而至，而尤以相如为之魁。

司马相如（前179—前118），字长卿，四川成都人。卓文君闻琴投奔之事，每为文人所乐道。其后同甘苦，无怨言，实难能可贵。相如学识甚博，其思想亦甚复杂。其赋以受《楚辞》之影响为最大，汉代推为第一作赋能手，以《子虚》《上林》《大人》《长门》等篇为最著。《子虚赋》假托楚使者至齐，遇乌有先生，子虚备述齐国之盛，而乌有先生又说楚国之好。《上林赋》则托亡是公夸大王子上林之盛。《大人赋》因上好神仙而作，武帝读之，自以为飘飘有凌云气游天地之间意。《长门赋》为陈皇后而作，写陈后离宫之自愁，体人入微。

扬　雄

成、哀时，模仿文学大盛，而模拟文学之倡始人则为扬雄（前53—18）。雄四川人，与司马相如同里，故扬、马并称。雄赋学相如，如《羽猎》《长杨》《河东》《甘泉》等赋皆是，《太玄》学《易》，《法言》学《论语》，《酒箴》则为寓言，《解嘲》则仿东方朔《答客难》。《反离骚》为积极思想，但与《酒箴》又自相矛盾。

自雄以后，文人皆以模拟为能事，后人再又模仿扬雄，故绝少创作，实无足观，直至建安之世，光芒万丈，文学界始大放异彩。

结 论

辞赋之风，导源于贾谊，至司马相如而体大备。王褒开排偶之端，而体一变；扬雄复相如之旧，而体又变。王褒之后，有崔骃、蔡邕等，扬雄之后有班固、张衡等。其后马融、王延寿尤独矫时习，力追西京，此当日辞赋变迁之大势也。

其远源虽出于《楚辞》，但除贾谊一人以外，其实际皆与屈、宋背道而驰。盖屈、宋愤世嫉俗，以文见志，萝薜山鬼，幽愤难伸，而司马相如辈，则以文学为干禄之具矣。屈、宋承《国风》《小雅》之遗，寄托深远，美人香草，不过点染幽芬而已。及至相如辈，则专以浓装盛饰为华美矣。而谓为出于屈、宋，岂不冤哉！

第五章　汉代文学（二）——歌谣乐府

绪　论

古无诗、歌之别。《诗》三百篇皆可入乐，屈、宋代兴，《九歌》侑乐，《九章》抒情，诗、歌之判，此其权舆。汉兴，歌皆楚声，谣谚杂三言、四言、五言、七言，其体不纯。自孝武多立天地诸祠祀，欲造乐，乃命司马相如等作《颂》，命李延年为协律都尉，作新变声。延年辄承意弦歌，所造诗谓之"新声曲"。并采取百姓讴谣入乐，"乐府"之名始立。

汉代民间风诗与乐府弦歌极盛，约而别之，可得三体：一曰歌谣，二曰乐府，三曰古诗。歌谣、乐府，为古代平民文学之产物，尤可宝贵。

歌　谣

汉代歌谣，其入乐者为《铙歌鼓吹曲》，为《相和曲》，为《诸调曲》，为《杂曲歌辞》，皆乐府也。其未入乐或入乐而为琴歌，或未知其曲调者，别为歌谣。实则古代诗即是歌，歌即是诗。诗歌之分野，实导源于汉初，而乐府之起，则在其后也。

一、歌

歌者，咏言之谓。咏言即"永言"，"永言"即"长言"也。考《诗》毛传，歌者，合于琴瑟者也。《广雅》亦云："声比于琴瑟曰歌。"是则歌者，合于琴瑟之曲也。

《汉书》，高帝既定天下，还过沛，留。置酒沛市，悉召故人父老子弟佐酒，发沛中儿约百二十人，教之歌，酒酣，上击筑自歌，令儿皆和习之，歌曰："大风起兮云飞扬，威加海内兮归故乡，安得猛士兮守四方？"其后名曰《三候之章》，以乐沛中高庙，此汉弦歌之始也。

高帝欲立戚夫人子，不果，为之楚歌：

鸿鹄高飞，一举千里。羽翮已就，横绝四海。横绝四海，当可奈何？虽有矰缴，当安所施？

武帝行幸河东，祠后土，顾视帝京，忻然中流，乃自作《秋风辞》：

秋风起兮白云飞，草木黄落兮雁南归。兰有秀兮菊有芳，怀佳人兮不能忘。泛楼船兮济汾河，横中流兮扬素波。箫鼓鸣兮发櫂歌，欢乐极兮哀情多，少壮几时兮奈老何！

李夫人早卒，武帝思念不已，方士为致其神，乃夜张灯烛，设帷帐，令帝居帐中，遥望见好女如李夫人之貌，不得就视，帝愈悲感，为作此诗，今乐府诸音家弦歌之：

是耶非耶，立而望之，翩何姗姗其来迟。

又传有《落叶哀蝉曲》，亦悼李夫人之作：

罗袂兮无声，玉墀兮尘生。虚房冷而寂寞，落叶依于重扃。望彼美之女兮，安得感余心之未宁！

又如项王之《垓下歌》，极悲愤于邑之致：

力拔山兮气盖世，时不利兮骓不逝。骓不逝兮可奈

何，虞兮虞兮奈若何！

其余汉歌之散见于《史记》《汉书》者甚多，沈归愚《古诗源》所收不少，读者可参阅焉。

二、谣

谣，徒歌也，即不合乐之歌也。然歌为总名，谣可联歌言之，亦可借歌以称之，是又未可以徒歌限也。大抵谣之一体，俱本街陌恒言，随事寓意，触口成韵，体既不拘，辞亦浑朴，诗歌初期，当有此体。汉之谣谚，彼采于乐者最多，并存乐府，其短言泐句，集古逸者别名，曰《杂歌谣辞》，以与篇章完整者各别。论其先后，当以平城歌为最早。《汉书》高帝困于平城，中外不得转饷，天下为之歌曰：

平城之下亦诚苦，七日不食，不能彀弩。

惠帝时，曹参代萧何为相，一遵何约束，于是百姓又歌之曰：

萧何为法，较若画一，曹参代之，守而勿失，载其

清静，民以宁一。

汉谣讥刺称颂之意皆备，而三四五言之体亦不一，爰刺取各体如下：

灶下养，中郎将。烂羊胃，骑都尉。烂羊头，关内

侯。

直如弦，死道边。曲如钩，反封侯。（以上三言）

悒然不乐，思我刘君。何时复来，安此下民？

371

强直自遂，南阳朱季。吏畏其威，民怀其惠。（以上四言）

城中好高髻，四方高一尺。城中好广眉，四方且平额。城中好大袖，四方全匹帛。

邪径败良田，谗口乱善人。桂树华不实，黄爵巢其颠。昔为人所美，今为人所怜。（以上五言）

大冯君，小冯君，兄弟继踵相因循。聪明贤智惠吏民，政如鲁卫德化钧，周公康叔犹二君。（以上七言）

天下大乱兮市为墟，母不保子兮妻失夫，赖得皇甫兮复安居。

出吴门，望缇群，见一寒人言欲上天，令天可上，地上安得民？

小麦青青大麦枯，谁当获者妇与姑，丈夫何在西击胡。吏买马，君具车，请为诸君鼓咙胡。（以上杂言）

乐　府

古诗皆可歌，本无所谓"乐府"也。汉武崇礼，始立乐府，专官职掌，辞律遂崇，然乐府所收，比诸《诗经》，厥体有二：其采自民间者，有赵代秦楚之讴，所谓《风》诗也；其制出文士者，有《安世》《郊祀》之乐，所谓《雅》《颂》也。二者不尽合律，于是因袭秦旧，益以曼声，谓之"新声曲"。兹就歌体之不同，分述如次：

（一）郊祀歌

武帝时，诏司马相如等造五郊之祀，奏之以接人神之欢者也。其辞凡十九章，又有高祖唐山夫人《房中歌》十七章，亦享神之歌也，均见《汉书·礼乐志》。兹各刺取二章，以明体制。

《郊祀歌》十九章（节录二章）：

> 帝临中坛，四方承宇。绳绳意变，备得其所。清和六合，制数以五。海内安宁，兴文偃武。后土富媪，昭明三光。穆穆优游，嘉服上黄。（《帝临》第二，祀后土）

> 玄冥陵阴，蛰虫盖藏。草木零落，抵冬降霜。易乱除邪，革正异俗。兆民反本，抱素怀朴。条理信义，望礼五岳。籍敛之时，掩收嘉穀。（《玄冥》第六）

唐山夫人《房中歌》十七章（节录二章）：

> 大海荡荡水所归，高贤愉愉民所怀，大山崔，百卉殖。民何贵？贵有德。

> 浚则师德，下民咸殖，令闻在旧，孔容翼翼。

（二）铙歌

一曰《短箫铙歌》，汉乐为第四品，本属军乐，先王奏凯以献功者也。汉时，有黄门，《鼓吹短箫》《铙歌》与《横吹曲》等，得通名"鼓吹"，惟其所用异耳。按：汉铙歌有二十二曲，《汉志》不载，《宋书·乐志》始录其十八曲，亡其四曲。其辞采自赵代秦楚之讴，声艳既杀，古人已叹其难通，清儒庄述祖、陈沆、谭仪并有笺解。今录取数章，俾便省览：

战城南第六

> 战城南，死郭北，野死不葬乌可食。为我谓乌，且为客豪！野死谅不葬，腐肉安能去子逃？水深激激，蒲苇冥冥。枭骑战斗死，驽马徘徊鸣。梁筑室，何以南，

373

何以北？禾黍不获君何食？愿为忠臣安可得！思子良臣，良臣诚可思。朝行出攻，暮不夜归。

上邪第十五

上邪！我欲与君相知，长命无绝衰。山无陵，江水为竭。冬雷震震夏雨雪，天地合，乃敢与君绝！

（三）横吹曲

横吹曲其始亦谓之"鼓吹"，马上奏之，盖胡乐也。横吹用双角，张骞自西域还，始传其法。李延年因之更造新声二十八解。魏晋以来，不复具存。今可考见者，尚存《陇头》及后代《紫骝马歌辞》中，所用之汉五言诗一章。兹录《紫骝马歌辞》一章：

十五从军征，八十始得归。道逢乡里人，家中有阿谁？遥看是君家，松柏冢垒垒。兔从狗窦入，雉从梁上飞。中庭生旅谷，井上生旅葵。舂谷持作饭，采葵持作羹。羹饭一时熟，不知贻阿谁。出门东向看，泪落沾我襟。

（四）相和歌辞

《宋书·乐志》曰："相和，汉旧曲也。丝竹更相和，执节者歌。"《晋书·乐志》曰："凡乐章古辞之存者，并汉世街陌讴谣，《江南可采莲》《乌生八九子》《白头吟》之属，其后渐被于弦管，即相和曲是也。"

今按：汉《相和歌辞》，惟相和、平调、清调、瑟调、楚调尚详器数。平调、清调、瑟调皆周《房中曲》之遗声，汉世谓之"三调"，另合楚调、侧调，总谓之"相和调"。大都采自民间，《风》诗遗意，辞多可诵，兹略举各体以备讽诵。

《相和曲》郭茂倩云："凡相和，其器有笙、笛、节、鼓、琴瑟、琵琶、筝，凡七种。"

江　南

江南可采莲，鱼戏莲叶间。鱼戏莲叶东，鱼戏莲叶西，鱼戏莲叶南，鱼戏莲叶北。

陌上桑

日出东南隅，照我秦氏楼。秦氏有好女，自名为罗敷。罗敷善蚕桑，采桑城南隅。青丝为笼系，桂枝为笼钩。头上倭堕髻，耳中明月珠。湘绮为下裙，紫绮为上襦。行者见罗敷，下担捋髭须。少年见罗敷，脱帽著帩头。耕者忘其犁，锄者忘其锄。来归相怨怒，但坐观罗敷。

使君从南来，五马立踟蹰。使君遣吏往，问是谁家姝？"秦氏有好女，自名为罗敷。""罗敷年几何？""二十尚不足，十五颇有余。"使君谢罗敷："宁可共载不？"罗敷前致辞："使君一何愚！使君自有妇，罗敷自有夫。东方千余骑，夫婿居上头。何用识夫婿？白马从骊驹。青丝系马尾，黄金络马头。腰中鹿卢剑，可值千万余。十五府小吏，二十朝大夫。三十侍中郎，四十专城居。为人洁白皙，鬑鬑颇有须。盈盈公府步，冉冉府中趋。坐中数千人，皆言夫婿殊。"（以上为相和曲）

民歌只取音节和美，固不必有高深之意也。《陌上桑》又为艳诗中之无上上品，其天真烂漫之写法，后人未能出其右者。

平调曲郭茂倩云："凡平调曲其器有笙、笛、筑、琴、瑟、筝、琵琶，凡七种。"

长歌行

青青园中葵，朝露待日晞。阳春布德泽，万物生光辉。常恐秋节至，焜黄华叶衰。百川东到海，何时复西归？少壮不努力，老大徒伤悲。

清调曲郭茂倩云："凡清调其器有笙、笛、下声弄、高弄游弄、篪节、琴瑟、筝、琵琶，凡八种。"

相逢行

相逢狭路间，路隘不容车。不知何年少，夹毂问君家。君家诚易知，易知复难忘。黄金为君门，白玉为君堂。堂上置樽酒，作使邯郸倡。中堂生桂树，华叶何煌煌！兄弟两三人，中子为侍郎。五日一来归，道上自生光。黄金络马头，观者盈道旁。入门时左顾，但见双鸳鸯。鸳鸯七十二，罗列自成行。音声何噰噰，鹤鸣东西厢。大妇织绮罗，中妇织流黄。小妇无所为，挟瑟上高堂。丈人且安坐，调丝方未央。

瑟调曲郭茂倩云："凡瑟调其器有笙、笛、节、琴、瑟、筝、琵琶，凡七种。"

艳歌何尝行

飞来双白鹄，乃从西北方。十十五五，罗列成行。妻卒被病，行不能相随。五里一返顾，六里一徘徊。吾欲衔汝去，口噤不能开。吾欲负汝去，羽毛何摧颓！乐哉新相知，忧来生别离。踌躇顾群侣，泪下不能知。

西门行

出西门，步念之。今日不作乐，当待何时？夫为乐，为乐当及时。何能坐怫郁？当复待来兹。饮醇酒，炙肥牛，请呼心所欢，可用解忧愁。人生不满百，常怀千岁忧。昼短苦夜长，何不秉烛游！自非仙人王子乔，计会寿命难与期！自非仙人王子乔，计会寿命难与期！

孤儿行

孤儿生，孤儿遇生，命独当苦。父母在时，乘坚车，驾驷马。父母已去，兄嫂令我行贾。南到九江，东到齐与鲁。腊月来归，不敢自言苦。头多虮虱，面目多尘。大兄言办饭，大嫂言视马。上高堂，行取殿下堂，孤儿泪下如雨。使我朝行汲，暮得水来归。手为错，足下无菲。怆怆履霜，中多蒺藜。拔断蒺藜肠肉中，怆欲悲。泪下渫渫，清涕累累。冬无复襦，夏无单衣。居生不乐，不如早去，下从地下黄泉。

春风动，草萌芽。三月蚕桑，六月收瓜。将是瓜车，来到还家。瓜车反覆，助我者少，啖瓜者多。"愿还我蒂，兄与嫂严，独且急归，当兴校计。"

乱曰："里中一何譊譊！愿欲寄尺书，将与地下父母：兄嫂难与久居！"

楚调曲郭茂倩云："凡楚调其器有笙、笛、弄节、琴、筝、琵琶、瑟，凡七种。"

白头吟

皓如山上雪，皎若云间月。闻君有两意，故来相决绝。今日斗酒会，明旦沟水头。蹀躞御沟上，沟水东西

377

流。凄凄复凄凄，嫁娶不复啼。愿得一心人，白头不相离。竹竿何袅袅，鱼尾何簁簁。男儿重意气，何用钱刀为？（《西京杂记》：相如欲聘茂陵女为妾，文君作《白头乐》以自绝。相如乃止。《白头乐》即《白头吟》也。）

除以上四种而外，后世所传舞曲或杂歌辞，亦复不少。按：入乐府者为相和歌辞，未入乐府者为杂曲歌辞。杂曲者历代有之，或心志之所存，或情思之所感，或宴游之所发，或忧愁愤怨之所兴，或叙别离之怀，或言征战行役之苦，或缘于佛老，或出自夷虏，兼收并载，故谓之"杂曲"。曲虽不入乐府，固亦古者《风》诗之遗，不尤可宝贵乎？爰甄录数首，以便取览：

杂曲歌辞

悲　歌

悲歌可以当弦，远望可以当归。思念故乡，郁何累累！欲归家无人，欲渡河无船。心思不能言，肠中车轮转。

猛虎行

饥不从猛虎食，暮不从野雀栖。野雀安无巢，游子为谁骄？

羽林郎

昔有霍家奴，姓冯名子都。依倚将军势，调笑酒家胡。胡姬年十五，春日独当垆。长裾连理带，广袖合欢襦。头上蓝田玉，耳后大秦珠。两鬟何窈窕，一世良所无。一鬟五百万，两鬟千万余。不意金吾子，娉婷过我庐。银鞍何煜爚，翠盖空踟蹰。就我求清酒，丝绳提玉壶。就我求珍肴，金盘脍鲤鱼。贻我青铜镜，结我红罗裾。不惜红罗裂，何论轻贱躯！男儿爱后妇，女子重前夫。人生有新故，贵贱不相逾。多谢金吾子，私爱徒区区。

结 论

读汉代歌谣乐府，可知汉代除辞赋贵族文学之外，尚有民间文学存也。盖人类情绪之须借文学以发表，贵族与平民，固无别异。汉代歌谣，民间传诵甚盛。其后修饰增减，文辞日美，其表现之活泼真率，除《三百篇》外，在中国文学中实所仅见。自乐府起，遂被收入。自经收入，即以“乐府”名之。考“乐府”，除《房中歌》及郊祀等歌，“颂”类而外，余皆民歌也。前者“颂”之绝响，而后者为“风”之遗音。汉代歌辞流传迄今，其曲调虽多亡失，要为当时民间所诵习，则可无疑。

汉代民歌自入“乐府”，遂得写定，文人学士亦得与之接触，而无形中之受其影响尤大。其后文人学士模仿民歌所作之乐歌，亦称“乐府”。即模仿古乐府所作而不能入乐者，亦以“乐府”或“新乐府”称之。自汉至唐，“乐府”为平民文学之保存所。平民文学之流传，系乎此也。

第六章 汉代文学（三）
——五七言诗之起源

绪　论

古代诗歌不分，诗句之构造亦长短不一。三百篇中，每句最短者二、三字，最长者至八、九字。五七言诗者，一篇之中，纯以五字或七字句构成之诗也。其起于何时，其过渡之情况何如，有不可不论者也。

五言之祖苏武赠答

五言之体成立于汉代自无疑意。乐府古诗中，多五言之作，若《江南可采莲》《乌生八九子》《陌上桑》之属，皆是也。然语直而肆，与五言之和平温厚者稍殊，则抉择不可不慎。

或举苏武之作以为五言之祖，是否确当，古来聚讼。诽议之说，始自苏子瞻。瞻以为身在匈奴之人，何以能"俯观江汉流"？在逐水草而居之匈奴，更何处可寻"河梁"？且自《史记》以下修史旧例，凡文人重要作品，必采录于其本人传内。而班固之《汉书》对于世所传诵之"苏李赠别诗",并未收入。在《苏武传》内,虽载有李陵送别苏武诗一首,乃楚调而非五言。虽然,在子瞻以前,则无疑之者。《文选》《玉台》既经甄录,当有本源。果出后制,则以选楼诸子,与徐孝穆之博洽,当不无所见。时易代迁,与过而疑之,宁过而存之。爰甄录数首,以资赏鉴:

苏武留别妻传(《玉台新咏》)

苏武,字子卿,京兆人。少以父仕,兄弟并为郎。武帝天汉元年,以中郎将使匈奴十九年,不屈节。会昭帝与匈奴和亲,始归汉。拜为典属国。宣帝神爵二年卒,年八十余。甘露三年,图入麒麟阁。

结发为夫妻,恩爱两不疑。欢娱在今夕,燕婉及良时。征夫怀远路,起视夜何其?参辰皆已没,去去从此辞。行役在战场,相见未有期。握手一长叹,泪为生别滋。努力爱春华,莫忘欢乐时。生当复来归,死当长相思。

苏武诗(《文选》)

骨肉缘枝叶,结交亦相因。四海皆兄弟,谁为行路人?况我连枝树,与子同一身。昔为鸳与鸯,今为参与辰。昔者常相近,邈若胡与秦。唯念当乖离,恩情日以新。鹿鸣思野草,可以喻嘉宾。我有一尊酒,欲以赠远人。愿子留斟酌,叙此平生亲。

黄鹄一远别,千里顾徘徊。胡马失其群,思心常依依。何说双飞龙,羽翼临当乖?本有弦歌曲,可以慰中怀。请为游子吟,泠泠一何悲。丝竹厉清声,慷慨有余哀。长歌正激烈，中心怆以摧。欲展清商曲，念子不得归。俯仰内伤心，泪下不可挥。愿为双黄鹄，送子俱远飞。

烛烛晨明月，馥馥秋兰芳。芬馨良夜发，随风开我堂。征夫怀远路，游子恋故乡。寒冬十二月，晨起践严霜。俯观江汉流，仰视浮云翔。良友远离别，各在天一方。山海隔中州，相去悠且长。嘉会难再遇，欢乐殊未央。愿君崇令德，随时爱景光。

李陵与苏武三首（《文选》）

李陵字少卿，广之孙也，为骑都尉。天汉中将步卒五千击匈奴，转战矢尽，遂降虏。单于以女妻之，立为右校王，在匈奴二十余年。

良时不再至，别离在须臾。屏营衢路侧，执手野踟蹰。仰视浮云驰，奄忽在相逾。风波一失所，各在天一隅。长当从此别，且复立斯须。欲因晨风发，送子以残躯。嘉会难再遇，三载为千秋。临河濯长缨，念子怅悠悠。远望凄风至，对酒不能酬。行人怀往路，何以慰我愁？独有盈觞酒，与子结绸缪。

携手上河梁，游子暮何之？徘徊蹊路侧，依依不能辞。行人难久留，各言长相思。安知非日月？弦望自有时。努力崇明德，皓首以为期。

《古诗十九首》

《文选》古诗十九首中，多不知作者姓名。《玉台新咏》以

"青青河畔草""西北有高楼"……诸篇为枚乘作，《文心雕龙》以"冉冉孤生竹"一首为傅毅作。然《乐府诗集》又以此首及"驱车上东门"一首，并为杂曲歌辞，并云古辞不指当为谁作。昭明之疑以传疑，慎之又慎，统以大①诗名之，意固亦未可厚非。要之，此十九首诗中虽作者非一，然汉家五言诗之菁华，略备于此。逐臣弃妻，朋友阔绝，游子他乡，死生新故之感，或寓言或显言，或反覆言，初无奇辟之思，惊险之句，而寄奇情于温厚，寓感怆于和平，可谓深合风人之旨者也。若夫组织工巧，天衣无缝，一字千金，惊心动魄，昔贤推许，当非妄叹。备录全诗，以资讽诵。

古诗十九首 《文选》

行行重行行，与君生别离。相去万余里，各在天一涯。道路阻且长，会面安可知？胡马依北风，越鸟巢南枝。相去日已远，衣带日已缓。浮云蔽白日，游子不顾反。思君令人老，岁月忽已晚。弃捐勿复道，努力加餐饭。

青青河畔草，郁郁园中柳。盈盈楼上女，皎皎当窗牖。娥娥红粉妆，纤纤出素手。昔为娼家女，今为荡子妇。荡子行不归，空床难独守。

青青陵上柏，磊磊涧中石。人生天地间，忽如远行客。斗酒相欢娱，聊厚不为薄。驱车策驽马，游戏宛与洛。洛中何郁郁？冠带自相索。长衢罗夹巷，王侯多第宅。两宫遥相望，双阙百余尺。极宴娱心意，戚戚何所

_____

① 大，疑应作"一人"。

迫？

今日良宴会，欢乐罗具陈。弹筝奋逸响，新声妙入神。令德唱高言，识曲听其真。齐心同所愿，含意俱未申。人生寄一世，奄忽若飙尘。何不策高足，先据要路津？无为守穷贱，轗轲长苦辛。

西北有高楼，上与浮云齐。交疏结绮窗，阿阁三重阶。上有弦歌声，音响一何悲！谁能为此曲，无乃杞梁妻？清商随风发，中曲正徘徊。一弹再三叹，慷慨有余哀。不惜歌者苦，但伤知音稀。愿为双鸣鹤，奋翅起高飞。

涉江采芙蓉，兰泽多芳草。采之欲遗谁？所思在远道。还顾望旧乡，长路漫浩浩。同心而离居，忧伤以终老。

明月皎夜光，促织鸣东壁。玉衡指孟冬，众星何历历！白露沾野草，时节忽复易。秋蝉鸣树间，玄鸟逝安适？昔我同门友，高举振六翮。不念携手好，弃我如遗迹。南箕北有斗，牵牛不负轭。良无盘石固，虚名复何益？

冉冉孤生竹，结根泰山阿。与君为新婚，兔丝附女萝。兔丝生有时，夫妇会有宜。千里远结婚，悠悠隔山陂。思君令人老，轩车来何迟！伤彼蕙兰花，含英扬光辉。过时而不采，将随秋草萎。君亮执高节，贱妾亦何为？

庭中有奇树，绿叶发华滋。攀条折其荣，将以遗所思。馨香盈怀袖，路远莫致之。此物何足贵？但感别经时。

迢迢牵牛星，皎皎河汉女。纤纤擢素手，札札弄机杼。终日不成章，泣涕零如雨。河汉清且浅，相去复几许？盈盈一水间，脉脉不得语。

回车驾言迈，悠悠涉长道。四顾何茫茫，东风摇百草。所遇无故物，焉得不速老？盛衰各有时，立身苦不早。人生非金石，岂能长寿考？奄忽随物化，荣名以为宝。

东城高且长，逶迤自相属。回风动地起，秋草萋已绿。四时更变化，岁暮一何速！晨风（鸟名）怀苦心，蟋蟀伤局促。荡涤放情志，何为自结束？燕赵多佳人，美者颜如玉。被服罗裳衣，当户理清曲。音响一何悲，弦急知柱促。驰情整中带，沉吟聊踯躅。思为双飞燕，衔泥巢君屋。

驱车上东门，遥望北郭墓。白杨何萧萧，松柏夹广路。下有陈死人，杳杳即长暮。潜寐黄泉下，千载永不寤。浩浩阴阳移，年命如朝露。人生忽如寄，寿无金石固。万岁更相送，圣贤莫能度。服食求神仙，多为药所误。不如饮美酒，被服纨与素。

去者日以疏，生者日以亲。出郭门直视，但见丘与坟。古墓犁为田，松柏摧为薪。白杨多悲风，萧萧愁杀人。思还故里闾，欲归道无因。

生年不满百，常怀千岁忧。昼短苦夜长，何不秉烛游？为乐当及时，何能待来兹？愚者爱惜费，但为后世嗤。仙人王子乔，难可与等期。

凛凛岁云暮，蝼蛄夕鸣悲。凉风率已厉，游子寒无衣。锦衾遗洛浦，同袍与我违。独宿累长夜，梦想见客辉。良人惟古欢，枉驾惠前绥。愿得常巧笑，携手同车归。既来不须臾，又不处重闱。亮无晨风翼，焉能凌风飞？眄睐以适意，引领遥相睎。徒倚怀感伤，垂涕沾双扉。

孟冬寒气至，北风何惨栗！愁多知夜长，仰观众星列。三五明月满，四五蟾兔缺。客从远方来，遗我一书札。上言长相思，下言久离别。置书怀袖中，三岁字不灭。一心抱区区，惧君不识察。

客从远方来，遗我一端绮。相去万余里，故人心尚尔。文彩双鸳鸯，裁为合欢被。着以长相思，缘以结不解。以胶投漆中，谁能别离此？

明月何皎皎，照我客床帏。忧愁不能寐，揽衣起徘徊。客行虽云乐，不如早旋归。出户独彷徨，愁思当告谁？引领还入房，泪下沾裳衣。

故事诗

其后汉末故事诗起。其精神在说故事，而纯以五言成章。其最长者为《古诗为焦仲卿妻作》，凡二千七百四十五字。此诗作于何时，其渊源何在，胡适作《白话文学史》考订极详。此诗实为古今之第一杰作。点缀妍丽，则承《陌上桑》《羽林郎》古辞之例，叙述质朴，则正为汉代歌辞本来面目。其逊乎此者，则有蔡琰《悲愤诗》亦五百四十字。兹并录二诗如次：

蔡琰《悲愤诗》见《后汉书》本传

琰为蔡邕之女。先嫁与卫氏，夫死无子，回至父家。父死，值乱变，琰于兴平年间被胡骑掳去。在南匈奴十二年，生二子。曹操怜念蔡邕无嗣，遂派人以金璧赎琰回中国，重嫁与董祀。归国后，伤感乱离，作《悲愤诗》二篇，叙平生之遭遇。一篇赋体，不具录；一篇五言诗体，原文如下：

汉季失权柄，董卓乱天常。志欲图篡弑，先害诸贤良。逼迫迁旧邦，拥主以自强。海内兴义师，欲共讨不祥。卓亦来东下，金甲辉日光。平土人脆弱，来兵皆胡羌。猎野围城邑，所向悉破亡。

斩截无孑遗，尸骸相撑拒。马边悬男头，马后载妇女。长驱入西关，迥路险且阻。还顾邈冥冥，肝脾为烂腐。所略有万计，不得令屯聚。或有骨肉俱，欲言不敢语。失意几微间，辄言："毙降虏！要当以亭刃，我曹不活汝！"

岂复惜性命，不堪其詈骂。或便加棰杖，毒痛参并下。旦则号泣行，夜则悲吟坐。欲死不能得，欲生无一可。彼苍者何辜？乃遭此厄祸！

边荒与华异，人俗少义理。处所多霜雪，胡风春夏起。翩翩吹我衣，肃肃入我耳。感时念父母，哀叹无穷已。

有客从外来，闻之常欢喜。迎问其消息，辄复非乡里。邂逅徼时愿，骨肉来迎己。己得自解免，当复弃儿子。天属缀人心，念别无会期。存亡永乖隔，不忍与之辞。儿前抱我颈，问："母欲何之？人言母当去，岂复有还时？阿母常仁恻，今何更不慈？我尚未成人，奈何不顾思？"见此崩五内，恍惚生狂痴。号泣手抚摩，当发复回疑。

兼有同时辈，相送告离别。慕我独得归，哀叫声摧裂。马为立踟蹰，车为不转辙。观者皆歔欷，行路亦呜咽。

去去割情恋，遄征日遐迈。悠悠三千里，何时复交会？念我出腹子，胸臆为摧败。

既至家人尽，又复无中外。城郭为山林，庭宇生荆艾。白骨不知谁，纵横莫覆盖。出门无人声，豺狼号且吠。茕茕对孤景，怛咤糜肝肺。登高远眺望，魂神忽飞逝。奄若寿命尽，旁人相宽大。为复强视息，虽生何聊赖？托命于新人，竭心自勖厉。流离成鄙贱，常恐复捐废。人生几何时？怀忧终年岁。

古诗为焦仲卿妻作

按：此诗始载于《玉台新咏》，后人颇有致疑于后世伪作者。然此诗之创作，大概去故事本身之年代不远，大概在建安以后不远也。流传民间，经数百年之久，自入《玉台新咏》，方始写定。其间当经过无数文人之增减，终成不朽之杰作。作者有自序，其首句或古乐曲调子。读者再参阅胡适之考订可也。（此处录《孔雀东南飞》一篇）

汉末建安中（196—220），庐江府小吏焦仲卿妻刘氏，为仲卿母所遣，自誓不嫁。其家迫之，乃投水而死。仲卿闻之，亦自缢于庭树。时人伤之，为诗云。

孔雀东南飞，五里一徘徊。

"十三能织素，十四学裁衣。十五弹箜篌，十六诵诗书。十七为君妇，心中常苦悲。君既为府吏，守节情不移。贱妾留空房，相见常日稀。鸡鸣入机织，夜夜不得息。三日断五匹，大人故嫌迟。非为织作迟，君家妇难为。妾不堪驱使，徒留无所施。便可白公姥，及时相遣归。"

府吏得闻之，堂上启阿母："儿已薄禄相，幸复得此妇。结发同枕席，黄泉共为友。共事三二年，始尔未为久。女行无偏斜，何意致不厚？"

阿母谓府吏："何乃太区区！此妇无礼节，举动自专由。吾意久怀忿，汝岂得自由！东家有贤女，自名秦罗敷。可怜体无比，阿母为汝求。便可速遣之，遣之慎莫留！"

府吏长跪告："伏惟启阿母：今若遣此妇，终老不复取！"阿母得闻之，槌床便大怒："小子无所畏，何敢助妇语！吾已失恩义，会不相从许！"

府吏默无声，再拜还入户。举言谓新妇，哽咽不能语："我自不驱卿，逼迫有阿母。卿但暂还家，吾今且报府。不久当归还，还必相迎取。以此下心意，慎勿违我语。"

新妇谓府吏："勿复重纷纭。往昔初阳岁，谢家来贵门。奉事循公姥，进止敢自专？昼夜勤作息，伶俜萦苦辛。谓言无罪过，供养卒大恩。仍更被驱遣，何言复来还！妾有绣腰襦，葳蕤自生光。红罗复斗帐，四角垂香囊。箱帘六七十，绿碧青丝绳。物物各自异，种种在其中。人贱物亦鄙，不足迎后人。留待作遗施，于今无会因。时时为安慰，久久莫相忘！"

鸡鸣外欲曙，新妇起严妆。著我绣夹裙，事事四五通。足下蹑丝履，头上玳瑁光。腰若流纨素，耳著明月珰。指如削葱根，口如含珠丹。纤纤作细步，精妙世无双。

上堂拜阿母，母听去不止[①]。"昔作女儿时，生小出野里。本自无教训，兼愧贵家子。受母钱帛多，不堪母驱使。今日还家去，念母劳家里。"却与小姑别，泪落连珠子。"新妇初来时，小姑始扶床；今日被驱遣，小姑如我长。勤心养公姥，好自相扶将。初七及下九，嬉戏莫相忘。"出门登车去，涕落百余行。

府吏马在前，新妇车在后。隐隐何甸甸，俱会大道口。下马入车中，低头共耳语："誓不相隔卿，且暂还家去。吾今且赴府，不久当还归，誓天不相负！"

新妇谓府吏："感君区区怀！君既若见录，不久望君来。君当作磐石，妾当作蒲苇。蒲苇纫如丝，磐石无转移。我有亲父兄，性行暴如雷。恐不任我意，逆以煎我怀。"举手长劳劳，二情同依依。

入门上家堂，进退无颜仪。阿母大拊掌："不图子自归。十三教汝织，十四能裁衣。十五弹箜篌，十六知

---

① 另一版本作"阿母怒不止"。

礼仪。十七遣汝嫁，谓言无誓违。汝今何罪过，不迎而自归？"兰芝惭阿母："儿实无罪过。"阿母大悲摧。

还家十余日，县令遣媒来。云："有第三郎，窈窕世无双。年始十八九，便言多令才。"阿母谓阿女："汝可去应之。"阿女含泪答："兰芝初还时，府吏见丁宁，结誓不别离。今日违情义，恐此事非奇。自可断来信，徐徐更谓之。"

阿母白媒人："贫贱有此女，始适还家门。不堪吏人妇，岂合令郎君？幸可广问讯，不得便相许。"媒人去数日，寻遣丞请还。说有兰家女，承籍有宦官。云有第五郎，娇逸未有婚。遣丞为媒人，主簿通语言。直说太守家，有此令郎君。既欲结大义，故遣来贵门。阿母谢媒人："女子先有誓，老姥岂敢言！"

乃兄得闻之，怅然心中烦。举言谓阿妹："作计何不量！先嫁得府吏，后嫁得郎君。否泰如天地，足以荣自身。不嫁义郎体，其往欲何云？"兰芝仰头答："理实如兄言。谢家事夫婿，中道还兄门。处分适兄意，那得自任专！虽与府吏要，渠会永无缘。登即相许和，便可作婚姻。"

媒人下床去，诺诺复尔尔。还部白府君："下官奉使命，言谈大有缘。"府君得闻之，心中大欢喜。视历复开书，便利此月内。六合正相应，良吉三十日。"今已二十七，卿可去成婚。"交语速装束，络绎如浮云。青雀白鹄舫，四角龙子幡。婀娜随风转，金车玉作轮。踯躅青骢马，流苏金镂鞍。赍钱三百万，皆用青丝穿。

杂彩三百匹，交广市鲑珍。从人四五百，郁郁登郡门。

阿母谓阿女："适得府君书，明日来迎汝。何不作衣裳？莫令事不举！"阿女默无声，手巾掩口啼，泪落便如泻。移我琉璃榻，出置前窗下。左手持刀尺，右手执绫罗。朝成绣夹裙，晚成单罗衫。晻晻日欲暝，愁思出门啼。

府吏闻此变，因求假暂归。未至二三里，摧藏马悲哀。新妇识马声，蹑履相逢迎。怅然遥相望，知是故人来。举手拍马鞍，嗟叹使心伤："自君别我后，人事不可量。果不如先愿，又非君所详。我有亲父母，逼迫兼弟兄。以我应他人，君还何所望！"府吏谓新妇："贺君得高迁！磐石方且厚，可以卒千年；蒲苇一时纫，便作旦夕间。卿当日胜贵，吾独向黄泉！"新妇谓府吏："何意出此言！同是被逼迫，君尔妾亦然。黄泉下相见，勿违今日言！"执手分道去，各各还家门。生人作死别，恨恨那可论？念与世间辞，千万不复全！

府吏还家去，上堂拜阿母："今日大风寒，寒风摧树木，严霜结庭兰。儿今且冥冥，令母在后单。故作不良计，勿复怨鬼神。命如南山石，四体康且直！"阿母得闻之，零泪应声落："汝是大家子，仕宦于台阁。慎勿为妇死，贵贱情何薄！东家有贤女，窈窕艳城郭。阿母为汝求，便复在旦夕。"府吏再拜还，长叹空房中，作计乃尔立。转头向户里，渐见愁煎迫。

其日牛马嘶，新妇入青庐。奄奄黄昏后，寂寂人定初。我命绝今日，魂去尸长留！揽裙脱丝履，举身赴清池。府吏闻此事，心知长别离。徘徊庭树下，自挂东南枝。

两家求合葬，合葬华山傍。东西植松柏，左右种梧桐。枝枝相覆盖，叶叶相交通。中有双飞鸟，自名为鸳鸯。仰头相向鸣，夜夜达五更。行人驻足听，寡妇起彷徨。多谢后世人，戒之慎勿忘！

七言诗之成立

七言诗之起源甚早。刘邦之《大风歌》，项羽之《垓下歌》，纯以七言成章。然中多凑以语助辞，且体近乐府，故不以七言诗称也。其余篇中杂以二三句七言者，更无论矣。然其渊源则亦不可不知。

刘彦和谓乐于《诗》《骚》，顾亭林谓《楚辞》，《招魂》《大招》，去其"些只"，即为七言。《诗》中七言句，有"交交黄鸟止于桑""如彼筑室子道谋"……则七言实导源于汉前也。虽然纯粹七言诗之成立，前人都认《柏梁台联句》为其始。不知《柏梁台诗》本出《三秦记》，拉杂成篇，官名时代多不相及，其为伪撰，已属显然。七言托始于柏梁之说，不可尽信。然则七言究始于何时？凡百事物，递嬗递变，必前有所承，方后有所袭。诗歌体制，何独不然？汉武帝《秋风辞》、张衡《四愁诗》，亦皆通篇七言。然去语助辞"兮"字以后，则即非纯粹七言。纯粹七言之始，胡小石氏断为魏文帝之《燕歌行》。自有卓见，其词如下：

魏文帝《燕歌行》

秋风萧瑟天气凉，草木摇落露为霜，群雁辞归燕南翔。

念君客游思断肠，慊慊思归恋故乡，君何淹留寄他方？

贱妾茕茕守孤房，忧来思君不可忘，不觉泪下沾衣裳。

援琴鸣弦发清商，短歌微吟不能长。明月皎皎照我床。

星汉西流夜未央。牵牛织女遥相望，尔独何辜限河梁？

五七诗之成立开诗学之纪元。其后诗歌分途，而诗之流变益繁。五七言诗在文学中之位置甚重要，其渊源不可不知，故列一章专论之。

第七章　汉代文学（四）
——散文文学之发达

汉前之散文（一）——《尚书》为散文之始

散文之作用与诗歌不同。诗歌挥发情感，描摹想像，其目的在于合乐以和神；而散文则宣达教令，叙述事实，其目的在于人事之致用。中国散文导源于《尚书》，《尚书》五十九篇，其可信者二十八篇，经清儒阎若璩考据详确。但传至今日，诘屈聱牙，不可成诵，岂为古代语也？散文之起源，后于诗歌，而又在人类社会生活进于政治组织之后。散文之体制以告语文为最先，则观于《尚书》而可以知也。

诸子散文（二）

考诗歌源出于歌谣，而散文则源出于语言。其进化有缓速之异，而发达有先后之别。语言中有修辞作用，其目的在使人了解。故以语言发达之时，散文亦特别兴盛。

古代最善于语言者，当推战国雄辩之士，及周秦讲学之徒。

于此可见散文发达之途径，约分二端：一为国与国相争；二为学派与学派相争。当时纵横家之流，与诸子百家莫不欲以己之雄辩及学说，压倒异己之一切主张，故用散文为传播思想之器。流传迄今之《战国策》与诸子学说，实为古代散文之上品。后世文体，记源于此或袭其貌，或取其神，然则雄辩讲学之散文，究非文学正宗也。

汉之散文学

散文至汉代而大盛。汉代文学正宗，前人都推赋，然则散文在汉代文学中，亦有相当之地位也。汉代散文家，或工于章奏，或长于议论，或专精于史传。总之，散文在汉代所发生之影响，实较析理文所发生者为更大，文格又每随时代而变迁。故汉代散文可分前、后二期，而以昭、宣时代为枢纽。

一、前期以《史记》为代表

前期散文作家，如贾谊、贾山、晁错、司马迁等人，思想多半杂糅诸子百家，而表现方式，大都用单笔。可举《史记》为代表。《史记》文章，多半采录前人已成之文，其自撰者不多。然以杂材一经剪裁，即成妙文，则亦大难也。史迁艺术手腕之高妙，后人不及。前在史学篇中已详阐论。以史迁为史家，不如称其为一散文家较为恰当也。

二、后期以《汉书》为代表

后期作者，如谷永、匡衡、刘向、班固等人之思想纯属儒家，而其散文之发表方式，大都用复笔，可以《汉书》为代表。

后人论文体，每散文、骈文并称，以两句对比为骈文，单语直下为散文。然则分别不全如是。观乎清代李兆洛《骈体文钞》中所收罗之汉代散文，可以知之矣。骈体不必定经对偶，不若以单笔复笔区分之。《汉书》复笔最多，句调整齐。汉武帝爱好楚辞，并提倡词赋，文人受其影响，爱好复笔。直至六朝，《汉书》几成家弦户诵，且有人专门研究《汉书》而成为专门学问者，名曰"汉书学"，正如唐人之研究《文选》成为"选学"者同。隋代刘臻专精于《汉书》，被人称为"汉圣"。当时崇拜《汉书》之狂热，可见一斑。至中唐元和时，韩愈出而始改革六朝人专用复笔之风，而崇尚单笔，于是《史记》代兴，直至清代为止。

作散文者多以《史记》为主，以《汉书》为居于附属地位。此兴废沿革之大概，亦不可不知也。次请论《史记》《汉书》在文学上内容之比较。

三、《史记》《汉书》之比较

《史记》《汉书》同为史书，以史学言，则《史记》不如《汉书》；然《汉书》之作，模拟《史记》，而又开官撰之风。若用文学眼光详断二书，则《汉书》又远在《史记》之下。爰将二书比较如次：

（一）《史记》都用单笔句调，参差不齐，可以随意变化。易变化，故无论叙事析理，无不使用自如。《汉书》复笔最多，句调整齐，少有伸缩余地。少伸缩，故行文拘束矣。

（二）描写艺术之高 《汉书》远在《史记》之下。《史记》刺客、游侠、信陵诸列传，其慷慨激昂之精神，跃于纸上。项羽之豪迈，不可一世之慨，在史迁笔下可谓杰作。转至班固书中，则变成呆子。在《史记》中生龙活虎之人物，入《汉书》而成奄奄待毙之病夫。其文章技术之高下，不可同日语矣。史迁善用单笔，故能尽曲折旋回之能事。史迁不怕头绪之纷繁，惟其头绪愈多，愈能显出文章之妙处也。

第八章　汉代文学（五）
——建安诗体之嬗变

绪　论

诗至建安，风格渐变，易朴质为精警，变自然为锤炼。色泽则以渲染而愈工，音调则以咏叹而益协，所谓两汉之殿军，六朝之先导也。

建安七子与曹氏父子

曹氏父子雅好文学，一时才俊，并集邺中。魏文《典论》曾举鲁国孔融文举、广陵陈琳孔璋、山阳王粲仲宣、北海徐幹伟长、陈留阮瑀元瑜、汝南应玚德琏、东平刘桢公幹七子，世遂有"建安七子"之目。魏文所论，品评标举，总括众制，匪尽诗歌，且所论只及属车，而位尊不预。

今就诗而谈，魏武横槊赋诗，才雄思挚；子桓典赡清越，力缓虑详；陈思骨气奇高，词采华茂，情兼雅怨，体被文质，一门之内，独擅篇章，宜其冠冕群伦，汗流余子也。

建安文学极盛之原因

夫建安至太始七十年间，诸子望路争驱，纵辔骋节，彬彬称盛。其原因，厥有数端：

（一）文学之兴，多在叔季。兵戈扰攘，则袵席兴怀。上下猜疑，则阿谀取悦。故酬献多藻饰之辞，咏吟致深曲之感。篇章所播，旷代同悲，此其一也。

（二）诗歌体制代有变迁，故递变之交，作者弥众。五言虽启于两京，而篇什实盛于汉末。穷情写物，远胜于四言；振藻摛辞，易会于流俗。新声既奄，风靡云蒸。抱玉者联肩，握珠者踵武。此其二也。

（三）庙堂好尚，易浃群伦。宣帝起自闾阎，而循吏集于五凤。光武习于经术，百儒持备于云台。魏武以相王之尊，雅好歌诗；子植以副君之重，妙精辞赋。风树所声，才俊景从。此其三也。

综此三端，则知建安之盛，非偶然矣。爰论建安七子、曹氏父子及魏诸家诗如次。

孔 融

孔融，字文举，鲁人，孔子二十世孙。不以诗歌称，惟杂诗二首，风格各别。《岩岩》一章，激昂慷慨，使人气壮。古诗以后，魏晋之前，关系至巨也。

孔融杂诗两首

岩岩钟山首，赫赫炎天路。高明曜云门，远景灼寒素。昂昂累世士，结根在所固。吕望老匹夫，苟为因世故。管仲小囚臣，独能建功祚。人生有何常？但患年岁暮。幸托不肖躯，且当猛虎步。安能苦一身，与世同举厝？由不慎小节，庸夫笑我度。吕望尚为希，夷齐何足慕？

远送新行客，岁暮仍来归。入门望爱子，妻妾向人悲。闻子不可见，日已潜光辉。孤坟在西北，常念君来迟。褰裳上墟丘，但见蒿与薇。白骨归黄泉，肌体乘尘飞。生时不识父，死后知我谁？孤魂游穷暮，飘飘安所依？人生图嗣息，尔死我念追。俯仰内伤心，不觉泪沾衣。人身自有命，但恨生日希。

王　粲

王粲，字仲宣，山阳高平人也。献帝西迁，粲徙长安左中郎将，蔡邕见而奇之。年十七，至荆州依刘表，表不甚重。魏太祖辟为丞相掾，赐爵关内侯。建安二十一年从征吴，二十二年春，道病卒，时年四十一。其诗文本有专集，今皆不传。惟有张溥辑本行世。

刘　桢

刘桢，字公幹，东平人。建安中被太祖辟为丞相掾属。以不敬被刑。刑竟，署史。二十二年卒。

建安七子中，除孔文举外，其余略同。而仲宣、公幹又为陈、徐、阮、应所不逮。五言之美媲于平原兄弟，差足继响。钟氏平品五言，以刘桢、王粲次于陈思之后，步兵之前，而同列上品，其推崇也至矣。惟仲宣气体阔大，似胜公幹，虽铺陈繁冗，颇嫌冗尽，究非余子所能抗敌。兹二家诗各选录数首，其余各家略不述。

王粲《咏史诗》

　　自古无殉死，达人所共知。秦穆杀三良，惜哉空尔为。结发事明君，受恩良不訾。临殁要之死，焉得不与随？妻子当门泣，兄弟哭路陲。临穴吁苍天，涕下如绠縻。人生各有志，终不为此移。同知埋身剧，心亦有所施。生为百夫雄，死为壮士规。《黄鸟》作哀诗，至今声不亏。

按：《文选》五臣注：魏武好以己事诛杀贤良，故托言三良以讽之。子建亦有《三良》诗。此篇文势浩瀚，似犹胜之。

王粲《七哀诗》录一首

　　西京乱无象，豺虎方构患。复弃中国去，委身适荆蛮。亲戚对我悲，朋友相追攀。出门无所见，白骨蔽平原。路有饥妇人，抱子弃草间。顾闻号泣声，挥涕独不还。未知身死处，何能两相完？驱马弃之去，不忍听此言。南登灞陵岸，回首望长安。悟彼下泉人，喟然伤心肝。

按：杜公《无家别》《垂老别》诸篇由此蜕化而出。

刘桢《赠从弟三首》

泛泛东流水，磷磷水中石。蘋藻生其涯，华叶何扰溺。采之荐宗庙，可以羞嘉客。岂无园中葵，懿此出深泽。

亭亭山上松，瑟瑟谷中风。风声一何盛，松枝一何劲！冰霜正惨凄，终岁常端正。岂不罹凝寒？松柏有本性。

凤凰集南岳，徘徊孤竹根。于心有不厌，奋翅凌紫氛。岂不常勤苦？羞与黄雀群。何时当来仪？将须圣明君。

按：何焯曰："钟记室所谓'峻骨凌霜，高风跨俗'，惟此等足以当之。"三章全用比而意自见。于白描见长，其赋亦佳。

曹　操

曹操（155—220），字孟德，沛国谯郡人。历位丞相，封魏王。建安二十五年春正月卒于洛阳，年六十六。文帝黄初元年追尊曰"武皇帝"。

邺下诗体，竞尚五言，群伦宗尚，时号"新体"。至于四言遗制，乐府短歌，诵习既罕，继响遂难。惟魏武以雄鸷之才，负匡时之略，鞍马论文，横槊赋诗，于激昂慷慨之中有规模宏远之意，不拘拘于绳尺，不屑屑于时名。而其辞纵横瑰丽，傲岸自喜，则诗如其人，宜其高视一时，跨越百代，同时作者，咸莫能及。兹选录诗数首如下：

短歌行 拟汉相和歌辞平调曲

对酒当歌，人生几何？譬如朝露，去日苦多。慨当以慷，忧思难忘。何以解忧？唯有杜康。青青子衿，悠悠我心。但为君故，沉吟至今。呦呦鹿鸣，食野之苹。我有嘉宾，鼓瑟吹笙。明明如月，何时可掇？忧从中来，不可断绝。越陌度阡，枉用相存。契阔谈䜩，心念旧恩。月明星稀，乌鹊南飞。绕树三匝，何枝可依？山不厌高，海不厌深。周公吐哺，天下归心。

苦寒行 拟汉相和歌辞清调曲

北上太行山，艰哉何巍巍！羊肠坂诘屈，车轮为之摧。树木何萧瑟！北风声正悲。熊罴对我蹲，虎豹夹路啼。溪谷少人民，雪落何霏霏！延颈长叹息，远行多所怀。我心何怫郁，思欲一东归。水深桥梁绝，中路正徘徊。迷惑失故路，薄暮无宿栖。行行日已远，人马同时饥。担囊行取薪，斧冰持作糜。悲彼《东山诗》，悠悠使我哀。

曹 丕

曹丕（187—226），字子桓，操长子。建安十六年为五官中郎将，二十二年立为魏太子。操死，嗣为丞相。即帝位，改元黄初，七年崩。

子桓诗歌，流传齐、梁，颇不为时论所许。刘勰《雕龙》（见《才略》篇）谓去植千里，钟嵘《诗品》亦谓鄙质如偶语。实则子桓生长华膴，一门之内，文学鼎盛，雄健如魏武，富艳若陈思，子桓对扬其间，独能以清绮之才，寓感怆之思，宏赡高古，已属难能。风流闲雅，有足多者。甄录《杂诗》《芙蓉池》各一首，以见其曼妙之风格。

杂诗二首

漫漫秋夜长，烈烈北风凉。展转不能寐，披衣起彷徨。彷徨忽已久，白露沾我裳。俯视清水波，仰看明月光。天汉回西流，三五正纵横。草虫鸣何悲！孤雁独南翔。郁郁多悲思，绵绵思故乡。愿飞安得翼，欲济河无梁。向风长叹息，断绝我中肠。

芙蓉池作

乘辇夜行游，逍遥步西园。双渠相溉灌，嘉木绕通川。卑枝拂羽盖，修条摩苍天。惊风扶轮毂，飞鸟翔我前。丹霞夹明月，华星出云间。上天垂光采，五色一何鲜！寿命非松乔，谁能得神仙？遨游快心意，保己终百年。

曹 植

曹植（192—232），字子建。赋性聪敏，善属文。十岁作《铜雀台赋》，即已可观。其父操本思立为太子，其兄丕忌妒之。丕既即位，待植愈苛。杀其好友丁仪、丁廙。子建抑郁不得志。黄初三年，封甄城王。四年，徙封雍丘。太和元年，徙封浚仪。二年，复雍丘。三年，徙封东阿。六年，以陈四县封陈王。十一年间迁徙六次，颠沛连年，汲汲无欢，故作《吁嗟篇》自比为转蓬。又作《浮萍篇》自比为萍草。彼虽见弃于兄，然依旧思兄不怨，其境与屈原相若。卒年四十一，谥曰"思"。

其诗文有专集传世。清同治间山阳丁晏纂集各本，为《曹集诠评》十卷，《逸文》《年谱》各一卷。朱绪曾有《曹集考异》，并行于世。

曹植与陶、李、杜为四宗

子建五言诗，名作最多，誉冠千古，昔人谓其："骨气奇高，词彩华茂，情兼雅怨，体被文质，粲溢今古，卓尔不群。"自《三百篇》《十九首》以来，汉以后之正轨显门也，与陶公、李、杜并推四宗。

昔贤衡品，早成定论。子桓之诗实两汉之殿军，而为六朝之先导。略疏说之，可得四端。

（一）古诗气体浑穆，比兴自然，通篇鲜奇辟之思，发端有纡徐之妙。每诵一过，辄移人情至。子建则精思妙绪，喷薄而出，往往劈空而来，语异凡响。前人类此者，若《苏李赠答》《古诗十九首》，偶一为之；而子建诗为独多。兹举例如下：

《赠徐幹》："惊风飘白日，忽然归西山。圆景光未满，众星灿以繁。"《杂诗六首》："高台多悲风，朝日照北林。"

（二）古诗用字造语，多近自然，故气骨奇高，无句可摘；子建则于气骨而外兼擅铸词，惟琢不伤气，巧不伤朴，连辞振采，令人目眩。如："清风飘飞阁""朱华冒绿池""明月澄清影""清池激长流"。曰"飘"，曰"冒"，曰"澄"，曰"激"者，皆状物达情，深入显出，此用字之矜炼也。又如"重阴润万物""长啸气若兰"等句，树骨坚苍，用意浑厚，此造句之矜炼也。

（三）古诗重意，不以色泽为工；子建诗意境而外，色最渲妍。如"石榴植前庭，绿叶摇缥青""秋兰被长坂，朱华冒绿池"等句是。

（四）音调之美。四言则《三百篇》尚矣，五言诗之音韵铿锵，至子建而益协。如《薤露行》之"天地无终极，阴阳转相因。人居一世间，忽若风吹尘"，《箜篌行》之"盛时不可再，百年忽我遒。生存华屋里，零落归山丘"等句，音调谐美，嗣响风骚。降及齐梁，此风益邈。

七哀诗（引怨诗行）

明月照高楼，流光正徘徊。上有愁思妇，悲叹有余哀。借问叹者谁？言是宕子妻。君行逾十年，孤妾常独栖。君若清路尘，妾若浊水泥。浮沉各异势，会合何时谐？愿为西南风，长逝入君怀。君怀良不开，贱妾当何依？

杂诗六首录二首

高台多悲风，朝日照北林。之子在万里，江湖迥且深。方舟安可极？离思故难任。孤雁飞南游，过庭长哀吟。翘思慕远人，愿欲托遗音。形影忽不见，翩翩伤我心。

转蓬离本根，飘飖随长风。何意回飙举，吹我入云中？高高上无极，天地安可穷？类此游客子，捐躯远从戎。毛褐不掩形，薇藿常不充。去去复莫道，沉忧令人老。

公宴诗

公子敬爱客，终宴不知疲。清夜游西园，飞盖相追随。明月澄清景，列宿正参差。秋兰被长坂，朱华冒绿池。潜鱼濯清波，好鸟鸣高枝。神飙接丹毂，轻辇随风移。飘飘放志意，千古长若斯。

赠白马王彪

序曰：黄初四年正月，白马王、任城王与余俱朝京师，会节气。到洛阳，任城王薨。至七月，与白马王还国。后有司以二王归藩，道路宜异宿止。意毒恨之。盖以大别在数日，是用自剖，与王辞焉，愤而成篇。

谒帝承明庐，逝将归旧疆。清晨发皇邑，日夕过首阳。伊洛广且深，欲济川无梁。泛舟越洪涛，怨彼东路长。顾瞻恋城阙，引领情内伤。

大谷何寥廓，山树郁苍苍。霖雨泥我涂，流潦浩纵横。中逵绝无轨，改辙登高冈。修坡造云日，我马玄以黄。

玄黄犹能进，我思郁以纡。郁纡将何念？亲爱在离居。本图相与偕，中更不克俱。鸱枭鸣衡轭，豺狼当路衢。苍蝇间白黑，谗巧令亲疏。欲还绝无蹊，揽辔止踟蹰。

踟蹰亦何留？相思无终极。秋风发微凉，寒蝉鸣我侧。原野何萧条，白日忽西匿。归鸟赴高林，翩翩厉羽翼。孤兽走索群，衔草不遑食。感物伤我怀，抚心长太息。

太息将何为？天命与我违。奈何念同生，一往形不归！孤魂翔故域，灵柩寄京师。存者忽复过，亡没身自衰。人生处一世，去若朝露晞。年在桑榆间，影响不能追。自顾非金石，咄唶令心悲。

心悲动我神，弃置莫复陈。丈夫志四海，万里犹比邻。恩爱苟不亏，在远分日亲。何必同衾帱，然后展殷勤？忧思成疾病，无乃儿女仁。仓卒骨肉情，能不怀苦辛？

苦辛何虑思，天命信可疑。虚无求列仙，松子久吾欺。变故在斯须，百年谁能持？离别永无会，执手将何时？王其爱玉体，俱享黄发期。收泪即长路，援笔从此辞。

注：楚王彪，字朱虎，初封白马王。后徙封楚。任城王彰，字子文，并武帝子。

结　论

诗至建安，易朴质为精警，变自然为锤炼。色泽则以渲染而益工，音调则咏叹而益协，前已论之。但此亦就建安以后诸家诗体大概言之耳，实则孟伯、文举不失汉音，阮公、德琏笃意真古，刘桢有卓荦之才，陈琳具乐府之体。其他诸子，或植体两京，而稍易面目；或步趋三祖（魏武、魏文、魏明），而微伤气格，皆未尽如所言。其真能副此四语，隐然为两汉之殿军，六朝之先导者，则陈思王诗，殆又为此期之中坚也。

第九章　魏晋文学
——正始、太康、永嘉三朝

正始风化之变迁

建安为汉魏文学之枢纽，而正始为魏晋文学之先导。正始者，魏废帝之年号也。魏代初年文人，多属建安遗老，故其正属于魏代之文学，须从魏废帝正始时始也。文学之变迁以民族风化为转移，自正始以后，民族思想转移，文学因之嬗变。分论如次：

（一）**玄风之兴盛**　玄学本出于道家。每当乱世，最合人心。建安之际，三国相争，人民日后厌乱，于是有王弼、何晏等辈崇奉道家。王弼注《老子》，何晏标尚老、庄，以才辩显于贵族之间，通合党徒，广鬻声名。而当时士大夫亦附和之，遂播为风气。《老》《庄》之学大盛，于是由讲求实用之儒家学说，而变为推求宇宙本体之玄学。清谈之士，其人生观大抵以放荡形骸、毁弃礼节为务，形于文学，自与前代为不同矣。

（二）**佛法之输入**　正始以后，儒学既失一尊之势力，而老、庄之学亦未能统驭。于是各家学说同时并起，佛学遂乘势而入。佛教之输入虽远在汉代，但迄晋而始大盛。鸠摩罗什之在洛阳集沙门八百余人，译经三百余卷。大乘教义，自是始传。佛图澄传入密宗一派，魏晋间高僧颇多，如道安及其徒慧远等人是也。慧远之白莲社，为一时名士所宗。文士若颜延之、谢灵运、陶潜诸人，亲炙莲社高风，其文学思想所受佛乘之影响甚大。其译经之盛，又为前此所未有。据吴士鉴《补晋书经籍志》所载，当时译经者竟有一百四十一家之多，可谓盛矣。

（三）人世之逃避与文士之惨变　自正始以后，内忧外患，相逼而来。当时一般文人，眼见神州陆沉，人民涂炭，尘寰之中，不得自慰，于是有神游于虚构境界之思。但终觉空虚，乃不得不另寻一种实际情况以作代表。于是醉心于大自然中，以求自慰。而模山范水之风气为之一盛，阮籍自是此中健者。常登山玩水，乐而忘返，至于穷途，恸哭而归。又如孙绰游天台山；谢安高卧东山，又泛沧海；王羲之晚年专以游眺为事。不惟士大夫如此，即方外道流，亦富游兴，如庐山诸道人曾游石门。不惟男子如此，即深居简出之女子，亦相习成风，如谢道韫有极有名之《登山诗》。是时文学发展途径，全在大自然间，即山水文学之兴起也。前乎此者，《诗经》中虽亦有山水之作品，然只能用叠字为止，如"岩岩""洋洋"之类。《楚辞》间或有秀句。汉人作赋，亦写山水。然堆叠而成，完全不注意山水个性之描写也。建安曹操始有《碣石诗》，然彼之登山为出征时便道，非专为欣赏也。直至正始后，一般游山玩水之文士对于一丘一壑，始能尽刻画之能事。

正始迄晋，政局不安，人心惶恐无主，难免引起神经极敏锐之文士之不满。因不满于当代而风流自放，逃玄入佛；又因思想行动之不能与因袭社会相合，更易遭逢不幸。晋代文士之祸，均极惨酷。阮籍酗酒烂醉，仅免于死。如嵇康、刘琨、郭璞、潘岳、石崇、二陆，皆不保首领而殁。推其原由，或遭人嫉妒，或太自狂放，或因自品性素劣。但文人遭遇与作品无关，甚或因遭遇之愈劣，而有极佳之作品出也。文学本为感情之表现，感情之愈浓而成癖者，其遭遇必愈苦。然其作品则必能出人一等也。考屈原、曹植以下诸人士，皆可证之矣。

竹林七贤为正始之代表

正始玄风甚盛，兼杂以佛家思想。诚以道家、佛家之思想，较儒家之思想对于文学更有裨助。一般文士深悉名理之应用，尚质而轻文。此时与建安之最大区别，在建安七子之文学"为文学之文学"，而正始时之文学则为玄学之文学。前者重形式而忽内容，后者重内容而不讲形式。

正始文学之威权，操于"竹林七贤"之手中。七贤者，阮籍、嵇康、山涛、向秀、刘伶、阮咸、王戎是也。七人之思想，极浪漫之致，又为充分表现极端个人主义之色彩。试读刘伶之《酒德颂》，阮籍之《大人先生传》，嵇康之《养生论》及《与山巨源绝交书》等，可见一斑矣。当时诗风，有"嵇志清峻，阮旨遥深"之评语。

嵇康诗存留于今者，有四言、五言二种，而其四言尤为绝响。近人王闿运曰："中国四言诗，做到嵇康为止，以后便无足观。"阮籍有《咏怀诗》八十余首，托言隐痛。其影响于后人甚大，陶潜为学阮之第一人。

一、嵇康

嵇康，字叔夜。为人恬静无欲，高迈不群。拜中散大夫，不就。弹琴咏诗自足，后以谮被害。

嵇康《杂诗》

微风清扇，云气四除。皎皎亮月，丽于高隅。兴命公子，携手同车。龙骥翼翼，扬镳踟蹰。肃肃宵征，造我友庐。光灯吐辉，华幔长舒。鸾觞酌醴，神鼎烹鱼。弦超子野，叹过绵驹。流咏太素，俯赞玄虚。熟克英贤，与尔剖符。

二、阮籍

阮籍，字嗣宗，笃于庄、老，嗜酒善啸，好弹琴赋诗。著《达庄论》叙无为之贵，又著《大人先生传》以讥切世俗。日纵酒昏酣，遗落世事。痛哭穷途，人为之狂。尝作《咏怀诗》八十余篇，出之自然，不假雕饰，为世所重。隐痛在心，不便明言，可托之于诗。其清峻飘逸为魏晋间人所不及。

阮籍《咏怀》

夜中不能寐，起坐弹鸣琴。薄帷鉴明月，清风吹我襟。孤鸿号外野，翔鸟鸣北林。徘徊将何见？忧思独伤心。

嘉树下成蹊，东园桃与李。秋风吹飞藿，零落从此始。繁华有憔悴，堂上生荆杞。驱马舍之去，去上西山趾。一身不自保，何况恋妻子？凝霜被野草，岁暮亦云已。

平生少年时，轻薄好弦歌。西游咸阳中，赵李汉《谷永传》："小臣赵李，从微贱尊宠。成帝尝与微行。"相从

413

过。娱乐未终极，白日忽蹉跎。驱马复来归，反顾望三
河。黄金百镒尽，资用常苦多。北临太行道，失路将如
何？

  步出上东门，北望首阳岑。下有采薇士，上有嘉树
林。良辰在何许？凝霜沾我襟。寒风振山冈，玄云起重
阴。鸣雁飞南征，鹍鸡发哀音。素质游商声，凄怆伤我
心。

晋代文学之分期

  晋代文学可分三期。一曰"太康"，晋武帝之年号也；一曰
"永嘉"，晋怀帝之年号也；一曰"义熙"，晋安帝之年号也。
太康最盛。及永嘉之乱，宗社倾覆，元帝称号江南，苟安半壁，
北方遂沦为夷狄。义熙、元熙之际，大盗移国，唯陶公亮节高
风，独标千古，两晋作者惟此为最。

太康诸贤

  晋初作者，首推张华。华字茂先，博学多识。其《鹪鹩赋》
大意谓为鸟雀须为小小鹪鹩，可以逍遥度日。倘作美禽，必被捕
捉。此种思想，犹是老庄之意也。其余贤者有二陆，即陆机、陆
云；三张，即张载、张协、张亢；两潘，即潘岳、潘尼；一左，
即左思是也。诸贤无不受玄风之影响，彼等共同之作风，为变换
正始之质朴风气，而返归于建安之文盛时代。当时作风之趋向可
约三端：

（一）崇尚排偶　陆机巧语绮语，张排偶之风，文诗均然。

（二）构句巧似　太康时一般文人，钩心斗角，用力于构句。不惟对仗工整，又复巧思绮丽。

（三）拟诗创始　模仿文学，始于扬雄，但只限于赋或散文之类。陆机《拟古诗》十二首为拟古诗之始。

潘岳、陆机实为此期之代表。《诗品》二人诗均列上品。陆机雄于才，潘岳深于情，各有长也。

一、潘岳

潘岳（？—300），字安仁，荥阳中牟人。才颖而美姿容。每出游，道上妇人皆投之以果。其所作《藉田》《闲居》等赋，极有丽词。尤善为哀诔之文，如《哀永逝文》《悼亡诗》，其著者也。

潘安《悼亡诗三首》（录一首）

皎皎窗中月，照我室南端。清商应秋至，溽暑随节阑。凛凛凉风升，始觉夏衾单。岂曰无重纩？谁与同岁寒？岁寒无与同，朗月何胧胧。展转盻枕席，长簟竟床空。床空委清尘，室虚来悲风。独无李氏灵，仿佛睹尔容。抚衿长叹息，不觉泪沾胸。沾胸安能已？悲怀从中起。寝兴日存形，遗音犹在耳。上惭东门吴，下愧蒙庄子。赋诗欲言志，此志难具纪。命也可奈何？长戚自令鄙。

二、陆机

陆机（261—303），字士衡，吴郡人。少有异才，伏膺儒术，非礼不动，为文天才秀逸，辞藻宏丽。赴洛求官，本非素愿。入洛见张华，华大喜，一见如旧相识，且尝称陆机之才：

"人为文患才少，机独患才多。"拟乐府诗如《悲哉行》《猛虎行》，诗如《赴洛二首》，于典赡之中，偶见羁旅依人之感，尚得真意。

陆机《猛虎行》

渴不饮盗泉水，热不息恶木阴。恶木岂无枝？志士多苦心。整驾肃时命，杖策将远寻。饥食猛虎窟，寒栖野雀林。日归功未建，时往岁载阴。崇云临岸驶，鸣条随风吟。静言幽谷底，长啸高山岑。急弦无懦响，亮节难为音。人生诚未易，曷云开此襟？眷我耿介怀，俯仰愧古今。

陆机《东宫作诗》

羁旅远游宦，托身承华侧。抚剑遵铜辇，振缨尽祇肃。岁月一何易！寒暑忽已革。载离多悲心，感物情凄恻。慷慨遗安豫，永叹废寝食。思乐乐难诱，曰归归未克。忧苦欲何为？缠绵胸与臆。仰瞻临霄鸟，羡尔归飞翼。

永嘉文学

永嘉（怀帝年号）以后，晋政局大变，八王既捣乱于内，五胡复扰乱于外。黄河流域一带，已不复为汉族属土，国都由洛阳迁至建业。政事日非，民不堪命。永嘉初年最著之作家，皆自太康遗留而来。真能代表此期者，当推刘琨与郭璞，然亦适成太康之尾声耳。

一、刘琨

刘琨，字越石，魏昌人。有澄清中原之志。后为人害，不得其死。其文学激昂慷慨，实为亡国文学之音调也。读其《元帝劝进表》《与卢谌书》及《扶风歌》《答卢谌诗》等，均痛哭流涕，慷慨陈词。后元遗山论诗，以越石身世比之于曹孟德，其作风实相近也。

刘琨《扶风歌》

朝发广莫门，暮宿丹水山。左手弯繁弱，右手挥龙渊。顾瞻望宫阙，俯仰御飞轩。据鞍长叹息，泪下如流泉。系马长松下，发鞍高岳头。烈烈悲风起，泠泠涧水流。挥手长相谢，哽咽不能言。浮云为我结，归鸟为我旋。去家日已远，安知存与亡？慷慨穷林中，抱膝独摧藏。麋鹿游我前，猿猴戏我侧。资粮既乏尽，岩薇安可食？揽辔命徒侣，吟啸绝岩中。君子道微矣，夫子故有穷。唯昔李骞期，寄在匈奴庭。忠信反获罪，汉武不见明。我欲竟此曲，此曲悲且长。弃置勿重陈，重陈令心伤！

二、郭璞

郭璞，字景纯，河东人。好经术，博学有高才，而讷于言论。为永嘉中兴之诗人，其《游仙诗》最有名。又妙于阴阳卜筮之术。所注《尔雅》《方言》《穆天子传》《山海经》等书，多传于世。后为王敦所害。

郭璞《游仙诗十九首》之三、四

翡翠戏兰苕，容色更相鲜。绿萝结高林，蒙笼盖一山。中有冥寂士，静啸抚清弦。放情凌霄外，嚼蕊挹飞泉。赤松临上游，驾鸿乘紫烟。左把浮丘袖，右拍洪崖肩。借问蜉蝣辈，宁知龟鹤年？

六龙安可顿？运流有代谢。时变感人思，已秋复愿夏。淮海变微禽，吾生独不化。虽欲腾丹溪，云螭非我驾。愧无鲁阳德，回日向三舍。临川哀年迈，抚心独悲咤。

结　论

正始玄学滋盛，一反建安之风。其文学重内容而忽形式，文人思想之浪漫，态度之消极，至于极点，"竹林七贤"握文坛之权。晋自开国至太康以文胜，有建安余风。南渡以后，由永嘉以至亡国，复以质胜，复正始之旧。此实由永嘉前后祸乱相寻，民不聊生，各人欲求自慰，玄风复盛，由文变质。此变迁之大概。

崛起义熙之世，为晋一代之雄。上托风雅，近超汉魏，下启唐宋，为自然诗人之宗者，则陶渊明是也。

第十章　义熙文学——陶渊明

绪　论

　　义熙为晋安帝年号。时刘宋王业已成，典午天命，危在旦夕。此期文学"陶谢"并称，陶主自然，谢尚词采。晋代自正始至渡江以后，杂有玄理，不注重文采之诗风，当以渊明为殿阵大将。由建安一脉相传后再跃而至太康，脱离玄学羁绊，而标举文学风气事业者，当以灵运为中兴功臣。本章专述渊明文学，因其影响于后代为最巨也。

陶渊明

一、传略

　　陶渊明（365—427），字元亮，一名潜，浔阳郡柴桑人，陶侃曾孙。生于东晋哀帝兴宁三年乙丑。家贫，然不愿因穷屈节。年二十九，起为江州祭酒。以不堪吏职，少日，即自解归。州召主簿，不就。躬耕自资，遂抱羸疾。安帝隆安三年己亥，年三十五，起为镇北将军刘牢之参军，从讨孙恩。庚子五月即乞假归。元兴三年甲辰，年四十，复参江州刺史建威将军刘敬宣军事。义熙元年乙巳，年四十一，为彭泽令。在官八十余日，郡遣督邮至。吏白应束带见之。叹曰："我不能为五斗米折腰，拳拳事乡里小儿。"即解印去职，赋《归去来辞》以见志。但序中自云："程氏妹丧于武昌，情在骏奔，自免去职。"二说皆可信。旋征著作郎，不就。自是二十余年，隐于柴桑。既绝州郡觐谒，亦未尝有所造诣，唯至田舍及庐山游观而已。庐山东林寺时有慧远法师结白莲社，修净土之业。刘遗民、宗炳、雷次宗之徒从之游，号"十八贤"。远公因邀其入社。渊明以嗜酒为辞，许饮乃造。复攒眉而去。元熙中刺史王弘闻其高洁，甚钦迟之。屡访不见，弘乃屏车骑于庐山林泽间候之。以宋文帝元嘉四年丁卯秋九月卒，年六十三。诸友私谥曰"靖节先生"。近人梁启超为之作年谱，卒年略有出入。

二、品格与作风

渊明品格与人不同，故其作品亦与众异。自屈子而后能有表现个性之作品者，推为第一人。建安七子，诗非不佳，然未能辨出各人个性。曹氏父子冠绝一代，然与王仲宣、阮元瑜等彼此亦不能分辨。表现个性之充分，为渊明文艺之第一大特点。爰析其品格，分论作品如次：

（一）冲远高洁　渊明之弃官归隐，萧统作传，谓："自以曾祖晋世宰辅，耻复屈身后代。自宋高祖王业渐隆，不复肯仕。"屈身后代，固非渊明所愿，然目击当时仕途之混浊，不屑为伍，实为最大原因。当时士大夫浮华奔竞，廉耻扫地，为渊明最痛心之事。渊明一生，处世谨慎，弃官动机，在诗文中随在可见。其自彭泽之赋归，虽自言奔丧，然昭明已为言之。

渊明既不愿随俗，涸迹宦途，然回家穷苦，饥饿堪虑，权衡利害，去取毅然。读其《归去来兮辞》全文，可以想见其斟酌考虑之情形也。渊明诗中，写饥寒之状者甚多，如《杂诗》，如《有会而作篇》之序文云：

> 旧谷既没，新谷未登。颇为老农，而值年灾。日月尚悠，为患未已。登岁之功，既不可希。朝夕所资，烟火裁通。旬日已来，姑念饥乏。岁云夕矣，慨然咏怀。今我不述，后人何闻哉！

渊明写穷苦之状，当以《乞食》诗为最。一餐之惠，而"冥报相贻"，其怜亦甚矣。虽然，渊明亦不苟求也。《本传》记渊明偃卧瘠馁有日，江州刺史檀道济往候之，馈以粱肉，麾而去之。其性之刚，其品之高，概可想见。渊明"欲仕则仕，不以求之为嫌；欲隐则隐，不以去之为高"_{东坡语}。既去之矣，亦终未以贫乏为苦。其秉志之高洁冲淡，冠绝千古。其诗宜似其人也。

（二）顺从自然　渊明最能领略自然之美，故最能得人生之妙味。推为描写自然诗之祖，询不诬也。其写自然之作，多不胜举，读者当自能味之。

渊明躬耕自给，操作甚劳，而乐在其中。其《庚戌岁九月中于西田获早稻》《归田园居》《癸卯始春怀古田舍》诸诗，极写田事之乐。后人尊渊明为田家诗之祖。盖后人身居庙堂，高谈田野，宜其不切实际；渊明则生活田舍之中，故其作品最为亲切而有味也。

以上为渊明爱好天然界之自然。渊明又重视本性之自然。以顺本性为自然，而以违反本性为不自然。《归田园居》诗云：

"久在樊笼里，复得返自然。"《归去来分辞》序云："质性自然，非矫厉所得。饥冻虽切，违己交病。"渊明不以隐逸为高，惟顺其本性而已。"自然"其为理想之天国，凡有丝毫矫揉造作者，皆认为自然之敌。渊明之所以艰苦卓绝者，不外保全其自然耳。而其文艺，亦为其自然之表现。后人以"斫雕为朴"学陶诗者，可笑孰甚。非其人不能有其文，非性好自然如渊明者，不能学其诗也。

渊明自然社会组织之理想，见于《桃花源记》及诗中。渊明思想本出入于老、庄、孔、墨之间，而所得于佛乘者亦甚多。其《神释篇》末句云："纵浪大化中，不喜亦不惧。应尽便须尽，无复独多虑。"旷达何为如耶？又读其《自挽诗》及《自祭文》诸篇，则知非胸怀广阔，渗透佛理者决不能也。

要之，渊明以顺从本性为自然，其一生惟以求顺从本性之自然而奋斗，其性格亦几与天然界之自然混合为一。自然之顺从为渊明诗风之所基，亦其主要之人生观也。

（三）豪放多情　既知渊明以顺从自然为务，则必靡靡怯弱无勇者。要知其大不然也。渊明又一豪放多勇之士也。其《荣木诗》云："脂我名车，策我名骥。千里虽遥，孰敢不至？"其乐道好学也如此。《杂诗》云："忆我少壮时，无乐自欣豫。猛志逸四海，骞翮思远翥。"又云："少时壮且厉，抚剑独行游。"其少年时意气飞扬，有不可一世者。中年以后，惭以环境之恶劣，不得施展大志，常感慨多悲。及至晚年，闲适诗境之中，奇情壮思，犹时流露。《读山海经》十三首中有云："精卫衔微木，将以填沧海。刑天舞干戚，猛志固常在。"读其《咏荆轲》之作，则渊明竟亦一志气刚强任侠之流也。愤慨填膺，形之于言，未见之于行耳。

渊明亦一缠绵悱恻多情多义之人也。读其《祭程氏妹文》《祭从弟敬远文》诸篇，即可见其家庭骨肉间情爱之热烈。其于友朋之情爱亦甚真率浓挚。读《停云》《移居》及送别诸作，即可想见，亲厚甜美之情意，毕现纸上。《移居》篇云：

> 春秋多佳日，登高赋新诗。过门更相呼，有酒斟酌之。农务各自归，闲暇辄相思。相思则披衣，言笑无厌时。

其《答庞参军》结句："情通万里外，形迹滞江山。君其爱体素，来会在何年？"

自刘裕篡晋为宋，渊明眷恋旧朝，伤感时事。近人梁启超断渊明《拟古九首》为惓念故君之作。其一首云：

> 仲春遘时雨，始雷发东隅。众蛰各潜骇，草木纵横舒。翩翩新来燕，双双入我庐。先巢故尚在，相将还旧居。自从分别来，门庭日荒芜。我心固非石，君情定何如？

玩读其辞，当知深痛幽怨发于内心，而微见于情也。

小品散文

渊明为诗喜用单笔，主自然，其文亦然。而当时文人均喜复笔，专讲排偶，重词采。渊明适与相反，以是而有鹤立鸡群之概。若《桃花源记》想像之超脱，摹写之自然，造语之名隽，不独为两晋文章第一，亦汉魏人之所不及也。即《归去来兮辞》《闲情赋》诸篇，无不戛戛独造，无汉魏人摹仿依傍之习。顾为其诗名所掩，不以文传。诗赋中小序尤多佳制，为后人所不及，惟读者未之注意耳。如《归去来兮辞序》寥寥百数十字，极简单，极平淡，而其全人格已表现无遗，有生命之作也。其《饮酒》二十首小序云：

> 余闲居寡欢，兼秋夜已长，偶有名酒，无夕不饮。顾影独尽，忽焉复醉。既醉之后，辄题数句自娱，纸墨遂多，辞无诠次，聊命故人书之，以为欢笑耳。

其闲逸之情跃于纸上。又如《游斜川》一首之序，乃一篇简短之游记也：

> 辛丑正月五日，天气澄和，风物闲美。与二三邻曲犹近局同游斜川。临长流，望曾城，鲂鲤跃鳞于将夕，水鸥乘和以翻飞。彼南阜者，名实旧矣，不复乃为嗟叹。若夫曾城，曾国藩曰："《淮南子》，昆仑山有曾城九重。"陶公因月中所见之层城而遥想昆仑之层城。傍无依接，独秀中皋。遥想灵山，有爱嘉名。欣对不足，率尔赋诗，悲日月之遂往，悼吾年之不留。各疏年纪乡里，以记其时日。

陶诗之盛衰

陶公五言，无不佳妙。然当时不为人重，其地位远在谢灵运之下。刘勰《雕龙》极力称赞大谢，而于陶公竟无一言提及，即昭明亦只选录八首。钟嵘为之列入中品。推原其故，可得二端：

（一）六朝人门阀观念甚重。陶公不过庐山下之农夫耳，宜其不得时人之称誉也。

（二）六朝文人均喜复笔派之《汉书》，而不喜单笔派之《史记》，故作诗亦专讲排偶，重词采。陶公风格清淡，喜用单笔，适与相反，宜其不合时尚也。

陶公虽不为当时所重，及至唐朝，则取谢诗而代之。如唐初王无功之《东皋子集》学陶，陈子昂之《感遇诗》学阮，其源与陶正同。及至盛唐，深得杜甫之赞美，储光羲学陶而以田园诗得名。王维、孟浩然亦间接受陶公之影响。至中唐时，又有韦应物、柳宗元等，一部分之作亦由陶诗得来。及至宋代苏轼，并和全集。此陶诗盛衰之大概也。

陶诗选

兹就陶诗中之尤佳者，甄录数首，以资讽诵。如《归去来兮辞》及《五柳先生传》《桃花源记》诸篇，均为读者所已诵习，不再选录。

归田园居五首

少无适俗韵，性本爱丘山。误落尘网中，一去三十年。羁鸟恋旧林，池鱼思故渊。开荒南野际，守拙归园田。方宅十余亩，草屋八九间。榆柳荫后檐，桃李罗堂前。暧暧远人村，依依墟里烟。狗吠深巷中，鸡鸣桑树颠。户庭无尘杂，虚室有余闲。久在樊笼里，复得返自然。

野外罕人事，穷巷寡轮鞅。白日掩荆扉，虚室绝尘想。时复墟曲中，披草共来往。相见无杂言，但道桑麻长。桑麻日已长，我土日已广。常恐霜霰至，零落同草莽。

种豆南山下，草盛豆苗稀。晨兴理荒秽，带月荷锄归。道狭草木长，夕露沾我衣。衣沾不足惜，但使愿无违。

久去山泽游，浪莽林野娱。试携子侄辈，披榛步荒墟。徘徊丘垄间，依依昔人居。井灶有遗处，桑竹残朽株。借问采薪者："此人皆焉如？"薪者向我言："死后无复余。"一世异朝市，此语真不虚。人生似幻化，终当归空无。

怅恨独策还，崎岖历榛曲。山涧清且浅，可以濯吾足。漉我新熟酒，只鸡招近局。日入室中暗，荆薪代明烛。欢来苦夕短，已复至天旭。

移居二首（之一）

昔欲居南村，非为卜其宅。闻多素心人，乐与数晨夕。怀此颇有年，今日从兹役。敝庐何必广？取足蔽床席。邻朋时时来，抗言谈在昔。奇文共欣赏，疑义相与析。

饮酒二十首（之五）

道丧千载后，人人惜其情。有酒不肯饮，但顾世间名。所以贵我身，岂不在一生？一生能复几？倏如流电惊！鼎鼎百年内，持此欲何成？

结庐在人境，而无车马喧。问君何能尔？心远地自偏。采菊东篱下，悠然见南山。山气日夕佳，飞鸟相与还。此中有真意，欲辨已忘言。

秋菊有佳色，裛露掇其英。泛此忘忧物，远我遗世情。一觞虽独进，杯尽壶自倾。日入群动息，归鸟趋林鸣。啸傲东轩下，聊复得此生。

清晨闻叩门，倒裳往自开。问子为谁欤？田父有好怀。壶浆远见候，疑我与时乖。褴褛茅檐下，未足为高栖。一世皆尚同，愿君汩其泥。深感父老言，禀气寡所谐。纡辔诚可学，违己讵非迷？且共欢此饮，吾驾不可回。

颜生称为人，荣公言有道。屡空不获年，长饥至于老。虽留身后名，一生亦枯槁。死去何所知？称心固为好。客养千金躯，临化消其宝。裸葬何必恶？人当解意表。

和郭主薄二首（之一）

蔼蔼堂前林，中夏贮清阴。凯风因时来，回飙开我襟。息交游闲业，卧起弄书琴。园蔬有余滋，旧谷犹储今。营己良有极，过足非所钦。春秫作美酒，酒熟吾自斟。弱子戏我侧，学语未成音。此事真复乐，聊用忘华簪。遥遥望白云，怀古一何深！

读山海经十三首（之一）

孟夏草木长，绕屋树扶疏。众鸟欣有托，吾亦爱吾庐。既耕亦已种，时还读我书。门巷隔深辙，颇回故人车。欢然酌春酒，摘我园中蔬。微雨从东来，好风与之俱。泛览《周王传》，流观《山海图》。俯仰终宇宙，不乐复何如？

第十一章　南北朝文学

南北朝略史

自东晋南渡，历宋、齐、梁、陈四代，是为南朝。自东晋孝武帝时，拓拔珪已僭号山西，称为"后魏"。再历北齐，而北周，而隋，是为北朝。北朝文学远逊南朝。南朝宋代自成一种风气，而齐、梁、陈三代又成一种。

元嘉文学

宋祚不长，而文学蔚然可观。此由于帝王之倡导与爱好。宋代代表，当推元嘉中谢灵运、颜延之与鲍照三人。文风至此一变，辞采较前代为茂密，体制较前代为雕斫，诗文均盛行排偶，正始、永嘉之风渐息，而复归于建安、太康之余绪。

爰分述各家如次：

一、谢灵运

（一）学识品性

谢灵运（385？—433），陈郡阳夏人。生于晋朝，死于宋代。一生经历在晋代为多，故前与渊明齐名，并称"陶谢"；后又与颜延年齐名，改称"颜谢"。学问渊博，六朝文人中无能及者。曾编四部目录，修《晋书》；又博通经义，诗中善用经语，亦精玄学。当时佛法涅槃宗分二派：北宗以昙摩识为首领，南宗即以谢为首领。又尝手改《涅槃经》。灵运于各门学问均有深造，甚至书画等艺术，亦有独到之处。其族弟惠连、瞻并有文誉。

灵运好游山水，常结队数百人，伐木开道而行。其行为之浪漫，为历代文人冠。其为永嘉太守时，抛弃民间狱讼不问，而游山赋诗。征为秘书监时，修《晋书》未成，粗立条疏，弃而出郭游行。其放浪有如斯者。盖灵运本出身贵族，年少即豪放成性，实以致之也。

（二）诗风

灵运为诗，崇尚偶体，但不为所拘，颇能穷尽物态。其爱好山水也成癖，故又为山水文学之大家。山水诗虽以"陶谢"并称，但其二人对于自然之态度极不相同，恰如其人。陶公胸怀恬淡，其与自然溶成一片，如"采菊东篱下，悠然见南山"等句，活现不疾不徐之舒适神情。灵运对于自然，则取凌跨态度，竟不甘心为自然所包举。如《泛海》诗中云："溟涨无端倪，虚舟有超越。"气象壮阔，可以吞沧海。

灵运最善炼句，虽在其极平淡之诗中，亦能寻出一警句，如《登池上楼》梦中思惠连诗所得之"池塘生春草"，与《过始宁墅》之"白云抱幽石，绿筱媚清涟"，及《晚出西射堂》之"晓霜枫叶丹，夕曛岚气阴"等是。

谢诗影响于后代甚大。唐柳子厚之山水诗，善学灵运。次为孟郊，其用字锤练，亦渊源于此也。

（三）诗选

石壁精舍还湖中作

昏旦变气候，山水含清晖。清晖能娱人，游子憺忘归。出谷日尚早，入舟阳已微。林壑敛暝色，云霞收夕霏。菱荷迭映蔚，蒲稗相因依。披拂趋南径，愉悦偃东扉。虑澹物自轻，意惬理无违。寄言摄生客，试用此道推。

登池上楼在永嘉郡

潜虬媚幽姿，飞鸿响远音。薄止也霄愧云浮，栖川怍渊沉。灵运既羁世网，故有愧怍虬龙之意。进德智所拙，退耕力不任。徇求也禄反穷海，卧疴对空林。衾枕昧节候，褰开暂窥临。倾耳聆波澜，举目眺岖嵚山高貌。初景革绪风，新阳改故阴。池塘生春草，园柳变鸣禽。祁祁众多貌伤《豳歌》，《诗·豳风》："春日迟迟，采蘩祁祁。"萋萋感楚吟。《楚辞》："王孙游兮不归，春草生兮萋萋。"索居易永安，离群难处心。持操岂独古？无闷征在今。

二、颜延之

颜延之（384—456），字延年，琅玡人。当代与谢灵运并称，同以茂密之体擅长。然延年全假人工，事事雕琢，不及灵运远甚。

三、鲍照

鲍照（421？—465？），字明远，东海人。其为诗于苍劲中带有丽骨，已开齐、梁绮丽之风。明远家室寒微，一生作客。

其作品颇多慷慨凄怆之词，惟当时亦不为人重。因其好用单笔，不合时尚。善用杂言，其《行路难》十九首以激昂笔致，发玄妙思想，极参差变化之能事。其诗中参入玄想，好发议论，与南朝人专作抒情诗者不相类。唐李颀、李白、杜甫诗中之夹以议论，显亦发源于明远也。

明远诗虽视谢不及，然如所作《代东门行》《放歌行》《白头吟》《东武吟》诸篇，高音亮节，独冠一时，则又两晋以来拟乐府之所未有也。

代夜坐吟

冬夜沈沈夜坐吟，含声未发已知心。霜入幕，风堕林。朱灯灭，朱颜寻。体君歌，逐君音。不贵声，贵意深。

代白头吟

直如朱丝绳，清如玉壶冰。何惭宿昔意？猜恨坐相仍。人情贱恩旧，世议逐衰兴。毫发一为瑕，丘山不可胜。食苗实硕鼠，玷白信苍蝇。免罝远成美，薪刍前见陵。申黜褒女进，班去赵姬升。周王日沦惑，汉帝益嗟称。心伤犹难恃，貌恭岂易凭？古来共如此，非君独抚膺。

永明文学

齐梁文学，承元嘉以来之遗风，而更趋重于声律。此期文学较之从前有极大之变化。诗律谨严，日渐束缚，渐由古体诗而变为近体诗，由骈文而变为四六。此种运动起于南齐武帝永明年间，以沈约、王融、谢朓为首领，古称之为"永明体"，为文学体裁转变之一大关键也。

沈 约

沈约（441—513），字休文，吴兴武康人。幼孤贫，笃志好学，昼夜不倦。创《四声谱》及"八病"说，文坛上遂大生变化。声律之说，实始于魏晋之际；特施之于用，在永明开始耳。

一、"八病说"

"八病"原意已失传。宋梅圣俞《续金针诗格》曾为解释，魏庆之《诗人玉屑》第十一卷曾举例说明。兹综括梅、魏等，解释"八病"之说如次：

（一）平头　第一、二字不得与第六、七字同声。如："今日良宴会，欢笑难具陈。"

（二）上尾　第五字不得与第十字同声。如："西北有高楼，上与浮云齐。"

（三）蜂腰　第二字不得与第五字同声。如："闻君爱我甘，窃欲自雕饰。"

（四）鹤膝　第五字不得与第十五字同声。如："新制齐纨素，皎洁如霜雪。裁为合欢扇，团团似明月。"

以上四条关于平仄方面者，换之即平应对仄，仄应对平；第三字与第八字恰在"腰"上，第四字与第九字恰在"膝"上。律绝之错杂用平仄，即起于此。兹图示如下：

1、2	3	4	5
平头	蜂腰	鹤膝	上尾
6、7	8	9	10

（五）大韵　前九字不得与第十字同韵，惟第五字时或例外。如："胡姬年十五，春日独当垆。"

（六）小韵　除末一字外，九字中不得有两字同韵。如："薄帷鉴明月，清风吹我襟。"

（七）正纽　十字中不得有正纽双声字。（原为"不得有叠韵字"）

（八）旁纽　十字中不得有旁纽双声字。（原为"不得有双声字"）

魏说略有错误。经近人刘大白加以考证，五七说叠韵，七八说双声，各有二条，甚为齐整。魏之于双声有正纽、旁纽，似未能辨别清楚。旁纽即为准双声（同属浅喉音、舌头音等）。例如"君子好逑"，"君"为见纽，"逑"为群纽，同属浅喉音。这"君""逑"二字，即可称为旁纽。

沈约虽创"八病"之说，然其本人作品亦不能完全遵守。例如"野棠开未落，山樱发欲燃"（《早发定山》），此二名句已犯平头、鹤膝之病。"矢矫乘绛仙，螭衣方陆离"（《和竟陵王》），竟四病全犯。犯后四病者亦不少，即如《古意》"徙倚爱容光"，"徙""倚"皆上声，"四病"之类是。诗在章节上之佳处，大半恃双声、叠韵，今沈约不辨长短，一并摒弃，拘泥可笑也。

二、四声

关于当时声律全部理论，除沈约《宋书·谢灵运传》"论"以外，尚可阅萧子显之《南齐书·陆厥传》以及刘勰《文心雕龙·声律篇》等，皆有精到之说明。

但后人之解释颇不一致，尤以"浮声""切响"之说。沈约云"若前有浮声，则后须切响。一简之内，音韵尽殊；两句之中，轻重悉异"等语。胡小石氏断定浮切为平仄。诗中之讲求平仄，故导源休文也。此举与中国文学关系甚大，其后诗文益趋重于技巧，优劣则为另一问题。永明以后之文学，遂换一番新面目。

三、诗选

沈约之诗不及鲍谢，所作乐府《临高台》《夜夜曲》尚有情致。其《咏青苔》一首第三、四句相对，第五、六句相对，隐近于唐律矣。其和梁武帝之《江南弄》共推为词曲之祖。

咏青苔

绿阶已漠漠，泛水复绵绵。微根如欲断，轻丝似更联。长风隐细草，深堂没绮钱。萦郁无人赠，葳蕤徒可怜。

江南弄之一

忆眠时，人眠强未眠。解罗不须劝，就枕更须牵。复恐旁人见，娇羞在烛前。

竟陵八友

沈约与谢朓、任昉、范云、萧琛、陆倕共号"竟陵八友"，以其皆在竟陵王萧子良门下也。

王 融

王融，字元长，其诗竞尚新体，如《临高台》《巫山高》《芳树》诸曲开律诗之先声：

巫山高

想像巫山高，薄暮阳台曲。烟霞乍舒卷，蘅芳时断续。彼美如可期，寤言纷在属。怃然坐相思，秋风下庭绿。

谢 朓

谢朓（464？—499？），字玄晖，陈郡阳夏人。其诗最为李白称赏。李白于任何诗人，均未赞过；惟于谢朓，屡倾追慕，故曰："解道澄江静如练，令人长忆谢玄晖。"又曰："蓬莱文章建安骨，中间小谢又清发。俱怀逸兴壮思飞，欲上青天揽明月。"

虽然，玄晖诗意锐才弱，实非上乘。其起句甚有气势，结末即无力量。如："兹山亘百里，合沓与云齐。"（《游敬亭山》）"大江流日夜，客心悲未央。"（《暂使下都》）"余雪

435

映青山，寒雾开白日。"（《高斋视事》）皆为起句。其《有所思》《玉阶怨》《王孙游》《游敬亭山中》诸诗，纯为绝诗。唐代律绝之托始于永明，良有以也。

有所思

佳期期未归，望望下鸣机。徘徊东陌上，月出行人稀。

玉阶怨

夕殿下珠帘，流萤飞复息。长夜缝罗衣，思君此何极！

王孙游

绿草蔓如丝，杂树红英发。无论君不归，君归芳已歇。

游敬亭山中

独鹤方朝唳，饥鼯此夜啼。渫云已漫漫，夕雨亦凄凄。

梁代文学

梁代文学足以称述者，诗以何逊、三萧为著，批评以刘勰为著。余若作《别赋》《恨赋》之江淹，与何逊并称之刘孝绰，作《诗品》之钟嵘，编《文选》之萧统，亦俱有名。

一、"三萧"

"三萧"者，武帝衍及其子简文帝纲、元帝绎是也。爱作乐府，均极美丽，风格曼妙，别无其他。

二、何逊

何逊，字仲言，东海郯人。其诗沈约与范云均称赞之，最长于写离情别绪。《和萧咨议岑离闺怨》云："窗中度落叶，帘外隔飞萤。"又《夜梦故人》云："开帘觉水动，映竹见床空。"均见文思。

三、刘勰

刘勰之《文心雕龙》为中国文学批评之第一部有系统之著作。凡五十篇，字字珠玑，其具体主张有下列数点：

（一）经为文原　书中有《宗经》篇详阐其义。其言曰："论说辞序，则《易》统其首；诏策章奏，则《书》发其源；赋颂歌赞，则《诗》立其本；铭诔箴祝，则《礼》总其端；纪传盟檄，则《春秋》为根。"

（二）返于自然　《原道》篇与《明诗》篇甚为显著。《明诗》篇中云："人禀七情，应物斯感。感物吟志，莫非自然。"

（三）侧重情性　《情采》篇言之弥详。

四、钟嵘

钟嵘，字仲伟，作《诗品》。其书录古今五言作家百二十人，以己意溯其渊源，衡其优劣，第为上、中、下三品。其立说与刘勰略同，惟论品任情，未为允当。

五、萧统

萧统，字昭明，梁武帝太子。历观文翰，泛览词林，常叹自姬、汉以来，时更七代，数逾千祀，词人才子名溢缥缃，诗骚辞赋，既观览难周；表奏碑铭，又众制蜂起。乃尊经、让史，使各自名家。杂选篇章，明其体类，"义归乎翰藻，事出于沉思"，凡辑诗赋骚杂文，为三十卷，题曰《文选》。而五臣为之注，所谓"品盈天之珍，搜径寸之宝"，作者之致，盖云备矣。

陈文学

一、概论

文学至陈，绮丽之极。诗专以描写宫庭及闺阁，专讲声律与辞采，号曰"宫体"。宫体之起，虽远在前代，然至陈而极盛。前此作诗有炼章炼句，汉诗有佳章，晋诗有佳句，至陈而有炼字。然过于雕琢，忽略全篇结构。此种风气，影响于后代者甚大。

二、后主

陈代四传，君主中颇有能文之士，尤以后主为最。富丽之宫殿即为其艳绮浮靡文字之发源地。文士妃嫔侍宴后庭，不分上下尊卑，赋诗赠答，以最艳丽者谱曲，选宫女千余人学之。最有名者，有《玉树后庭花》《临春乐》等，大都为称赞妃嫔之美。

三、徐陵、庾信

陈代文学最著者，有徐、庾，世号"徐庾体"。庾信老死北周，似应列入北朝。但因曾仕于陈，又与徐陵齐名，故同叙述。

徐陵（507—583），字孝穆，东海郯人。虽与庾信齐名，然不及也。其所辑之《玉台新咏》，录香艳歌词最多。

庾信（513—581），历仕四朝十帝。与徐陵齐名，为其初年之事。是时兴致蓬勃，故多称丽之词。及至屈事北周，羁身异域，乡愁独多，由柔艳靡绮之作一变而为慷慨激昂之歌。以南人之温丽，兼有北人之刚劲。其作赋另辟一种境界，如《哀江南赋》加入时事，而夹以议论，导宋代文赋之源。其诗以《咏怀诗》二十七首可作代表。论其形式，则为古体至新体之过渡新体；论其内容，则感慨身世，与当时诗体咏叹宫闱者不同。

庾信《拟咏怀》

萧条亭障远，悽怆风尘多。关门临白狄，城影入黄河。秋风别苏武，寒水送荆轲。谁言气盖世，晨起帐中歌。

北朝文学

一、概论

六朝文士多在南方。北朝自拓跋魏统一起，经北齐、北周而统一于隋。北朝每以崇拜南方文人为风尚。及至北魏末，宇文泰当国，禁斥浮华，令苏绰为朝廷作《大诰》，以训诫群臣。此则为受南方浮华文学影响之反动也。然庾信、王褒之北使未归，又有调和南北二方文学之功。庾、王二人，北人甚为推崇之。

二、杨衒之《洛阳伽蓝记》、郦道元《水经注》

北魏散文有二大家为不可忘者，即作《洛阳伽蓝记》之杨衒之与作《水经注》之郦道元是也。此二书非特富于文学趣味，实即散文诗也。《伽蓝记》将洛阳寺宇，历历绘出，令人追慕中古建筑艺术之美妙绝伦。《水经注》描写山水之空灵缥缈，与当时南方大诗人谢灵运所创之山水诗，正为旗鼓相当。唐代柳子厚之山水文即学郦，而诗又出谢也。

南北朝文学结论

南北朝文学极绮丽浮华之致，重于文采，偏于技巧，而轻于内容，忽于结构，此其弊也。永明以后，声律益明，遂开唐代新诗之体，此影响之大者也。

隋代文学

隋祚不长，其文学亦无足称。隋文帝禁止浮华文学，而其子炀帝则又酷嗜文艺，其浮荡无匹。隋代以法家之学说治国，在文学史上不过由六朝至唐之过渡耳。

第十二章　初唐文学——
四杰及沈、宋、陈三家

唐代文学绪论

　　唐代文学在中国文学史上最占重要，为由周至隋旧时代之总结束，而开由唐至清之新时代。为时不过三百年，但于文学上，情形甚为复杂。文人数量既最多，而文体之种类亦最完备。旧文体皆为保存，而新文体则逐渐开创。

　　分别说明如下：

　　（一）诗　汉魏六朝古体诗，唐代尚盛行。而近体诗则亦逐渐成立。五言以外，七言更为兴盛。

　　（二）词　唐为词之萌芽时代。白居易之《忆江南》，刘禹锡之《竹枝词》及《潇湘神》，为诗人词之过渡作品。

　　（三）赋　律赋始于唐人，与汉赋、六朝人赋不同。

　　（四）文　唐代散文作家最多。古文韩愈、柳宗元，骈文李商隐、段成式，为后世所宗。

　　（五）小说　唐代小说风气甚盛，如沈下贤、白行简、元稹等，均称能手。

唐代文体既繁，作家亦多，然其风格各异，如李、杜同为诗人，为各有独到之处。韩、柳与温、李同作散文，然前者则醇古有致，后者又工致绝伦。而各家思想，亦不拘束，如杜甫则出入于儒道之间，而李白则不惟有道家与神仙家思想，且受景教之影响。王维则甚信佛教。至皮日休、陆龟蒙，则有道教思想。唐人思想复杂，正惟其复杂而能其伟大也。

论唐代文学者，辄分为初唐、盛唐、中唐、晚唐四时期：

（一）初唐（618—712） 自高祖武德元至玄宗开元之初，凡百余年。

（二）盛唐（713—765） 自玄宗开元之初，至代宗大历之初，凡五十余年。

（三）中唐（766—846） 自代宗大历之初，至宣宗大中九年，凡百余年。

（四）晚唐（847—906） 自宣宗大中元年起，至唐亡，凡五十九年。

唐初文学未脱六朝积习，及李白、杜甫出，而诗一变；韩愈起，而文一变。兹分述各期文学如次：

初唐文学

初唐未尽脱六朝纤丽之习，可以"四杰"王、杨、卢、骆与"沈宋"为代表，称"齐梁派"。反对齐梁靡靡之风而独张复古旗帜者，则为陈子昂。

一、王勃

王勃（648—675），字子安，龙门人。早岁而卒。六岁即能作文，所著《滕王阁序》最有名。有名句云："落霞与孤鹜齐飞，秋水共长天一色。"相传其为文素不精思。先磨墨数升，磨毕，痛饮，醉后蒙被而睡。睡醒握管，称心写罢，不易一字。时人称为"腹稿"。年未及冠，即授朝散郎。以省父道中，溺海而死。其五绝亦佳。

思　归

长江悲已滞，万里念将归。况复高风晚，山山黄叶飞。

二、杨炯

杨炯（？—692），华阴人，为文好以古人姓名连用。

三、卢照邻

卢照邻，字升之，生卒年月不详，幽州范阳人。邓王称之为"寡人之相如"。后拜新都尉。因染风疾去官，处太白山。手足拳曲，极困苦，自投颍水而死。

四、骆宾王

骆宾王（？—684），义乌人。与徐敬业同举兵于扬州，讨武后。《讨武曌檄》为其名著。事不成，遁至杭州灵隐寺为僧。其赋好以数对，有"算博士"之名。

四杰总评

四杰文集，至今尚存。四杰不惟作诗负有盛名，即骈文亦华赡可观。得力于庾子山者为多，才调纵横，气象亦甚阔大。后虽为复古派所讥评，然大诗人如杜甫对之亦有相当敬意，有六绝云："王杨卢骆当时体，轻薄为文哂未休。尔曹身与名俱灭，不废江河万古流。"

沈、宋创始律诗

沈佺期与宋之问为律诗之创始者。自王融、沈约等创为四声之说，诗声律之限制较前益密。直至初唐，此风未变。自沈、宋出而律诗之格式树立。

（一）律诗每四句为一周期，周而复始，此即谓之"轳辘交往"也。

（二）律诗平仄相间，两平两仄，相排而下，故谓之为"逆鳞相比"。真正律诗之格调，必须合此二条件也。然普通不过声调和谐，亦不全遵守也。律诗平仄如下示：

仄仄平平仄（或仄仄仄平平）

平平仄仄平

平平平仄仄

仄仄仄平平

仄仄平平仄

平平仄仄平

平平平仄仄

仄仄仄平平

或为

平平平仄仄（或平平仄仄平）

仄仄平平仄

平平仄仄平

平平平仄仄

仄仄仄平平

仄仄平平仄

平平仄仄平

沈佺期《杂诗》

闻道黄龙戍，频年不解兵。可怜闺里月，长在汉家营。少妇今春意，良人昨夜情。谁能将旗鼓？一为取龙城。

陈子昂之复古运动

每朝文学运动，达到极盛之时，同时必生一派反动思想之对抗。唐初文学，沿江左余风，然反对六朝文体而复古者，大有人在，如虞世南之劝太宗不可作宫体诗；贞观时，姚思廉修《梁》《陈》二书单笔直叙等，皆是也。但心有余而力不足，故未能发生若何影响。更张复古旗帜而著有成效者，当推陈子昂。

陈子昂（656—698），字伯玉，四川射洪人。初入京师，未见知于人。有卖胡琴者，索价百万，豪贵传视，无辨者。子昂突出，顾左右以千缗市之。众惊问，答曰："余善此乐。"皆曰："可得闻乎？"曰："明日可集宣阳里。"如期偕往，则酒肴毕具。置胡琴于前，食毕，捧琴，语曰："蜀人陈子昂有文百轴，驰走京毂，碌碌尘土，不为人知。此乐贱工之役，岂宜留心！"举而碎之。以其文集遍赠会者，一日之内，声华溢都。

子昂诗文兼长，其时尤清劲朴质。《感遇诗》三十八首，学

445

阮籍《咏怀诗》最有名。散文亦多用单笔，疏朴古茂，不加华饰。然其诗则可独树一派。散文之革命，则至元和韩退之而始成功。

第十三章　盛唐文学（一）
——李白、杜甫

绪　论

　　盛唐时期自玄宗开元元年起，至代宗大历元年止，凡五十二年。唐代文学至此而成立，略比于前汉武时代，实为唐朝文学最盛之时。一反初唐雕琢藻绘之风，文境壮阔，尽驰骋之能事。李白、杜甫杰出一时，为此期之领袖，实亦唐代诗人之代表也。又如王维、孟浩然、储光羲，为田园诗人之杰出者。李杜诗体得力于建安为多，而王、孟则学步陶渊明与二谢。储则为学陶最肖者。好古习尚，风靡一时。

　　本章专论李、杜，下章当分论王、孟、储诸家。

李　白

一、传略

　　李白（701—762），字太白，蜀郡人。初年隐于岷山，继而出游襄、汉，南至洞庭，东至金陵、扬州。更客齐、鲁，与孔巢父、韩准、裴政、张叔明、陶沔交游，居徂徕山，号"竹溪六逸"。其识杜甫亦在此时。天宝初，南入会稽，与吴筠善。筠被召，故白亦至长安。往见贺知章，知章见其文而奇之，言与玄宗。玄宗召见，奏颂一篇。帝赐食，亲为调羹。有诏供奉翰林，而白犹与酒徒醉饮于市。

一夕，帝坐沉香亭，贵妃劝饮，意有所感，欲白为乐章。召入，而白已醉。左右以水喷面，稍解。援笔为文，婉丽精切，成《清平调》三章。乐工谱奏之。帝爱其才，其后数宴见。白尝侍帝醉，使高力士脱靴。力士耻之，怀恨在心，持其诗以激杨贵妃。是以帝欲官白，妃辄阻止。白本无意功名，自知不为亲近所容，益傲放不自修。恳求还山，帝赐金放归。

自是，白浮游四方，北至赵、魏、燕、晋，西涉邠、岐，经洛阳，再至会稽，最后至金陵。天宝十四年，安禄山作乱，白避居庐山。永王李璘辟为府僚。璘败，当诛，白连坐。赖郭子仪救护，得免死。长流夜郎，中道遇赦还。此后生活常在浔阳、金陵、宣城等处，后依当涂令族人李阳冰。相传乘醉捉月而死。

二、诗风之豪放

李白一生行为之浪漫，已可概见其胸襟之空阔，语气之宏壮，旷代无及。故其为诗，风格之豪放，亦无与能侔匹也。读其"君不见黄河之水天上来"（《将进酒》），"吾欲揽六龙回车挂扶桑"（《短歌行》），"手中电曳倚天剑，直斩长鲸海水开"（《司马将军歌》），"当筵意气凌九霄"（《忆旧游》）等句，已可略见其天马行空之概。

三、与陶渊明之比较

李白诗风颇多似渊明处。渊明善言酒，而太白则喜酒之外并有爱月之癖。每诗中无不有酒，亦必有月。如《把酒问月》《月下独酌》《独酌》《友人会宿》《自遣》《醉题王汉阳厅》《春日醉起言志》诸篇，皆是也。

渊明、太白均有超人之思想。但渊明中庸，太白狂放，此其异也。渊明作《桃花源记》，太白作《梦游天姥吟》。渊明不慕荣利，赋《归去来兮辞》以明其志；太白则命高力士脱靴，以雪其愤。太白与渊明同嗜酒，渊明"偶有名酒，无夕不饮。顾影独饮，忽焉复醉"；太白则"落花踏尽游何处，笑入胡姬酒肆中"。太白与渊明同尚侠，渊明"少时壮且厉，抚剑独行游"；而太白则"安得倚天剑，跨海斩长鲸"。渊明与太白同以诗歌自娱，渊明"尝著文章自娱，颇示己志"；而太白则"兴酣落笔摇五岳，诗成啸傲凌沧洲"。太白、渊明同受天赋之厚，同具高逸之致，其程度深浅之不同，盖有如是者。渊明持躬素谨，颇具儒家色彩；而太白则为人放浪，直道家而方士化之流也。其思想不同，影响于行为者颇巨。

四、复古作风

在李白之前，有陈子昂、张九龄、孟浩然等人皆倾向复古，惜天才不及太白，故成绩未著。及至太白，则以复古为己任，且以自豪，曾曰："梁陈以来，艳薄斯极。沈休文又尚以声律，将复古道，非我而谁？"彼又以为"五言不如四言，七言又其靡也"。此又其复古思想之表现。盖诗之最古者为四言，五言次之，七言更后出。其《古风》五十九首中，开口即曰："大雅久不作，吾衰竟谁陈！王风委蔓草，战国多荆榛。"又曰："自从建安来，绮靡不足珍。"盖太白论诗断自建安为止，此外不足入眼矣。故就太白所作之诗，形式上研究之，古诗占十分之九以上，律诗不到十之一，五律尚有七十余首，而七律只十首耳。

自沈约发明声病以后，作诗偏重外表。太白不满于此种趋势，为推翻当时所流行之齐、梁派诗体，而复建安时之古体。但在所作古体之内，又可求其不同之来源。因其天才太高，学古人，往往能还出古人之本来面目。其五古学刘桢而又参以阮籍之风格，七古学鲍照与吴均，五古山水诗学谢朓、魏晋乐府诗。但魏晋人作诗，辄少变化，如陶、阮只善用单笔，颜、谢只长于复笔。惟太白则颇能变化，七古多用单笔，五古描写诗多用复笔。

李白诗风虽高张复古之帜，然对于梁、陈诗风，亦颇有研究。惟其有极深之研究者，始能感其不满而加以反对也。

五、诗选

太白最长七古，五言次之。其绝诗亦佳，律诗最不擅长，兹甄录数首，以资讽诵。

月下独酌

花间一壶酒，独酌无相亲。举杯邀明月，对影成三人。月既不解饮，影徒随我身。暂伴月将影，行乐须及春。我歌月徘徊，我舞影零乱。醒时同交欢，醉后各分散。永结无情游，相期邈云汉。

宣州谢朓楼饯别校书叔云

弃我去者昨日之日不可留，乱我心者今日之日多烦忧。长风万里送秋雁，对此可以酣高楼。蓬莱指李云文章建安骨，中间小谢谢惠连又清发。俱怀逸兴壮思飞，欲上青天揽明月。抽刀断水水更流，举杯消愁愁更愁。人生在世不称意，明朝散发弄扁舟。

静夜思

床前明月光，疑是地上霜。举头望明月，低头思故乡。

早发白帝城

朝辞白帝彩云间，千里江陵一日还。两岸猿声啼不住，轻舟已过万重山。白帝城在夔州，距江陵一千二百里。顺流而下，一夕可抵江陵。峡长七百里，峡中多猿，善啼，其声凄苦。

杜　甫

一、传略

杜甫（712—770），字子美，号少陵。本籍襄阳，后徙居河南巩县。审言之孙也。少时，李邕奇其才，先往见之。初应进士不第。天宝末，献《三大礼赋》。玄宗奇之。

会安禄山乱，流离颠沛，其一生之厄运自此始。时白发苍苍，年已四十余，携妻负儿，避兵川、湘，行于深山大窟之中。其感时之诗，应运而生。肃宗即位灵武。时子美挈眷避在鄜州，已拟奔赴新皇行在，途中陷于贼。次年夏，始得脱身，至凤翔行在。肃宗授为左拾遗。西京克复，随帝回京。为营救宰相房琯事，几得大罪，贬为华州司功参军。时在乾元元年（758），遍地干戈，且遇饥馑。乾元二年，甫弃官去，客秦州，负薪采橡栗自给。继寓成州同谷县，儿女饿殍者数人。《奉先咏怀》述其子死曰："入门闻号咷，幼子饥已卒。……所愧为人父，无食竟夭折！"

继入蜀，依故人严武，待遇甚隆。客成都，凡六年（760—765）。永泰元年（765），南下至忠州。大历元年（766），移居夔州。在夔凡二年。大历三年（768）东下，出三峡，至江陵，移居公安。又至岳阳。明年，至潭州。又明年，至衡州。卒于衡、岳之间，秋冬之交。年五十九。

总子美一生，可分三期。诗风之变因之。第一期为在大乱以前，第二期为身在离乱之中，第三期为其老年寄居成都以后。爰分论诗风，选录名诗如次。

二、诗风

杜甫不满于齐、梁，然亦不以太白之学汉、魏为然。每代各有每代之胜，何必专崇一代，厚彼而薄此？杜甫作诗非不学古人，然学古人而不为古人所役；其心目中古人无一家不好，但无一家尽好。故学古人而又推翻古人，直诗国之革命家也。论其风格，又得数端：

（一）炼字　古诗最重情致，而略于炼。最初有佳篇而后有佳句，再有佳字。太白作诗一气呵成；工部用字，则极重锻炼。故曰："为人性癖耽佳句，语不惊人死不休。"又曰："新诗改罢自长吟。"工部极佩服六朝人阴铿及何逊，故曰："颇学阴何苦用心。"李白亦曾讥之曰："借问别来太瘦生？总为从前作诗苦。"工部炼字最重动词，如"风急春灯乱，江鸣夜雨悬"之"悬"字；"爽携卑湿地，声拔洞庭湖"之"拔"字，皆生动而恰当也。

（二）内容　唐人以前作诗，不外抒情、谈玄，或描写山水，藻绘宫闱。至工部，而诗中输入议论，咏叹时事。如《兵车行》《丽人行》《自京赴奉先县咏怀》（附录）诸作，则明白反

452

对时政之诗歌也。自《三百篇》后，未曾有也。后韩愈之受其影响不少。迨宋黄庭坚、陈与义诸人，推波助澜，达于极点。工部七古，上下千古，议论纵横，远胜于前。语无粗细，入其诗者无不雅。其五七律亦有名。但语气自然，不囿于严格之声律，其后北宋诗人尚能得其神味。

（三）诙谐 工部一生贫苦，然于贫苦之中，自少至老，未脱诙谐风趣。吾人读其初年作品，如《示从孙济》："淘米少汲水，汲多井水浑。刈葵莫放手，放手伤葵根。阿翁懒惰久，觉儿行步奔。"及《秋雨叹》中之"长安布衣谁比数？反锁衡门守环堵"等句，已可知其一斑。及其晚年，境地愈困，茅屋为秋风所破，作歌记之。其诙谐之趣，跃于纸上。

三、诗选

杜甫咏叹时事之作，除《兵车行》《丽人行》外，直截指摘当政时政治社会状况者，最重要之作品，当推《自京赴奉先县咏怀五百字》。过骊山行宫时所见所闻之欢娱奢侈之情形，愤恨填膺，不觉感慨系之，尽情吐出，故有"朱门酒肉臭，路有冻死骨"等句。其痛恨时政，概可想见。及其抵家，叙述幼子饥卒之惨，更觉可怜。

杜甫身受兵灾之苦，故痛恨兵祸之惨酷。其"三吏"（《新安吏》《潼关吏》《石壕吏》）、"三别"（《新婚别》《垂老别》《无家别》）极写战事，人民流离之苦。选录二首如次：

石壕吏

暮投石壕村，有吏夜捉人。老翁逾墙走，老妇出门看。吏呼一何怒！妇啼一何苦！听妇前致辞，三男邺城戍。一男附书至，二男新战死。存者且偷生，死者长已矣。室中更无人，惟有乳下孙。有孙母未去，出入无完裙。老妪力虽衰，请从吏夜归。急应河阳役，犹得备晨炊。夜久语声绝，如闻泣幽咽。天明登前途，独与老翁别。

无家别

寂寞天宝后，园庐但蒿藜。我里百馀家，世乱各东西。存者无消息，死者为尘泥。贱子因阵败，归来寻旧蹊。久行见空巷，日瘦气惨凄。但对狐与狸，竖毛怒我啼。四邻何所有？一二老寡妻。宿鸟恋本枝，安辞且穷栖？方春独荷锄，日暮还灌畦。县吏知我至，召令习鼓鞞。虽从本州役，内顾无所携。近行止一身，远去终转迷。家乡既荡尽，远近理亦齐。永痛长病母，五年委沟溪。生我不得力，终身两酸嘶。人生无家别，何以为烝黎？

乾元二年，杜甫罢官归后，自华州往秦州，自秦州往同谷县，自同谷县入蜀，年已四十八。在同谷县作歌以写苦况：

寓同谷县作歌七首录二

有客有客字子美，白头乱发垂过耳。岁拾橡栗随狙公，天寒日暮山谷里。中原无书归不得，手脚冻皴皮肉死。呜呼一歌兮歌已哀，悲风为我从天来！

长镵长镵白木柄，我生托子以为命！黄精多年生草名无苗山雪盛，短衣数挽不掩胫。此时与子空归来，男呻女吟四壁静。呜呼二歌兮歌始放，邻里为我色惆怅！

茅屋为秋风所破歌

八月秋高风怒号，卷我屋上三重茅。茅飞渡江洒江郊，高者挂胃长林梢，下者飘转沉塘坳。南村群童欺我老无力，忍能对面为盗贼。公然抱茅入竹去，唇焦口燥呼不得，归来倚杖自叹息。俄顷风定云墨色，秋天漠漠向昏黑。布衾多年冷似铁，娇儿恶卧踏里裂。床头屋漏无干处，雨脚如麻未断绝。自经丧乱少睡眠，长夜沾湿何由彻！安得广厦千万间，大庇天下寒士俱欢颜！风雨不动安如山。呜呼！何时眼前突兀见此屋，吾庐独破受冻死亦足！

杜甫之律诗甚有名，力求自然，不拘声律，此其特长。爰录数首，以示一斑：

九　日

去年登高郪县北，今日重在涪江滨。苦遭白发不相放，羞见黄花无数新。世乱郁郁久为客，路难悠悠常傍人。酒阑却忆十年事，肠断骊山清路尘。

月夜忆舍弟

戍鼓断人行，边秋一雁声。露从今夜白，月是故乡明。有弟皆分散，无家问死生。寄书长不达，况乃未休兵。

客　至

舍南舍北皆春水，但有群鸥日日来。花径不曾缘客扫，蓬门今始为君开。盘飧市远无兼味，樽酒家贫只旧醅。肯与邻翁相对饮，隔篱呼取尽余杯。

李、杜之比较

李、杜作风绝然不同。李性情豪放，行为浪漫，乐天而具出世之思，故其诗亦大半超脱人世之感。杜甫思想重实际，而主入世，故其诗不离社会。实则太白自幼即富有纵横之志，惟时会不济，到处不能得意，精神渐归郁结。思想上其初固无分歧，惟其结果则迥然不同耳。

李、杜二人，时境相同，交情颇密，然于文学上之主张，则毫不妥协，均能摆脱时尚，各寻途径，出全力全智，以求艺术之王宫。李白主张复古，以其旁逸斜出之天才，安置于古人已造模范之内，可谓建安以来，古诗之一位结束人物。杜甫主张革新，其诗无所不学，而亦无所不弃，不愧为元和以后诗风之开山师祖。杜甫接近社会，深明社会之疾苦，与天上谪仙之李白自有大异也。兹据曾毅之说列表如次：

李白 南方化 仙品 出世 浪漫 受道家影响 才情 乐自然

杜甫 北方化 圣品 入世 写实 本儒家见地 学性 泣时事

第十四章 盛唐文学（二）——王维、孟浩然、储光羲、岑参、高适诸家

盛唐大家除李、杜而外，王维与孟浩然之山水诗，储光羲之田园诗，岑参、高适边塞之作，均负盛名。分论如次。

王维——田园诗人

王维（699—759），字摩诘，太原人。开元进士，官至尚书右丞。既能诗又能画，故人称之曰："诗中有画，画中有诗。"晚好释氏，立性高致，得宋之问辋川别业，山水胜绝。集其写田园诗为《辋川集》。与裴迪、储光羲往来唱和，皆为吟咏自然之诗人。《鹿柴》《茱萸沜》《辛夷坞》诸作，皆幽绝而有风趣。如《蓝田石门精舍》《山居秋暝》《田园乐》《渭川田家》诸篇，皆为绝妙写景之诗。而《渭川田家》一首尤近陶诗。余如《春中田园作》《新晴晚望》《纳凉》《终南别业》《山居即事》《辋川闲居》，皆为写景诗之上选。其写战争之诗，如《从军行》《陇西行》《老将行》《使至塞上》诸作，亦可读。

摩诘之诗，其清淡一如渊明。《诗人玉屑》评其诗曰："如

出水芙蕖，倚风自笑。"《史鉴类编》评为："上林春晓，芳树微烘。"皆甚洽当。其源盖出于陶渊明与二谢，而尤以得力小谢者为多。少年时喜作乐府歌辞，其诗受其影响甚大。

辋川闲居赠裴秀才迪

寒山转苍翠，秋水日潺湲。倚仗柴门外，临风听暮蝉。渡头余落日，墟里上孤烟。复值接舆醉，狂歌五柳前。

终南别业

中岁颇好道，晚家南山陲。兴来每独往，胜事只自知。行到水穷处，坐看云起时。偶然值林叟，谈笑无还期。

渭川田家

斜光照墟落，穷巷牛羊归。野老念牧童，倚仗候荆扉。雉雊麦苗秀，蚕眠桑叶稀。田夫荷锄至，相见语依依。即此羡闲逸，怅然吟式微。

山居秋暝

空山新雨后，天气晚来秋。明月松间照，清泉石上流。竹喧归浣女，莲动下渔舟。随意春芳歇，王孙自可留。

积雨辋川庄作

积雨空林烟火迟，蒸藜炊黍饷东菑。漠漠水田飞白鹭，阴阴夏木啭黄鹂。山中习静观朝槿，松下清斋折露葵。野老与人争席罢，海鸥何事更相疑？

鹿　柴

空山不见人，但闻人语响。返景入深林，复照青苔上。

临湖亭

轻舸迎上客，悠悠湖上来。当轩对樽酒，四面芙蓉开。

渭城曲（即《阳关曲》）

渭城朝雨浥轻尘，客舍青青柳色新。劝君更尽一杯酒，西出阳关无故人。

孟浩然——田园诗人

孟浩然（689—740），襄阳人，隐鹿门山，年四十，方游京师。王维私邀入内署，俄而玄宗至，浩然匿床下，维以实对。帝喜曰："朕闻其人，而未见也。"诏浩然出。帝问其诗，再拜，自诵所为。至"不才明主弃"之句，帝曰："卿不求仕，而朕未尝弃卿，奈何诬朕？"因放还。

浩然生性旷达，本无意为官。其诗清和，李白称之曰："白首卧松云。"酷肖之矣。其家人兼治田园，故其对于田园，乐趣最多。与王维同学陶渊明与二谢，然不能摆脱律诗风格，故稍近于谢灵运。

过故人庄

故人具鸡黍，邀我至田家。绿树村边合，青山郭外斜。开轩面场圃，把酒话桑麻。待到重阳日，还来就菊花。

万山潭作

　　垂钓坐磐石，水清心亦闲。鱼行潭树下，猿挂岛藤间。游女昔解佩，传闻于此山。求之不可得，沿月棹歌还。

储光羲——田园诗人

　　储光羲，丹阳人，诗学陶渊明最肖。与王维友善，其咏田园诗最有名。

田家即事

　　蒲叶日已长，荇花日已滋。老农要看此，贵不违天时。迎晨起饭牛，双驾耕东菑。蚯蚓土中出，田鸟随我飞。群合乱啄噪，嗷嗷如道饥。我心多恻隐，顾此两伤悲。拔食与田鸟，日暮空筐归。亲戚更相诮，我心终不移。

岑参——边塞诗人

　　岑参（？—769？），南阳人。登天宝三年进士，为嘉州太守，称"岑嘉州"。长于边塞之作，名闻一时。每一篇出，人竞传写。七古歌行与李白、李颀、高适同称能手。

走马川行奉送出师西征　凡三句一换韵，为一创体

　　君不见走马川行雪海边，平沙莽莽黄入天。轮台九月风夜吼，一川碎石大如斗，随风满地石乱走。匈奴草黄马正肥，金山西见烟尘飞，汉家大将西出师。将军金

甲夜不脱，半夜行军戈相拨，风头如刀面如割。马毛带雪汗气蒸，五花连钱旋作冰，幕中草檄砚水凝。虏骑闻之应胆慑，料知短兵不敢接，车师西门伫献捷。

逢入京使

故园东望路漫漫，双袖龙钟泪不干。马上相逢无纸笔，凭君传语报平安。

高适——边塞诗人

高适（？—765），字达夫，沧州渤海人。少年时不事生产，家贫，客于梁、宋，"以求丐取给"。中年始学诗，"数年之间，体格渐变，以气质自高。每吟一篇，已为好事者传吟"。后投哥舒翰幕下，掌书记。安禄山之乱，哥舒翰兵败，高适赶至明皇行在，擢为侍御史、谏议大夫。历任淮南节度使、剑南西川节度使，召为刑部侍郎，转散骑常侍，封渤海县侯。

高适诗最得力于鲍照，最长于边塞之作。以乐府歌词之声调，应用于乐府以外之新体诗，尤为创格。后人妄以"古诗""五古""七古"称之，实则自曹丕、鲍照解放七言诗体得来之一种新体诗也。

送　别

昨夜离心正郁陶，三更白露西风高。萤飞木落何淅沥，此时梦见西归客。曙钟寥亮三四声，东邻嘶马使人惊。揽衣出户一相送，唯见归云纵复横。

登百丈峰

朝登百丈峰，遥望燕支道。汉垒青冥间，胡天白如

扫。忆昔霍将军，连年此征讨。匈奴终不灭，寒山徒草
草。惟见鸿雁飞，令人伤怀抱。

李 颀

李颀，东川人，善七古歌行，实即唐朝之新体诗也。其《古
从军》有"年年战骨埋荒外，空见蒲桃入汉家"等警句。

王昌龄

王昌龄，字少伯，江宁人。善为绝句，堪与李白相匹。其
《出塞》诗最有名。

出 塞
秦时明月汉时关，万里长征人未还。但使龙城飞将
在，不教胡马度阴山。

王翰、王之涣

王翰《凉州词》
葡萄美酒夜光杯，欲饮琵琶马上催。醉卧沙场君莫
笑，古来征战几人回？

王之涣《凉州词》
黄河远上白云间，一片孤城万仞山。羌笛何须怨杨
柳，春风不度玉门关。

第十五章　中唐文学（一）
——韦、刘、韩、孟、柳诸家

绪　论

自代宗大历元年起，迄武宗会昌六年止，凡八十年，称中唐。承开元、天宝之后，实难乎为继。盛极必衰，理之常也。诗之境界气象，由阔大而变为纤小，由雄奇而变为秀美。此期派别甚多，略可分为三段，即大历、元和与长庆是也。

大历诗人

大历时为盛、中唐文学之分水界。此时杜甫尚未死，而钱起、刘长卿亦为开元时人。惟因自钱、刘以后，诗风与前不同，既由伟大变为高秀，而所学目标不出于王维诸人。再上亦不过学至小谢，且此时近体诗较前更为发达，如钱、刘之律诗，李益之七绝，均甚有名。惟韦应物未作五古，然其源流仍同于钱、刘二人，故并列于中唐。

韦应物

韦应物，京兆长安人。为苏州刺史，人称韦苏州。其诗学陶渊明，时人以"陶韦"并称。但夷考其风格，实得力于谢朓者为多。而王维之五古，亦应物所学。

燕居即事

萧条竹林院，风雨丛兰折。幽鸟林上啼，青苔人迹绝。燕居日已永，夏木纷成结。几阁积群书，时来北窗阅。

刘长卿

刘长卿，字文房，河间人。诗雅畅，五言尤神妙。其源与韦同，但律诗较韦为多。诗风趋于短篇，五七律及绝诗而外，惟有五古。至若如前代纵横卷舒之七言长篇，已不多见。

秋日登吴公台上寺远眺

古台摇落后，秋入望乡心。野寺来人少，云峰隔水深。夕阳依旧垒，寒磬满空林。惆怅南朝事，长江独至今。

"大历十子"

"大历十子"之说，记载纷歧。《新唐书·文苑传》以卢纶与吉中孚、韩翃、钱起、司空曙、苗发、崔峒、耿湋、夏侯审、李端皆能诗齐名，号"大历十子"。

元和诗文之剧变

　　唐代诗人至元和而开前古未有之局面，诗与文同时变化，而散文之变化影响于后代者尤大。论诗则以韩愈、孟郊为代表，论文则以韩愈、柳宗元为代表。自汉至唐散文崇尚复笔，韩愈出而以单笔代之，一反前风。直至清代桐城派为止。其势力之大，垂数千年。

韩　愈

一、传略

　　韩愈（768—824），字退之，河内南阳人。先世居昌黎，故后人又称为"韩昌黎"。生于大历三年。三岁而孤，随伯兄会贬官岭南。会死后，北归，流寓江南。初贬阳山令，因谏迎佛骨文，贬为潮州刺史。粤中地热，又多瘴气，处境极困。久之，又迁袁州刺史。当其谏佛骨时，气概勇往，令人敬爱。自经挫折，勇气全消。其在潮州时，上表谢恩，自述能作歌颂皇帝功德之文章，"虽使古人复生，臣亦未肯多让"。其在袁州任内，上表自陈："有庆云现于西北……五采五色，光华不可遍观。……斯为上瑞，实应太平。"阿谀献媚，全以患得患失之心理托出。旋召回作国子祭酒，转兵部侍郎，又转吏部侍郎。长庆四年卒，年五十七。

　　读愈屡上宰相书，求官心切，可见一斑。其悔过献媚之态度,又为利禄萦心而出之。儒家重实用,故汲汲于功名富贵,较诸渊明不肯为五斗米折腰解绶他去者,其人格之雅俗,不可以道里计矣。我国士风之卑,实自唐始。

二、散文诗体

元和诗人韩、孟并称,实则韩愈曾受孟郊之影响。韩愈善作古文,其作诗亦如作文,故叙事议论,流畅通达,一扫六朝初唐诗人扭捏之丑态。其结果"作诗如说话",开宋诗之风。宋诗无甚玄妙,只"作诗如说话"而已。愈诗好押奇僻隐险之韵,近体不如古体,五言不如七言。

山 石

山石荦确行径微,黄昏到寺蝙蝠飞。升堂坐阶新雨足,芭蕉叶大栀子肥。僧言古壁佛画好,以火来照所见稀。铺床拂席置羹饭,疏粝亦足饱我饥。夜深静卧百虫绝,清月出岭光入扉。天明独去无道路,出入高下穷烟霏。山红涧碧纷烂漫,时见松枥皆十围。当流赤足蹋涧石,水声激激风吹衣。人生如此自可乐,岂必局束为人靰?嗟哉吾党二三子,安得至老不更归!

赠张籍

吾老嗜读书,余事不挂眼。有儿虽甚怜,教示不免简。君来好呼出,踉蹡越门限。惧其无所知,见则先愧赧。昨因有缘事,上马插手版。留君住厅食,便立侍盘盏。薄暮归见君,迎我笑而莞。指渠相贺言:"此是万金产。"……

三、古文运动

自来散文派别,不外二种:一属于理致,例如周、秦诸子之文，其用在说明义理，本非为文而作文；一属于词采，例如六朝人之文是也。散文分单笔与复笔二体，单笔当以《史记》为宗，复笔以《汉书》为祖。自六朝至中唐，为《汉书》时代。韩愈提倡古文，反对六朝以来骈偶浮华之文体。故自中唐以后，单笔代兴，可谓《史记》时代。但在六朝举世以复笔为风尚之时，如北朝之苏绰，南朝之姚察亦作单笔之文。初唐陈子昂、盛唐元结等，亦用单笔。韩退之初年为文，学独孤及，与韩齐名者，有柳宗元、李观、刘禹锡等，出于韩门下者，有李翱等。晚唐杜牧、皮日休、刘蜕等，皆脱胎韩文。唐代以后，学者更多，一跃而为正宗，复笔文乃退为旁支。

韩愈势力日益扩大，愈亦以孟子自居，隐然以承继道统之人物自命。又隐以司马迁自比，西汉以来皆为轻视。所作好用单笔，句调参差，文气浩荡，而琢句炼字之处，又颇得力于扬雄也。其影响于后代者甚巨，惜其人利禄萦心，而思想亦多矛盾，为不足道耳。

孟　郊

孟郊（751—814），字东野，湖州武康人。一生不遇。五十岁后始登进士，但未得高官显爵。晚年丧子，其处境之厄，逼其文学自走于刻苦悽惨之道。如《赠崔纯亮》诗："食荠肠亦苦，强歌声无欢。出门即有碍，谁谓天地宽？"又如《秋怀》："孤骨夜难卧，吟虫相唧唧。老泣无涕洟，秋露为滴沥……"其憔悴枯槁，惨颜无欢之哀鸣语也。

虽然，东野不仅工于苦吟，出语气象亦甚阔大。如《游终南

山》诗"南山塞天地，日月石上生"，《赠郑夫子鲂》"天地入
胸臆，吁嗟生风雷。文章得其微，物象由我裁"等句，胸襟之宽
宏何如？

在元和诗人中，柳宗元幽怨苦楚之处，与东野颇相近。二人
同有学谢灵运之处，子厚为得谢之藻绘山水，而东野则学得谢之
烹炼词采之处。而苦吟之态度，则又甚似杜甫。

秋夕贫居述怀

卧冷无远梦，听秋酸别情。高枝低枝风，千叶万叶
声。浅井不供饮，瘦田长废耕。今交非古交，贫语闻皆
轻！

柳宗元

柳宗元（773—819），字子厚，河东人。由博学宏词科直
升礼部员外郎。继贬永州司马，后移柳州刺史，故世号"柳柳
州"。屡经窜斥，地皆荒疠，因自放山泽间。其艰厄感郁，一寓
诸文。殁后韩愈为其作墓志铭，叙述平生甚详。

六朝山水文学，诗推大小二谢，文推郦道元，惟柳子厚则能
兼而有之，实为中唐山水文学之代表。大谢工于制题，柳诗题之
佳者亦多。如《登蒲州石矶望横江口潭岛深回斜对香零山》《中
夜起望西园值月上》等皆是，即在题中，已诗意葱郁。其诗之清
淡处，又似渊明。短篇写景文亦工而有致。《永州八记》美丽直
类《水经注》。

溪 居

久为簪组累，幸此南夷谪。闲依农圃邻，偶似山林

客。晓耕翻露草，夜榜响溪石。来往不逢人，长歌楚天碧。

中夜起望西园值月上

觉闻繁露坠，开户临西园。寒月上东岭，冷冷疏竹根。石泉远逾响，山鸣时一喧。倚楹遂至旦，寂寞将何言？

江　雪

千山鸟飞绝，万径人踪灭。孤舟蓑笠翁，独钓寒江雪。

卢仝与刘义——怪僻诗人

卢仝与刘义二人皆称为怪僻作家，长于杂言，而另有特殊风格。刘诗存者只两首，卢诗收在《玉川先生集》内，其《月蚀诗》最著称，长约有一千八百字。

张籍与贾岛——苦吟诗人

张籍，字文昌，东郡人。贞元中登进士第，为太常寺太祝。与韩愈、孟郊甚善。

贾岛，字阆仙，范阳人。初为僧，名无本。亦为韩愈推重。

唐代五律约分二派：一为杜甫一派，气象磅礴。自宋以后，势力极大。一即张籍、贾岛一派，自张、贾二人以后，唐代诗人作五律者，几无有能出二人范围之外者。直至清代，势力犹盛。二人作诗皆甚刻苦，谓之"苦吟诗人"。贾岛一日驴上得句云：

"鸟宿池边树，僧敲月下门。"思易"敲"为"推"，引手作"推""敲"之势。韩退之为京兆尹，车骑方出。岛不觉行至第三节。左右推至尹前。岛具道所得诗句，退之遂并辔归。后由退之提奖而还俗。但其咏僧之诗为最好。张籍除五律外，其乐府诗为人所不能及。二家各选二首。

张籍《废宅行》

胡马崩腾满阡陌，都人避乱唯空宅。宅边青桑垂宛宛，野蚕食桑还成茧。黄雀衔草入燕窠，喷喷啾啾白日晚。去时禾黍埋地中，饥兵掘土翻重重。鸱枭养子庭树上，曲墙空屋多旋风。乱后几人还本土，唯有官家重作主。

张籍《节妇吟·寄东平李司空师道》

君知妾有夫，赠妾双明珠。感君缠绵意，系在红罗襦。妾家高楼连苑起，良人执戟明光（明光殿）里。知君用心如日月，事夫誓拟同生死。还君明珠双泪垂，恨不相逢未嫁时！

贾岛《题李凝幽居》

闲居少邻并，草径入荒园。鸟宿池边树，僧敲月下门。过桥分野色，移石动云根。暂去还来此，幽期不负言。

贾岛《寻隐者不遇》

松下问童子，言师采药去。只在此山中，云深不知处。

李贺——唯美诗人

李贺，字长吉，昌谷（在今河南）人。年仅二十七而卒。诗格幽细，七言胜五言，古体又长于今体。又善为乐府，得力于《楚辞》甚多。故虽为宫体，而不流于浮艳。每出，骑弱马，从小奚奴，背古锦囊。遇所得，书投囊中。其诗晚唐李群玉、李商隐、温飞卿皆习之，而影响于宋词者尤多。

高轩过

华裾织翠青如葱，金环压辔摇玲珑。马蹄隐耳声隆隆，入门下马气如虹。云是东京才子，文章巨公，二十八宿罗心胸，元精耿耿贯当中。殿前作赋声摩空，笔补造化天无功。庞眉书客感秋蓬，谁知死草生华风！我今垂翅附冥鸿，他日不羞蛇作龙。

第十六章　中唐文学（二）
——元稹、白居易

长庆文学

中唐大历、元和二朝之文学已于前章略述，本章当专述长庆时之文学。长庆为穆宗年号。此期文人大半与韩、柳生于同时，不入元和而入长庆者，因其死较元和诸公为迟，其诗文集亦于长庆年间始得编成，而其作风又与元和诸家绝不相同也。此朝以元稹、白居易为代表。

元白诗风革命

元和韩愈、樊宗师诸家所作诗文，艰涩惟恐人易懂；而元、白诸家诗文平易，惟恐人不懂。白诗有"老妪都解"之传说。其作诗观念亦与前人不同。自来诗人，以作诗为发抒一己之情感，而元、白诸家，则以诗文为感人而作，故曰："文章合为时而著，诗歌合为事而作。"其出发观念之不同，其作品自大异也：不求格律之高，不务文字之奇，但求人易懂，能写民间疾苦耳。

元　稹

元稹（779—831），字微之，河南人。晚年为越州刺史。在越八年，作诗甚多。与白居易齐名，诗多讽刺时事。其宫词亦佳，重开孔子诗之风。其《连昌宫词》最有名，与《长恨歌》称"联璧"。自一座宫殿而感至沧桑之变。《望云骓》从一马而看出唐代兴亡大事。其所著讽刺类之新乐府有十三篇。著有《长庆集》。

白居易

一、传略

白居易（772—846），字乐天。其先太原人。生于大历七年，在杜甫死后三年。官至左赞善大夫。因事贬江州司马，著名之《琵琶行》即作于此时。隐居庐山，作《庐山草堂记》。其后辗转宦途，凡数十年。晚年与香山僧如满结香火社，白衣鸠杖，往来香山，自称"香山居士"。卒年七十五。

二、作风及文学见解

乐天诗明白如话，老妪都解。初与元稹酬咏，世称"元白"，时人亦讥为"元粗白俗"者。稹死后，又与刘禹锡齐名，号"刘白"。所作多至数千篇，为唐以来所未有。其视文学也，以为救济社会、改良人生之利器，最好须能"补察时政"，至少亦须"泄导人情"。与元稹有长书往还论诗要义："诗者以情为根，以言为苗，以声为华，以义为实。托根于人情，而结果在正义。"语言声韵不过苗叶花朵而已。

三、诗选

乐天诗体，可分两类：一为讽刺之作，一为闲情之作。《长恨歌》久脍炙人口，而《琵琶行》亦为人传诵。他若《卖炭翁》《新丰折臂翁》《买花》《道州民》诸篇，皆为社会鸣不平之作。乐天晚年诗得力于陶潜，有《效陶潜体诗十六首》。

卖炭翁

卖炭翁，伐薪烧炭南山中。满面尘灰烟火色，两鬓苍苍十指黑。卖炭得钱何所营？身上衣裳口中食。可怜身上衣正单，心忧炭贱愿天寒。夜来城外一尺雪，晓驾炭车辗冰辙。牛困人饥日已高，市南门外泥中歇。翩翩两骑来是谁？黄衣使者白衫儿。手把文书口称敕，回车叱牛牵向北。一车炭，千余斤，宫使驱将惜不得。半匹红纱一丈绫，系向牛头充炭直。

新丰折臂翁

新丰老翁八十八，头鬓眉须皆似雪。玄孙扶向店前行，左臂凭肩右臂折。问翁臂折来几年？兼问致折何因缘？翁云贯属新丰县，生逢圣代无征战。惯听梨园丝竹声，不识旗枪与弓箭。无何天宝大征兵，户有三丁点一丁。点得驱将何处去？五月万里云南行。闻道云南有泸水，椒花落时瘴烟起。大军徒涉水如汤，未过十人二三死。村南村北哭声哀，儿别爷娘夫别妻。皆云前后征蛮者，千万人行无一回。是时翁年二十四，兵部牒中有名字。夜深不敢使人知，偷将大石捶折臂。张弓簸旗俱不

474

堪，以兹始免征云南。骨碎筋伤非不苦，且图拣退归乡土。此臂折来六十年，一肢虽废一身全。至今风雨阴寒夜，直到天明痛不眠。痛不眠，终不悔，且喜老身今独在。不然当时泸水头，身死魂孤骨不收。应作云南望乡鬼，万人冢上哭呦呦。老人言，君听取。君不闻开元宰相宋开府，不赏边功防黩武；又不闻天宝宰相杨国忠，欲求恩幸立边功。边功未立生人怨，请问新丰折臂翁。

效陶潜体诗十六首之一

朝亦独醉歌，暮亦独醉睡。未尽一壶酒，已成三独醉。勿嫌饮太少，且喜欢易致。一杯复两杯，多不过三四。便得心中适，尽忘身外事。更复强一杯，陶然遗万累。一饮一石者，徒以多为贵。及其酩酊时，与我亦无异。笑谢多饮者，酒钱徒自费。

赠梦得

前日君家饮，昨日王家宴。今日过我庐，三日三会面。当歌聊自放，对酒交相劝。为我尽一杯，与君发三愿。一愿世清平，二愿身强健。三愿临老头，数与君相见。

元白纪事诗之渊源与影响

纪事诗之渊源甚远。汉辛延年之《羽林郎》叙霍光家奴冯子都事迹，《陌上桑》叙罗敷辞使君事，《孔雀东南飞》写焦仲卿与其妻兰芝之悲剧；魏晋之《秦女休行》写女侠秦女休之故事，《木兰辞》述木兰之故事。唐代有卢照邻之《长安古意》，骆宾王之《帝京篇》及《咏怀》；崔颢之《江畔老人愁》与《邯郸宫人怨》；与杜甫之"三吏"、"三别"、《丽人行》等篇。及至元白发扬光大，《长恨歌》《连昌宫词》等接踵而起。元、白二人得力于《孔雀东南飞》者为多。

纪事诗之风一开，文人可代史家，而经师又可合于文人。晚唐郑嵎有《津阳门》以一千四百字述唐明皇之华清宫门，可以觇当时之盛衰。又有李绅、杨巨源之《崔莺莺歌》，司空图之《冯燕歌》、韦庄之《秦妇吟》，可以觇黄巢时扰乱之情形。及至明末演变而为吴伟业之《陈圆圆曲》及《永和宫词》。清代中叶，陈文述（云伯）之《碧城仙馆集》中亦多此类作品。清末王闿运（壬秋）之《圆明园词》，及近人王国维（静安）之《颐和园词》，皆可觇清末政变先后之迹象。此种诗体，因其通俗，明代之弹词，亦由此蜕变而来。其最著者，如杨升庵之《廿一史弹词》及明末人之《天雨花》之类。惜明、清诸人多炫才逞博，以堆积故典及词藻为事，不顾通俗，此其弊也。

元白与小说

中国小说起源甚早，但未被人重视。至唐而始稍盛。中唐小说家如白行简为居易之弟，元稹、陈鸿均为居易之友。而元、白之纪事诗，为当时小说家同作题材。如白居易之《长恨歌》，陈鸿即有《长恨歌传》，元稹有《会真记》（《太平广记》作《崔莺莺传》），而杨巨源有《崔娘诗》、李绅有《莺莺曲》。唐代小说自元白以后而大盛。

第十七章　晚唐及五代文学——
杜牧、李商隐、温庭筠及李煜诸家

绪　论

自宣宗大中元年以至唐末，谓之"晚唐"，凡五十八年。唐代文学之尾声也。

以文而论，自中唐韩退之提倡古文，此时学者有孙樵、刘蜕、皮日休、陆龟蒙等人。杜牧虽未学韩，而气势亦相近。至李商隐、温庭筠诸家，则专作骈四骊六之复笔文章，则与退之背道而驰，其诗风与此前亦异。

唐代士风最卑，晚唐人热心科第，较前更甚。如刘得仁、李山甫、罗隐诸人，均因科举之故而刻意讲求。张、贾诗颇流行，然终因不售而至抑郁以卒，或竟投奔藩镇。文人至此，至可笑也。其与张、贾反对者，则有杜、李、温诸家。分论如次。

杜　牧

杜牧（803—852），字牧之，京兆万年人，情致豪迈。多学杜甫，故称"小杜"。其诗风与晚唐柔靡者大异。然家数小，不能于诗界中占大势力也。然能于柔靡之中独标风格，亦可钦佩。其作品文有《罪言》，赋有《阿房宫》，诗有《杜秋娘》等，非特不满于张、贾，且亦不满于元、白。其文以词采动人，然亦有纵横之气。其七绝亦时有秀句：

江南春

千里莺啼绿映红，水村山郭酒旗风。南朝四百八十寺，多少楼台烟雨中。

泊秦淮

烟笼寒水月笼沙，夜泊秦淮近酒家。商女不知亡国恨，隔江犹唱后庭花。

七 夕

银烛秋光冷画屏，轻罗小扇扑流萤。天阶夜色凉如水，坐看牵牛织女星。

李商隐、温庭筠——唯美诗人

李商隐（813—858），字义山，怀州河内人。温庭筠，本名岐，字飞卿，太原人。二人世称"温李"。二人作诗，大都不脱宫体意味。唐诗词采之胜，至此而登峰造极，直可称宫体诗之正宗。源出于中唐李长吉，义山而颇能学杜。温则专学长吉，既不同于韩、孟之险怪，亦不同于元、白之轻俗，更不甘为张、贾之僻苦，富有幽光冷艳之风格，不愧为唐诗之别派。二人均长七古，李之七律较温为佳。二人势力、影响颇大，如昭宗时，韩偓之《香奁集》专写宫闱为对象，乃学温、李而来。北宋初年之西昆体，源出于李。两宋词人，每亦学之。

李商隐《无题》

相见时难别亦难，东风无力百花残。春蚕到死丝方尽，蜡炬成灰泪始干。晓镜但愁云鬓改，夜吟应觉月光寒。蓬山此去无多路，青鸟殷勤为探看。

温庭筠《利州南渡》

澹然空水对斜晖，曲岛苍茫接翠微。波上马嘶看棹去，柳边人歇待船归。数丛沙草群鸥散，万顷江田一鹭飞。谁解乘舟寻范蠡，五湖烟水独忘机。

其他诸家

他若聂夷中学乐天之讽谏，长于咏田家诗；郑嵎、司空图、韦庄学元、白而长于纪事诗。三罗（罗隐、罗虬、罗邺）中之罗隐及杜荀鹤，均长作通俗诗，亦元、白之遗响。

中唐王建、王涯作《宫诗》。其后曹唐之《游仙》，胡曾之《咏史》，及罗虬之《比红》，及后之和凝《宫词》，与花蕊夫人《宫词》，皆其流裔。

此外另有一派，向不为人所注意，即皮日休、陆龟蒙二家是也。皮字袭美，襄阳人。陆字鲁望，苏州人。皮著有《松陵集》，陆著有《笠泽丛书》（"丛书"二字，自此始）。二人曾同居太湖，咏太湖风景甚多。诗学韩愈，句多奇特。五言每上二下三，七言则每上四下三，选字常取于《太玄经》中。

词之起源

一、词体之来

诗至晚唐，渐趋艳丽，更佳者亦不能再得，故新文体应运而生，即"词"是也。后宋人称为"诗馀"，以词乃由诗蜕变而成。此实无可讳言者，尤以受乐府之影响为多。乐府诗之所以异于古诗者，有词有声之外，又夹有有声无词之"泛声"（或谓之"和声"）。其后将泛声衬以实字，及成为词。此说朱熹、沈括主之，当可信也。

二、词之形式

词为长短句，而句有固定句法。古诗不可歌唱，乐府诗则可入乐。词代乐府而起，亦可被之管弦。惟至宋代以后，则不可歌唱矣。

三、唐词

词体之远源，实始于六朝，如鲍照之《梅花落》《夜坐吟》及梁武帝之《江南弄》《春晴》等，最近此体。惟常人推词家之祖，则为李白。实则李白之《菩萨蛮》及《忆秦娥》二首，非出李白之手，胡应麟谓此类风格绝类温庭筠，疑为其所作。虽然，盛唐明皇之《好时光》，中唐张志和之《渔歌子》，白居易之《江南好》，刘禹锡之《潇湘神》，则皆负盛名。故非晚唐以前无词，不过晚唐以后始有专以作词成家者耳。

专以作词成家，而著有词集为千古词人之祖者，则当推温庭筠，著有《金荃集》与《握兰集》二种，惜皆散失。然于赵崇祚所编之《花间集》中，尚存六十六首。自飞卿而后，词人辈出，所占中国文学中之势力甚大。兹选录唐词三阕，以资讽诵。

菩萨蛮

平林漠漠烟如织，寒山一带伤心碧。暝色入高楼，有人楼上愁。

玉阶空伫立，宿鸟归飞急。何处是归程，长亭更短亭。

菩萨蛮

小山重叠金明灭，鬓云欲度香腮雪。懒起画蛾眉，弄妆梳洗迟。

照花前后镜，花面交相映。新贴绣罗襦，双双金鹧鸪。

菩萨蛮

水晶帘里颇黎枕，暖香惹梦鸳鸯锦。江上柳如烟，雁飞残月天。

藕丝秋色浅，人胜参差剪。双鬓隔香红，玉钗头上风。

四、五代词

五代政局纷扰，虽以后梁、后唐、后晋、后汉、后周为正统，然十国分布各地，一般文人散处十国，大抵在长江上、下游一带。至其文学，自当以小词为主，诗文均不能及也。词人在长江上游以蜀国为中心，下游则以南唐为中心。蜀有韦庄、牛峤、毛文锡、牛希济……南唐诸主，多善为词，而后主尤工。赵崇祚编《花间集》，南唐只收张泌一家，余皆蜀人。惟《尊前集》中，则所选南唐诗甚多，然是集不著编者姓氏。五代词家当以南唐二主为代表，而冯延巳亦著闻。

冯延巳

冯延巳，字正中，扬州人。舞权弄法，极贪官污吏之能事，但其词则有永久之价值。最著者，有《蝶恋花》《谒金门》等篇。

谒金门

风乍起，吹皱一池春水。闲引鸳鸯香径里，手挼红杏蕊。

斗鸭阑干独倚，碧玉骚头斜坠。终日望君君不至。举头闻鹊喜。

李 璟

李璟，初名景通，字伯玉，后唐中主。十岁即有诗名。惜其作品流传至今者甚少，以《山花子》一阕为最有名。

山花子

菡萏香销翠叶残，西风愁起绿波间。还与韶光共憔悴，不堪看。

细雨梦回鸡塞远，小楼吹彻玉笙寒。多少泪珠何限恨，倚阑干。

李 煜

李煜，字重光，南唐后主。文才过人，能书，能画，能文，能诗，又明佛典，更能填词。自接帝位，不改文人故态，怠于朝政，以致亡国。宋太祖遣将南下，困围之时，后主闲情如故。被掳时，尚填有《破阵子》一阕，末句云："教坊犹奏别离歌，挥泪对宫娥。"颇为后人诟病。然成败不足以论英雄也。

后主生命寄托词中，故有不朽之作品传诸千秋，亦有足多者。在未亡国之前，其作品均属讴歌承平，富丽有余而动人不足；及破城以后，降为北地幽囚，悲苦寂寞，因想江南繁华，曷胜感慨，词更可贵。政治上之失败不足为后主惜，其文学上之成功，后世无有能及之者。甄录数阕，以资讽诵。

相见欢

无言独上西楼，月如钩。寂寞梧桐深院，锁清秋。

剪不断，理还乱，是离愁。别是一般滋味在心头。

浪淘沙

帘外雨潺潺，春意阑珊。罗衾不耐五更寒。梦里不知身是客，一晌贪欢。

独自莫凭栏，无限江山。别时容易见时难。流水落花春去也，天上人间！

子夜歌

人生愁恨何能免？销魂独我情何限！故国梦重归，觉来双泪垂。

高楼谁与上？长记秋晴望。往事已成空，还如一梦中。

第十八章　宋代文学（一）——词之极盛

绪　论

宋代文学，散文有三变：一为西昆一派刀笔之文，一为程朱一派性理之文，一为四六一派制诏奏启之文，较唐为盛。至于诗体，则效法唐人，工于雕琢，而天真兴致，则与唐人相差远甚。虽后人于唐宋诗优劣之论颇有抑扬，然宋不及唐，实无可讳言。

惟自五代以来，词体已盛，至宋尚清新稳切，备极工巧，为文字上创一新文体，为文学史上开一新纪元。且也，词之内容大抵抒发人间私情，绝少涉及经世大道者，实为纯粹之人文学，为尤可贵也。自入宋以来，由小令而化为慢词，由简化繁，情不复囿于燕私，辞亦不限于绮语，合风雅骚章之轨，同温柔敦厚之归。故可抗乎三唐，希声六代，树有宋文坛之帜，绍汉、魏乐府之宗。爰撮两宋诸大家论列之。

北　宋

北宋词人以柳永、晏殊、苏轼、秦观、周邦彦、李清照诸家为最著。苏、柳后人推为词学之宗，而周、李二家，集北宋之大成。他若司马光、欧阳修等辈，虽不以词闻，然所作小词，前者婉丽多致而精妙，承花间之遗风；后者精爽流畅而豪放，开东坡之先声。爰述各家作风如下。

司马光

司马光，字君实，以理学名臣，言行不苟。而《西江月》词有"相见争如不见，有情还似无情"之语。虽或称其诬，然其《阮郎归》一阕，真描写尽致矣。

欧阳修

欧阳修（1007—1072），字永叔，庐陵人。晚号"六一居士"，卒谥文忠。精赅经史，学际天人。其所作小歌词，曼妙有致。今观其集中，《蝶恋花》之深刻幽香，《临江仙》之隽逸清妙，《浣溪沙》之精爽，《玉楼春》之流丽，《长相思》之婉约，何尝非词家当行？至其《朝中措》（平山堂饯刘原父）一首，尤豪放开东坡之先声。

欧阳修《蝶恋花》

庭院深深深几许？杨柳堆烟，帘幕无重数。玉勒雕鞍游冶处，楼高不见章台路。

雨横风狂三月暮。门掩黄昏，无计留春住。泪眼问花花不语，乱红飞过秋千去。

欧阳修[①]《长相思》

花似伊，柳似伊，花柳青春人别离。低头双泪垂。

长江东，长江西，两处鸳鸯两处飞。相逢知几时？

柳 永

柳永，初名三变，字耆卿，崇安人。生卒无考。仁宗朝进士，官至屯田员外郎，故世号"柳屯田"。其后见斥于仁宗，境遇潦倒，遂至流连坊曲，放浪形骸。故其所作，大率纤艳之中，间以抑郁，其辞句中率常杂以俚语。当时传播甚广，至于有井水处，皆能歌之，亦未始非以是之故也。好挟妓，故词多淫媟。死后萧条，群妓争聚金葬之。每遇清明时节，多载酒肴，饮于耆卿墓侧，谓之"吊柳会"。其风流可想见一斑矣。

选录所作三阕如下：

慢卷䌷

闲窗烛暗，孤帏夜永，欹枕难成寐。细屈指寻思，旧事前欢，都来未尽，平生深意。到得如今，万般追悔，空只添憔悴。对好景良辰，皱着眉儿，成甚滋味？

红茵翠被，当时事，一一堪垂泪。怎生得、依前似，恁偎香倚暖，抱着日高犹睡。算得伊家，也应随分，烦恼心儿里。又争似从前，淡淡相看，免恁牵系。

（此词几若白话）

---

① 原文记作"前人"。据今传本改为"欧阳修"。

婆罗门令

昨宵里恁和衣睡，今宵里又恁和衣睡。小饮归来，初更过，醺醺醉。中夜后、何事还惊起？霜天冷，风细细，触疏窗，闪闪灯摇曳。

空床展转重追想，云雨梦、任敧枕难继。寸心万绪，咫尺千里。好景良天，彼此，空有相怜意，未有相怜计。（闺帷淫媟之作）

雨霖铃

寒蝉凄切，对长亭晚，骤雨初歇。都门帐饮无绪，方留恋处，兰舟催发。执手相看泪眼，竟无语凝噎。念去去，千里烟波，暮霭沉沉楚天阔。

多情自古伤离别，更那堪，冷落清秋节！今宵酒醒何处？杨柳岸，晓风残月。此去经年，应是良辰好景虚设。便纵有千种风情，更与何人说？（写羁旅行役）

晏　殊

晏殊（991—1055），字同叔，临川人。真宗时举进士。仁宗时拜集贤殿学士，同中书门下平章事，兼枢密使。卒谥元献。有《珠玉词》。专精令词，气度情调，颇具清雅之致。此以其处境坦夷，无忧恨悲苦之撄心也。喜学冯延巳歌词。其所自作，亦不减延巳。集中名句，如"无可奈何花落去，似曾相识燕归来""楼头残梦五更钟，花外离愁三月雨""垂杨只解惹春风，何曾系得行人住""一场愁梦酒醒时，斜阳却照深深院"，皆深思婉出，不让南唐。

殊幼子幾道，字叔原，有《小山词》。集中佳制极多。名句如"落花人独立，微雨燕双飞""年年底事不归去，怨月愁烟长为谁""红烛自怜无好计，夜寒空替人垂泪""梦魂惯得无拘检，又踏杨花过谢桥"，皆极流丽。每首诗中皆表现恋爱故事。选录数阕如下：

南乡子 写无情男子，女儿薄命

花落未须悲，红蕊明年又满枝。唯有花间人别后，无期。水阔山长雁字迟。

今日最相思。记得攀条话别离。共说春来春去事，多时。一点愁心入翠眉。

鹧鸪天 前半写当年情浓，后半写别后思量

彩袖殷勤捧玉钟，当年拼却醉颜红。舞低杨柳楼心月，歌尽桃花扇底风。

从别后，忆相逢，几回魂梦与君同。今宵剩把银釭照，犹恐相逢是梦中。

苏 轼

苏轼（1036—1101），字子瞻，号东坡。洵之子，眉山人。东坡非专门词家，而其词实自立门户，成为大家。词兼具豪放、婉约二格，其高亮处得诗中渊明之清，太白之逸，老杜之浑。其《水调歌头》之《中秋》，《念奴娇》之《赤壁怀古》，固已脍炙人口矣。至其平生襟怀之淡宕，实与渊明默契。故其纪游写景之作，无不清超绝俗，读之使人神往。

念奴娇·赤壁怀古 豪放之作

大江东去，浪淘尽，千古风流人物。故垒西边，人道是，三国周郎赤壁。乱石穿空，惊涛拍岸，卷起千堆雪。江山如画，一时多少豪杰。

遥想公瑾当年，小乔初嫁了，雄姿英发。羽扇纶巾，谈笑间，樯橹灰飞烟灭。故国神游，多情应笑我，早生华发。人生如梦，一樽还酹江月。

蝶恋花 温婉之作

花褪残红青杏小。燕子飞时，绿水人家绕。枝上柳绵吹又少。天涯何处无芳草。

墙里秋千墙外道。墙外行人，墙里佳人笑。笑渐不闻声渐悄。多情却被无情恼。

水调歌头 豪放之作

明月几时有，把酒问青天。不知天上宫阙，今夕是何年？我欲乘风归去，又恐琼楼玉宇，高处不胜寒。起舞弄清影，何似在人间？

转朱阁，低绮户，照无眠。不应有恨，何事长向别时圆？人有悲欢离合，月有阴晴圆缺，此事古难全。但愿人长久，千里共婵娟。

秦 观

秦观（1049—1100），字少游，高邮人。与黄庭坚词齐名，皆出苏门下，时称"秦七""黄九"，实则黄不及秦远甚。

490

观少时，豪俊慷慨，溢于文词，长于议论，文丽而深思。有《淮海词》一卷。小令似《花间》，慢词似柳而自成一格。《满庭芳》"山抹微云"一阕，为都下盛唱。

满庭芳

山抹微云，天黏衰草，画角声断谯门。暂停征棹，聊共引离尊。多少蓬莱旧事，空回首、烟霭纷纷。斜阳外，寒鸦数点，流水绕孤村。

销魂！当此际、香囊暗解，罗带轻分。谩赢得青楼、薄倖名存。此去何时见也？襟袖上空惹啼痕。伤情处，高城望断，灯火已黄昏。

周邦彦

殿北宋之末，而集其大成者，有二人焉，曰周邦彦、李清照。周起于南，李出于北；周气体高丽，李情味精永。盖异趣而不为歧，同能而不相掩也。

周邦彦（1060—1125），字美成，号清真，钱塘人。惟疏隽少检，涉百家之书。提举大晟府，于声律词调，多所创作。每制一词，名流辄为赓和。晚居明州，自号清真居士。有《清真集》。其诗描写物态曲尽其妙，浑厚和雅，能汇前此晏、欧、秦、柳之长；而成一大派，树后此姜、史、吴、张之鹄，而开其大宗。

少年游

并刀如水，吴盐胜雪，纤手破新橙。锦幄初温，兽烟不断，相对坐调笙。

低声问，向谁行宿？城上已三更。马滑霜浓，不如休去，直是少人行。

李清照

李清照（1082—？），号易安居士，济南人。李格非女，赵明诚妻。有《漱玉集》。幼嗜文学，适明诚后，尤喜搜讨考订，记览甚博。晚年逢南渡之乱，明诚又卒，颠沛无依，遭遇甚苦。其于词学用力至勤，曾作《词论》，对于苏、黄诸家皆颇不满。清照为人豪爽而富情感，胸怀洒脱，放荡不拘，故能以人格真诚表现，其词之有价值亦在此。真率之外，尤工作词，集中名句甚多，摘录一二：

莫道不销魂。帘卷西风，人比黄花瘦。——《九日》

袅袅娉娉何样似？一缕似轻云。——《闺情》

只恐双溪舴艋舟，载不动，许多愁。——《晚春》

柳眼梅腮。——《离情》

声声慢

寻寻觅觅，冷冷清清，凄凄惨惨戚戚。乍暖还寒时候，最难将息。三杯两盏淡酒，怎敌他、晚来风急！雁过也，正伤心，却是旧时相识。

满地黄花堆积，憔悴损，而今有谁堪摘？守着窗儿，独自怎生得黑？梧桐更兼细雨，到黄昏、点点滴滴。这次第、怎一个愁字了得！

如梦令

谁伴明窗独坐？我共影儿两个。灯尽欲眠时，影也把人抛躲。无那，无那，好个凄凉的我！

一剪梅　别情

红藕香残玉簟秋。轻解罗裳，独上兰舟。云中谁寄锦书来？雁字回时，月满西楼。

花自飘零水自流。一种相思，两处闲愁。此情无计可消除，才下眉头，却上心头。

怨王孙　春暮之二

帝里春晚，重门深院。草绿阶前，暮天雁断。楼上远信谁传？恨绵绵。

多情自是多沾惹，难拼舍，又是寒食也。秋千巷陌，人静皓月初斜，浸梨花。

南　宋

宋自南渡，偏安半壁，外患频仍。有志之士攘臂疾呼。辛弃疾高格首标，师法东坡，独发豪壮之词。惟兹丧乱，自启哀思，穷苦易工，忧患难平。盖民劳板荡之余，《哀郢》《怀沙》之嗣，所谓极其工、极其变者，岂不信哉！故姜白石一派，音律精妙，警丽为主，尽雕琢之能事。南宋词人惟此二派。二刘、陆游均属前派，吴文英辈则属后派。

辛弃疾

辛弃疾（1140—1207），字幼安，号稼轩，山东历城人。耿京聚兵山东，节制忠义军马，留掌书记。时僧义端亦聚众千余。弃疾与之相识，劝其归京。一晚即窃印而逃。耿京大怒，欲杀弃疾。弃疾请限三日，捉义端，不得，愿受诛。弃疾度其必以虚实奔告金人，急追获之。斩其首，回报耿京。其豪侠之概，可见一斑。故其为词激昂排宕，不可一世。惟潇洒隽逸，旋旖风光，亦各极其能事。东坡有其胸襟，无其才气；清真有其情韵，无其气骨。集中胜作极多，格调约分三派：如《破阵子》《水龙吟》《水调歌头》《永遇乐》《满江红》之豪壮；《摸鱼儿》《祝英台近》之绵丽；《汉宫春》《八声甘州》《沁园春》之飘逸，皆各造其极，信中兴之杰也。

破阵子

醉里挑灯看剑，梦回吹角连营。八百里分麾下炙，五十弦翻塞外声。沙场秋点兵。

马作的卢飞快，弓如霹雳弦惊。了却君王天下事，赢得生前身后名。可怜白发生。

摸鱼儿

更能消、几番风雨，匆匆春又归去！惜春长怕花开早，何况落红无数。春且住，见说道、天涯芳草无归路。怨春不语。算只有殷勤、画檐蛛网，尽日惹飞絮。

长门事，准拟佳期又误。蛾眉曾有人妒。千金纵买相如赋，脉脉此情谁诉？君莫舞，君不见、玉环飞燕皆尘土。闲愁最苦！休去倚危阑，斜阳正在、烟柳断肠处。

刘　过

　　刘过，字改之，号龙洲道人，龙洲人。曾为弃疾幕客，相得极欢。性亢爽自负，有《龙洲词》一卷。如《六州歌头》《沁园春》《水调歌头》《念奴娇》之豪壮，《贺新郎》《祝英台近》《小桃红》之绵丽，《唐多令》《天仙子》之飘逸，皆足与稼轩相应和。

刘克庄

　　刘克庄，字潜夫，号后村，莆田人。淳祐中赐进士出身，官龙图阁直学士。卒谥文定。有《后村集别调》五卷。集中《沁园春》《念奴娇》《满江红》《水龙吟》《贺新郎》，皆极肖稼轩。大抵后村、龙洲，皆稼轩之羽翼。龙洲气度不若稼轩之宏，而后村气势又稍逊龙洲之壮。然以视其他效辛者，皆高出数筹也。

陆　游

　　陆游（1125—1210），字务观，山阴人。晚年自号放翁，有《剑南集》。词不及诗，但豪壮之气溢于言外。兹录一阕如下：

桃园忆故人

中原当日三川震，关辅回头煨烬。泪尽两河征镇，日望中兴运。

秋风霜满青青鬓，老却新丰英俊。云外华山千仞，依旧无人问。

姜　夔

与稼轩同时而别树一帜者，是为姜夔。夔，字尧章，鄱阳人。流寓吴兴，与白石洞天为邻，自号白石道人。隐居不仕，啸傲山林，往来湖湘淮左，与范成大、杨万里友善。后卒于苏州。著作甚多，有《白石道人歌曲》五卷。因其精通乐律，故常自度新腔。

白石在南宋至负盛名，自誉多而毁少。近人颇有非议之者。其《暗香》《疏影》二阕，张叔夏叹为绝唱，王国维则谓格调虽高，然无一语道著。要之白石词语无不隽，意无不婉，韵绕而气能运，字稳而情不沾，亦词苑之当行。如《扬州慢》《一萼红》《念奴娇》《琵琶仙》《长亭怨慢》《淡黄柳》《惜红衣》《凄凉犯》《齐天乐》等阕，皆格调高迥，吐属春雅，读者咀嚼之若有余味。尤以词前小序之清妙为诸家所无。宗之者有张辑、卢祖皋、史达祖、吴文英、蒋捷、王沂孙、张炎、周密、陈尤平……皆具夔之一体也。

扬州慢 淳熙丙申至日过扬州

淮左名都，竹西佳处，解鞍少驻初程。过春风十里，尽荠麦青青。自胡马窥江去后，废池乔木，犹厌言兵。渐黄昏、清角吹寒，都在空城。

杜郎俊赏，算而今重到须惊。纵豆蔻词工，青楼梦好，难赋深情。二十四桥仍在，波心荡，冷月无声。念桥边红药，年年知为谁生？

长亭怨慢 并序

桓大司马曰："昔年种柳，依依汉南；今看摇落，凄怆江潭。树犹如此，人何以堪？"此语余深爱之。

渐吹尽、枝头香絮，是处人家，绿深门户。远浦萦回，暮帆零乱向何许？阅人多矣，谁得似长亭树？树若有情时，不会得青青如此！

日暮，望高城不见，只见乱山无数。韦郎去也，怎忘得玉环分付。第一是早早归来，怕红萼无人为主。算空有并刀，难剪离愁千缕。

吴文英

宗姜而能自开一境者，必推吴文英。吴，字君特，号梦窗，本姓翁，四明人。从吴履斋诸公游，与贾似道亦友善。有《梦窗词》。集中胜作甚多，尤脍炙者，如《高阳台》之丰乐楼、落梅、过种山等首，《声声慢》之咏桂、八日登高等首。《木兰花慢》之《游虎丘》《送翁五峰》等词，皆纤丽合度，气势清空。至《莺啼序·春晚》一首尤婉密骚雅，惆怅切情，集诸家之长，而无诸家之弊。

高阳台 落梅

宫粉雕痕，仙云堕影，无人野水荒湾。古石埋香，金沙锁骨连环。南楼不恨吹横笛，恨晓风、千里关山。半飘零，庭院黄昏，月冷栏杆。

寿阳空理愁鸾。问谁调玉髓，暗补香瘢。细雨归鸿，孤山无限春寒。离魂难倩招清些，梦缟衣，解佩溪边。最愁人，啼鸟清明，叶底清圆。

第十九章 宋代文学（二）——诗文之流变

诗之流派

唐以前诗体未大备，至唐而极其变，极其盛。及唐以还，以至清末，体例上无大变化，所增者不过游戏体与应制体耳，于文学上不足道也。宋代诗不如词，较之唐代相差远甚，诗体无唐代之繁，诗人亦不及唐代之多。

北宋九僧

宋初徐铉诗犹有唐音，当时九僧亦负盛名，其诗已亡。欧阳公诗话所谓"欲求其诗而未得"者是也。今惟传惠崇《句图百韵》多警丽可诵，殆西昆之先导也。

杨亿与西昆体

西昆体实倡于杨亿，亿字大年，建州浦城人。刘筠、钱惟演等十数人从而效之，以新诗更相属和。亿后编叙之，题《西昆酬唱集》，今是集尚存。谓曰"西昆"者，亿序以为取玉山策府之名也。其诗宗法唐李商隐，词取妍笔，而工组织，颇见重于当时。

迨梅尧臣、欧阳修出，而西昆之习始变。及苏轼又以旷世奇才驱驾万象，故是宋诗人之魁也。苏门六君子，世惟以黄庭坚之诗与轼相配，称曰"苏黄"。北宋诗人，以梅、欧、苏、黄四家为代表。

梅尧臣

梅尧臣，字圣俞，宣城人。诗古淡，与苏舜钦欲矫当时西昆之积习，而圣俞得名尤甚。兹选录一首：

泛　溪

中流清且平，舍楫任舟行。渐近鹭犹立，已遥村觉横。何妨绿樽满，不畏晚风生。屈贾江潭上，愁多未适情。

欧阳修

欧阳修与梅圣俞游，为歌诗相倡和，好矫西昆体。专以气格为主，其豪放似太白。王荆公选"四家诗"，以太白、少陵、退之及永叔并列，其推之至矣。永叔之诗，其最自喜者有二首，一为《庐山高》，一为《明妃曲》。

明妃曲

汉宫有佳人，天子初未识。一朝随汉使，远嫁单于国。绝色天下无，一失难再得。虽能杀画工，于事竟何益？耳目所及尚如此，万里安能制夷狄？汉计诚已拙，女色难自夸。明妃去时泪，洒向枝上花。狂风日暮起，飘泊落谁家？红颜胜人多薄命，莫怨春风自当嗟。

苏　轼

东坡诗清淡处似渊明，豪放仙逸处皆似太白。诗似其词，昔人谓"气象洪阔，铺叙婉转，子美之后一人者"，殆近之矣。曾次韵和陶渊明及梅圣俞二家诗（见陆游《渭南集》"梅宛陵别集序"）。和陶有传本，和梅则未见，或原有而今佚矣。

东坡喜纳文士，当时有黄庭坚、秦观、张耒、晁补之、陈师道、李薦称"苏门六君子"。诗派相承，其源皆自东坡。庭坚为江西派之祖，将于下节论之。余人从略。

选东坡诗四首：

送运判朱朝奉入蜀

霭霭青城云，娟娟峨眉月。随我西北来，照我光不灭。我在尘土中，白云呼我归。我游江湖上，明月湿我衣。岷峨天一方，云月在我侧。谓是山中人，相望了不隔。梦寻西南路，默数短长亭。似闻嘉陵江，跳波吹枕屏。送君无一物，清江饮君马。路穿慈竹林，父老拜马下。不用惊走藏，使者我友生。听讼如家人，细说为汝评。若逢山中友，问我归何日？为话腰脚轻，犹堪踏泉石。

月夜与客饮杏花下

杏花飞帘散馀春，明月入户寻幽人。褰衣步月踏花影，炯如流水涵青蘋。花间置酒清香发，争挽长条落香雪。山城薄酒不堪饮，劝君且吸杯中月。洞箫声断月明中，惟忧月落酒杯空。明朝卷地春风恶，但见绿叶栖残红。

惠崇春江晚景二首录一

竹外桃花三两枝，春江水暖鸭先知。蒌蒿满地芦芽短，正是河豚欲上时。

赠刘景文

荷尽已无擎雨盖，菊残犹有傲霜枝。一年好景君须记，正是橙黄橘绿时。

黄庭坚

一、传略

黄庭坚（1045—1105），字鲁直，洪州分宁人。庶子，举进士，为叶县尉。历秘书丞。绍圣初，坐修《神宗实录》失实，贬涪州别驾。建中靖国初，召还。知太平州。复除名，编管宜州，卒。初游灊（音潜，在今安徽霍山县）皖山谷寺石牛洞，乐其林泉之胜，因自号"山谷道人"。在苏门六君子中，诗最长而文稍弱。

二、诗风

山谷为江西诗派之宗祖。江西诗派之说，发于吕本中。其作《江西诗社宗派图》，明陈师道以下二十五人，诗法相传。谓其源皆出自山谷。然其末流，诗句生涩拗拙，几不能读，已非山谷面目。

山谷追章琢句，迥不犹人，寄清腴于枯淡，得坚劲于往复，流风所被，突过东坡。或乃厌薄宗派，妄肆攻讦，要非山谷意也。山谷写景诗，以《宿山家效孟浩然》为最佳，但太长，不便征引。其七绝亦颇有悠然闲适之意。甄录二首：

春近四绝句之二

亭台经雨压尘沙，春近登临意气佳。更喜轻寒勒成雪，未春先放一城花。

夜发分宁寄杜涧叟

阳关一曲水东流，灯火涟阳一钓舟。我自只如常日醉，满川风月替人愁。

南　宋

南宋诗，承石谷遗风，有陆游、尤袤、范成大、杨万里及四灵（徐照、徐玑、翁卷、赵师秀）、严羽诸家。前四人号"四大家"，游得名尤盛。四人之诗，皆得法于曾几。几为诗效法黄庭坚，故四人亦江西派之流也。尤集不存，无可考。

曾　几

曾几，字吉甫，赣县人，官浙西提刑。以忤秦桧去位，侨居上饶茶山寺，因自号"茶山居士"。陆、尤、范、杨四人皆师事之，传其师法，而陆益加研练，面目略殊，遂为南渡之大宗。

陆　游

一、传略

陆游，字务观，越州山阴人。佃之孙，宰之子。以荫补登仕郎。隆兴初，赐进士出身。范成大帅蜀，为参议官。人讥其颓放，因自号"放翁"。累知严州。嘉泰初，诏同修国史，兼秘书监，升宝章阁待制，致仕。著作甚多，有《剑南诗稿》《放翁词》《文集》《南唐书》等。其曰《剑南》者，因曾居四川夔州，回家后仍思慕四川剑阁之险，故以名其集。

二、诗风

放翁诗法，传自曾几，为江西派也。然其诗清新刻露，而出以圆润，实能自辟一宗，不袭黄、陈之旧路。放翁平生作诗最多，其托兴深微，遣词雅隽者，全集之内，指不胜屈。然后之选其诗者，惟取流连光景可以剽窃移掇者，转相贩鬻，为可笑也。余家先祖思远公有手抄《剑南诗集》两卷，余自幼即爱讽诵。

其诗可分两类。一为豪壮悲烈之作，爱国热忱露于言表。一心以恢复帝京为念，如《长歌行》《书愤》《题醉中所作草书卷后》《北望》诸篇是也。一为清丽雅隽之作，如《山家暮春》《幽居》《野步》诸篇是也。兹甄录数首，以资讽诵：

长歌行

人生不作安期生，醉入东海骑长鲸。犹当出作李西平，手枭逆贼清旧京。金印煌煌未入手，白发种种来无情。成都古寺卧秋晚，落日偏傍僧窗明。岂其马上破贼手？哦诗长作寒螀鸣。兴来买尽市桥酒，大车磊落堆长瓶。哀丝豪竹助剧饮，如锯野受黄河倾。平时一滴不入口，意气顿使千人惊。国仇未报壮士老，匣中宝剑夜有声。何当凯还宴将士？三更雪压飞狐城。

北　望

昔我初生岁，中原失太平。宁知墓木拱，不见塞尘清。京洛无来信，江淮尚宿兵。何时青海月，重照汉家营？

雨霁出游书事

十日苦雨一日晴，拂拭挂杖西村行。清沟泠泠流水细，好风习习吹衣轻。四邻蛙声已合合，两岸柳色争青青。辛夷先开半委地，海棠独立方倾城。春工遇物初不择，亦秀燕麦开芜菁。荠花如雪又烂熳，百草红紫那知名！小鱼谁取置道侧？细柳穿颊危将烹。欣然买放寄吾意，草莱无地苏疲氓。此诗写田园风景，丽且尽矣，老杜或亦能之。

幽　居

雨霁鸡栖早，风高雁阵斜。园丁刈霜稻，村女卖秋茶。缺井磨樵斧，枯桑系钓槎。客来那用问，此是放翁家。

范成大

范成大，字致能，号石湖居士，吴县人。卒谥文穆。有《石湖集》。为田园诗人，以《四时田园杂兴六十首》为最佳。春、晚春、夏、秋、冬各十二首。《夏日田园杂兴》中有一首云：

昼出耘田夜绩麻，村庄儿女各当家。童孙未解供耕
织，也傍桑阴学种瓜。

杨万里

杨万里，字廷秀，吉州吉水人。卒谥文节。有《诚斋集》。
亦为田园诗人。兹举《过百家渡》为代表：

一晴一雨路干湿，半淡半浓山迭重。远草坪中见牛
背，新秧疏处有人踪。

文体之变迁

一、西昆体

宋初文学犹袭晚唐、五代之习。杨亿、刘筠辈，以声韵相
尚，号为"西昆体"，风靡一时。

二、复古派——柳开等

其后柳开（字仲途，大名人）、梁周翰、高锡、范果等辈并
好古文，力矫时习。虽力有未逮，然体已稍稍变矣。

开少慕韩、柳之文，因名"肩愈"，尤负盛名。其文能变五
代偶俪之习，实居首功。惟体近艰涩，是其所短耳。有《河东
集》十五卷，其门人张景所编也。

王禹偁《小畜集》古雅简淡，其奏疏尤极剀切。《宋史》采
入本传者，议论皆英伟可观。惟词垣应制时多拘于骈偶耳。时有
孙何（字汉公，蔡州汝阳人）、丁谓（字谓之，长洲人）者，少
相友善，为古文，二人并称。

穆修（字伯长）学于陈抟，遁入儒家。其文章莫考其师承。尹洙（字师鲁）学古文于穆修，欧阳修则学古文于尹洙。宋之文章，于斯为盛。永叔自述所学，谓其为古文曾渊源于苏子美、尹师鲁，自可信也。

欧阳修

永叔古文，近接苏、尹。高张复古之帜，实胚胎于《史记》，变化于昌黎。议论叙事，参伍错综，而出以纡折之笔，行以秀雅之度，致以感慨之情，备极佳境，宜后人之叹赏不置也。其《文忠集》一百五十三卷，蔚为北宋之大宗，《新唐书》《新五代史》皆公手笔。《五代史伶官传序》，其魄力殆逼近《过秦》。《泷冈阡表》为公晚年着意之作，其文可上追《太史公自序》而无愧矣。

王安石、曾巩

自欧阳公起于庐陵以后，未几，王安石（字介甫）兴于临安，曾子固（名巩）出于南丰，极一时之盛。二人同列唐宋八家中。二人性行不甚相同。子固学术醇正，以孝友闻；安石有才略，赅通政事文学，虽性执拗，自用太甚。故子固为文典雅有余，精彩不足；安石之文则纯洁雄伟，精悍之气溢于纸表。

三　苏

苏洵，字明允，号老泉，眉山人。轼，字子瞻，号东坡，洵之子。辙，字子由，号颖滨遗老，东坡之弟。时"三苏"并称，洵为老苏，轼为大苏，辙为小苏。三苏虽经欧阳公之识拔，然文章豪放，与欧阳体制不同。而子瞻尤为绝伦。初，二子皆习其父业，长于议论，各有峥嵘气象。及其成也，子瞻为文愈奇，子由为文愈淡。三人同列于八家。

三、道学家派

宋自周敦颐后，理学家辈出。理学家说理，大抵别成一种明白浅显之文。至如周敦颐《通书》，则谓文以载道，其文实非纯文学矣，不具论。至如邵雍之《击壤集》，以及诸家语录，以白话代文言，则虽为变格，而亦近代白话文之先河也。

又有所谓"功利派"者，其学实亦导源于理学，惟去空言而务实利，则与理学分道驰驱耳。时有永嘉、永康两派。永嘉以陈傅良、叶适为巨擘，永康以陈亮为巨擘。

四、四六及"忠愤派"

宋代制、诰、表、奏、文、檄，皆用四六，以便宣读，此于文体中又自成一派。宋代多忠臣，如宗泽、岳飞、陈亮、文天祥、谢枋得，忠愤填膺，读其文，可以起衰世之顽懦，厉国民之壮志。此又为一派也。

第二十章　元明文学（一）——戏曲繁兴

绪　论

元入主中原，凡八十八年，而灭于明太祖。先是，辽、金二族，亦起于塞北。辽灭于金，金灭于元。辽立国二百余年，其兴在宋创业前四十余年。金立国一百余年，灭于南宋灭亡前四十余年。三民族皆以兵力蹂躏汉土，而其文字则与汉族同化。惟元曾灭宋统一中国，在历史上独立成为一代。其可述者亦较多，其影响于后代文学者亦至大。

明兴，继元之盛，振元之弊，爰分戏曲、小说、弹词、诗词散文，三章论列，余旁及之。

戏曲之起源及其流派

曲之远源，实起于汉，乐府铙歌鼓吹之类是也。唐、宋词兴，词皆可歌，词与曲一也。自有不能歌之词，而能歌者又渐变为曲，则宋、元间之所谓"曲"也，金、元人之所谓"曲"，则专属戏曲。

戏曲亦滥觞于宋。宋之大曲，节目甚多，"八破"（节目名）则羯鼓、哀鼓、大鼓，与丝竹合作，勾拍益急，舞者入场，投节制容，故有"摧拍""歇拍"等节。姿制俯仰，百态横出。勾放舞队，已开后人科介之先。如唐赵德麟《蝶恋花》十阕，述《会真记》事，分段歌之。视后代戏曲之格律，更具体而微。金《董解元西厢记》，仍德麟之旧；而杂剧体例，遂因之不变。是曲体虽成于解元，而其因固造端于赵宋。

迨胡元入主中华，所用胡乐，嘈杂缓急之间，旧词至不能按，乃更造新声。而北曲大备，以吹筚鸣角之雄风，汰金粉靡丽之末习，为中国文学史上放一异彩。南人好事者又推演两宋之旧制，力求雅正，而南曲以兴。

自是以后，南北两家各树旗鼓。北剧盛于元时（以《董解元西厢记》为始，而以王实甫最称淹雅），南曲创于高明，以其所著《琵琶记》为始。北曲作者以王实甫、关汉卿、马致远、乔吉甫、白朴、郑光祖为著名，后人又以"关、马、郑、白"并称。南曲作者以高明、施惠为最著。元曲结构太严，迨有明而传奇代兴。

曲之异名，凡有四种，宋元之戏剧称"杂剧"，妓院所演之本谓之"院本"。元之南戏，明之戏曲，称"传奇"。又有称"散曲"者，则对剧曲而言者也。

金、元代表作家

北曲以董解元为祖。元代戏曲家有作品传于今者，约四十人。前期作家以大都人为最多，后期作家以杭州人为最多。其中最著者，有王实甫、关汉卿、马致远、白朴、郑光祖五大家。

董解元、王实甫《西厢记》

董解元，史失其名。考为金、章时人，其详不可知。作《古本西厢记》，称《董西厢》，分上、下两卷。无出名、关目，行间全载宫调、引子，尾声率填乐府、方言，不采类书故实。曲多白少，不注工尺。《西厢》本于唐元微之之《会真记》，后转为唐赵德麟之《商调蝶恋花》，又转而为《董西厢》。后王实甫（大都人）《西厢记》，全蓝本于董，然不及董远甚。如《长亭送别》一折，董解元云："莫道男儿心如铁。君不见满川红叶，尽是离人眼中血！"王实甫云："晓来谁染霜林醉？总是离人泪。""泪"与"霜林"，不及"血"字之贯矣。董之写景语，颇多警句，摘录一二：

听塞鸿呕呕地飞过暮云重。

回首孤城，依约青山拥。

驼腰的柳树上有渔槎，一竿疏茅檐上挂。澹烟潇洒，横锁著两三家。一径入天涯，荒凉古岸，衰草带霜滑。

虽然，王实甫《西厢记》声誉亦在一切元曲之上。张生赴京应举，莺莺送行，为全剧中最凄惨之一折。如云："想人生最苦离别，可怜见千里关山，独自跋涉。似这般割肚牵肠，到不如义断恩绝。""我和他乍相逢，记不真娇模样，我到索手抵着牙儿，慢慢的想。"则似抒情诗也。其所作今存者，只《丽春堂》

511

与《西厢记》两种，而《丽春堂》不及《西厢记》远矣。

关汉卿

关汉卿，号已斋叟，亦大都人。金末为太医院尹，金亡不仕。作曲最多，而以《窦娥冤》与《续西厢》著名。

《窦娥冤》为一极大之悲剧，叙窦娥斩死后，方降大雪。今京剧中之"六月雪"，已失其本意。王实甫《西厢》止有四卷，至草桥店梦莺莺而止。其后一卷，乃关汉卿所续。此说详见王弇州《曲藻》及都穆《南濠诗话》。关所续亦依董，惟董以张珙用法聪之谋，携莺奔于太守。关所续则杜来普救寺也。其所作《救风尘》《玉镜台》《谢天香》诸剧，类皆奔放晃漾，跅驰以自喜。其作品《元曲选》及《元刊杂剧三十种》中均录之。所作甚富，惜多散佚。今存者只十三种。

马致远

马致远，号东篱。曾任江浙行省务官。以清俊开宗，允推大家。作曲十四种，今存七种，以《汉宫秋》为最脍炙人口。中有《梅花酒》一节云：

> 呀，俺向着这迥野悲凉，草已添黄，兔早迎霜。犬褪得毛苍，人搠起缨枪，马负着行装，车运着糇粮，打猎起围场。他他他，伤心辞汉主；我我我，携手上河梁。他部从入穷荒，我銮舆返咸阳。返咸阳，过宫墙；过宫墙，绕回廊；绕回廊，近椒房；近椒房，月昏黄；

月昏黄，夜生凉；夜生凉，泣寒螀；泣寒螀，绿纱窗；
绿纱窗，不思量。

其《收江南》紧接云：

呀，不思量，除是铁心肠；铁心肠也愁泪滴千
行。……

东篱于杂剧之外，兼擅散套小令，不具论。

白 朴

白朴，字仁甫，后改字太素，真定人。所著存于今者，仅
《梧桐雨》，与《墙头马上》两种。《梧桐雨》甚著名。其第四
折叙杨玉环死后，唐明皇听梧桐雨，有三调用叠句甚好，兹录
二调：

［叨叨令］一会价紧呵，似玉盘中万颗珍珠落；
一会价响呵，似玳筵前几簇笙歌闹；一会价清呵，似
翠岩头一派寒泉瀑；一会价猛呵，似绣旗下数面征鼙
操。……

［三煞］润濛濛杨柳雨，凄凄院宇侵帘幕；细丝丝
梅子雨，妆点江干满楼阁。杏花雨红湿阑干，梨花雨玉
容寂寞，荷花雨翠盖翩翩，豆花雨绿叶潇条……都不似
你惊魂破梦，助恨添愁，彻夜连宵。

郑光祖

郑光祖，字德辉，平阳襄陵人。作曲凡十九种。今存《王粲

登楼》《周公摄政》《㑇梅香》《倩女离魂》四种，以后二种为最佳。《㑇梅香》结构极似《西厢》，"随煞尾"用叠字最佳：

> 你听那禁鼓咚咚将黄昏报，等的宅院里沉沉都睡却，悠悠的声揭谯楼品画角，当当的水滴铜壶玉漏敲，刷刷的风飐芭蕉凤尾摇，厌厌的月上花梢树影高。悄悄的私出兰房离绣幕，擦擦的行过阑干上甬道，霍霍的摇动珠帘你等着。巴巴的弹响窗棂，恁时节是俺来了。

高 明

高明，字则诚，或曰名拭，温州瑞安人，元至正进士。避元末之乱，寓居鄞之栎社。迄明尚存。著《柔克斋集》。其《琵琶记》文情真挚，极负时誉，为南曲之宗，与四大传奇"荆、刘、拜、杀"并称。叙赵五娘剪发上京寻夫蔡邕之事。

明传奇

一、释名

"传奇"之名，昉自唐裴铏所作《传奇》六卷。本属小说，无关曲也。宋以诸宫调为传奇，元人以杂剧为传奇。明人则以戏曲之长者为传奇。其名始立，普通所指，乃元之南戏，与明之戏曲。实则以南曲组成之长篇戏剧，后人均称"传奇"。

二、勃兴原因

传奇之兴，发轫于明初，而盛于中叶。惟同时北曲作者亦众，然不及南曲著称者之多。故明代戏曲只就传奇论列之，其勃兴之原因亦有数焉。

元人戏曲结构太严，每本只有四折，而传奇则至少亦十余出，多至五六十出。元曲仅许一人唱一调；传奇则不妨多人唱，且亦不限一调，一变化多而趣味亦浓，二可免主角过于吃力之弊。元曲有楔子作为伸缩余地；传奇即打破四折之限制，楔子自可不用。元曲题目正名由司唱者唱；传奇则改为下场诗，自演者自唱。此皆由简而繁，技术上进步之现象也。但杂剧有如短篇小说，短小精悍，气象饱满，不似传奇之故意拉长，以敷衍局面。故明代杂剧仍占优势，其作品均在《盛明杂剧》中。

三、明初四大传奇

明初《荆钗记》《刘知远》《拜月亭》《杀狗记》，简称"荆、刘、拜、杀"，为四大传奇。

《荆钗记》共四十八出，旧误为柯丹丘作。其实丹丘子即明宁献王也。叙王十朋与玉莲之恋爱故事。《刘知远》一名《白兔记》，共三十三出，不知撰者姓氏。根据民间传说而作，叙李三娘磨房产子之故事。《拜月亭》一名《幽闺记》，共四十出，明人皆以为杭人君美施惠所作。叙蒋世隆兄妹之婚嫁故事。兄娶瑞兰，而妹瑞莲嫁与武状元兴福，萍迹遇合为全剧中最精彩之一段。《杀狗记》共三十六出，为徐畛作。畛字仲由，淳安人。洪武初征秀才。据元曲萧德祥《杀狗劝夫》改编，叙孙华交结恶友逐弟孙荣，后华妻杀狗劝谏，方始悔悟，重与其弟友爱。

四、"四梦"

明代传奇作家之最著者，为汤显祖，临川人。作有《牡丹亭》（又名《还魂记》）、《南柯记》《邯郸记》《紫钗记》与《紫箫记》五种。前四种又合称"四梦"，而尤以《牡丹亭》为最著。全剧叙杜太守宝生有一女丽娘，婢春香，延师教读。一日，师授《诗经》"关关雎鸠"，丽娘忽感少女之流光易逝，红颜易老，胸怀郁闷，乃携婢游园。不意困倦，倚阁中椅假寐，梦中遇见柳梦梅，互相爱恋，即成婚好。梦醒俱幻，求之不可复得。自是丽娘恹恹成病。自画容像，以寄所怀。不久，遂得病而亡。葬后花园梅花庵中。柳梦梅确有其人。一日，郊行跌雪，为丽娘师救起，送至梅花庵中养病。梦梅后于无意中拾得丽娘自画像，悬诸室中，终日焚香参拜，连呼卿卿不绝。适逢丽娘幽魂飘游来庵，于是重相燕好。梦梅窃启丽娘棺，丽娘复活。即与同住。旋梦梅赴考，遇寇乱。待寇平，梦梅已中状元。乃与丽娘同见其父母，剧遂终。其中以《惊梦》《寻梦》二出为最有精彩。

五、其他

明代传奇杂剧作品极多，兹不过举其尤者，略见其一斑耳。若非专家，实不能窥其堂奥也。要自唐、宋以后，在文学上树一新帜，而完成歌舞合作之艺术，则有特殊之价值也。此外王世贞之《鸣凤记》，明末阮大铖之《燕子笺》《春灯谜》，均脍炙人口。而李日华又改北曲《西厢》为南曲，亦颇为人称道。清代传奇继盛，容后论列之。

至有所谓"昆曲"者，为南曲之一种，创始于昆山人魏良辅，以其创始于昆山，故以名之。规则严肃，乐调雅正，盛行于时。北剧为之消亡，南戏为之一振。创于明末而盛于清。其运命至今犹未衰。

魏良辅别号尚泉，居太仓南关。能谐音律，考证元剧，自翻新调。作《江东白苎》《浣纱》诸曲，昆腔自此始。其后再变而为西皮、二簧。

结　论

　　戏曲造端于赵宋。迨胡元入主中华，所用胡乐，嘈杂缓急之间，旧词至不能按，乃更造新声。而北曲大备，北剧以兴。元末好事者以北曲不便于南人，又推演两宋之旧制，力求雅正，而南曲以起南剧以兴。由是南北两派各树旗鼓。南曲一变而为昆曲，再变而为西皮、二簧。北剧则因之而消亡。实则就曲而论，南北之面目虽殊，而精神终一：北主劲切雄壮，南主清峭柔婉。北字多而调促，促处见筋；南字少而清缓，缓处见眼。北宜和歌，南宜独奏。厚彼薄此，厚此薄彼，均非笃论。

第二十一章　元明文学（二）——小说之盛

绪　论

　　小说起源于神话。《山海经》《穆天子传》实为其滥觞（见第三章），前已言之。先秦诸子之寓言，其结构亦有似短篇小说之体者。汉、魏、六朝之小说，往往不脱灵奇与鬼怪。《汉书·艺文志》所录小说，如《虞初》《周说》等，今均佚。所可见者，东方朔有《神异经》《十洲记》，班固有《汉武故事》《汉武内传》最著名。六朝则有曹丕之《列异传》，张华之《博物志》，干宝之《搜神记》，陶潜之《桃花源记》《搜神后记》等，释家则有王琰之《冥祥记》等，方士则有王浮之《神异记》等。

唐人小说与戏曲

　　中国小说虽起源甚早，然未被人重视。唐人始有有意为之者。唐人始注重于人事之描写。其所遗留者，在北宋人所编《太平广记》之中。后人常采为戏剧材料。兹举例如次：

陈鸿《长恨歌传》为清洪昇《长生殿传奇》所本。

白行简《李娃传》为元《曲江池》、明薛近衮《绣襦记》所本。

元稹《会真记》为金董解元《弦索西厢》、元王实甫《西厢记》、关汉卿《续西厢记》、明李日华《南西厢》、陆采《南西厢》等所本。

李公佐《南柯太守传》为明汤显祖《南柯记》所本。

李朝威《柳毅传》为元尚仲贤《柳毅传书》及清李渔《蜃中楼》所本。

蒋防《霍小玉传》为《紫玉钗》所本，《虬髯客传》为明凌初初《虬髯翁》及张凤翼、张大和《红拂记》所本。

实则唐人小说之最有情致者，亦为以上诸篇。唐代文学最盛，各种诗体均臻绝境，故在诗国以外另觅途径，以叙事诗之体，用散文写出，于是乃由诗而变为小说。此唐代小说之所以盛也。

宋之平话

"平话"者，即今日之演义小说也，其体始于宋仁宗时。《四库提要》"杂史类"附注谓："《永乐大典》'平话'一门，所收至夥，皆优人以前代轶事，敷衍而口说之。"惟《永乐大典》所收，今皆不传，故无可考。今存《宣和遗事》一种，其体例即今之演义小说。又宋刘斧所著《青琐高议》，每则以七字为目，开今日章回小说回目之风。此体宋以后元、明、清三代作者日多。

元明章回小说

章回小说始于宋，而盛于元、明。论元、明文学者，故于戏曲之外，必先及小说。传于今者，种类颇多，分门罗列之：

1. 历史类

罗贯中《三国志演义》，《水浒》《隋唐演义》《说唐全传》；

《旧本南北史演义》《禅真逸史》（记隋事，据云皆根据罗本）；

周游《开辟演义》，《东周列国志》《两汉演义》《两晋演义》《岳传》。

2. 别传类

罗贯中《平妖传》《粉妆楼》；《英烈传》。

3. 神怪类

吴承恩《西游记》；《封神传》；罗懋登《三宝太监西洋记演义》。

4. 艳情类

《金瓶梅》《玉娇李》《隔帘花影》《玉娇梨》《平山冷燕》《好逑传》《铁花仙史》。

此外短篇小说有东壁山房主人之《今古奇观》、冯梦龙之《醒世恒言》与《喻世明言》。后二种原本甚难得，近在日本发现。《今古奇观》内甚多佳作。

自白话文学盛行，小说之地位益高，近人胡适竟以《水浒》《西游记》为必读之书，其重视也可知，兹择要论列之。

一、《水浒》

明代最通行之《水浒传》为百回本。自明末金圣叹得七十回本，以为施耐庵所作，七十回以后为罗贯中所续。据近人胡适考证，否认其说。疑《水浒》为明初产品，而罗贯中亦为明初人。最初之百回本或即其所著。

施耐庵或为一文人之名，或即其后七十回本著者之假名也。罗贯中名本，或曰名贯，字本中。其生平不可考。其著作有题作"庐陵罗本"者，有题作"武林罗本"者，大约庐陵为其原籍，武林为其生长或居住之地也。生于元之中叶，明初尚存。除《水浒》外，尚著有《三国演义》《隋唐演义》《说唐全传》《平妖传》《粉妆楼》等。关于《水浒传》之考证，胡适为之最详，谓为自南宋初年至明朝中叶四百年间梁山泊故事之结晶。爰节其结论如次：

（1）元朝只有一个雏形《水浒》的故事和一些草创的《水浒》人物，但没有《水浒传》。

（2）元朝文学家的文学技术还在幼稚时代，决不能产生我们现在有的《水浒传》。

（3）明朝初年有一部《水浒传》出现，这书还是很幼稚的。我们叫他作"原百回本《水浒传》"。

（4）明朝中叶另有一种《水浒传》出现。这部书止有七十回，大致与我们现有的金圣叹本相同。

（5）到了明嘉靖朝，武定侯郭勋刻出一部定本《水浒传》本，这部书是有一百回的。前七十回全采"七十回本"，后三十回是删改"原百回本"后半的四十回而成的。我们叫他做"新百回本"。

（6）明朝最通行的《水浒传》，大概都是这个"新百回本"。直到明末，金圣叹说他家贯华堂藏有七十回的古本《水浒传》，他用这个七十回本来校改"新百回本"。

二、《三国演义》

《三国志演义》旧传亦为罗贯中著。实则非一人所作，乃五百年来演义家之共同作品也。唐代已有说三国之故事者。迨至宋代，南方平话盛行，直至明初之三国故事。与现行之《三国演义》中之故事相差不远。明代之《三国演义》或即为罗贯中所作，但浅陋可嗤，不为人重视。迨至清初毛宗岗出，大加删改，加上批评，即成今日通行之《三国演义》也。

胡适论此书不能为一有文学价值之作品，其原因有二：

1.《三国演义》拘守历史的故事太严，而想象力太少，创造力太薄弱。

2.《三国演义》的作者、修改者、最后写定者，都是平凡的陋儒，不是有天才的文学家，也不是高超的思想家。

但此书终为一部通俗历史小说，在通俗教育上占有重要之地位。五百年来，无数失学之国民从此学得阅读写作之技能。

三、《西游记》

元丘处机奉太祖命，召往西征军中，行一万余里，凡四年。有李志常者，曾为志其经历，作《西游记》，为地理学上之重要材料，而非小说。小说《西游记》之作在明中叶以后，作者现经考证，为淮安嘉靖中岁贡生吴承恩。

唐玄奘之往印度求经，出游十七年，经历十五国，途遇无数艰难困苦，后人传说形成神话，此为成《西游记》之资料。猴行者之来历，据近人胡适考证，或为来自印度之神话也。南宋时

《西游记》戏曲甚盛，但演成散文，则当待于吴承恩也。其想象力之丰富，及其结构之精密，在中国旧小说中，允推第一。

全书分成三部分。

第一部分：齐天大圣的传。（第一回至第七回）——极有价值之一篇神话文学，极滑稽，极有趣。

第二部分：取经的因缘与取经的人（第八回至十二回）——中有不合历史事实之处甚多。

第三部分：八十一难的经历（第十三回至一百回）——是《西游记》的本身，诙谐而含有一种弄世主义。

弹词之起源

弹词之体，渊源于纪事诗。第十六章论元、白纪事诗时，已略言之。元、白纪事诗之特点有二：（一）长篇；（二）通俗。以其发生于元、明章回小说勃兴之后，故论者称为小说一体，实则乃为纪事诗与章回小说混合而产生之新文体也。为通俗文学之一种，至今犹盛行大江南北。近人亦日渐加以注意矣。

今日流传之弹词，以明人杨慎之《廿一史弹词》为最古，明末人所著之《天雨花》，亦为巨作。清代作家益多。

第二十二章　元明文学（三）
——诗、词、散文

绪　论

　　元明二代戏曲、小说勃兴，亦为此二代文学上之特产品，既备述于前。诗、词、散文不过差继唐、宋之诗耳，惟其嬗变之迹，于后代亦有关系，不可不述。爰缀列一章论之。

元之诗文

　　南宋之末，道学一派，侈谈心性；江湖一派，矫语山林。流弊所及，庸沓猥琐之音并起。承宋贤之学，以理性为宗者，有许衡、刘因、吴澄、金履祥等。要以虞集为一朝大宗，与杨载、范梈、揭傒斯并称"四杰"。元好问（字裕之，号遗山）本女真故臣，至元尚存。赵孟頫乃赵宋宗室，而仕于元廷，亦皆以能文著称。虞之后，有萨天锡以能诗著称。至晚元，则有杨维桢善为乐府，为元代文学之殿，明初诗人之宗。

元好问

金代诗文亦盛，盖汉人之仕于金者为之提倡，如赵秉文、张行简、王若虚、宇文虚中。元好问其尤著者也。元编《中州集》（诗）附《中州乐府》一卷，所集作家有二百四十余人，可谓盛矣。嗣后，清康熙时，又有《全金诗》之辑。元长于诗文，实足以冠金、元两代。卒于元时，故附此述之，藉亦可窥金代文学之一斑也。

元好问，字裕之，号遗山，太原秀容人。年弱冠，下太行，渡大河，作《箕山》《琴台》之诗，为人推许，称"元才子"。后官至翰林。金亡不仕。其诗悲壮激越，直追少陵，诗体长于近体，乐府尤佳。其歌谣跌宕，挟幽、并之气，高视一世。七言古诗，气旺神行，东坡以后，一人而已。律诗对仗精而神气疏畅，绝句亦寄托遥深。其文笔力遒健而宏雅，如金石文字，直逼韩、欧二家。词亦雅丽幽隽，足追稼轩之踪。著述甚富，兹录乐府一首：

西楼曲

游丝落絮春漫漫，西楼晓晴花作团。楼中少妇弄瑶瑟，一曲未终坐长叹。去年与郎西入关，春风浩荡随金鞍。今年匹马妾东还，零落芙蓉秋水寒。并刀不剪东流水，湘竹年年泪痕紫。海枯石烂两鸳鸯，只合双飞便双死。重城车马红尘起，乾鹊无端为谁喜？镜中独语人不知，欲插花枝泪如洗。

虞集 "四杰"

虞集（？—1348），字伯生，号邵庵。宋丞相允文五世孙也。居临川，从吴澄游。受授得宋人理学之原委，晚居崇仁，有《道园学古录》五十卷。集为人孝友，学问博洽，究极本原，研精探微，心解神契。经纶之妙，一寓于文。诗奇特飞动，笔颇健利。

杨载，字仲弦，浦城人。其诗风规雅赡，音节学唐。范梈，字亨父，别字德机，清江人。其诗踔踔宕逸，而有远情。揭傒斯字曼硕，富州人，文叙事严密，诗清丽婉转。要之，四家诗源出江西，而稍清丽耳。

杨维桢

杨维桢，字廉夫，号铁崖，别号铁笛道人，山阴人。元末兵起，浪迹浙西，后徙居松江。

元中叶以降，言古文者，推黄溍、柳贯、吴莱三家，而以铁崖为殿后之英，颇似金之元遗山。文如周敦颐、商彝，寒芒横逸。诗则震荡凌厉，鬼设神施，典丽之中，别饶隽致。惟矫枉过正，往往失于怪诞晦涩。或讥之为"文妖"。其古乐府出入少陵、二李间，有旷世金石声，为明人所宗。选录一首：

鸿门会

天迷关，地迷户，东龙白日西龙雨。撞钟饮酒愁海

翻，碧火吹巢双狻猊。照天万古无二乌，残星破月开天
除。座中有客天子气，左股七十二子连明珠。军声十万
振屋瓦，拔剑当人面如赭。将军下马力排山，气卷黄河
酒中泻。剑光上天寒彗残，明朝画地分河山。将军呼龙
将客走，石破青天撞玉斗。

明文学概论

明代亦以小说、传奇为文学上之特产品，散文、诗、词均
逊。自开国以来，即用经义取士，自成化（宪宗年号）以后，八
股文体大盛。承学之士，惟伺主司之好尚，以求斗斛之禄，士子
之气节丧失，而文章滋敝矣。虽然，豪杰之士亦岂肯随俗浮沉？
往往有奋臂而起，欲造述以自见者，终不足比于前代耳。

诗文趋势起伏鸟瞰

综观明代诗文，可得两派：

一、新派。其诗文虽无鲜明之主义，然亦不故为古拗，以相
号召。实则诗文皆近唐，此派始于明初，文家以刘基、宋濂为首
领。诗人以高启、袁凯为首领。承绪于嘉靖间之王慎中与唐顺
之，矫旧派前七子李、何之弊。光大于归有光、茅坤、徐渭。

二、旧派。其言文必秦汉，其言诗必盛唐，不读唐以后书，
并谓古文之法亡于韩。起于前七子，以弘治时之李梦阳为首，何
景明附翼之。承于后七子，以嘉靖时之李攀龙为首，王世贞应
和之。反新派之王、唐，光大于张溥。张编《汉魏六朝百三家

集》，陈子龙、艾南英和之。二派文学各三起三伏，兹表列如次，再择各大家略加论列之。

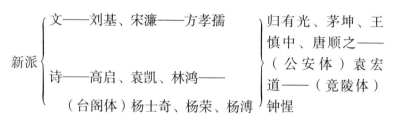

旧派——（前七子）李梦阳、何景明、边贡、徐祯卿、康海、王九思、王廷相——（后七子）李攀龙、王世贞、谢榛、宗臣、梁有誉、徐中行、吴国伦——张溥。

刘　基

刘基，字伯温，青田人。其文神锋四出，如千金骏足，飞腾飘瞥。其《卖柑者言》《养狙》寓言，当已为人熟谙。其诗追逐韩、杜，超然独胜，一改元季专尚辞华之习。

宋　濂

宋濂，字景濂，其先金华潜溪人，后迁浦江。元亡入明。文似曾南丰，醇正丰明，而语漫格弱。然比诸他人，当有刚劲之处也，如《秦士录》《送东阳马生序》等篇，皆甚著。

方孝孺

方孝孺，字希直，从学于濂，其《越巫》《蚊对》《指喻》等篇甚著。

高启、袁凯

高启，字季迪，长洲人。居于吴淞江上之青丘，自号"青丘子"。天才似李白，诗多仙侠之气。袁凯，字景文，号海叟，华亭人。其《白燕》诗最著名，时人至号为"袁白燕"者。原诗如下：

白　燕

故国飘零事已非，旧时王谢见应稀。月明汉水初无影，雪满梁园尚未归。柳絮池塘香入梦，梨花庭院冷侵衣。赵家姊妹多相忌，莫向昭阳殿里飞。

以上诸家，为明代开国时之健将，为新派之首领。其后建文之初，台阁体兴，创自杨士奇、杨溥、杨荣三人。其体以博大昌明、雍容闲雅为主。其末流陷于肤廓冗沓，万口一声，奄奄无生气。李、何起而始矫之。

李梦阳

李梦阳，字天旸，更字献吉，自号"空同子"，庆阳人。弘治进士。才思雄鸷，卓然倡复古。文言秦汉，诗言盛唐，以下皆

529

不取，一反时尚，为复古派之领袖。有《空同子集》。和之者有何景明，继之而起者有边贡、徐祯卿、康海、王九思、王廷相五人，合称"前七子"。又有唐寅、祝允明、文徵明与徐祯卿四人，合称为"吴中四子"。反李而起，承刘基之后者，则为王、唐。

王慎中、唐顺之

王慎中，字道思，晋江人。嘉靖五年进士。唐顺之，字应德，毗陵人，嘉靖八年进士。二人作文多学韩、柳、欧、苏，同时反王、唐而主复古者，有李攀龙等七人，号"后七子"。

李攀龙

李攀龙，字于鳞，历城人，嘉靖甲辰进士。诗文反王、唐，而宗李梦阳派，与王世贞、谢榛、宗臣、梁有誉、徐中行、吴国伦等六人，称"后七子"。宗臣之《报刘一丈书》为人传诵。其他数子皆不甚闻。

张　溥

张溥，字天如，太仓人。倡复社，主复古。尝选《汉魏六朝百三家集》，以资提倡。为人敏捷丰艳。

归有光

归有光，字熙甫，昆山人。学者称震川先生。长于文，得太史公之神理，为明代古文中坚。曾讲学安亭江上。文多清新哀婉，叙家常琐事，亲切有味而不嫌冗杂。诸如《项脊轩志》《思子亭记》《祭外姑丈》《先妣事略》《归府君墓志铭》《寒花葬志》等篇，皆清淡高超之作。趋同王、唐，故为新派之殿将。

茅　坤

茅坤，字顺甫，别号鹿门。归安人。善古文。最心折唐顺之，取顺之所选唐宋八大家文，加以批评刊之，亦为新派之殿将。然生平疏于经史，但学文章，故仅得其波澜转折而已。去王、唐远甚。

公安体与竟陵体

前后七子之复古派，风靡一时。万历时，袁宏道兄弟出，始以"公安体"代七子派。初，公安人袁宗道，论诗文力排王（世贞）、李（攀龙）之说，于唐则取白居易，于宋则取苏轼，名其斋曰"白苏"。宗道之弟宏道、中道，更以清新俊逸为主，力诋王、李，一时学者多舍王、李而从袁，号为"公安体"。公安之末流则趋于空疏浮泛，不能自持。

复有"竟陵体"起而代之。竟陵体者，竟陵人钟惺、谭元春，以孤僻幽胜，而矫公安之流弊，时人因以称之曰"竟陵体"。

词　人

明之能词者，有杨慎、王世贞、张綖、王好问、卓发等。杨、王好自制腔，张、王等精于研求。迨明末，而陈子龙崛起华亭，神韵天然，绵邈悱恻，仿佛五季宋初，遂为明一代词人冠也。

第二十三章　清代文学（一）——诗文之盛

绪　论

清代三百余年，集学术之大成，文学之昌盛则又以康、乾两朝为最。盖宇内承平，国势强盛。世祖下诏重文，康、乾两代，继志重光，前后百数十年间，其君既英明而神武，其臣亦博学而多文。康、乾二朝，重修博鸿词科，网罗魁奇英异之才。又特开馆局，使从事于图书笔研之间。一时大著迭出，如《佩文韵府》《渊鉴类函》《全唐诗》《康熙字典》《四库全书总目》等，虽或非文学专书，然皆为文学上之工具书，其功用亦甚大也。

清代除诗文之外，小说词曲亦臻极盛，惜不为当道所重，故不入四库。然流传民间，其于文学上之势力亦至伟也。兹分章论列之。

诗之流派

清初文学家，大抵皆明末遗民，其国家兴亡之感，时时寓之于文学。惟其间因人品之不同，故其作品亦有异。大抵顾炎武、黄宗羲为一派，本以学术气节为重，不屑以文人自居也。清代诗以钱谦益、吴伟业为最早，惜皆屈节仕清廷，为后世诟病。

其后有施闰章，字方白，号愚山，宣城人。宋琬，字玉叔，号荔裳，山东莱阳人，号称"南施北宋"。清代诗名之尤著者，为王士禛。士禛之诗，温柔敦厚，为一代正宗。

文之流派

散文最初有侯方域、魏禧、汪琬三大家。后继之者有赵执信、袁枚、蒋士铨、赵翼、沈德潜诸家。方苞开桐城一派，刘大櫆、姚鼐继之，直至清末而未衰。又由钱鲁斯另出一枝，传恽敬、张惠言，称为"阳湖派"。各就较著者，论列数家。

诗

钱谦益

钱谦益（1582—1664），字受之，号牧斋，常熟人。明崇祯初为礼部尚书。清顺治帝定江南，谦益出降，仕为礼部侍郎，兼秘书院学士。修《明史》，为副总裁。已而以疾归江南十余年。其诗出入李、杜、韩、白、苏、陆、元、虞之间，才力富健，学问鸿博。或以其屈节，因而诟病。所著有《初学集》《有学集》。乾隆朝，诏毁其集，以励臣节。故沈归愚《清诗别裁》至不录其一首也。

吴伟业

吴伟业（1609—1671），字骏公，号梅村，太仓人。明崇祯四年进士，尝为东宫侍读。明亡退居乡里。时侯方域遗书与论出处，劝其必全臣节，勿仕新朝。后为当事者所迫，出为秘书侍讲，迁国子祭酒。旋丁母忧归。康熙十年卒，年六十三。遗言敛以僧服，葬于邓尉、灵岩相近，墓前树一圆石，题曰"诗人吴梅村之墓"足矣。盖梅村晚年以失节自恨也。有《吴梅村集》。其诗格律有如四杰，但情韵较深，叙述仿佛香山，惟风华稍胜。《圆圆》一曲，哀感顽艳，尤称绝唱。将死时，有《贺新郎》一词，尤极悲咽。

王士祯

康熙六十一年间，国势最强，而文学亦最盛。古文诗词，名家辈出，要以王士祯与方苞尤为后世所宗。

王士祯（1634—1711），字贻上，号阮亭，又号渔洋山人，山东新城人。其为诗力倡"神韵说"，一时崇者甚多，至尊为"清代第一诗人"。尝奉使南海、西岳，遍游秦、晋、洛、蜀、闽、越、江、楚间，所至访其贤豪，考其风土，遇佳山水，必登临，融怿荟萃，一发之于诗。故其诗能尽古今之奇变，蔚为一代风气所归。有《带经堂集》。其诗又特称《精华录》。所选古诗，及《唐贤三昧集》，具见其诗眼所在。如《三昧集》之不取李、杜，而录王维独多，可以知其微旨矣。

寄陈伯玑金陵咏柳

东风作意吹杨柳，绿到垂杨第几桥？欲折一枝寄相忆，隔江残笛雨萧萧。

赵执信

赵执信（1661—1741），字伸符，号秋谷，晚号饴山老人。山东益都人。秋谷本娶渔洋甥女，初亦深相引重，已乃独树一帜。著《谈龙集》，持论异于渔洋。著有《饴山堂诗文集》。

袁 枚

袁枚（1716—1797），字子才，号简斋，钱塘人。乾隆四年进士，出为县令江南。年四十遽告归，辟一园于江宁城西，名曰"随园"，因以自号。为人放浪形骸，以名士自居。

论诗主"性灵说"，以反抗"神韵说"，以为诗是人之性情，性情以外无诗。实则性灵与神韵不相抵触也。神韵说之重天机，亦即性灵也。其论文曰："文贵曲，天上有文曲星，无文直星。木直者无文，其拳曲盘纡者文也；水静无文，其挠激于风者文也。"其文以游记为佳。其诗如《归家即事》《哭三妹》《陇上作》等，皆至情至性之作。兹录《陇上作》一首：

陇上作

忆昔童孙小，曾蒙大母怜。胜衣先取抱，弱冠尚同眠。髫影红灯下，书声白发前。倚娇频索果，逃学免施鞭。敬奉先生馔，亲装稚子绵。掌珠真护惜，轩鹤望腾骞。行药常扶背，看花屡抚肩。亲邻惊宠极，姊妹妒恩偏。玉陛胪传夕，秋风榜发天。望儿终有日，道我见无年。渺渺言犹在，悠悠岁几迁。果然宫锦服，来拜墓门烟。反哺心虽急，含饴梦已捐。恩难酬白骨，泪可到黄泉。宿草翻残照，秋山泣杜鹃。今宵华表月，莫向陇头圆。

蒋士铨

蒋士铨，字心余，一字苕生，号清容，江西铅山人。其诗以叙事见长，时为凄怆激楚之词。

赵　翼

赵翼（1726—1813），字云松，号瓯北，阳湖人，著《瓯北集》。才气纵横，其诗庄谐并作。或评其诗曰："虽不能及杜子美，已过杨诚斋矣。"瓯北傲然曰："吾自为赵诗耳，安知唐宋？"其作风可见一斑矣。

戏题灵岩山馆（毕秋帆别业）之一首

爱山我乏买山资，公有青山只梦思。何不把山来赠我？省他猿鹤盼归期。

题蒋正余《归舟安稳图》之一首

桃花贴浪柳垂堤，一叶扁舟老幼齐。难得全家总高
致，介之推母伯鸾妻。

以上袁、蒋、赵三家，思想实无足道，不学尧、舜、禹、
汤，即为名士风流；非提倡礼教，不①放纵色欲，惟其作诗艺术
尚有可取者。其为诗皆明白如话，尤以瓯北为最，则开言文一致
企图之先路也。

沈德潜

沈德潜（1673—1769），字确士，号归愚，长洲人。其诗
讲究格律，故多摹拟痕迹。其所选《古诗源》与《五朝诗别裁
集》，皆甚流行。

黄景仁

黄景仁（1749—1783），字仲则，武进人。生平清苦，年三
十五而卒。其诗似"秋虫咽露，病鹤舞风"。兹录一首，以供
讽咏：

途中遘病颇剧怆然作诗之一首

摇曳身随百丈牵，短檠孤照病无眠。去家已过三千
里，堕地今将二十年。事有难言天似海，魂应尽化月如
烟。调糜量水人谁在？况值倾囊无一钱。

---

① 不，疑应作"即"。

郑燮、王闿运诸家

其后诸家，郑燮以诗、书、画称三绝。所作多学杜甫、白居易。其《道情词》与家书尤为通俗。王闿运作诗好摹仿。金和，字亚匏，上元人。为一爱国诗人。当南京为长毛所据，官军围攻时，亚匏结识长毛兵，欲为官军内应。官军屡次失约，城内同党被杀甚多。黄遵宪，字公度，嘉应州人。主张"我手写我口"。有一诗云："一家女儿做新娘，十家女儿看镜光。街头铜鼓声声打，打着声声只说郎。"

词

清初如吴梅村、毛大可、朱竹垞、陈其年之伦，均善倚声。以纳兰性德之《饮水》《侧帽词》，独为一时之冠。盖其情致缠绵，不徒模拟古人，亦所自得者多也。其小令尤善。其词可直比辛幼安，既能婉约，又能豪放。且屡使西羌，故又长于边塞之作。乾嘉以后，作者虽多，往往文胜而意浅，此其弊也。

文

清代骈文甚盛，清初以陈其年为冠。至乾隆时，以胡天游为最著。袁枚所作，亦才笔纵放。此外惟常熟邵齐焘、阳湖洪亮吉、江都汪中容甫为最胜。清代散文最初有侯方域、魏禧、汪琬三大家。继而方苞开桐城一派。刘大櫆、姚鼐继之。又由钱鲁斯另出一枝，传恽敬、张惠言，称为"阳湖派"。其系统略如下：

$$
方苞\begin{cases}
刘大櫆—钱鲁斯—\boxed{阳湖派}—\begin{cases}恽敬\\张惠言\end{cases}\\[2ex]
姚鼐\begin{cases}梅曾亮\\管同\end{cases}\Big\}—曾国藩
\end{cases}
$$

侯方域

侯方域，字朝宗，商丘人。父恂，明户部尚书。明亡，朝宗奉父归乡里。顺治十一年卒，年三十七。朝宗初放意声伎，已而悔之，发愤为诗古文，有《壮悔堂文集》。其文才气奔放，而为志传能写生，得迁、固神理。

魏 禧

魏禧，字冰叔，号勺庭，宁都人。与兄际字善伯，弟礼字和公，并治古文，号"宁都三魏"。而冰叔文尤高，人称曰"魏叔子"。明亡后移家翠微峰，士友多往依之，世称"易堂诸子"者也。冰叔既隐居，益肆力古文辞，喜读史，尤好《左氏传》及苏洵。其为文识议凌厉雄杰。年四十乃出游，涉江逾淮，至吴越，往往交其奇士。康熙初，以博学鸿词征，称疾笃，乃免。卒年五十七。有《文集》《左传经世》等书。

王、陈诸家略不具论。

汪 琬

汪琬，字苕文，号钝翁。晚居尧峰，因以自号。其文气体浩瀚，疏通畅达，颇近两宋诸家。

方 苞

方苞，字灵皋，桐城人。移居江宁，学者称望溪先生。为文以法度为主，尝谓周、秦以前，文之义法无一不备；唐、宋以后步趋绳尺，而犹不能无过差。是以所作上规史、汉，下仿韩、欧，不肯少逸于规矩之外，故大体雅洁。所论古人矩度，与为文之道，颇能沉潜反覆而得其意之所以然。

望溪极推同邑刘大櫆海峰有韩、欧之才。姚鼐受学海峰，当时有"天下文章，尽在桐城"之语。后人称"桐城派"。

刘大櫆

刘大櫆，字耕南，桐城人。学者称海峰先生。其古文喜学庄子，尤力追昌黎。方苞极推许之，名骤震。

姚 鼐

姚鼐，字姬传，一字梦谷，桐城人。学者称惜抱先生。与同里刘海峰善。于是受古文法于海峰。归里后，主梅花、钟山、紫阳、敬敷诸讲席，凡四十年。论者谓望溪之文质，恒以理胜；海峰以才胜，学或不及。惟姬传理与文兼至。姬传高弟甚多，而同时恽子居、张皋文亦为古文，后人别之曰"阳湖派"。然其学亦出自海峰。故桐城与阳湖，渊源非有二也。

阳湖诸子

阳湖诸子先好骈体，故其词藻俊赡，然其行文之波澜法度，固不能异于桐城也。恽敬，字子居，一号简堂。与同州张惠言友善，商榷经义，同治古文。张惠言，字皋文，经学湛深，著述甚富。皋文没后，子居并力为之。论者谓子居之文得力于韩非、李斯，近法家言。叙事似班孟坚、陈承祚。此外世称"阳湖派"者有陆继辂、董士锡等，皆有集行于世。

第二十四章　清代文学（二）
——小说与传奇

绪　论

清代承元、明之遗风，小说传奇作家甚多，实与近代白话文学之创始关系颇巨。

小　说

清代章回小说作家，其最著者，为著《儒林外史》之吴敬梓，著《红楼梦》之曹霑，著《镜花缘》之李汝珍，著《老残游记》之刘鹗。余如陈森著《品花宝鉴》，魏子安著《花月痕》，俞樾改石玉昆之《七侠五义》，文康著《儿女英雄传》，李伯元著《官场现形记》，吴沃尧著《二十年目睹之怪现状》，曾朴著《孽海花》等，亦俱负盛名。又若文言短篇小说蒲留仙之《聊斋志异》，亦甚有名。兹择要论列之。

吴敬梓及《儒林外史》

吴敬梓（1701—1754），字敏轩，一字文木，安徽全椒人。幼即颖异，善记诵，诗赋援笔即成。袭父祖业，有二万余金，惟素不习治生，性复豪放，挥金如土，不数年而产尽矣。安徽巡抚赵公国麟闻其名，招之，试以博学鸿词荐，不应。乃移家金陵，环堵萧然，拥古书数十册，日夕自娱。穷极，则以书易米。或冬日苦寒，无酒食，邀同好汪京门、樊圣谟辈五六人，乘月出城南门，绕城堞行数十里，歌吟啸呼，相与应和。逮明，入水西门，各大笑散去。夜以为常，谓之"暖足"。晚年自号文木老人，客扬州，尤落拓纵酒。未几，即卒。所著有《文木山房集》《诗说》若干卷。又仿唐人小说为《儒林外史》五十卷，穷极文士情态。全书所写，皆卑污龌龊、假图清高之人，而以王冕、荆元二人为其衬托。

曹霑与《红楼梦》

曹霑（1719—1764），字雪芹，一字芹圃，满人。祖寅，父頫，俱为江南织造。清世祖（康熙）五次下江南，曾四次以霑之织造署为行宫。故霑幼年即生长于豪华环境之中。后頫卸任，霑随父归北京。家道衰落，大概因亏空得罪被抄没也。霑后竟至贫居西郊，啜饘粥，无以为生。《红楼梦》一书在雪芹破产倾家之后，假托他人，隐去真事之自传也。近人胡适考证极详，谓其书大约作于乾隆初年至乾隆三十年左右，书未竟而雪芹先卒。书中甄、贾两宝玉，即曹雪芹自己之化身，而甄、贾两府即当日曹家之影子也。

贾宝玉、林黛玉与薛宝钗为书中主要人物，贾宝玉为一痴情人，常曰："女儿是水作的骨肉，男人是泥作的骨肉。"林黛玉为一多愁多病之女子，无端生感，哭泣终宵为其常事。一草一木之凋零，皆使其伤感无已。薛宝钗似一极贤惠之女子，为人方正，然性格无黛玉之爽直。三人成三角爱，时生暗斗。宝玉自小即与女子厮混，后日渐长大，其父贾政欲为娶妇。因黛玉羸衰，恐妨后嗣，故决迎宝钗。姻事由女诸葛王熙凤谋划，以偷梁换柱之计，后卒为黛玉所知，咯血成病。在宝玉成婚之夕，黛玉逝世。宝玉知将婚，以为黛玉也，后知宝钗，忧而成疾。旋随僧道亡去。一幕悲剧，终也不了了之矣。

后人有《重梦》《续梦》《绮梦》等等，必欲其还魂圆满，便觉无味。曹作《红楼梦》仅八十回，后四十回乃高鹗续作。

《红楼梦》之善写人情，善述故事，为中国古今小说之冠，非特为文学上最有价值之巨著，抑亦留心社会状况之纯粹历史学家所当珍贵也。

李汝珍与《镜花缘》

李汝珍（1763—1830），大兴人，字松石。通声韵之学，撰《李氏音鉴》。晚年不得志，作《镜花缘》小说，取材甚博。作者曾假林之洋之打诨，自论其书曰："这部'少子'，乃圣朝太平之世出的。是俺天朝读书人做的。道人就是老子的后裔。老子做的是《道德经》，讲的都是玄虚奥妙。他这'少子'虽以游戏为事，却暗寓劝善之意，不外风人之旨。上面载着诸子百家，人物花鸟，书画琴棋，医卜星相，音韵算法，无一不备。还有各样灯谜，诸般酒令，以及双陆、马吊、射鹄、蹴球、斗草、投壶，各种百戏之类，件件都可解得睡魔，亦可令人喷饭。"书中有"君子国"一节，嘲讽世人；又有《女儿国》一节，胡适谓其讨论妇女问题者。

传　奇

清代传奇，以李渔《十种曲》、洪昇《长生殿》、孔尚任《桃花扇》、蒋士铨《九种曲》为最著。

李　渔

李渔，字笠翁，兰溪人。曾著《一家言》，中有《闲情偶寄》，论曲极精到。又有小说《十二楼》，最著名者，即《十种曲》。每种均多至卅出，或卅余出。十种中，以《风筝误》为其代表作。余如《凰求凤》中之"倒嫖""先醋""姻诧"诸出，均极幽默。《比目鱼》一种，则颇有文学意味。李渔戏曲又多写变态心理，如《怜香伴》《意中缘》皆写同性爱，《凰求凤》则写女子追逐男子。又李渔戏曲，十之八九为独自创作，非重述前人之小说也。

洪　昇

洪昇，字昉思，号稗畦，钱塘人。一生坎坷，醉后失足堕水死。其《长生殿》系据唐白居易诗《长恨歌》及陈鸿《长恨歌传》而作。当时称"南洪北孔"，即指洪昇之《长生殿》，与孔尚任之《桃花扇》而言也。

孔尚任

孔尚任，字季重，号东塘，又号云亭山人，曲阜人，孔子之后。其《桃花扇》系据侯方域自述《李姬传》而作。"余韵"中之《哀江南》为此剧中最有名之套数。

蒋士铨

蒋士铨，字清容，一字心余，号苕生，又号藏园，铅山人。《九种曲》中，有长有短，其诗亦负盛名。

第二十五章　近代文学及其革命

绪　论

文学至近代而剧变渐生。在最近十数年间，新园地已开辟就绪，此种新园地即语体文学是也。

新文艺运动之成，胡适之、陈独秀、周作人之功绩不可没也。当时反对之者亦大有人在。林纾致书蔡孑民，攻击两点：一、覆孔、孟，铲伦常；二、尽废古书，行用土语为文学。经蔡氏一一驳覆。林氏又在《新申报》作短篇小说《荆生》《妖梦》等数篇，痛骂北京大学新派诸人。后胡适作《文学改良刍议》，为文学革命之第一次宣言，继作《建设的文学革命论》等文。陈独秀作《文学革命论》，新文学于是成立。新诗歌、小说、戏剧、散文陆续出版，而欧洲近代文学之介绍者亦甚多。兹分四类论列之。

诗　歌

清季诗人酷意模仿，上至《诗》《骚》、汉、魏，下至六朝、唐、宋，但其所处之时代不同，终非周、秦、汉、魏、六朝、唐、宋也，故不过为旧诗作一结束耳。自文学革命运动起，而新诗出也，但初尚未脱旧诗词气息。最初先作新诗者，为胡适之《尝试集》；继之者，有刘大白之《旧梦》，刘复之《扬鞭集》。其后无韵诗出，以康白情之《草儿》及俞平伯之《冬夜》为代表。此二书，前者每多松散，有如散文；后者时谈哲理，玄妙莫测。

汪静之之《蕙的风》，焦菊隐之《夜哭》，湖畔诗社之《湖畔》，及刘延陵之诗，以清纤之文笔，写婉妙之心情，颇为一般少年少女所喜读。

其后作小诗者辈出。谢婉莹受泰戈尔《飞鸟集》之影响而作《春水》《繁星》。宗白华之《流云》，梁宗岱之《晚祷》继之。

最后盛行西洋体诗，诸如"十四行体"，节奏、韵，皆以西诗法则为归。郭沫若《女神》已略开端绪，徐志摩之《志摩的诗》则可告成功。继之者为于赓虞之《晨曦之前》，朱湘之《草莽集》。余如闻一多、梁实秋、蹇先艾、刘梦苇、饶孟侃等辈，亦属一体。

小　说

清季章回小说，已盛极一时，其中描写社会人情之佳作亦多，而文多语体，实导白话文学之源，但国人认为"诲盗诲淫"之物，故不加重视。光绪廿四年后，《清议》《新民》各报出版，梁启超曾作《论小说与群治之关系》一文，小说界之革命口号始起。梁氏继在日本横滨刊行《新小说》杂志。梁氏意欲藉小说以鼓吹革新政治改造社会为维新党人之宣传,其意深长。吴沃尧之新体小说《恨海》《九命奇冤》,皆作于此时。《九命奇冤》布局谨严,结构统一,胡适称为受西洋小说之影响。林纾以古文笔法译有各种西洋小说,但与小说界影响甚小。其自著各种小说,如《京华碧血录》叙庚子义和团之事变,《金陵秋》叙辛亥革命南京方面之故事。《官场新现形记》叙袁世凯称帝与国会议员之故事。但结构未能统一,思想亦不集中,故为长篇笔记之流耳。尚有吴稚晖作《上下古今谈》,以长篇小说传播科学智识。

近人作新小说之最著者,则有鲁迅、叶绍钧、郁达夫、张资平、滕固、冰心、许钦文等人。鲁迅之《呐喊》最负盛名。其《阿 Q 正传》,已有俄译、法译、英译等本。其中如《故乡》《社戏》《鸭的喜剧》《兔和猫》皆极有诗意。其《彷徨》等作,亦均有盛名。

叶绍钧初作《膈膜》,多写小学生与儿童之生活。及作《稻草人》,则以美丽之笔写幻想之故事,渗入平民思想。后作《火灾》则更扩大其写作范围,至于社会。最近之《线下》与《城中》则又变为幽默。

郁达夫系一潦倒文人,小说多写"穷"与"偷"与"色"。所作有《沉沦》及《葛罗集》等等,并辑有《郁达夫全集》数卷。

张资平善写三角恋爱与自身所受之经济压迫。所作有《爱力圈外》《红雾》《冲积期化石》《爱之焦点》《雪的除夕》《不平衡的偶力》《飞絮》等,并亦辑有专集。

滕固所作亦多肉的气息。有《银杏之果》《壁画》《死人之叹息》《迷宫》等。

冰心之《超人》多写爱海，爱小孩，爱母亲，而不及两性恋爱。庐隐《海滨故人》反之。许钦文之小说极幽默，多写已婚夫妇之遭际，作有《故乡》《毛线袜》《回家》等。

他若茅盾、巴金、老舍诸家，亦均以创作小说著称，茅盾以《蚀》与《虹》二书震撼文坛。巴金作品则具有异国情调。老舍之《老张的哲学》尤开近日幽默文学之风。近年作家辈出，不胜列举矣，要在读者能随时留意焉。

戏　　剧

戏剧创作者甚少。田汉之《咖啡店之一夜》与丁西林之《一只马蜂》，皆独幕剧集。侯曜之《复活的玫瑰》《山河泪》《弃妇》；熊佛西之《青春的悲哀》，徐公美之《歧途》，陈大悲之《道义之交》等，亦尚有名。又郭沫若所作之历史剧甚多。其改译西人剧本者，有洪深之《第二梦》与《少奶奶的扇子》，顾德隆之《相鼠有皮》，余上沅之《长生诀》等。戏剧运动由盛而衰，近顷受提倡文化建设之影响，又有复活之势。洪深、田汉诸人，皆有专集出版。

散　　文

清散文桐城派最盛。曾国藩出而取儒者之多识格物，博辨训诂，一一纳诸雄奇万变之中，以矫桐城末流虚车之饰。桐城派为之发扬而光大。但物极必反，桐城派发达至于极度，其衰也必。曾氏死后，曾派文人如郭嵩焘、黎庶昌、张裕钊、薛福成、俞樾、吴汝纶诸人皆不继其业。惟吴汝纶又倡导不遗余力，惟恨死后之不传也。果尔，吴死，而桐城派亦日渐衰微。桐城派文章本"清淡简朴""屏弃六朝骈丽之习"。惜其末流宥于"宗派"，守于"义法"，既不多读古书，撷取古人之精华，又不随时代而进步，不求真理，只取空文，形式拘束，生气毫无，其无形淘汰，理之然也。

除桐城派外，尚有别派古文学。自阮元著《文言说》，引起文笔骈散单复之争辩，旋即有上法魏晋以复古代骈散不分之说。直至此时，前辈如皮锡瑞亦同此主张，其说经之文亦用此等文体。王闿运亦好为此等文章。迄今于公文上书信函及酬酢之作品上，受其影响甚大也。

近人中，主学魏晋名理之文、卓然自成一家者，则为俞樾弟子章炳麟氏。惜其文字古字联翩，文词艰奥，令人难解，故于近代文学上之影响不大。

白话散文不甚发达。朱自清与叶绍钧所作尚佳。孙福熙善作游记，有《山野掇拾》《大西洋之滨》《归航》等。徐志摩之散文以《落叶》《巴黎鳞爪》等为佳。周作人《雨天的书》颇有清淡之味。

附　录

中国文学史参考书目有＊号者，本书撰述时参考最多。

＊谢无量：《中国大文学史》，民国七年初版，中华

曾毅：《中国文学史》，民国四年初版，泰东

汪剑余：《本国文学史》，民国十四年初版，新文化书社

胡怀琛：《中国文学史略》，民国十八年十版，大新书局

＊胡小石：《中国文学史讲义》（上卷），十九年初版，人文股份有限公司

＊程济波：《中国文学史》（上卷），十九年初版，乐群书局

葛遵礼：《中国文学史》，十年初版，会文堂新记书局

王梦曾：《中国文学史》，三年初版，商务

陈子展：《中国近代文学之变迁》，十八年初版，中华

郑振铎：《中国文学史》，商务

鬼岛献吉郎：《中国文学概论》，十九年，北新

赵景深：《中国文学小史》，十七年初版，光华

谢无量：《中国六大文豪》，中华

王国维：《宋元戏曲史》，商务

553

鲁迅：《中国小说史略》，北大新潮社

顾实：《中国文学史大纲》，商务

胡适：《白话文学史》（上卷），新月

王易：《词曲史》，中大讲义

汪辟疆：《诗歌史》，中大讲义